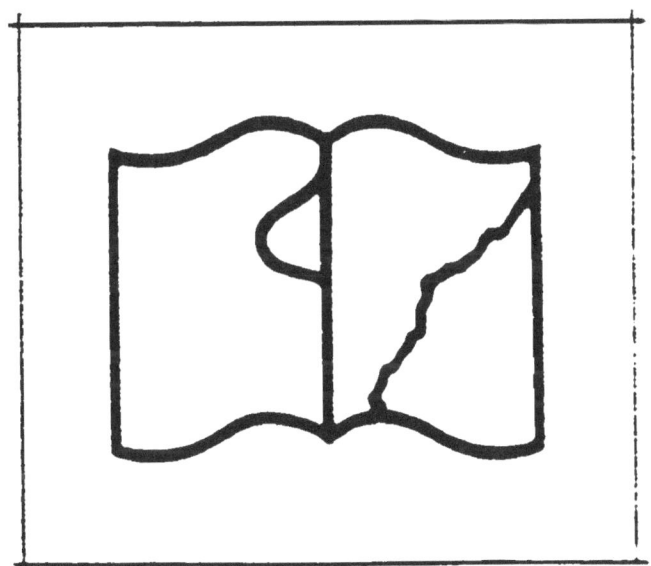

UN

FRANÇAIS AU BRÉSIL

GRAND IN-8e PREMIÈRE SÉRIE

Un français au Brésil.

UN

FRANÇAIS AU BRÉSIL

PAR

Le Comte RAOUL DE CROY

Chevalier de la Légion d'Honneur.

LIMOGES

Marc BARBOU ET Cᵉ, Imprimeurs-Editeurs

RUE PUY-VIEILLE-MONNAIE

—

1891

A MON FILS

MINISTRE PLÉNIPOTENTIAIRE DE FRANCE EN DANEMARK

A MES PETITS-ENFANTS

GENEVIÉVE, HENRI ET JOSEPH DE CROY

ESPÉRANCE DE SOUVENIRS

UN

FRANÇAIS AU BRÉSIL

CHAPITRE I

La famille. — Oubli des devoirs. — Le cœur d'une mère.

Cinq couverts se trouvaient dans la salle à manger d'un appartement situé aux environs de la rue de Vaugirard. Cette pièce était petite, sans aucun luxe, mais d'une propreté absolue, le repas commencé témoignait l'économie tout en étant suffisant ; quatre personnes assises autour de la table semblaient tristes et préoccupées, peu de mots s'échangeaient entre elles ; évidemment une pensée sérieuse tourmentait leur esprit. L'une de ces personnes, le père, un homme d'une cinquantaine d'années, à la physionomie sympathique mais grave, offrait le type de ces vieux militaires qui ont consacré au service de leur pays une partie de leur existence, il était d'une taille élevée, paraissait encore fort, quoique ses cheveux et sa moustache fussent blanchis par les années, n'ayant plus que le bras droit, un ruban rouge expliquait cette triste mutilation. En face de lui, une femme d'environ quarante-cinq ans, encore agréable par son grand air de bonté et la douceur du regard de deux yeux bleus qui avaient conservé la limpidité de la jeunesse, paraissait singulièrement préoccupée du cinquième couvert. Chaque fois que la servante entrait dans la salle à manger, elle tournait vivement la tête, et un soupir s'exhalait de sa poitrine, en constatant l'absence prolongée de celui dont la place restait vide. Une gracieuse jeune fille de dix-sept à dix-huit ans, et un garçon arrivé à cet âge où la pratique de la vie va commencer, partageaient la distraction de leur mère, mais sans cependant paraître en éprouver la même douleur.

Huit heures sonnèrent à une vieille pendule de la salle à manger.

— Cette pendule avance, dit Mme Dumaine, en hésitant.

— C'est lui qui retarde, répondit son mari d'une voix brève, tous les jours il en est de même.

— Quelque accident, peut-être?

— Oui, volontaire.

Au moment où M. Dumaine prononçait ces deux mots, les lèvres serrées, la porte de la salle à manger s'ouvrit et un grand et beau jeune homme, ressemblant à M. Dumaine par la force et la figure franche et énergique, et à sa mère par ses beaux yeux bleus, entra d'une contenance un peu troublée, en gagnant sa place sans prononcer un mot.

Par un mouvement involontaire, la mère, le frère et la sœur se soulevèrent sans doute pour aller embrasser l'arrivant, mais M. Dumaine jeta un regard impérieux autour de lui, et ne prononça que ce mot :

— Restez!

Tout le monde se rassit, et le repas s'acheva dans un silence absolu.

Il était évident que des préoccupations tristes et sérieuses affligeaient en ce moment ces cinq personnes. Toutes avaient le regard trouble ou baissé qui annonce la concentration de la pensée. La mère seule dirigeait parfois ses yeux sur son fils aîné, son cœur oppressé devait avoir peine à se contenir, et deux grosses larmes coulaient lentement sur sa figure pâle et contractée. Un moment le père parut sortir de son oubli de lui-même, sa vue alla de son fils à sa femme, il aperçut les pleurs, une ombre d'émotion passa sur son visage, il semblait hésiter, mais un autre sentiment le domina sans doute, car il se leva brusquement de table et se tournant vers sa fille et son plus jeune fils :

— Venez, dit-il, c'est aujourd'hui le jour où nous avons à nous occuper de l'électricité, il nous restera à peine assez de temps pour pouvoir vous faire, dans mon cabinet, une intéressante expérience.

Un témoin de cette scène aurait probablement pensé que Mᵐᵉ Dumaine, restée seule avec son fils, allait le serrer dans ses bras ; il n'en fut rien, son regard suivit son mari, elle joignit les mains.

— Ton père est bon cependant, prononça-t-elle à demi voix... mais il est si malheureux !

Entre la mère et le fils cette triste situation devait ou pouvait se prolonger, un même sentiment les rapprocha, ils furent bientôt l'un auprès de l'autre, la mère parla longtemps d'une voix sourde trempée de larmes. Elle semblait gronder comme grondent les mères avec plus de consolation que de reproches, Georges Dumaine ne résistait pas à cette expression de sentiments partant du cœur, la confusion, le repentir se lisaient sur sa physionomie contractée, il tenait les mains de sa mère qu'il baisait à chaque parole qu'inspirait l'amour maternel ; ses aveux, (il devait se produire de misérables aveux) paraissaient le couvrir de confusion, sans nul doute il semblait être coupable, mais ses erreurs, on pouvait le croire, se rachetaient par son repentir.

Laissons ces deux cœurs faits pour s'entendre, et rejoignons M. Dumaine avec lequel il convient que nous fassions plus complète connaissance.

CHAPITRE II

Une photographie d'un caractère. — Nouvelle destinée. — La séparation.

M. Dumaine, sa fille et son fils, étaient entrés dans son cabinet, éclairé par une petite lampe à abat-jour qui laissait les personnages dans ce que les artistes appellent le clair-obscur. Sa belle figure portait l'empreinte d'une grande tristesse. Appuyé sur le fauteuil de cuir qui touchait son bureau, il oublia durant quelques instants la présence de ses enfants ; mais, par une énergique réaction sur ses sombres pensées, il revint à lui, et, passant la main sur ses yeux qui s'étaient peut-être troublés, il s'assit et commença son petit cours de notions élémentaires sur l'électricité, son principe, sa nature et quelques-unes des applications que l'avenir réservait à cette science encore nouvelle.

Nous ne le suivrons pas dans ses explications claires, précises, toujours à la portée de ses deux enfants, quelque attrait que cette digression pourrait avoir pour nous, et nous reporterons toute notre attention sur le professeur, en nous occupant de son passé, de son caractère et de l'influence qu'il avait probablement exercée sur sa situation actuelle, et les préoccupations qu'elle avait amenées.

M. Dumaine, fils d'un armateur de La Rochelle, reçut une éducation qui devait lui permettre de suivre la même carrière. Les mathématiques, les éléments de navigation, le commerce, les langues anglaise et espagnole en occupèrent la plus grande part. Ardent au travail, quoique froid en apparence, il se distingua par son application soutenue à l'assimilation de ces enseignements. A seize ans, son père jugea convenable d'ajouter aux connaissances qu'il avait acquises celles pratiques de la navigation. Deux années furent employées sur des bâtiments affectés par son père à divers voyages en Portugal, à Madère et dans la Méditerranée. Son caractère énergique, mais contenu, l'intelligence et le sangfroid dont il fit preuve dans des circonstances difficiles, lui acquirent l'estime de ses supérieurs. A le voir, à l'écouter (il parlait peu), on aurait été disposé à croire que sa capacité valait mieux que son cœur : cette appréciation aurait été trompeuse. Deux fois, durant le cours de son apprentissage de marin, il se jeta à la mer, bravant des vagues furieuses, pour sauver un matelot et un pauvre mousse, qu'il soigna et auquel il s'attacha ensuite comme à un frère.

L'avenir de ce jeune marin semblait tout tracé ; son père trouvait déjà en lui un utile auxiliaire : le moment approchait où il lui abandonnerait la direction de son commerce, lorsqu'une suite de désastres, irréparables à une époque qui ne connaissait pas encore les assurances maritimes, vint anéantir une fortune médiocre laborieusement amassée.

L'armateur ne chercha pas à la rétablir. Écrasé par son malheur, par la perception d'une misère relative, son esprit se troubla, sa santé fut compromise, et, quelques mois après, il laissa son fils aux prises avec la douleur, les nécessités vulgaires de la vie et la mission de consoler et de soutenir une mère qui n'avait plus que lui au monde pour combattre son accablement et ses larmes.

Quelques mois furent consacrés à la douleur et à la consolation. Cependant, la situation ne pouvait se prolonger : la misère allait se produire avec toutes ses tristesses et ses défaillances. Henri Dumaine dut prendre un parti. Connu, depuis son enfance, dans une famille

estimée de tous ses concitoyens, apprécié jeune homme pour son
aptitude aux travaux maritimes, inspirant une confiance que faisaient
naître son énergie et son dévouement, plusieurs armateurs jetèrent les
yeux sur lui, et il obtint facilement le poste de second à bord d'un
bâtiment destiné au long cours.

Deux années étaient exigées pour les marins qui voulaient obtenir
un grade dans ce service difficile; Dumaine trouva cependant le
moyen de consacrer une partie de son temps, alors qu'il voguait vers
Terre-Neuve et qu'il se trouvait en rade de Saint-Pierre, pour
augmenter ses connaissances. Les deux trigonométries par application
à l'astronomie nautique, la statique, la géographie astronomique, etc.,
lui devinrent tout-à-fait familières. Au milieu de camarades plus ou
moins ignorants, parfois désœuvrés lorsqu'ils ne se trouvaient pas de
service, il cherchait à se rendre compte de la situation de ces malheureuses pêcheries, tant sur les bancs que sur les côtes, qui préparaient
incessamment quinze mille marins comme recrues à la marine nationale. Hélas! il soupira plus d'une fois en constatant l'incurie de la
France assistant sans résistance aux envahissements de l'Angleterre.
Avec un commerce offrant un bénéfice annuel de trente millions, il lui
sembla que la misérable somme de cent cinquante francs, accordée à
chaque auxiliaire des armateurs par le ministère de la marine, formait
un bien pauvre encouragement à l'expérience qu'ils ne pouvaient
manquer d'acquérir et au dévouement dont ils faisaient preuve.

Ce premier voyage apporta cependant, par sa part des produits, un
peu d'aisance au ménage de sa mère. Le second qu'il entreprit pour
le compte de la maison Coiron, de Nantes, fut moins avantageux. Le
chargement, destiné au Pérou et au Brésil, arriva au milieu de l'un de
ces mouvements politiques si communs et si désastreux pour ces belles
contrées de l'Amérique centrale. La traversée dans les eaux du Paci-
fique, souvent retardée par de violents orages, causa de nombreuses

avaries au bâtiment qu'il commandait. Le retour devait encore être plus triste. Dumaine essuya des reproches immérités de ses armateurs ; il rompit avec eux et, en arrivant à La Rochelle, il eut l'extrème douleur de trouver son logis solitaire : quelques jours venaient de lui enlever ces impressions déchirantes des derniers adieux, dont la seule consolation est la certitude de retrouver une mère aimée dans le ciel.

Ces deux malheureux événements domptèrent un instant ce caractère énergique en dominant son courage moral ; il se laissa aller à une tristesse pleine d'amertume ; d'enjoué et d'aimable camarade, il se prit à fuir ses amis, à se livrer à une misanthropie qui teintait de noir tous les objets qui l'entouraient. Le marin restait sans doute le même, mais l'homme sociable avait disparu.

Heureusement pour lui qu'un vieil ami de son père lui vint en aide. Ancien constructeur de navires dans les chantiers de l'État, il le décida à prendre du service dans la marine royale. Dumaine subit les examens avec succès, et, grâce à ses deux années de navigation au long cours, son diplôme d'aspirant de première classe lui fut adressé par le minis-tère de la marine, dans une magnifique enveloppe ornée d'un non moins magnifique cachet rouge.

Nous passerons rapidement sur les années qui suivirent ce change-ment de position : notre photographie ne pourrait y trouver un nouveau caractère. C'est embarqué sur la flotte de l'amiral Parseval-Deschênes, au moment de la guerre de Crimée, que nous retrouvons Henri Dumaine. A bord de la frégate anglaise *le Furious*, délégué de la France comme parlementaire, Dumaine fut chargé de protéger le départ d'Odessa de notre consul dans un poste impossible à conserver. Ce fut là qu'il reçut le premier baptême du feu. Violant toutes les lois de la guerre et des conventions entre belligérants, la Russie envoya sept coups de canon à boulet sur la frégate, peu d'instants après qu'elle eut quitté le quai et les autorités maritimes.

Indignés de cet acte de mauvaise foi, les amiraux Dundas et Hamelin résolurent d'en tirer une vengeance éclatante, et, le 22 avril 1854, huit frégates à vapeur, dont trois françaises, commencèrent le bombardement d'Odessa. Le soir, à cinq heures, la batterie du Môle était incendiée, la poudrière avait sauté, les établissements de la marine russe se trouvaient détruits, quinze navires étaient coulés ou en feu, et treize autres, chargés de munitions, devenaient notre conquête sans que nous eussions perdu plus de deux hommes tués et dix-huit blessés.

Ce fut là un heureux début qui ne permettait pas de prévoir les cruels sacrifices que la France devait faire du sang de milliers de ses enfants durant le siége de Sébastopol. Si l'enseigne Dumaine eut la chance de ne pas faire partie des hécatombes victimes du choléra et des balles russes, il ne laissa pas que d'y perdre le bras gauche. La compensation fut d'être nommé lieutenant de vaisseau en disponibilité et de recevoir l'ordre de la Légion d'honneur.

Rentré en France, le lieutenant Dumaine souffrit longtemps de l'amputation qu'il avait dû subir. Un emploi de sous-chef de bureau au ministère de la marine, poste qu'il occupait au moment où nous nous en entretenons, lui avait permis de vivre tranquille et heureux auprès d'une femme excellente et d'enfants dont il surveillait sérieusement l'éducation et auxquels il donnait l'exemple de l'ordre, du travail, d'une raison élevée et d'une conduite parfaite, si son aîné, Georges Dumaine, ne lui eût inspiré, depuis un an, de vifs mécontentements par sa conduite et des appréhensions pour son avenir.

Georges était un beau et brave garçon, intelligent, mais paresseux, dont les tendances l'auraient porté à une existence désœuvrée et sans but. Ses études technologiques tendaient plutôt à satisfaire sa nonchalance qu'à constater son manque d'aptitude. Volontiers il s'abandonnait à vivre sans souci du lendemain, acceptant des relations dangereuses, se dissimulant sous les séductions d'une liberté oisive. Son père s'aperçut bien vite de la pente dangereuse où glissait son avenir; plus d'une fois, il essaya avec douceur de l'en détourner. Georges avouait sa faiblesse, promettant de se remettre sérieusement au travail; mais ces bonnes résolutions, inspirées par la raison, s'évanouissaient à l'attrait des plaisirs qu'il avait goûtés. Ce fut alors que, désespérant de le ramener au travail, mécontent des sacrifices qu'il imposerait à ses autres enfants, s'il supportait plus longtemps une entrée dans la vie réelle présageant le désordre et ses conséquences, le lieutenant Dumaine sentit la nécessité de sévir malgré la douleur qu'il en éprouvait. Il résolut, après bien des réflexions pénibles dans une nuit sans sommeil, de déclarer à son fils Georges ses intentions positives, et, chez cet homme habitué durant toute sa vie à l'obéissance comme au commandement sans commentaires, il voulait qu'elles fussent exécutées sans restriction.

Le lendemain de la soirée dans laquelle nous avons présenté au lecteur cette famille, Georges Dumaine attendait debout, dans le cabinet de son père, une communication qu'il comprenait bien devoir décider de son sort.

Un assez long silence précéda les explications qui allaient se produire entre le père et le fils. Celui-ci ne savait trop comment se justifier, et peut-être n'avait-il pas trop sondé les conséquences de ses fautes. Il n'en était pas de même de son père : à sa contenance attristée, mais résolue, la gravité des paroles qu'il allait prononcer pouvait être prévue.

— Je vous ai demandé, Georges, commença-t-il lentement d'une voix basse, légèrement altérée, pour vous déclarer que je veux mettre un terme aux dérèglements dont vous devriez rougir. Plusieurs fois déjà, je vous ai averti; j'espérais vous voir tenir compte de remontrances dictées par mon affection pour vous et par mon devoir comme père. Cette affection, vous n'en sauriez douter, il ne s'est pas écoulé un jour sans que vous en ayez reçu des preuves ; ce devoir, il est cruel, mais il ne saurait être oublié... Qu'avez-vous fait, depuis un an, pour compléter vos études, pour vous préparer à la vie sérieuse qui doit assurer votre avenir ?...

— Mon père !...

— Ecoutez-moi en silence, il ne me convient pas de discuter avec vous. Je suis sans fortune, vous le savez ; le sacrifice du peu que je possède, un travail incessant, m'ont seuls permis de suffire à l'éducation et aux besoins de la famille. L'âge est arrivé pour vous de tirer parti de ce que vous avez appris. J'ai résisté à cet entraînement général d'une éducation sans résultat assuré : vous ne savez ni le grec, ni le latin, ni la logique, ni la philosophie, qui sont censés préparer à des examens devant ouvrir toutes les carrières, mais n'en assurant aucune. Ce que j'ai voulu faire de vous, c'est un homme possédant des connaissances spéciales d'applications générales dont l'emploi se trouve toujours et partout. J'espérais que vous comprendriez ma pensée ; il me semblait que la vie entière de votre père versant son sang pour son pays, donnant toutes ses heures au travail, devait vous servir d'exemple et d'encouragement. Je me suis trompé : depuis un an, vous avez délaissé vos études, vous avez lié des connaissances qui ne peuvent que vous perdre, vous avez fait des dettes sans vous inquiéter comment elles seraient acquittées. Eh bien ! que voulez-vous faire ?

Georges baissait les yeux ; il appuya une main sur le bureau, comme s'il eût eu besoin de se soutenir, et garda le silence.

— Oui, vous le comprenez, je ne saurais supporter cette existence de paresse et de désordre dans laquelle nos générations nouvelles se laissent entraîner. L'assurance d'une fortune devant leur revenir leur fait oublier de régler honorablement leur vie et d'apporter leur part de travail à une société dont ils font partie. Héritiers d'un nom illustré par les services rendus, d'un capital constitué par l'économie, ils semblent ne vouloir s'en servir que pour satisfaire leurs passions et leur ineptie. Jamais, jamais, dans ma famille, je ne supporterai une semblable conduite. Sans moi, rien de convenable ne vous est possible; il faut donc que je prenne une résolution qui vous arrache aux entraînements qui vous compromettent, en vous mettant à même de vous suffire.

» Vous avez un oncle au Brésil; il s'occupe de faire valoir une propriété assez importante. Je lui ai écrit pour lui demander de vous employer dans son exploitation. Sa réponse m'est arrivée il y a deux jours, avec quelques objections sur ce qu'il pourra faire de vous, mais avec une suffisante bienveillance pour que vous puissiez compter sur un bon accueil. Vous partirez donc cette semaine. Je vous donnerai une lettre pour votre oncle, quelques mots pour le capitaine d'un transport de l'État. J'ai obtenu, au ministère, votre passage gratuit. Celui qui commande l'*Alerte*, en partance de Toulon, se chargera de toutes les dépenses que vous aurez à faire.

— Ainsi, vous me chassez de la maison, articula Georges d'une voix tremblante; vous me séparez de ma mère, de mon frère, de ma sœur?

Le père s'était levé; il ne répondit pas; la vue de deux grosses larmes qui sillonnaient les joues de Georges l'émut profondément, sans, toutefois, le faire sortir de son impassibilité. Le jeune homme se sentit glacé; il hésita, puis, ne pouvant plus résister à son émotion, il se dirigea vers la porte avec un sanglot. Il allait sortir, lorsqu'il crut entendre prononcer son nom.

— Georges! répéta la voix.

Son père, oui, son père, si inexorable, l'appelait : il se retourna et vit une main tendue vers lui : il se précipita vers lui.

— Georges ! mon fils !... dit le lieutenant Dumaine en le serrant sur son cœur.

CHAPITRE III

Le départ. — Toulon. — La première des Baléares. — Le vieux capitaine.

Le départ fut ce qu'il est toujours, mêlé de larmes et de tendresses dans une famille *s'aimant d'amour tendre*, comme l'a dit le fabuliste. Georges partit le cœur gonflé, plein de douleurs et de regrets, devant s'effacer bientôt sous les distractions forcées du voyage. Ce midi de la France qu'il ne connaissait pas, ces aspects nouveaux d'une nature ardente, la pensée des contrées inconnues qu'il allait visiter, le jetèrent dans des rêveries mêlées de tristesse et d'espoir. Il comprit la nécessité de faire appel à toute son énergie, il s'arma de courage et de soumission en parvenant à Toulon, ce port repris aux Anglais en 1793, et d'où devaient s'élancer nos expéditions destinées à l'Algérie et à la Crimée.

Isolé dans cette colonie romaine *Telo Martius*, Georges, au lieu d'errer au hasard dans Toulon, préféra s'assurer de la situation qui lui était réservée à bord du bâtiment sur lequel devait se faire son voyage en Amérique. Il s'agissait de découvrir *l'Alerte* dans la foule des vaisseaux, frégates, corvettes, goëlettes, flûtes, gabarres, avisos, etc., qui couvraient la rade. *L'Alerte* n'était pas dans ce qu'on appelle

le port neuf, quoiqu'il ait été construit par Louis XIV : Georges se
dirigea vers le port vieux datant de Henri IV, où, sur la question qu'il
adressa à un vieux loup de mer, fumant sur le quai un brûle-gueule noir
comme du charbon, un geste, accompagné de quelques mots, lui indiqua, non sans un sourire ironique, le bâtiment qu'il cherchait.
Trouver une barque et se faire conduire à bord ne demandèrent que
peu de temps, le léger balancement du bâtiment n'empêchait pas heureusement d'accoster, mais pour un débutant l'ascension aux flancs
d'un navire est toujours difficile ; quelques moqueries du batelier attirèrent un groupe sur le pont, et ce fut en trébuchant, au milieu des
lazzis des matelots, que le voyageur posa les pieds sur son bord.

Un geste d'un officier en petite tenue dispersa les rieurs.

— Que voulez-vous, jeune homme ? dit-il d'une voix brève en s'approchant de Georges.

— Remettre, répondit celui-ci, une lettre du lieutenant Dumaine
au capitaine.

— Donnez ! lui fut-il répondu.

Un moment de silence suivit ; au lieu d'ouvrir la lettre, l'officier
examinait son visiteur, et lorsque, de son côté, Georges chercha la
cause de ce silence, leurs regards se croisèrent, comme il arrive dans
une salle d'armes entre deux tireurs qui vont faire assaut et s'étudient
avant de croiser le fer.

— Vous êtes Georges Dumaine, je ne comptais plus sur vous, nous
appareillons demain, vous vous rendrez ce soir à bord avec votre bagage, j'espère qu'il ne sera pas volumineux. Du Croisic ! appela le capitaine en se tournant vers un enseigne qui s'appuyait contre la du-
nette, vous n'êtes pas de service ? Non, vous allez accompagner le passager à son auberge et pour que cette course ne lui soit pas inutile,
vous lui ferez faire une rapide visite à l'arsenal.

L'arsenal de Toulon frappe encore l'esprit des personnes qui ont visité les arsenaux de Rochefort, de Brest et de Cherbourg, il devait faire une vive impression sur un voyageur aussi étranger à la marine. Des pyramides de grenades, de boulets, de bombes, forment des rangs que séparent de lourds mortiers de fonte, des canons, des caronades. Ce spacieux magasin présente vingt mille fusils qui lambrissent les murailles; des piques, des hallebardes, des pistolets sont rangés symétriquement sur des lignes parallèles; des sabres dont les poignées se touchent, dont les lames divergent, formant des soleils et des rosaces sur les plafonds, et chaque fût de colonne est hérissé, depuis le chapiteau jusqu'à la base, d'un revêtement de baïonnettes. Un antiquaire s'arrêterait avec émotion devant une chronologie militaire, où l'on trouve rangées par ordre de siècles, les armures des anciens marins, depuis la masse de fer attribuée aux Gaulois jusqu'au fusil moderne à percussion. De cet arsenal on entre dans la corderie, c'est un atelier de près de six cents mètres de longueur, la voûte est une merveille d'architecture usuelle; on peut fabriquer dans ce vaste local six câbles à la fois, et chaque jour de nouveaux essais sur des matières filamenteuses, de nouvelles machines pour abréger et faciliter le travail, prouvent la sollicitude de notre marine à l'égard d'une industrie de première nécessité pour la navigation. Viennent ensuite la menuiserie, la tonnellerie, la fonderie de canons, les forges où cent marteaux travaillent sur l'enclume des masses ardentes de fer, enfin une salle intéressante qui offre une réduction proportionnelle de toutes les formes de bâtiments. Cette étude des perfectionnements que le savoir de nos ingénieurs apporte chaque jour à nos conquêtes navales, font rêver aux lointaines expéditions qui portent incessamment la civilisation et le commerce de la France chez des peuplades à peu près inconnues. On se prend à désirer voyager sous notre glorieux pavillon, et ces longues traversées des mers ne semblent plus qu'une promenade offrant toutes les jouissances de connaissances et d'impressions nouvelles.

Que voulez-vous. jeune homme? dit-il d'une voix brève en s'approchant de Georges.

(page 19.)

Georges se serait facilement oublié dans sa contemplation de tous ces trésors de l'industrie, sans s'apercevoir de la fuite du temps; le jeune enseigne lui fit observer qu'il leur en restait à peine assez pour ne pas manquer le moment fixé de rentrer à bord.

— Mon cher monsieur, lui dit-il, en lui frappant familièrement sur l'épaule, terminons cette visite curieuse, le capitaine ne plaisante pas en fait de consigne, prenons garde au retard... Comment vous appelez-vous? ajouta-t-il en se plantant vis-à-vis de lui.

— Georges.

— Georges qui?

— Georges Dumaine.

— Et que fait votre père?

— Il est lieutenant de vaisseau retraité.

— Lieutenant de vaisseau! ah! très bien, un futur collègue! pardon du *cher monsieur*, donnez-moi la main, et maintenant, en avant, marche, Georges!

Le lendemain, le voyageur qui s'était endormi de ce sommeil si calme et si profond de la jeunesse, fut réveillé par le violent tangage de l'*Alerte* qui dansait sur les vagues, comme une petite fille s'abandonnant à une première sauterie. Une brise carabinée soufflant de terre, exigeait toute l'attention nécessaire pour la sortie toujours difficile d'un port encombré de navires. Georges se hâta de s'habiller pour monter sur le pont, mais il ne tarda pas à s'apercevoir que les objets qui semblent sous votre main ne sont pas toujours faciles à saisir lorsque le roulis s'amuse à vous jouer de mauvais tours. En même temps un malaise indéfinissable s'empara de lui, il augmenta dès qu'il parvint à arriver sur le pont; une pluie fouettant la figure, deux ou trois culbutes qui excitèrent les rires des matelots, l'engagèrent à regagner sa cabine dans laquelle la position verticale lui devenant difficile, il se remit dans son lit ainsi qu'un enfant en pénitence.

Durant ce mauvais temps qui dura une partie de la journée, Georges ne vit personne, le soir il reçut la visite de l'enseigne Du Croisic.

— Ah ! ah ! l'ami, s'écria-t-il, en s'approchant de Georges, vous ne perdez pas de temps pour payer votre tribut. Eh ! tant mieux, morbleu ! vous serez plutôt nettoyé de ce que chaque nouveau marin doit à la mer. Oui, oui, je vois bien à votre mine allongée, à votre air piteux, que vous êtes peu disposé à plaisanter ; ma parole ! vous avez tort, il faut combattre et non nourrir cette misère, il faut boire, manger, surtout bien manger afin de ne pas rester sans défense ; allons, debout, donnez-moi le bras, venez dîner, je suis votre ange gardien jusqu'à ce soir.

Rarement dans la Méditerranée, à l'époque de l'été, on voit se prolonger le mauvais temps ; le ciel reprit son bleu d'azur, les rayons brûlants du soleil firent désirer un peu de cette brise trop généreuse au départ. Georges, fort et vigoureux, eut bientôt retrouvé son appetit ordinaire, en même temps que ses pieds s'habituèrent au balancement ou à la trépidation du navire. Trois jours après, à la suite d'une traversée de quatre-vingt-dix lieues, l'île Minorque, la première des Baléares, découpa sur l'horizon les flancs du mont Tora, l'*Alerte* fit escale à Mahon (corruption de Mayon qui en fut le fondateur). Le capitaine était chargé de communications avec le capitaine du port, Georges obtint la faveur de descendre à terre et d'y séjourner quelques heures.

Disons-le à son bonneur, ce ne furent ni les posadas ni les quelques monuments qui attirèrent Georges. En se rappelant les récits du cardinal de Retz, qui comparait l'aspect de cette île aux décorations d'opéra, il résolut, en gravissant les rochers, de consacrer les instants qui lui étaient accordés, à faire un peu de botanique et de minéralogie.

Il vit le pin d'Alger couronnant surtout la cime des montagnes, un peu plus bas le caroubier se grouper avec l'olivier au feuillage grêle et blanchâtre ; sur les coteaux maritimes abondent le palmier nain, les cyclames, les ononides et d'élégantes anthyllides, et enfin, à peu près partout, le caprier épineux, la vigne, le cotonier qui plonge souvent ses racines dans les eaux, toute une végétation mêlant à la flore du midi celle des Pyrénées orientales.

Le jour suivant, notre jeune voyageur s'était établi dans un petit coin du pont de l'*Alerte* afin de procéder au classement et à la conservation des plantes recueillies la veille. La partie la plus curieuse de sa récolte consistait en cryptogames, des lichens et des mousses, arrachées aux rochers. Georges examinait à la loupe leur floraison et leurs graines ; les mots qu'on prête à Jean-Jacques Rousseau : « Qu'on » me mette à la Bastille, je m'en consolerai si on me permet d'étudier » des cryptogames, » lui revenaient à la mémoire, lorsqu'une ombre se projeta sur le papier servant à inscrire ses notes, une ombre qui lui fit lever les yeux. Le capitaine était à ses côtés, paraissant accorder son attention au jeune homme et à son travail. Georges Dumaine attendit qu'il lui adressât quelques mots, mais l'officier se détourna et continua la promenade qu'il faisait chaque jour sur le pont.

Le transport l'*Alerte*, quoique étant un navire de l'état, pouvait être considéré comme un bâtiment de genre mixte ; la discipline, moins sévère, laissait au capitaine une liberté d'action n'existant pas à bord de vaisseau plus important. Le nombre des officiers était très restreint : un lieutenant, deux enseignes de seconde classe et un aide major, à son premier voyage, formaient avec un consul regagnant son poste, la composition du gaillard d'arrière. Pour les passagers, ainsi que pour Georges, il n'y avait qu'une table, celle du capitaine, dont il faisait d'ailleurs les honneurs avec une correction parfaite.

Sa conduite auprès du jeune homme semblait cependant assez

singulière; très froid dans sa tenue, parlant peu, il causait néanmoins quelque fois avec ses convives. Avec Dumaine il était plus laconique; si parfois il lui adressait une question, il écoutait attentivement la réponse, mais n'ajoutait jamais un mot. Georges s'étonnait souvent de la nature de ses interrogations dont presque toutes auraient exigé un certain développement. Dès qu'il eut reconnu les habitudes du capitaine, il fit en sorte d'être court et précis, gardant ensuite un silence attentif.

Le capitaine possédait une petite bibliothèque ouverte à ceux qui pouvaient posséder des loisirs. Georges lui empruntait souvent les ouvrages offrant la possibilité d'étendre ses connaissances. En dernier lieu il parcourait avec intérêt un traité de navigation, quand, durant ses promenades sur le pont, il se croisa avec le commandant de l'*Alerte*.

— Monsieur Dumaine, lui dit celui-ci, en s'arrêtant devant lui, que lisez-vous là?

Pour toute réponse, Georges lui tendit le livre. Le capitaine le feuilleta d'un air distrait, puis, se plaçant en face du jeune homme.

— Ce livre est déjà ancien, la science a marché depuis qu'il a été écrit, est-ce que ceci vous intéresse?

— Pas précisément, capitaine, mais je suis d'une telle ignorance dans cette matière, que je cherche un peu à la dissiper.

— Vous aimez la lecture?

— Beaucoup.

— Et le travail?

— Assez, la volonté ne me manque pas, c'est plutôt la persévérance...

— Ah! vous êtes franc, sans elle, cependant, rien n'est possible. C'est la conséquence du caractère, la plus précieuse application de la vie humaine... faisons ensemble quelques tours sur ce pont.

— Je vous ai étudié, monsieur Dumaine, depuis que vous êtes à mon bord, vous avez dû vous apercevoir de ma réserve; votre père, un brave et honnête homme, m'avait écrit en me parlant beaucoup de vous, sans doute il se trouvait sous une impression pénible en s'expliquant sur un fils dont il se séparait non sans de vifs regrets; je croyais trouver en vous un de ces jeunes gens ne sachant rien d'utile, incapables de tirer parti d'eux-mêmes, remplis cependant de suffisance, véritables parasites de la société et de la famille, j'aime à déclarer que vous ne me semblez pas faire partie de cette classe méprisable. Je vous crois intelligent, honnête et digne de vous faire un sort. Pour ma part j'y contribuerai volontiers si j'y puis quelque chose, voici ma main... Je ne la donne pas volontiers.

En entendant ces bonnes paroles bien imprévues, les yeux de Georges se voilèrent et, comme s'il venait de retrouver son père, il laissa échapper quelques larmes.

Le capitaine passa son bras sous celui du jeune homme.

— Allons, morbleu! de l'énergie! s'écria-t-il d'une voix un peu rude, mais sympathique. Visitons ma bibliothèque, je veux, durant la traversée, diriger vos études, vous préparer très sommairement au pays que vous allez visiter, mon expérience vous servira; je suis un soldat de fortune, j'ai travaillé et je sais pas mal de choses... vous en jugerez.

CHAPITRE IV

La traversée. — Un singulier Indien. — Deux hommes à la mer. — La chasse au bonnet
de coton. — Une belle page de Massillon.

En songeant à la bienveillance du commandant de l'*Alerte*, Georges éprouvait une émotion dont il s'étonnait. Cet homme froid, rude, mais plein des principes du devoir, lui rappelait son père. Ce qu'il n'avait pas soupçonné jusqu'alors, de même que pour son père, cette enveloppe sévère cachait un cœur chaud et généreux. Le jeune homme comprenait alors la satisfaction qu'on éprouve à se sentir une valeur réelle, à conquérir par soi-même une position honorable et le dégoût lui montait à l'esprit en se rappelant quelques-uns de ses camarades d'hier escomptant sans mourir de honte la fortune et la réputation de la famille.

Mais à bord de ce petit monde réuni sur les planches du vaisseau, les physionomies étaient plus curieuses que sympathiques. Nous avons fait connaissance avec l'enseigne Du Croisic, gai compagnon, un peu mauvaise tête, corrigé par la loyauté du cœur, réprimandé souvent par son supérieur, toujours aimé des matelots. Son collègue était une nature éteinte qui ne paraissait donner prise à aucune émotion apparente, par suite personnage muet. Venait comme contraste le docteur, jeune marin à son premier voyage, sceptique, ne croyant qu'à la médecine, analysant tout, et supportant difficilement la contradiction. A droite du capitaine lorsqu'on était à sa table, se carrait un monsieur

un peu plus insupportable, le consul Katrekart allant reprendre
son poste dans un consulat de l'équateur ; très gros, jouant à la diplomatie, la pose importante, d'une intelligence médiocre, sa conversation
ne paraissait pas intéresser beaucoup les autres convives. Du Croisic,
à cause de sa grosseur et de sa fière prestance, disait en parlant de lui,
c'est plus qu'un *tout*, ce beau monsieur, ce n'est pas quatre mais lord
cinq quart qu'il faut le nommer.

Parmi les maîtres d'équipage et les matelots aucune physionomie
ne se distinguait de ce qu'elles sont ordinairement. Hardis, courageux,
estimant leur chef, ces braves gens ne se montraient pas trop hostiles
envers les deux passagers. Il y avait bien le coq, curieuse caricature,
excitant les rires chaque fois qu'il sortait de son antre, les yeux rouges
et bouffis par la fumée de ses casseroles, un bonnet de coton pyramidal
dressé sur le sommet du front, et un pauvre mousse, paresseux, sale
et grincheux, récoltant plus de coups de pieds que de caresses, mais
ces personnages ne sauraient fixer notre attention ; il nous reste à examiner un pauvre diable, du moins en apparence, attaché, nous ne
savons à quel titre, au service du consul ; toujours seul, silencieux,
l'Indien, comme on l'appelait, roulé dans une couverture rayée de bleu
et de rouge, paraissait sommeiller sans cesse, mais ses yeux noirs et
ardents laissaient échapper des éclairs lorsqu'il n'était pas observé.

Donnons quelques lignes à cet homme sans aucuns rapports avec
l'équipage, peut-être par cela même excitant chez Georges une certaine curiosité.

Jamais on ne le voyait ailleurs que sur le pont, couché en plein
soleil ou appuyé sur un bastingage. Le consul passait à ses côtés sans
lui adresser la moindre parole, les matelots semblaient le fuir. Où
mangeait-il ? où couchait-il ? personne ne s'en occupait. Le jeune
homme voulut se rendre compte de cette singulière existence, il vint
s'asseoir auprès de lui, il lui parla, l'Indien le regarda mais n'eut pas

l'air de comprendre. Un jour cependant il lui sembla entendre pous-
ser une sorte de gémissement contenu, la pitié l'engagea de nouveau à
l'aborder.

— Vous souffrez, lui dit-il, puis-je faire quelque chose pour vous ?

L'Indien ne répondit pas, mais un signe négatif de la tête prouva
qu'il avait compris cette question en langue française.

— Préférez-vous me répondre en espagnol ou en anglais ? insista
Georges.

— Non.

— Mais ce n'est pas sans motifs que vous vous plaignez !

L'homme fixa un long regard sur le jeune homme, se souleva et
s'assit.

— Vous êtes français ? dit-il au bout d'un moment.

— Oui.

— Marchand ?

— Non.

— Vous allez au Brésil ou au Pérou ?

— Je vais chez un parent, planteur, pour m'associer à ses travaux.

— Ah ! Et les regards de l'inconnu parcoururent Georges avec une
persistance singulière. Ce fut alors qu'il lui fut possible, à son tour,
d'examiner l'Indien plus attentivement. De taille moyenne, très maigre, sa figure exprimait l'humeur et le mépris. Le front était plissé, les
sourcils froncés, et la lèvre inférieure se relevait avec l'apparence du
dédain. Plus bistre de teint qu'un métis, n'ayant rien pourtant du
nègre par les cheveux ni par la peau, on devait supposer qu'il faisait
partie de cette race indienne, si belle chez les Incas à la découverte
du Mexique, si abâtardie et si dégradée depuis par la misère et la
corruption. L'impression que le jeune homme éprouva fut d'abord
répulsive, mais, sans s'expliquer pourquoi, un profond sentiment de
commisération l'empêcha de s'éloigner. Il ne lui convenait pas cepen-

dant de se laisser interroger et, pour éviter un plus long entretien, il
tira quelques cigarettes de sa poche, en alluma une, en offrit une
autre à l'Indien ; celui-ci prit dans sa ceinture un charmant petit bijou
en or qui au moyen d'une légère pression lui donna du feu et lui fit
oublier tout à fait la présence de son interlocuteur.

Ces tentatives de relations avec un inconnu que chacun à bord paraissait éviter, ne réussissaient pas à encourager leur prolongation ;
cependant Georges essaya de nouveau d'arriver à une plus ample connaissance. Convaincu que la misère ne causait pas seule son isolement
volontaire, il attribua à de terribles malheurs cette sombre misanthropie
où l'Indien paraissait plongé. Cette pensée le rapprocha de nouveau,
il lui fut possible d'échanger encore quelques mots avec cet être extraordinaire, ses idées étaient nettes, sa parole élégante, évidemment il
avait vécu plus ou moins de temps dans un monde civilisé. Aux noms
de personnages marquants de la France ou de l'Angleterre, un sourire
méprisant plissait ses lèvres minces et parfois un mot involontaire
révélait une certaine intimité avec eux. Si Georges prononçait un mot
indulgent sur cette société riche et élégante, la colère s'emparait de
l'Indien, les épithètes les plus violentes, l'ironie la plus amère fusti-
geaient ce qu'il appelait la pourriture dorée. Son esprit ne voyait plus
les hommes et les objets qu'à travers un voile sombre, tous étaient
méchants, perfides, criminels, il maudissait leurs habitudes, il haïssait
leur contact, et au travers de leur prétendue délicatesse, sous cette
enveloppe dissimulant leurs vices, il ne trouvait que lâcheté, qu'égoïsme
et sottise, la *bêtise humaine* étant, suivant ce malheureux, le partage
de l'univers.

De ces récriminations d'un déclassé et de ces conversations à bâton
rompu entre Georges et l'Indien, résulta pour l'un plus de commisération que de pitié ; pour l'autre, un peu de cet abandon obligé dans
les relations de la vie. Le voyage avançait, l'intimité n'avait pu se pro-

duire, tout ce que le jeune homme parvint à savoir c'est qu'il était
péruvien et qu'on l'appelait... Pedro.

Un événement bien triste pour l'équipage de *l'Alerte* vint exciter sur
ce bâtiment de douloureux sentiments.

Quelques journées ne le séparaient plus du continent américain,
lorsqu'après un jour sans nuages et d'une chaleur torride, un fort coup
de vent de l'ouest se déclara tout à coup durant la nuit. *L'Alerte*,
arrêtant sa route, fut mise à la cap sous le grand hunier; mais le vent
soufflait avec une telle violence que le commandant jugea convenable
de faire serrer cette voile et de rester à la cap sous les voiles latines de
mauvais temps. Après que le hunier fut cargué, les timoniers désignés
montèrent sur la vergue pour serrer la voile; soit par une faute d'attention du timonier qui tenait le gouvernail ou par l'effet d'une grosse
lame, le transport fit une malheureuse arrivée, le vent fit battre et
enfler la voile du grand hunier, les hommes du côté de tribord qui se
disposaient à la serrer, furent obligés de lâcher la main et, enlevés par
la puissance de la rafale, disparurent dans l'obscurité profonde de la
nuit. Ils étaient quatre de ce côté de la vergue, celui de l'extrémité
s'accrocha à la balancine, un autre du centre tomba sur une manœuvre
où il se tint suspendu, les deux autres périrent; il n'y eut que l'appel
fait ensuite des hommes de quart qui fit connaître le nom des victimes.

Au jour, après le lever de l'équipage, la consternation fut profonde,
le déjeûner se prit dans le plus grand silence; un matelot fit la propo-
sition de faire dire une messe pour le repos de l'âme des pauvres
camarades, cette bonne pensée trouva un accueil enthousiaste. Les
officiers et les passagers y prirent part; chaque marin s'inscrivit pour
un franc afin d'en payer les frais. L'esprit du matelot est si mobile,
qu'une demi-heure après, la réunion de l'arrière restée à causer dans
la cabine du capitaine du malheureux événement de la nuit, fut singulièrement surprise en entendant de bruyants éclats de rire sur le

pont; chacun s'y précipita pour connaître la cause d'un oubli si inattendu.

Une comédie, dont le malheureux coq était le seul auteur, provoquait chez ces marins essuyant leurs larmes peu d'instants auparavant, une hilarité qui se produisait par une foule d'épithètes et de lazzis. Sur les cordages qui arrivaient aux huniers, on voyait le gâte-sauce, en veste blanche, tablier au vent, les cheveux ébouriffés, la figure grimaçante, se livrant à une chasse enragée pour reconquérir un magnifique bonnet de coton, son plus bel ornement. Au moment où le coq était sorti de son trou pour respirer après une nuit de terreur, un matelot lui avait accroché son couvre chef avec une ligne qui se trouvait à sa portée. Grâce à ce léger fil de soie, le bonnet de coton évoluait de la façon la plus incompréhensible ; parfois son maître croyait pouvoir le saisir, mais alors, pris d'un caprice étrange, il s'envolait à plusieurs mètres de distance. Le coq grimpait toujours, il était haletant, la sueur reprenait place sur sa figure. Une fois il parvint à saisir son pauvre bonnet, il se hâta de le fourrer sur ses oreilles, il n'y fut qu'une seconde, le volage s'enleva de nouveau dans les airs.

Il serait difficile de peindre les gestes du désespoir du pauvre coq, ses gémissements dominaient le bruit des rires des matelots. La scène se serait prolongée si la voix du capitaine, qui n'avait pu s'empêcher de sourire d'abord, n'eût articulé d'un ton impératif :

— Assez !

Les rires s'éteignirent, le bonnet de coton fut de nouveau reconquis ; son maître cependant, craignant de le sentir s'échapper encore, crut devoir le retenir des deux mains. Cette sage précaution avait de graves inconvénients, comment se tenir aux cordages et redescendre sur le pont ? une dernière et violente secousse trancha la difficulté. La ligne enleva la couronne et l'amena au milieu des marins où son propriétaire s'en empara, fuyant vers son trou afin de se dérober à l'attention moqueuse de ses persécuteurs.

Le triste événement des deux malheureux matelots perdus dans les abîmes de l'océan fut le seul épisode d'une traversée rapide et facile. Georges, profitant de la bienveillance du capitaine, passait chaque jour avec lui les heures de loisirs accordées par son service. Cet officier, instruit, studieux, réfléchi, joignait à ses qualités une grande fermeté de caractère, tempérée par une condescendance de ce même caractère adoucissant les nécessités du commandement.

Il semblait porter un intérêt sincère au jeune homme; leurs conférences, tout en étendant les connaissances acquises par l'éducation, ajoutaient les applications pratiques et les avis nécessaires à la conduite sur le sol étranger qu'il allait aborder. Georges lui avait parlé du parent auquel son père l'avait adressé, le capitaine le connaissait, il sembla hésiter à s'expliquer sur son compte. Cependant, comme Georges, dans une conversation qui précéda de deux ou trois jours le débarquement, insistait pour avoir quelques détails concernant le frère de sa mère, il laissa échapper une ou deux appréciations peu faites pour servir d'encouragement. Le planteur était âgé, assez bizarre, très négligeant dans ses affaires et les oubliant facilement pour se livrer à des écarts de régime dont les conséquences devenaient préjudiciables à ses intérêts. Ces révélations peu précises parce qu'elles étaient dictées par la bienveillance, ne laissèrent pas que d'impressionner le jeune homme. Il n'insista pas cependant, il lui fallait accepter la situation telle qu'elle se trouvait; un nuage de tristesse se montra dans sa contenance, le commandant s'en aperçut.

— Courage, mon enfant, lui dit-il avec douceur, vous abordez les réalités de la vie, toutes ne sont pas agréables, il faut les dominer par la patience et la résolution. Tenez, ajouta-t-il, en se dirigeant vers un coin de sa cabine, où quelques papiers étaient piqués à la cloison, venez lire cette page que j'ai souvent mise à profit dans mes faiblesses et mon découragement, il y a là un bon conseil à suivre et à méditer.

Georges s'approcha, voici ce qu'il lut :

« La source de tous les désordres qui règnent parmi les hommes,
» c'est l'usage injuste du temps. Les uns passent leur vie dans l'oisiveté
» et la paresse, inutiles à la patrie, à leurs concitoyens, à eux-mêmes ;
» les autres dans le tumulte des affaires et des occupations humaines.
» Les uns ne semblent être sur la terre que pour y jouir d'un indigne
» repos, et se dérober, par la diversité de leurs plaisirs, à l'ennui qui
» les suit partout, à mesure qu'ils fuient ; les autres n'y sont que pour
» chercher sans cesse des agitations qui les dérobent à eux-mêmes.
» Il semble que le temps soit un ennemi commun contre lequel tous
» les hommes sont convenus de se conjurer ; toute leur vie n'est
» qu'une attention déplorable à s'en défaire, les plus heureux sont
» ceux qui réussissent le mieux à ne pas sentir le poids de sa durée,
» et ce qu'on trouve le plus doux, ou dans les plaisirs frivoles, ou dans
» les occupations sérieuses, c'est qu'ils abrègent la longueur des jours
» et des moments en nous en débarrassant sans que nous nous aper-
» cevions presque qu'ils ont passé. Le temps, ce dépôt précieux que
» le Seigneur nous a confié, est donc devenu pour nous un fardeau
» qui nous pèse et nous fatigue... C'est un trésor que nous voudrions
» pouvoir retenir éternellement, et que nous ne pouvons souffrir entre
» nos mains. Nous le perdons sans regret, et c'est un crime ; nous ne
» l'employons que pour les choses d'ici-bas, et c'est une folie,
» etc. » (1)

Terre ! terre ! cria-t-on sur le pont ; le voyage était accompli, les montagnes du Brésil se dessinaient à l'horizon, l'*Alerte* allait entrer dans la baie de Rio de Janeiro.

(1) Massillon.

CHAPITRE V

Le Brésil. — Rio de Janeiro. — Les catimarons. — Les rues. — Population. — Habitations confortables des faubourgs. — L'orangerie. — Visite à la fazenda de don Luis de Sylva.

La vieille réputation de Byzance, remontant aux temps héroïques de la Grèce, a singulièrement contribué à l'admiration que Constantinople excite chez les voyageurs. La civilisation à toutes les époques, depuis les Perses jusqu'aux Athéniens et à Saint-André qui y apporta la lumière chrétienne au premier siècle de notre ère, sa situation sur les rives du Bosphore, tout a servi à faire considérer cette héritière des nations comme incomparable. Plus d'une cité cependant offre un aspect aussi imposant. Dans le nouveau monde, moins exploré et moins héroïque, Rio de Janeiro peut lutter avec Byzance. Les chaînes pittoresques des montagnes qui bordent les côtes, celle si bizarre des orgues qui domine la grande cité ; une baie se déployant et s'enfonçant vers le nord jusqu'à plus de trente kilomètres, et ressemblant à un vaste lac, le *Pas de Assucar* veillan' à l'entrée du port, forment un coup d'œil d'ensemble dont l'impression est saisissante et que la description ne saurait reproduire. Sur le rivage les cocotiers et les bananiers frappent le voyageur par leur physionomie nouvelle, les passiflores grimpantes s'accrochent à toutes les maisons, laissant passer à travers leur feuillage de belles fleurs rouges aux teintes veloutées. Le soir, dès que l'obscurité descend sur la ville, d'innom-

brables petites lumières s'allument tout le long du rivage et aux flancs
des collines. Rio de Janeiro se déploie sur la côte occidentale de la
baie, et sa banlieue s'allonge à une énorme distance aux bords de la
mer, s'élevant parfois sur les coteaux. De cette disposition des
maisons, s'éparpillant sur une grande surface, au lieu de se concentrer
dans une agglomération compacte, résulte pour la vue durant la nuit
un aspect féerique. Les lumières montent le long des hauteurs,
couronnent çà et là les sommets d'un faisceau qui semble provenir
d'une illumination extraordinaire, ou bien s'éloignent en mourant
sur les contours de la plage, de chaque côté de la ville marchande
située au centre.

Ce ne fut pas d'ailleurs au milieu du désordre et de la confusion
qui suivirent l'arrivée que Georges eut la possibilité de contempler
cette belle perspective. Malgré l'heureuse traversée de *l'Alerte*,
chaque passager paraissait empressé d'échanger le navire contre
l'habitation. Autour du bâtiment circulent une foule d'embarcations
qu'on appelle des *catimarons* et qu'on pourrait croire montées par
des amphibies; des troncs d'arbres forment toute la coque sur laquelle
la vague passe à tout moment, sans que les Brésiliens paraissent s'en
inquiéter. Ils pêchent, marchent, se couchent, boivent, mangent et
dorment sur ces quatre ou cinq morceaux de bois, aussi à l'aise et
aussi insouciants que s'ils se trouvaient à bord d'un puissant navire.
Un cri guttural, étrange se fait entendre, Georges tourne les yeux,
c'est l'Indien Pedro qui vient de faire appel à l'une des embarcations.
Il est aussitôt compris, un catimaron fend la vague et s'approche du
bord, l'Indien, avec une vigueur et une audace dont le jeune homme
l'aurait cru incapable, s'élance et va tomber entre les bras de deux
métis indiens qui paraissent lui obéir. La secousse fait plonger le
radeau, les trois hommes sont un instant sous l'eau, mais immédiatement ils reviennent s'établir sur leurs bûches grossières. Pendant que

ce singulier véhicu'e s'éloigne avec rapidité, Georges croit apercevoir
un signe de la main que l'Indien lui adressait, ce sont là les seuls
adieux de ce singulier personnage.

Le capitaine de l'*Alerte*, prolongeant sa bienveillante tutelle avec
Dumaine, l'engagea jusqu'à ce qu'il eut trouvé à se loger pour
quelques jours, avant de se présenter à son oncle, de continuer sa
résidence à son bord. Cette offre était trop avantageuse pour que
Georges ne fût pas heureux d'en profiter. Il trouva un emploi de son
temps attrayant et utile en parcourant le voisinage de Rio de Janeiro,
et en s'instruisant des cultures des fazendas, du commerce, des habitudes des planteurs.

Sa première impression d'admiration à l'aspect de la capitale du Brésil
fut singulièrement modifiée, quand il eut parcouru ses rues étroites,
sales et infectes. Quel contraste avec l'ordre et la propreté des grandes
villes de la France et de l'Angleterre! pas d'égouts, jamais d'en-
lèvement des immondices, des odeurs empestées provenant de la
pourriture causée par l'humidité du climat. Puis circulant, ou entra-
vant la voie, une population nonchalante, souvent déguenillée, mais
avant tout parfaitement sale; des portefaix à moitié nus portant de
lourds fardeaux sur le crâne, parcourant les rues au pas gymnastique
en psalmodiant sans relâche ce monotone refrain : *Que calo! que
melo!* pendant qu'un de leur compagnon se servant d'une crécelle,
répond en chantant *Esta boa! Esta boa!* Des ecclésiastiques en longue
robe et en bonnet carré, des mules ballottant des paniers remplis de
fruits et de mauvais légumes, et des marchés dans un encombrement
perpétuel. Ici le tableau change : bourgeoises et servantes; ces
dernières presque toutes de la race des *Minas*, originaires d'Afrique,
coiffées d'un haut turban de mousseline, portant un long châle aux
couleurs éclatantes, croisé sur la poitrine ou jeté sur une épaule, se
poussent, se bousculent, crient, se démènent pour conclure un

marché de quelques reis. Les monceaux d'ordures, d'herbes pourries,
de fruits gâtés s'accumulent sur la terre pavée par quelques cailloux :
heureusement, lorsque le soir arrive, des bandes nombreuses de grands
vautours (urubus) descendent des montagnes et se précipitent sur ces
détritus. Ils remplissent à Rio de Janeiro le même office que les cochons
exercent en Italie ; sans eux la peste arriverait et la circulation serait
interrompue ; mais il faut reconnaître cependant qu'il est juste de
faire exception pour la *rua Ouvidor*, grande, riche et belle, rendez-
vous de toutes les élégances brésiliennes.

Cependant, si l'intérieur de Rio de Janeiro offense souvent la vue et
l'odorat, les environs de la ville, les faubourgs, offrent presque partout
des sites pittoresques, une végétation puissante et des habitations
charmantes posées au milieu de flots de fleurs et de verdure. Ces
constructions n'ont généralement qu'un étage, elles sont distribuées
avec goût, ornées de tout le confortable du monde civilisé, surtout
construites de façon à se préserver des ardeurs du soleil et à profiter,
par de larges vérandas, des brises océaniques du soir. Souvent
quelques grands arbres se balancent dans les jardins, ils sont entourés
de lianes formant des franges, des festons retombant jusqu'à leurs
pieds. Les feuilles écarlates de *l'estrella de norte* mêlent leurs teintes
ardentes aux bégonias bleus ou jaunes, tandis que des orchidées de
toute espèce, aux larges dimensions, s'accrochent à leur tronc ; le
terrain lui-même où végète cette nature exubérante forme un tapis de
couleurs capricieuses, qui s'harmonisent cependant entre elles, tant
cette nature est plus puissante que l'art pour satisfaire les regards
sans les blesser ; ajoutez, que de nombreux tramways desservent tout
le jour ces séduisantes demeures. Il est vrai que toutes les rues de
Rio de Janeiro ne ressemblent pas au chemin de *l'orangeiras*
(l'orangerie), ajoutant ses fruits d'or aux fleurs qui l'entourent. Ce
jardin, situé à la base du Corcovado, qui domine la ville de plus de

deux mille pieds, et que les Brésiliens nomment le Bossu, est une serre immense. Georges eut l'autorisation d'y cueillir et d'y savourer le produit d'une plante que nous appelons *fleur de la passion*, un *maracouja*, fruit inconnu à nos cultures.

Chargé de plusieurs missions, le capitaine de l'*Alerte* ne devait passer que très peu de jours dans les eaux de Rio de Janeiro ; il engagea Georges à ne pas retarder son départ pour la fazenda de don Luis de Sylva, son oncle, et ce brave homme, pour ne pas se séparer brusquement de lui, s'engagea à l'accompagner une partie de la route, montés sur des mules, afin de jouir des beautés du voyage.

Les paysages que la route déployait aux yeux des cavaliers présen-taient les aspects les plus pittoresques ; le capitaine, tout marin qu'il était, ne restait pas insensible à ces beautés de la nature tropicale, et Georges pour lesquelles leur vue excitait des impressions toutes nouvelles, s'arrêtait souvent afin d'en mieux jouir. Ils traversaient parfois des espaces étendus où les éclaircies ouvertes par les défri-chements, laissaient apercevoir des sites pittoresques sous de grands arbres, coiffés de plantes grimpantes accrochées à leurs branches et retombant en franges multico'ores. Plus loin, des *chacaras*, ou jo'ies maisons de campagne, ornées de magnifiques jardins, que leurs proprié-taires ont enrichis de cultures du vieux continent. Venaient ensuite de longues files de chariots campagnards faits de bambous entrelacés, ou une troupe de mulets de charge, *tropeiro*, muletier en tête par bande de huit chacune, menées par un homme. Enfin, sur les bords de la route, un groupe d'ouvriers ayant suspendu leur travail, préparait leur repas. Les marmites pendent au dessus du feu attachées par une liane tordue, la cafetière chante sur les tisons, et les Brésiliens au repos, dans toutes les attitudes, font rêver à ces campements bohé-miens, bien souvent objets d'effroi pour nos campagnes.

Quelque soit la variété des objets qui excitent l'attention, il est difficile, sans être acclimaté à la chaleur torride de ces contrées, de poursuivre une course au milieu du jour. Les yeux sont éblouis, la soif vous tourmente et une fatigue somnolente se fait sentir. Le capitaine, quoique plus habitué à ces excursions, résolut cependant de prendre quelques heures de repos et de satisfaire à un appétit que l'exercice avait excité. A quelques pas de la route se voyait une fazenda accompagnée de vastes hangars servant à emmagasiner le café; le capitaine se dirigea vers un de ces abris, entièrement vide et qui semblait abandonné; les montures furent attachées à des poteaux, le panier, *pagarah*, en jonc, contenant des provisions fut ouvert, et Georges et lui s'asseyant sur les troncs de *seringuieras* (arbre à caoutchouc), commencèrent un déjeuner silencieux et attristé par la pensée d'une séparation prochaine.

Quelques heures de sieste qui suivirent, laissèrent diminuer la chaleur. Un métis, qui passait auprès deux, interrogé sur la distance à franchir pour arriver à la fazenda de Sylva, leur répondit qu'elle était fort proche et qu'on l'apercevait derrière un bouquet d'arbres facile à distinguer; les hangars où les voyageurs étaient arrêtés formaient une dépendance de cette exploitation.

— Puisque nous sommes si près du but de notre course et que nous allons nous séparer, causons un peu, mon cher Georges, dit le capitaine, j'aurais encore bien des choses à vous apprendre; votre séjour dans le Brésil vous les révèlera, cependant laissez-moi vous parler un instant de ce beau et singulier pays.

Le célèbre Humbold s'exprimait ainsi en parlant de ces contrées:

« C'est là que le commerce et la civilisation du monde doivent se
» concentrer un jour. »

C'est là, en effet, que tout se trouve, depuis les diamants jusqu'au fer, le café, le cacao, le sucre, le blé, la vigne, le caoutchouc et les bois exotiques; traversées par des milliers de rivières et de fleuves, ces

Une lettre de mon père, monsieur, je suis Georges Dumaine, votre neveu.

(page 46)

richesses sont d'un transport facile. La population est aussi variée sur cette terre que les autres produits de la nature; le blanc, l'Indien, le nègre se mêlent et se confondent; les *Mamalucos*, alliance des blancs avec les Indiens; les *Cafuzes*, résultat des blancs et des nègres, et les *Curibocas*, mélange du sang des indigènes et des noirs, modifieront notre race blanche en les absorbant toutes un jour. Le Brésil s'étend du nord au sud sur 30 degrés, de l'est à l'ouest de 36; neuf cents lieues de long sur mille lieues de large (1). Des déserts immenses inconnus, en occupent une partie. Les Portugais firent autrefois un recensement de la population, elle ne dépassait pas deux cent mille habitants, et le jeune empire américain, comme on le désigne, n'a pas sensiblement augmenté ce nombre d'êtres appartenant à la race blanche.

Dans cette admirable contrée, ce nouvel eden d'un monde nouveau, chacun pouvant trouver l'emploi de son aptitude ou de sa force, il aurait été naturel d'espérer que les révolutions ne devaient pas l'atteindre. Il n'en est pas ainsi; des têtes exaltées, des âmes inquiètes, rêvant l'inconnu, des ambitieux cherchant à s'élever par leurs utopies, sont venus semer la discorde et la guerre. Ils appelèrent à eux tous les émigrants sans profession, les talents méconnus, les déclassés par leur incapacité ou leur paresse, en un mot tous ceux qui veulent les jouissances de la vie sans le travail, et toutes ces victimes des passions humaines firent éclater une révolution comprimée, mais non vaincue, dont vous ferez bien, mon cher enfant, de vous tenir à l'écart.

Don Luis de Sylva, votre oncle, est fier de sa naissance, il le fait

(1) 12,673,000 kilom. carrés, sa population actuelle de toutes races est de 10,196,000 individus, moins d'un habitant en moyenne par kilomètre carré. La province dite de *las Amazonas* n'en compte qu'un par 38 kilomètres, occupée presque exclusivement par la race aborigène.

trop sentir : on lui a fait la réputation d'être fort riche, ce qui serait peut-être vrai, si ses possessions étaient administrées avec un peu d'ordre ; ces deux choses lui ont suscité des envieux et des ennemis. Lors de mon dernier voyage au Brésil, un vaquero presque blanc, mais d'origine indienne, menaçait de marcher sur Rio de Janeiro après s'être emparé de Belem. Plusieurs fazendas sur la côte de *Marajo* furent pillées et brûlées par des bandes de vaqueros. Il paraît qu'après avoir été dispersées elles se sont reformées dernièrement et qu'elles poussent leurs déprédations jusqu'à Paracatu. Arriveront-elles jusqu'ici ? C'est peu probable, cependant c'est possible ; il est de votre devoir de prévenir votre oncle et de le défendre s'il le fallait.

— Je n'y manquerai pas, dit Georges avec chaleur.

— Je le sais ; occupons-nous donc de ce qui vous regarde. Voici un livret de chèques sur la meilleure maison de banque de Rio ; mon vieux camarade me l'a adressé au moment de votre départ ; il est sévère Dumaine, mais il est plein de cœur et d'affection pour vous. Son désir était que les chèques qu'il contient, divisés par sommes de cent francs, ne vous soient remis qu'au fur et à mesure de vos besoins. Je vous ai étudié, mon ami, vous avez gagné ma confiance, je vous abandonne la somme totale, certain que vous n'en abuserez pas. Rappelez-vous mes recommandations, souvenez-vous de la page que je vous ai fait lire avant de quitter mon bord : n'oubliez jamais que le monde nous présente ce spectacle douloureux d'individus qui s'usent dans la peine et meurent dans l'oubli, passant entre les générations comme un jour entre deux nuits. Le monde vit et marche toujours, il nous exploite vivant, nous livre un peu de terre pour notre tombe et tout est dit. Ah ! Dieu a donné à chacun de nous une aptitude spéciale pour voir et comprendre les choses par un côté particulier, une faculté prédominante qui nous met en harmonie avec ce qui nous entoure. De là une loi qui s'impose et qui nous oblige à appliquer et à développer nos qualités personnelles. Craignons, mon enfant, d'être des hommes inutiles, ne vivant que de nous et pour nous; rejetons cette existence égoïste qui reste étrangère au mouvement de la science, du travail et de la vie sociale; ne tournons pas incessamment dans le cercle d'habituelles inutilités; ayons la vigueur du caractère, la noblesse du cœur, la virilité, qui font la force et la puissance de l'homme, et ne permettons jamais qu'on puisse graver sur nos fronts cette flétrissure de Jérémie : « Homme stérile ! » Et maintenant, adieu... Adieu encore; puissiez-vous vous souvenir de mes conseils et de mon affection de cœur !

Le digne commandant de *l'Alerte* avait serré Georges dans ses bras, sans ajouter un mot, sans se retourner, sans doute pour ne pas montrer son émotion; il se remit en selle et partit avec rapidité.

CHAPITRE VI

Entrée en relation peu agréable. — Don Luis de Sylva. — Fâcheuse réception. — Une nouvelle famille. — La culture du café; sa récolte. — Le sort des nègres. — Un peu de botanique. — La cousine Cécilia. — Promenade à l'orangerie. — Le nez de mistress Grumbler.

Seul, dans ce monde inconnu, loin de tous ceux qu'il aimait, des affections de la famille, Georges, profondément triste, s'assit sur un tronc d'arbre, couvrant son visage de ses mains et s'abandonnant à de douloureuses réflexions. Quel était cet oncle avec lequel il allait vivre et dont quelques mots lui faisaient présager des rapports difficiles ?

Longtemps il resta plongé dans une torpeur morale voisine du découragement. Les dernières paroles de l'ami qui venait de le quitter lui
revinrent peu à peu, il eut honte de sa faiblesse, peut-être avait-il
versé quelques larmes? Il passa la main sur ses yeux et, faisant un
effort sur lui-même, il se dirigea lentement vers la fazenda de Sylva.

Construite comme toutes celles de cette contrée, la fazenda qu'il
aperçut, en dépassant le bois que le métis avait indiqué, offrait aux
regards de vastes constructions n'ayant qu'un rez-de-chaussée garni
de vérandas pour l'habitation du maître, entourée de nombreux bâtiments servant de logement aux travailleurs, et de magasins destinés
à serrer les produits de la plantation. Une cloche sonnait quand il
entra dans le vaste terrain qui servait de cour; il hésitait sur l'endroit
où il devait se présenter, un métis à la peau basanée, à la physionomie
dure, à la voix rude, descendit du perron et s'approcha de lui.

— Que voulez-vous? dit-il en espagnol.

— Parler a don Luis, répondit Georges.

— Le Seigneur de Sylva se met à table, jamais il ne se dérangé,
qu'avez-vous à lui demander?

— Rien, une lettre à lui remettre, voici ma carte.

— En ce cas, l'ami, dit le métis d'un ton insolent et en fourrant
la carte dans sa poche, gardez votre lettre, je vous permets de vous
asseoir sur cette pierre, il sera temps de la lire plus tard.

L'accueil brutal de ce drôle fit monter le sang au visage de
Georges; au lieu de lui répondre, il le saisit énergiquement par le bras,
l'envoya trébucher à quelques pas, et en deux bonds, franchissat
l'escalier, le jeune homme se trouva à l'entrée d'une salle à manger,
en face d'une table auprès de laquelle trois personnes se trouvaient
assises.

Le Seigneur don Luis était un bon gros personnage, gras, rouge,
grisonnant, à physionomie joyeuse et peu soucieux, en apparence, de

suspendre un bon repas pour s'occuper d'affaires. Auprès de lui se trouvaient deux femmes ; l'une blonde et délicate, indiquant seize ou dix-sept ans ; l'autre de contenance sèche et guindée. Cécilia, la première, était sa fille ; la seconde, mistress Grumbler, servait de gouvernante.

Don Luis, témoin, par une croisée ouverte, de ce qui venait de se passer dans la cour, se leva en laissant échapper un bruyant soupir ; Georges s'avança rapidement et lui présentant sa lettre :

— Une lettre de mon père, monsieur, je suis Georges Dumaine, votre neveu.

Il était temps que ses paroles fussent prononcées ; le métis, furieux de sa bousculade se précipitait derrière lui, les poings fermés, le rictus de la colère contractant sa laide figure. A ces mots : « Je suis votre neveu, » il recula d'un pas, honteux stupéfait, rengainant sa rage, et il disparut pour éviter les reproches qu'il avait mérités.

Don Luis semblait décontenancé, il tournait la lettre entre ses mains, ne sachant trop que répondre, lorsque Cécilia, se levant vivement, s'approcha de Georges et lui dit avec un beau sourire en lui tendant la main :

— Soyez le bienvenu au milieu de nous, mon cousin, nous vous attendions.

Cette démarche spontanée ranima son père, il se rassit, lut la lettre et se tournant vers le jeune homme :

— Ah ! vous êtes Georges Dumaine... Je ne vous attendais pas encore... Eh ! bien, puisque vous voilà, nous ferons connaissance à table... Ma chère mistress Grumbler, faites ajouter un couvert.

La grande dame sèche sortit en jetant sur le jeune homme un regard de travers ; ne lui imposait-on pas, vis à vis d'un étranger, un devoir servile ? Me voilà déjà deux ennemis sur les bras, pensa-t-il !

Mais, à l'âge de Georges, les impressions fâcheuses passent vite, et, nous devons l'avouer, sa course lui avait ouvert un appétit féroce.

La table, servie avec l'abondance des produits de ces riches contrées, permettait de satisfaire les goûts les plus différents. Le *carne secca*, viande séchée au soleil et salée, figurait comme plat de fondation. Il n'y a pas de maison si pauvre qu'elle n'ait sa *fei joada*; il n'en est pas de si riche qui l'exclue de son repas, et les gens de toute classe la considèrent comme un mets par excellence. Ensuite venaient les fricassées de poulets à longue sauce, le riz pimenté à l'eau, les patates, des viandes froides, du pain, du vin et du café. Les légumes savoureux de notre France étaient absents, et cependant il serait facile d'obtenir sous ces climats les variétés que nous possédons, car elles devraient être appréciées sous cette latitude torride.

Don Luis faisait un puissant convive, son appétit pouvait servir d'excuse à celui de son neveu; trop occupé à le satisfaire, à peine disait-il quelques mots. Cécilia y était habituée. Georges aperçut quelques sourires de sa cousine, provoqués sans doute par la manière dont il imitait son père; quant à la grande gouvernante, elle paraissait choquée de l'appétit du nouveau venu; plusieurs fois elle poussa du coude son élève, et lui dit quelques mots à l'oreille; il est vrai que Georges s'était permis des manques d'usage intolérables, il coupait son pain, se servait de sa fourchette de la main droite et s'essuyait la bouche avec sa serviette.

Suivant l'habitude anglaise à laquelle mistress Grumbler l'avait formée, Cécilia se leva de table avant la fin du repas; Georges pensait qu'il était peut-être convenable de suivre ces dames, lorsque don Luis, étendu sur sa chaise, respirant bruyamment comme un homme qui vient de se livrer à une rude besogne, la figure enluminée, la satisfaction brillant dans tous ses traits, l'engagea à ne pas le quitter.

— Ah! très bien, vous êtes donc mon neveu, le fils de la sœur de ma femme, anglaise comme elle... toujours pas bien forte, n'est-ce pas?... et cependant la survivante d'une douzaine de filles et de garçons... Vous venez au Brésil chercher fortune sans doute ?... Pas facile, mon cher ami, notre café ne se vend plus, il est bon, très bon, vous venez de le goûter. Eh bien! Bourbon, Moka, nous font concurrence; le sucre manque d'avenir, le caoutchouc a été confisqué par les Anglais; il n'y a plus que les mines; voilà où est l'or et l'argent!... Ah! ah! il faut savoir s'en servir... Vous ne connaissez pas la chimie?

— Pardon, mon oncle, je connais toutes les manipulations qu'exigent les minerais pour leur conversion en métaux.

— Bah! mais vous ignorez probablement la direction d'une culture?

— J'ai étudié les cultures rurales dans une des premières fermes modèles de France.

— Oh! et la comptabilité?

— Je puis facilement la tenir en partie double.

— Mais, que diable, mon neveu, dit don Luis, qui laissait lire une sorte d'étonnement sur sa physionomie, puisque vous savez tant de choses, pourquoi venez-vous chercher aventure parmi nous?

Ces derniers mots froissèrent le jeune homme, il répondit avec une certaine vivacité :

— Mon père, monsieur, avait pensé qu'une personne dévouée, active, prête à vous seconder de toutes manières, pourrait peut-être vous sembler utile. Je ne prétends pas m'imposer, s'il n'en était pas ainsi, veuillez me le dire, cette simple visite me permettrait de vous présenter mes respects.

— Là! là! mon garçon, vous êtes chatouilleux dans les explications que nous avons ensemble; cependant il faut bien que je vous connaisse et pour cela que je vous interroge; comment pourrez-vous m'être utile si j'ignore ce que vous savez faire? Eh bien! il me sera possible, je pense, de vous adjoindre à mon administrador que vous avez bien rudoyé tout à l'heure. Vous surveillerez, vous établirez la comptabilité, fort négligée par lui, et je suppose qu'ainsi nous pourrons marcher d'accord.

— Je suis à vos ordres, mon oncle, dit Georges, peu satisfait d'être accolé au métis dont la grossièreté ne présageait rien de bon, mais se repentant cependant du mouvement de vivacité auquel il s'était laissé aller un instant auparavant.

L'emploi qu'acceptait le jeune homme, présentait plus de difficultés qu'il ne l'avait pensé d'abord. Il se trouvait entre deux personnages de caractère fort différent : l'un, don Luis, s'occupait fort peu de ses affaires, facile à abuser par ignorance et par faiblesse; l'autre, le métis, jaloux de son autorité, très ennemi d'aucun contrôle, menant selon ses intérêts les cultures, traitant avec les ouvriers pour leur salaire, et s'entendant avec les commerçants dans la vente des produits de la fazenda de Sylva.

Avant de prendre un rôle actif dans cette régie, Georges crut nécessaire de commencer par étudier avec soin ce qui se passait sous ses yeux. Il fit part de sa résolution à son oncle, qui la trouva naturelle, et qui mit à sa disposition le petit cheval des prairies que sa fille montait parfois, mais qu'elle redoutait à cause de son caractère sauvage et emporté.

La principale culture de la fazenda venait de commencer, la récolte du café avait une grande importance, elle exigeait de nombreux ouvriers et une surveillance assidue, Georges fut surpris de ne pas rencontrer le métis au milieu des travailleurs, tous savaient déjà que ce jeune homme était le neveu de leur maître, ils supposaient probablement que la fazenda lui appartiendrait un jour, cela leur faisait concevoir l'espérance de voir améliorer leur sort, surtout d'obtenir de se soustraire aux violences de l'administrador. Georges descendit de cheval, se mêla à eux, leur parlant avec douceur et bonté et encou-

rageant leurs explications sur une récolte qu'il avouait ne pas
connaître.

La vue des collines couvertes de caféyers *(coffea arabica)*, parce
que l'Arabie a fourni les premiers plants cultivés aujourd'hui dans
les deux mondes, offre dans tous les temps un aspect agréable.
Croissant vite, toujours vert, s'élevant de 5 à 8 mètres, l'arbuste se
charge, dans sa partie supérieure, de branches opposées deux à deux,
souples, bien ouvertes, les feuilles ayant de la ressemblance comme
couleur et comme forme à celles du laurier commun. C'est de l'aisselle
de ces feuilles que sortent de petits groupes de fleurs au nombre de
quatre ou cinq, soutenues sur un court pédoncule, formées d'un seul
pétale et présentant quelque analogie aux fleurs du jasmin d'Espagne.
La floraison passe vite, elle répand une odeur douce et agréable et se
trouve bientôt remplacée par une sorte de baie qui a l'apparence
d'une cerise et lui a fait donner, dans les Antilles, le nom de cerise de
café. Plus ou moins rond, d'un rouge obscur dans sa maturité, ce fruit
renferme une pulpe glaireuse d'un goût douceâtre, laquelle sert d'enveloppe à deux petites fèves accolées l'une à l'autre, d'une nature
cartilagineuse, donnant ce produit maintenant si répandu, malgré la
prédiction malveillante de Mme de Sévigné.

La cueillette de ces baies présente un spectacle animé et pittoresque.
Les nègres, hommes et femmes, circulent dans la plantation, porteurs
de hottes de bambous dans lesquelles s'amassent les graines du café,
les unes semblables à certaines cerises, les autres déjà noircies et à
demi desséchées et au milieu de ces deux conditions quelques graines
encore vertes, pas du tout mûres, mais devant se sécher au soleil, sur
le sol embrasé des aires. De distance en distance, des petits négrillons,
très court-vêtus, s'asseyent au pied d'un caféyer, recueillent les fruits
tombés et accompagnent ce facile travail d'un chant monotone, l'un
faisant le dessus, les autres soutenant le chant. Les hottes ou les

corbeilles sont-elles remplies, ils se mettent deux pour les porter à l'administrador, qui leur donne un jeton en métal à échanger plus tard contre le salaire déterminé.

Cette fois, le métis était absent, un murmure se faisait entendre sur les contestations qui pouvaient s'élever comme rémunération du travail. Un jeune nègre imagina de faire des coches sur un tronc d'arbre, mais cette opération souleva un brouhaha général ; Georges rut comprendre qu'on redoutait la colère de l'administrador si on s'autorisait de ces entailles pour contrôler ses comptes. Des gestes très expressifs s'adressèrent au nègre pour lui présager qu'il serait puni s'il se mêlait de les contester, il baissa la tête avec tristesse et d'un coup de hachette les coches disparurent.

De l'emplacement où se faisait la récolte du café, Georges suivit les chariots jusqu'aux bâtiments où elle est déposée. Les nègres divisent en petits lots et arrangent en tas sur les séchoirs cette récolte du jour. Quand le café est sec, on l'étend en couches minces sur un terrain uni et battu, que le soleil achève, pour ainsi dire, de griller. Parvenues à une dissécation complète, les graines sont décortiquées à l'aide de machines très simples en usage dans toutes les fazendas, et la manipulation se trouve complète.

Dans leurs travaux pour cette récolte, les nègres sont tout à la fois tâcherons et journaliers ; chacun d'eux doit accomplir une certaine somme de travail : tant pour un homme, une femme ou un enfant ; ce qu'ils font en plus est payé au moyen de jetons remis dans la journée.

Leur sort, sous un surveillant intègre et compatissant, n'est pas à plaindre, tous avec un peu d'ordre, en renonçant à l'ivresse, peuvent amasser quelques économies, pourvu toute fois que leur salaire soit distribué avec ordre et équité, au lieu d'être réglé arbitrairement, ainsi que Georges le vit opérer, ce soir là, par l'administrador de son oncle.

Il arrive souvent qu'un étranger découvre dès l'abord les négligences ou les abus qui se glissent dans une exploitation. Au dîner, Georges entretint son oncle de quelques habitudes paraissant contraires à ses intérêts, à cela don Luis répondit :

— Il en a toujours été ainsi.

Ce n'était pas une solution.

— Permettez-moi, lui dit le jeune homme, de visiter quelques fazendas voisines de la vôtre, dans lesquelles on procède à la récolte des caféyers.

— Allez, mais je vous préviens que je ne prends pas conseil de mes voisins.

Malgré ces quelques mots, révélant moins de raison que de routine et d'orgueil, Georges profita de la permission et, durant une semaine, il lui fut possible de pouvoir noter beaucoup d'améliorations dont était susceptible la culture du caféyer, applicables également à ses produits, à leur triage suivant leur qualité, et, résumé de toute exploitation au prix de revient et au prix de vente pour le propriétaire.

La cueillette du café ayant changé de canton à la fazenda de don Luis, un matin qu'il s'informait de la direction à prendre pour y parvenir, le jeune homme se rencontra dans la cour avec sa cousine, seule, par extraordinaire. Cécilia, en tenue de créole, était vraiment charmante; une robe en mousseline à larges plis, une petite cravate frangée d'or et une grande écharpe de gaze rose nouée à la taille, s'harmonisaient avec ses formes élégantes et souples et ses belles boucles blondes s'échappant d'un panama à grands bords. Chacun de ses bras, couvert à moitié par des mitaines de soie, portait suspendues deux grandes corbeilles en jonc annonçant ses projets de rapporter des fruits ou des fleurs. Dès qu'elle aperçut son cousin elle vint à lui :

— Inutile de prendre des informations pour la cueillette du café,

mon bon monsieur, dit-elle avec un sourire, vous n'irez pas aujour-
d'hui, nous avons d'autres cultures que vous devez connaître; vous
allez venir tout de suite dans nos bois aux fruits d'or ; je vous permets,
monsieur mon cousin, de porter bien gentiment mes deux grands
paniers, à condition que vous répondrez à toutes les questions que je
pourrai vous faire.

— Accepté, Mademoiselle ma cousine, dit Georges en prenant le
même ton d'enjouement que Cécilia.

Une magnifique allée de palmiers conduisait de la fazenda à l'orangeiras, l'orangerie ; protégées par l'ombre qu'ils projetaient avec leurs
cimes se perdant dans les nues, une foule de plantes s'entrelaçaient à
leurs pieds; quelques-unes portaient des fleurs charmantes, Cécilia
s'arrêtait à les regarder et Georges s'empressait de les cueillir.

— Voici le *lepidium piscidium*, singulière plante qui endort les
poissons ; le *quilaga saponica*, possédant les mêmes propriétés que
nos saponaires d'Europe. Voyez cette belle ombellifère, dont la
gomme vous donne *l'opoponax*; une charmante fleur, ma cousine,
la *feuzalia diantiflora*, et celle-ci, la *calliroe pedata nona compacta*,
les *queramas*...

— Etes-vous fou de remplir mes paniers de tous ces mots barbares
qui gâtent les fleurs, jetez-moi bien vite tout cela, nous voici arrivés.

L'aspect de l'orangerie avait quelque chose de charmant; elle ne
ressemblait pas à ces plantations d'orangers qu'on rencontre aux
environs de Nice ou dans quelques parties de l'Italie; tristes arbres
à l'écorce noire, distants les uns des autres, d'une végétation atrophiée.
Ici les orangers formaient des massifs pleins d'attraits, jetés sur le
versant d'une colline, à la terre d'un ton rouge et chaud, s'abritant sous
l'ombrage de quelques *ceiropia* (candélabres) dont les teintes
argentées contrastaient avec les feuilles des orangers. Ces groupes

d'arbres et d'arbustes aux fruits d'or produisaient des variétés inconnues dans notre vieux continent.

Les petites *tangerinas* étaient nombreuses, les grosses *selectas* s'accumulant par douzaine sur une seule branche, la faisait plier jusqu'à terre. Ailleurs on voyait le pâle limon doux, le petit citron à la peau fine, parfois d'un vert bronze et, plus loin, se dérobant aux regards, la mandarine à côté de l'oranger nain, ainsi que d'autres espèces donnant des fleurs rouges, des feuilles de mirthe ou panachées, des fruits en forme de toupie ou ressemblant à un gland.

Georges s'était arrêté à la vue de ces richesses de la nature.

— Eh! bien, que dites-vous de ma plantation, mon savant cousin, cela ne vaut-il pas mieux que vos *pedata nona compacta* et autres galimatias et que vos méchantes cerises de café... n'est-ce pas là vraiment le jardin des hespérides?

— Certainement, ma cousine, quels beaux fruits! quelles variétés! Ah! que ne puis-je en envoyer à ma bonne mère qui les aime tant.

— Ma tante! comment est-elle ma tante?

— Aimante, douce, et belle comme vous, dit Georges avec ardeur. Cécilia fixa un instant le jeune homme.

— Vous pensez souvent à elle?

— Toujours!

— Vous me faites plaisir en m'avouant cela, Georges... mon cousin, veux-je dire. Rien ne s'oppose à ce que nous lui envoyons une caisse d'oranges. Si vous voulez, nous allons commencer à l'instant la cueillette. Nous penserons ensemble à elle... la sœur de ma pauvre mère!...

Puis dominant son émotion et affermissant sa voix:

— Et j'y joindrai ma bonne recette pour faire du vin d'oranges semblable à votre malvoisie.

Les oranges étaient si abondantes que, peu de moments après, les corbeilles se trouvaient entièrement pleines, quand Cécilia s'aperçut qu'ils avaient oublié d'y joindre des mandarines.

— Il faut chercher un oranger où les fruits soient bien beaux, dit-elle.

Dans une petite éclaircie, sur un espace couvert de fleurs, s'élevaient quelques orangers chargés de ces mignonnes oranges qui paraissaient bien mûres, mais elles se trouvaient à la cime d'arbres s'élevant à près de quatre mètres de hauteur. Il faut secouer l'arbre, dit la jeune fille, elle l'essaya en vain; Georges se joignit à elle sans plus de résultat, et, pour surmonter la difficulté, il s'élança sur l'oranger et parcourut rapidement la distance qui le séparait des fruits.

Cette brusque ascension de son grand cousin fit éclater un bon accès de rire sur les lèvres de Cécilia. Par distraction ou par rancune le jeune homme commença à faire pleuvoir les boules d'or autour de sa cousine, quand tout à coup un cri se fit entendre, et mistress Grumbler apparut se frottant le nez avec beaucoup d'humeur.

— Il être dangereux ce bois, je vous l'ai déjà dit, miss.

Oh! le nez à moi bien douloureux! pas de cœur vous rire de moi: pourquoi tant d'oranges tomber à la fois?

— Un oiseau, s'écria Cécilia, entre deux charmants rires perlés, et elle éleva sa main vers son cousin.

L'Anglaise recula d'un pas en l'apercevant.

— Quoi! vous! lui!... *one alone*, schoking, my dear, very schoking, indeed!

Cécilia redevint sérieuse, elle courut à l'Anglaise et s'empressa d'essuyer avec son mouchoir une goutte de sang qui perlait sur un nez de même couleur, puis, voyant une jeune et grande négresse qui traversait la plantation, elle lui fit signe de s'approcher.

— Nina, non *pedita compacta*, dit-elle en souriant de nouveau, emporte ces deux paniers d'oranges et dépose-les dans ma chambre.

Le soir, Georges, se trouvant auprès de la gouvernante, s'excusa en termes si polis, il exprima si bien en bon anglais son désespoir, que la paix fut faite et qu'elle lui tendit la main.

— *Shake hand.*

CHAPITRE VII

Situation des noirs esclaves et des travailleurs libres dans la plantation. — Les *quilombòs* et les *capitaès do mato*. — L'esprit de routine. — Affreux incident. — Le mutilé. — Exploitation. — Le voyage.

Six mois se sont écoulés depuis l'arrivée de Georges Dumaine au Brésil ; il en a profité pour s'instruire sur les travaux exigés par les cultures ordinaires de la contrée et pour étudier les moyens employés par les propriétaires, avec le concours des nègres et des hommes de couleur. Sauf le temps donné à la comptabilité de la fazenda de don Luis, le jeune homme est à peu près libre de toute sujétion. En examinant cette comptabilité, dont son oncle n'avait aucune idée, ou plutôt en vérifiant le total des recettes et celui des dépenses, et en les comparant aux résultats des années précédentes, don Luis est obligé de reconnaître que son revenu s'est sensiblement augmenté. L'espoir que l'intervention de Georges avec les négociants, pour la vente des denrées, produira de bons résultats, l'engage à le charger des ventes qui se répètent plusieurs fois chaque année. L'administrador éleva en vain des objections : quoique sans caractère, don Luis ne modifia pas sa confiance. C'est Georges qui éprouva les conséquences de l'irri-

tation du métis : sa vilaine figure se contractait chaque fois qu'il le
rencontrait ; il proférait à voix basse des menaces et des injures qui,
certainement, se seraient changées en agressions si l'impunité lui
avait été assurée.

La situation des nègres aux environs de Rio attira d'abord son
attention. Assez pénible dans les pays de grande culture, elle est très
tolérable au milieu des grands pâturages de l'intérieur du-Brésil. Les
nations indiennes, peu belliqueuses, se sont décidées depuis longtemps
à former des alliances avec les Européens. San Salvador et Rio de
Janeiro sont les provinces où la population noire est le plus considérable. Trois modes d'affranchissement existent pour elle : la liberté
leur est souvent donnée par leurs maîtres ; ou les noirs se rachètent
eux-mêmes en faisant tenir leurs enfants par de riches propriétaires
sur les fonts du baptème ; parfois, c'est grâce à leur économie. Dans
beaucoup de fazendas, il leur est accordé un jour de liberté par
semaine, qu'ils consacrent à cultiver le coin de terre qui tient souvent
à leur case. Il n'y a pas longtemps que le maître exigeait un *pataca*,
ou deux francs, pour chaque nègre pouvant disposer de son temps,
sur le surplus du gain, il est obligé de se nourrir. Dans les *rocas* qui
ne comptent guère plus de cinq ou six travailleurs, ils n'ont pas besoin
de songer à leur subsistance : elle consiste généralement en farine de
manioc, en *tassa* ou viande sèche, en *abobaros* ou giraumons, et en
bananes. Sur les propriétés qui récoltent le sucre, on donne aux noirs
une certaine quantité de *rapadura* ou sucre battu, dont on fait une
consommation prodigieuse. M. Rugendas, dans son *État des noirs au
Brésil*, ajoute ceci :

« La population des noirs est, par son avenir au Brésil, l'une des
» classes les plus importantes des colonies ; cela est vrai, surtout des
» Créoles proprement dits, des noirs nés en Amérique. En les compa-
» rant à ceux d'Afrique, on acquiert la consolante certitude que la

» race africaine, nonobstant les tristes circonstances qui accompa-
» gnent sa translation dans le Nouveau Monde, y gagne beaucoup sous
» les rapports physiques et moraux. Presque toujours ces Créoles sont
» des hommes très bien faits et très robustes ; ils sont résolus, actifs
» et beaucoup plus tempérants que les nègres d'Afrique. Ils accordent
» une certaine préséance aux blancs dans leurs relations sociales ;
» mais, somme toute, c'est plus au rang qu'à la couleur qu'ils ont
» voué cette déférence : c'est très rarement, d'ailleurs, qu'on voit des
» mariages entre des noirs et des femmes vraiment blanches. »

La philanthropie moderne, plus spéculative que réelle, a beaucoup
exagéré les malheurs de la situation de la race noire. On a fait les
tableaux les plus douloureux de son sort et des punitions qu'elle
subissait. La vérité, quant au Brésil, est que les punitions rigoureuses
sont très rares et qu'elles se résument généralement à quelques coups
de fouet ; encore bien des circonstances les font éviter aux paresseux
et aux révoltés qui auraient à les subir. Au moment de l'exécution,
un étranger passant dans la rue ou auprès d'une habitation rurale,
entendant les cris d'un nègre qu'on fustige, peut arrêter au même
instant le châtiment : sa parole possède la force d'*empenho* ou de
recommandation officielle. Auguste de Saint-Hilaire raconte que,
durant ses longs voyages dans ces contrées, la grâce d'un esclave ne
lui fut jamais refusée. « *Basta, basta, senhor,* » répondait le *feitor* ;
et les coups cessaient immédiatement. La loi, d'ailleurs, exige, si le
délit est très grave, que le coupable soit envoyé à Rio, soumis à la
décision d'un juge, et que la peine soit subie sur la place du *Calaboço*.
Ajoutons, cependant, que cette loi n'est pas toujours suivie et qu'il
arrive que des feitors ou des administradors se livrent sur les noirs à
d'affreuses tortures : nous aurons à en faire le triste récit tout à
l'heure.

Ce qui prouve encore que le sort des noirs n'est pas trop rigoureux au Brésil, c'est le peu d'esclaves cherchant à se soustraire à leur servitude. Rarement ceux qui proviennent de Cabinda, de Mozambique et du Congo s'échappent-ils pour se réfugier dans les forêts en se condamnant à la vie sauvage. Les *Mamalucos*, qui proviennent d'Indiens et de couleur ; les *Caribocos*, ou sang mêlé d'Indiennes et de nègres, sont plus disposés à fuir : orgueilleux de leur naissance, supportant difficilement les punitions, il a fallu, pour les ramener au travail et les arracher à leurs *quilombos* (1), organiser un corps d'hommes de couleur *(capitaës do mato*, capitaines des bois), pour les poursuivre et les ramener à leurs maîtres.

Ces *capitaës do mato* sont toujours, ainsi que nous venons de le dire, des hommes de couleur ; mais ils sont libres. La mission dont ils sont chargés laisse toute liberté à leurs violences et à leur férocité ; aussi sont-ils abhorrés par les nègres marrons et même par ceux qui n'ont pas cherché à se soustraire à leur travail. Ces compagnies d'aventuriers, qui rappellent un peu nos anciens miquelets qui vivaient de vols et d'exactions, ont été créées en 1722 ; les règlements fixaient les devoirs et les rétributions de cette milice, aujourd'hui fort oubliée, mais non pas en ce qui concerne chaque fugitif qu'ils ramenaient à son maître et pour laquelle prise il est d'usage de leur accorder cent cinquante-six francs vingt-cinq centimes de notre monnaie.

Georges Dumaine, en relations d'affaires et d'intérêts avec cette population d'origine si variée, depuis le *filhos do Reino*, portugais pur, jusqu'aux *Brasileiros* ou *Créolos*, nègres nés au Brésil, parvint en quelques mois, par sa franchise, son intelligence, à se créer une considération générale. Les négociants de race européenne se prêtèrent volontiers à traiter avec lui, et sa commisération toujours bienveillante avec la race noire lui acquit une popularité très réelle parmi les travailleurs.

(1) Cabanes dans les forêts.

Ces nombreuses relations le mirent à même d'acquérir rapidement une connaissance positive des richesses exis ant dans les vastes contrées de cet empire. Il comprit facilement tout ce que les cultures, sous un ciel où la végétation est si puissante, pourraient recevoir d'améliorations, tout ce que les minéraux les plus rares et les plus utiles donneraient de rémunération à qui saurait appliquer à leur extraction des procédés perfectionnés. Les.forêts ne demandaient qu'une exploitation bien comprise ; les cours d'eau et les fleuves ouvraient de tous côtés des débouchés à l'industrie : tous ces éléments de prospérité n'attendaient que l'impulsion de l'intelligence et du capital. A ces affirmations de Georges, les Brésiliens souriaient en élevant obstacle sur obstacle ; pour eux, cet avenir n'était qu'une utopie.

Un soir, on venait de dîner à la fazenda de Sylva ; le digne oncle, la serviette toujours à la boutonnière, avait satisfait amplement à un large appétit, lorsque, au moment où Georges se levait de table, don Luis le retint auprès de lui. Durant son séjour en Angleterre, le noble fazendeiro avait pris l'habitude de satisfaire avec la bouteille de *claret* (bordeaux) une soif très douteuse : c'était pour lui le moment d'expansion où il consentait à s'occuper de ce qu'il appelait ses affaires.

— Vous êtes un bon garçon, dit-il à son neveu en se renversant sur sa chaise ; je reconnais que vous vous entendez en affaires ; la vente de mes cafés vient de me procurer quelques milliers de francs au-delà des recettes ordinaires... On m'a dit que vous aviez de grandes idées d'amélioration pour nos cultures ; est-ce vrai ?

— Je le pense, mon oncle.

— Ah ! voyons donc, mon cher ami, ce que vous entendez par là. Je crois fort peu à tout cela, je dois vous le dire. Il nous arrive, chaque année, des aventuriers venus de tous les coins de l'Europe pour exploiter notre bonne terre du Brésil : ils ne sont pas riches quand ils arrivent, ils sont encore plus gueux lorsqu'ils s'en vont.

Il s'élança sur l'oranger et parcourut rapidement la distance qui le séparait des fruits.
(page 55).

Mis ainsi en demeure de s'expliquer, Georges exposa, en se mettant
à la portée du bonhomme, les connaissances qu'il avait acquises, les
résultats qui devaient se produire dans des cultures perfectionnées, les
nouvelles exploitations fructueuses d'une foule de produits trop
négligés. Il entra dans le détail des frais que leur établissement pourrait coûter, les recettes qui en proviendraient ; son exposé dura
longtemps, interrompu seulement par quelques exclamations de don
Luis et par une addition de claret lorsque la chose lui paraissait trop
difficile à digérer.

— Oui, oui, prononça-t-il quand son neveu eut terminé, vous êtes
Français, mon enfant, sujet à beaucoup d'illusions ; cependant, il se
trouve du vrai dans ce que vous venez de me conter. Que j'entreprenne
ces tentatives à mon âge, on se moquerait de moi, et mes amis eux-
mêmes me traiteraient de fou. Vous, c'est différent ; peut-être pourriez-
vous, je ne dis pas réussir, mais essayer. Nous reparlerons de cela.
Il est possible que j'associe un peu d'argent à votre science : ce sera
une triste commandite, je suppose, mais il faut bien faire quelque chose
pour le neveu de ma pauvre femme.

Au moment où don Luis articulait cette quasi-promesse, il était
loin de penser, de même que Georges, que sa réalisation serait fort
rapprochée : un incident aussi fâcheux qu'imprévu devait engager
son avenir.

Un jour qu'il venait de visiter, dans une *roca* du voisinage appartenant à un Anglais, des expériences sur le rendement d'une fabrication de sucre par l'emploi des tiges de maïs ou blé de Turquie (1), il
entendit des éclats de voix mêlés de cris de femme dans le quartier des
cases destinées aux nègres de la fazenda de Sylva. L'accent douloureux
dont ils étaient empreints fit soupçonner à Georges que quelque mal-

_____

(1) Décision prise par les États-Unis (section d'agriculture) en 1878, pour faire des expériences sur le rendement du maïs.

heureux noir subissait en ce moment une punition. Il hâta le pas, afin de modérer ou de faire cesser ce supplice. Un spectacle émouvant s'offrit bientôt à ses regards.

Ceux *caribocos* étaient liés à de jeunes palmiers, et l'administrador de son oncle, armé d'une sorte de discipline en lanières de cuir, les frappait avec tant violence que le sang avait jailli sur sa blouse grise et sa large ceinture de cuir. L'une des deux victimes était une toute jeune Indienne considérée comme si charmante par les nègres qu'ils l'avaient surnommée *Guaracinda* (cheveux de soleil) ; l'autre caribocos, sang mêlé mais d'origine indienne, offrait à la vue un grand et bel homme, à la physionomie intelligente. À l'aspect de Georges, un groupe d'esclaves qui assistaient à ce spectacle firent entendre des cris de : Grâce ! grâce !

—Qu'on fait ces noirs ? dit-il au feitor.

— Les chiens ont désobéi à mes ordres, répondit le métis.

Et il leva le bras pour frapper de nouveau la jeune femme.

— Arrêtez ! Je ne souffrirai pas que vous prolongiez ce traitement barbare... Arrière, misérable ! s'écria Georges en le repoussant.

Une pauvre petite fille de trois ou quatre ans, presque nue, courait en criant de son père à sa mère qu'elle voyait ensanglantés ; le métis se baissa, la saisit par les cheveux et se mit à la frapper avec la dernière cruauté. Cet horrible spectacle fit éclater la colère du jeune homme : il se précipita sur le bourreau, lui arracha son fouet et s'en servit pour lui couper le visage. Le feitor poussa un hurlement de sauvage. Un couteau était passé à sa ceinture : il le brandit avec rage et, faisant un bond jusqu'au jeune homme, le renversa sous lui et leva son arme, cherchant le cœur afin de l'en frapper.

Fort heureusement pour Georges, les nègres, exaspérés de cette terrible scène, se précipitèrent à son secours, pendant que quelques-uns d'entre eux détachaient les cabricos de leurs liens. La mère courut à son enfant étendue sans connaissance sur la terre ; le père,

ivre de désespoir et de douleur, s'élança sur le métis à temps pour
arrêter son bras, et il allait le tuer quand Georges intercéda pour
sa vie.

— Oh ! maître bon pour moi, lui *cobra de cascavel* (1), exclama
le mulâtre ; pas écorcher lui puisque maître le vouloir pas, mais
mauvais diable ! lui se rappeler du pauvre Juan.

Et, en disant cela, avec une rapidité singulière, il lui retrancha une
oreille.

Cette malheureuse exécution fit naître dans l'esprit de Georges
Dumaine de tristes réflexions ; il se demanda quelle allait être sa
position avec son oncle, ne pouvant se passer de son homme d'affaires.
Quant à lui, qui se trouvait dans la nécessité de ne pas rester en
contact avec le métis, le remplacer dans ses fonctions auprès des
nègres, leur partager le travail, les surveiller dans leurs occupations,
régler leur salaire, leur distribuer des vivres, ne pouvait lui convenir.
D'ailleurs, don Luis consentirait-il à se séparer d'un agent dont la
blessure serait bientôt guérie, depuis plusieurs années à son service,
ayant réussi à gagner la confiance de son maître au moyen de sa
soumission à ses idées autant que par la bassesse de ses flatteries ?
Le fait était douteux. Le moment des courses d'exploration paraissait
venu ; la saison, qui se divise au Brésil en époques de pluies et de
sécheresse, allait entrer dans celle des beaux jours ; enfin, sans trop
s'éloigner de son oncle, en commençant par la visite des forêts et en
se bornant d'abord à parcourir la province de *Minas Geraës*, il se
trouverait toujours, en cas de besoin, à portée d'être averti. Tous ces
motifs fixèrent la résolution du jeune homme ; mais, comme il arrive
souvent lorsqu'il s'agit de prendre des résolutions graves, il remit au
lendemain l'explication qu'il devait avoir avec don Luis, dont il
voulait éviter le mécontentement et les reproches.

(1) Serpent à sonnette.

Le temps, d'accord avec l'agitation d'esprit de Georges, qui allait se lancer dans l'inconnu, fut effrayant toute la nuit.

Un de ces orages comme il en éclate sous l'équateur mêla aux torrents de pluie les détonations les plus violentes du tonnerre, accompagnées, de temps à autre, du cri strident d'un oiseau emporté dans les airs. Dès que le jour parut, Georges se hâta de visiter les abords de la fazenda qui n'avait heureusement subi que peu de ravages. Il se dirigea vers l'orangerie, où les dégâts étaient nombreux : la terre disparaissait sous les oranges ; beaucoup d'arbres cassés, quelques-uns arrachés, offraient le spectacle le plus désolant. Il marchait mélancoliquement dans ces bosquets lui rappelant les instants passés avec Cécilia, la figure comique de l'Anglaise et, par suite, ces oranges envoyées à sa mère, qui, plus heureuses que lui, se trouveraient bientôt auprès d'elle, lorsqu'il lui sembla voir, sous les branches couvrant la terre, une figure tournant les yeux de tous côtés pour s'assurer que le jeune homme était bien seul.

Sa première pensée fut qu'il allait se rencontrer avec le métis enragé de vengeance, et qu'il faudrait soutenir une lutte terrible, car il était sans armes. Georges hésita s'il devait avancer ; mais il était brave, il marcha résolûment vers l'inconnu qui commençait à se montrer. Ce n'était pas l'administrador ; à sa place Juan, le caribocos défendu par lui la veille, apparut tout-à-fait. Quand il ne se trouva plus qu'à quelques pas, il se mit à courir et vint se jeter aux pieds de Georges en essayant de lui baiser les mains.

— Oh ! maître à moi, s'écria-t-il, jamais Juan n'oubliera ce que vous avez fait pour lui... Oh ! oh ! mauvais diable de feitor, lui tuer ma petite fille, morte cette nuit, et femme à moi bien malade... Oui, oh ! oui, pauvre Guaracinda, elle toute déchirée des coups du mauvais diable !... Vous bon, vous aimer nous... Moi pas noir, moi Indien... libre, vivre libre dans les forêts et plus travailler pour les blancs...

Mais moi jure, ajouta-t-il en se levant d'un bond et en montrant le poing au ciel, moi jure de me venger bien méchamment.

Une pensée traversa l'esprit de Georges à cette effusion du mulâtre, il connaissait les forêts, il y avait vécu, il songeait à y retourner, c'était pour le jeune Français un guide d'autant meilleur qu'il paraissait dévoué par reconnaissance. Après quelques bonnes paroles pour adoucir son désespoir, Georges chercha d'abord à s'assurer si la volonté de fuir était bien arrêtée dans la pensée de Juan ; le fait lui parut hors de doute ; alors il entra avec lui dans tous les détails qu'exigeait une entreprise rarement tentée par des Européens. Comment devait-on voyager ? Quelles provisions fallait-il emporter ? Une foule d'autres questions furent posées dont quelques-unes parurent fort étonner le mulâtre ; mais cet homme avait l'intelligence de l'expérience, il résuma en peu de mots ce qu'exigeaient les courses au milieu des bois : un excellent fusil à grande portée, des munitions, un long couteau, une machette ; en fait de vivres, du sel, du sucre, de la secca et quelques bouteilles de tafia. Ajoutez à ces provisions une boussole, de l'alcali, un peu de quinine, un gobelet et quelques chemises dont Georges voulait se munir, le tout d'un poids et d'un volume au-dessus des forces d'un voyageur devant parcourir des forêts, des montagnes, des difficultés de toute espèce.

— Il faudrait un cheval, avança-t-il.

Juan s'y opposa.

— Je me charge des bagages avec Guaracinda, un cheval nous embarrasserait et dans certaines occasions serait plus dangereux qu'utile.

— Quand maître veut-il partir ? ajouta le caribocos.

Georges continua encore l'entretien sur quantités d'incidents que l'expédition devait amener. Vainement voulut-il traiter de la rémunération accordée au mulâtre comme guide et comme serviteur, cet

homme demi-sauvage, mais conservant sa fierté indienne, repoussa
absolument toute rétribution, il ne réclama qu'un fusil, des munitions
et un vêtement de toile bleue pour sa compagne, bien supérieure à sa
situation. Le rendez-vous, devant déterminer le jour du départ, demeura fixé au lendemain quand l'obscurité serait venue, Georges d'ici-
là aurait à déposer, sous un fragment de rocher que Juan lui découvrit,
les objets d'une utilité indispensable dans le voyage. L'heure avait
sonné de se réunir à la fazenda pour le repas. Ce ne fut pas sans un
peu d'appréhension que le jeune homme aborda son oncle. A son
entrée dans la salle à manger, sa cousine s'étant trouvée sur son
passage, elle lui avait tendu la main en articulant bien bas : « Bon
courage. »

Elle savait donc ce qui s'était passé la veille, les quelques mots
qu'elle venait de prononcer supposaient que son père en était également
instruit, mais comment le récit était-il parvenu jusqu'à lui, et de quelle
manière prendrait-il la mutilation subie par son administrador !

Les commencements du repas se passèrent en silence. Don Luis
était visiblement préoccupé, il paraissait attendre que son neveu vînt
entamer des explications sur des faits que des rapports contraires laissaient dans l'obscurité. Georges devinait les hésitations d'un manque
de caractère, et il préférait répondre à des allégations ne pouvant
qu'être plus ou moins loin de la vérité, au lieu de raconter la scène
telle qu'elle s'était passée, car elle lui imposait le rôle de dénoncia-
teur.

Sa cousine vint encore à son aide ; depuis quelques instants, avec un
esprit d'observation rare à son âge, elle suivait des yeux son père et son
cousin, et devinait sans doute ce qui se passait dans leurs pensées.
Le désir d'éviter des explications fâcheuses l'engagèrent à les diriger de
telle sorte que Georges n'eût pas à entendre un blâme qu'il ne méritait
pas.

— Quel terrible orage, dit-elle, et comme le ciel se fâche contre nous quand il se met à gronder ainsi qu'il a fait cette nuit. Vous avez visité notre orangerie, ce matin, vous avez dû trouver un affreux ravage dans nos pauvres orangers.

— En effet, répondit le jeune homme, je crains que la récolte n'en soit perdue.

— Hélas ! et moi qui voulais commencer la cueillette ces jours-ci ; j'avais prévenu Nina et Cheveux-d'Or qui m'aident d'ordinaire à cette récolte... Je ne sais pas si notre petite Indienne pourra se joindre à nous ? pour moi c'est une amie.

— J'en doute, ma cousine, Guarancinda est malade.

— Pauvre petite femme, elle est si gentille, et sa petite fille, quelle charmante enfant, si remplie d'intelligence !

— Sa fille est morte ! dit Georges, d'une voix étouffée.

— Morte ! ah ! mon Dieu ! tout d'un coup ?

— Oui, tout d'un coup, morte assassinée !

— Que voulez-vous dire ? exclama don Luis, expliquez-vous.

— Je dis, mon oncle, que la malheureuse enfant a été frappée avec tant de violence, qu'elle a succombé cette nuit.

— Oh ! le feitador ! gémit Cécilia.

— Le feitador ! le feitador ! cria don Luis, mais il avait à vaincre une révolte, il a été frappé, mutilé, il était dans son droit de légitime défense.

— J'ignore comment on vous a rapporté les choses, monsieur, ce que j'ai vu, c'est que cet homme faisait jaillir le sang de Juan et de sa femme sous les coups de ses lanières ; j'ai vu qu'il se précipitait sans motif sur la petite fille et la maltraitait tellement qu'il la jetait mourante sur le sol ; ce que je sais, c'est qu'il m'a renversé lorsque je voulais faire cesser cet acte de cruauté, qu'il a levé son couteau sur moi, et que, sans le secours de vos noirs, je ne serais pas ici à l'heure qu'il est.

— Vous assassiner! mais c'est incroyable!... et, vous-même, ne l'avez-vous pas mutilé ?

— Non, monsieur, non, mille fois non... et je n'aurais jamais cru, ajouta Georges avec douleur, que mon oncle arriverait à me supposer capable d'une action aussi odieuse.

A ces révélations douloureuses, Cécilia et l'Anglaise avaient poussé des exclamations, et, quittant leurs places d'un mouvement spontané, elles étaient venues serrer les mains de Georges. Don Luis, soucieux, hésitant, ne s'attendant pas à cette démonstration de sa fille, finit par se laisser aller à un sentiment affectueux, et se rasséyant sur sa chaise dont il s'était soulevé :

— Allons, allons, dit-il, de son ton ordinaire, je vous prie de me raconter en détail toute cette triste affaire.

La conversation fut longue, mais sans humeur; don Luis parut comprendre que tous les torts venaient de son agent. Je le savais violent, répétait-il, mais je ne le croyais pas aussi cruel. Je comprends que vous ne puissiez vivre avec lui sur ma plantation; de votre côté, vous conviendrez, après la mutilation subie à mon service, qu'il m'est impossible de le congédier immédiatement; je ferais penser que je le sacrifie à mes nègres, qui deviendraient indisciplinables, et tous les propriétaires voisins m'accableraient de reproches à ce sujet. Vous avez intention de faire des courses dans nos provinces, partez, visitez les fazendas, les cultures, les forêts et les mines; durant votre absence, je tâcherai de remplacer ce malheureux qui depuis longtemps fait mes affaires, et n'a été égaré un instant que par un mouvement de fureur.

La décision fut vite prise; le départ de Georges fut fixé au lendemain; son oncle lui fournit tout ce que l'Indien avait jugé nécessaire. Ces objets, transportés par Georges à l'orangerie, afin d'en charger Juan, il se dirigeait, à la fin du jour, vers la case des nègres, pour visiter Cheveux-d'Or, lorsqu'il rencontra sa cousine revenant dans cette direction.

— Ah ! mon pauvre cousin, vous nous quittez demain ; je sais tout, je viens de voir Guaracinda ; cette malheureuse mère est inconsolable ; elle en oublie les nombreuses blessures dont cet horrible métis l'a couverte. Je l'ai engagée à partir aussi ; une vie nouvelle lui est nécessaire ;... mais vous ! que j'espérais voir demeurer longtemps avec nous ! quelle existence allez-vous mener, que de fatigues et de dangers à braver ! Vous serez prudent, dites, cher cousin ; vous me le promettez... Oui, il faut me jurer que vous serez sage, sans cela, monsieur, vous me condamneriez aux rêves noirs ; allons, nous sommes seuls, la bonne mistress grondante n'est pas là, embrassez-moi et... ne m'oubliez pas, acheva-t-elle en se sauvant.

CHAPITRE VIII

Dans les forêts. — Chasse au nandu. — Empoisonnement par les euphorbes. — L'orage. — Enterrés vivants. — Un guet-apens.

Un de ces levers du soleil aux nuages roses teintés d'or, habituels au Brésil dans la saison de sécheresse, éclaira le lendemain les trois voyageurs, marchant dès le départ, à la façon indienne, Juan en tête, Georges et Cheveux-d'Or, chargée, parce qu'elle l'avait absolument voulu, d'un petit bagage. Ils semblaient presser le pas comme pour fuir la fazenda qu'ils quittaient avec des impressions bien différentes ; les bois n'étaient pas éloignés, après les collines occupées par les caféyers, on rencontrait de vieux arbres épars, échappés au défrichement. Une heure de marche les amena à la lisière de la forêt, et jamais Dumaine n'avait ressenti une impression aussi saisissante que celle qu'il éprouva à la vue de ces solitudes impénétrables de verdure.

Le jour s'était entièrement fait lorsqu'ils parvinrent à cet assemblage de végétations les plus variées, s'élançant, s'entrelaçant, mêlant les fleurs aux feuilles, les fruits aux branches, avec des richesses de ton, des contrastes de couleurs que la plus riche palette n'aurait pu reproduire. Le sommet des arbres gigantesques s'éclairait d'une lumière encore empreinte du lever du soleil, tandis que leurs pieds, enfouis dans des arbrisseaux rampants et de hautes herbes demeuraient dans une obscurité profonde. Les oiseaux jaseurs faisaient entendre leur chanson matinale, les aigles, ces souverains des airs, décrivaient de longues spirales, chaque goutte d'une abondante rosée brillait comme un diamant; simple et charmante parure bien supérieure à celle formée par la vanité des hommes.

Hélas! quand on eut pénétré dans ce mystérieux séjour, l'impression devint différente. Au lieu de profondeurs ombreuses avec des apparences de sentiers, Georges voyait un fouillis inextricable de branchages armés de dards, de griffes, d'épines arrêtant sa marche à chaque pas; les exhalaisons et le suintement perpétuel d'une végétation souvent corrompue, l'air humide, lourd, chaud, rempli d'odeurs fétides ou de parfums violents, lui donnèrent un malaise qu'il eut peine à surmonter. Cette surexcitation agissant sur son cerveau modifiait les objets qui l'entouraient. Le tronc renversé et couvert de mousse lui semblait un jaguar accroupi dans l'ombre, dans une liane du *strichnos* (1), il croyait entrevoir un python prêt à s'élancer. Qu'un souffle de vent vînt à se produire, toutes ces formes végétales paraissaient animés de vie et le menacer de tous côtés. Au milieu d'un profond silence, tout d'un coup

(1) P. Marcoy.

des rumeurs étranges, des grondements sourds, des frappements inexplicables, des crépitations bizarres, des gémissements étouffés le rem-
plirent, quelque brave qu'il était, d'une vague terreur; pour lui la
forêt était un monde nouveau dans lequel il apparaissait sans expérience
du passé, sans prévision pour l'avenir.

Après quelques instants de marche, Georges, surmontant cette
première émotion, éprouva, à l'aspect de cette nature tropicale, un sentiment de curiosité et d'étonnement qui lui fit oublier la répulsion qui
l'avait saisi. Il regardait cependant toujours avec crainte le sol spon-
gieux où il posait le pied, redoutant de nombreux reptiles, tandis
qu'il devait en même temps se défendre contre les dards des plantes
épineuses menaçant son visage; son pas se ralentit, Guaracinda
s'en aperçut, elle le devança pour lui frayer le passage et d'un mot elle
ralentit son mari, car son entrée dans la forêt paraissait avoir réveillé
son ardeur. L'air était étouffant, et pourtant les rayons brûlants du soleil
n'arrivaient pas jusqu'aux voyageurs. Deux nouvelles heures s'écoulèrent dans cette fatigante course, Georges se sentait faiblir, son estomac criait famine, il hésitait à l'avouer, lorsque le mulâtre, devinant
sans doute sa fatigue, se tourna vers lui en disant :

— Quelques pas encore, et nous pourrons nous arrêter.

Ces paroles consolantes réveillèrent le courage du jeune homme;
peu d'instants après, tous les trois pénétrèrent dans une clairière, où
végétaient quelques cannes à sucre à côté d'un abri composé de gros
pieds d'arbres et de branchages entrelacés dans les murs et le toit. En
s'approchant, Juan fit entendre plusieurs fois un sifflement particulier,
une jeune négresse qui avait probablement pressenti leur approche,
sortit doucement du fourré dans lequel elle s'était cachée, la vue de
Cheveux-d'Or la fit bondir, et toutes deux se prodiguèrent les plus
tendres caresses.

Georges se trouvait en présence d'un *quilombo*, sorte d'asile que les nègres réfractaires construisent dans les forêts, les abandonnant souvent lors de la saison des pluies. L'intérieur ne présentait que bien peu d'objets de ménage, une sorte de table montée sur quatre troncs d'arbre avec leur écorce, deux billots servant de chaises, plusieurs grandes pierres plates formant foyer, avec cela quelques vieux pots, un lit de feuilles de maïs et des couvertures tissées d'une sorte de sparterie de différentes couleurs, tel était l'abri servant à toute une famille.

La nourriture de ces malheureux n'était pas moins sommaire que leur habitation. La pauvre négresse ne possédait que quelques haricots noirs et un peu de farine de maïs. Cheveux-d'Or s'empressa de venir au secours de son amie. C'était vraiment une charmante enfant que cette Indienne; le corps couvert de cicatrices, elle oubliait ses souffrances, ses amers regrets, pour s'occuper de Georges et de son mari. Elle avait exigé, au départ, de se charger d'un petit fardeau arrangé sans en avoir confié le contenu aux deux voyageurs. Avec une pensée d'une singulière délicatesse chez cette malheureuse mère, au grand étonnement du jeune homme, il vit sortir du sac qu'elle avait apporté, une serviette, une assiette d'étain et un gobelet du même métal. Guaracinda déposa le tout sur la table, en ajoutant une tasse et une boîte en fer-blanc devant contenir, suivant l'étiquette, une langue de bison de Chicago. A la surprise que témoigna Georges, Cheveux-d'Or sourit et de sa voix lente mais harmonieuse elle lui dit qu'il fallait lui donner le temps de s'habituer à l'existence des forêts où on ne trouve pas sa nourriture tous les jours.

Le jeune homme appela Juan, tous deux firent largement honneur à leur pitance; il aurait voulu que Cheveux-d'Or se joignît à eux, mais le mulâtre, quoique adorant sa femme, ne l'admettait pas à l'honneur de partager ses repas. On la vit d'ailleurs s'approcher en ce moment portant des *tortillas* qu'elle avait confectionnés avec la farine de maïs;

ces espèces de crêpes seraient passables si on ne les fabriquait pas le plus souvent en employant des graisses rances; enfin l'Indienne se montra de nouveau avec un peu de café bouillant, et dans une feuille de bananier le sirop de sucre s'écoulant de morceaux de cannes qu'elle venait de piler. Le repas était complet, et Georges, singulièrement reconforté, déclara qu'il n'en avait jamais fait un meilleur.

Dans les pauvres établissements établis par les noirs réfugiés dans les forêts, il est rare de ne pas rencontrer un coin de terre cultivé. Le maïs et la canne à sucre ont leur préférence.

Le *saccarum officinale* de Linné, de la famille des graminées, est certainement la plante de ce genre la plus intéressante et la plus utile après le riz et le froment; sa racine est genouillée, fibreuse, pleine de suc, elle pousse plusieurs tiges hautes de huit à douze pieds, articulées, lisses, luisantes, du diamètre de trois à cinq centimètres. Ordinairement il se produit une quarantaine de nœuds sur chaque tige, de tous ces nœuds partent des feuilles qui tombent à mesure que la canne mûrit; lorsque la plante fleurit, il sort de son sommet un jet sans nœuds, de quatre à cinq pieds de hauteur qu'on appelle flèche; ce jet porte une panicule ample, longue d'environ deux pieds, à ramifications grêles et nombreuses, garnies d'un grand nombre de très-petites fleurs soyeuses et blanchâtres.

La tige de la canne à sucre, dans sa maturité, est lourde et cassante, d'une couleur jaunâtre ou violette, cette dernière plus estimée par les noirs vivant dans les forêts. Son intérieur présente une moëlle fibreuse, spongieuse, blanchâtre, contenant un suc doux très-abondant, et ce suc, élaboré séparément dans chaque entre-nœud, dont les fonctions sont indépendantes de celles des autres nœuds voisins, peut, à la rigueur, être considéré comme une espèce de fruit.

Cette curieuse graminée se reproduit très-rarement de graine, ce sont les boutures qui la multiplient. Le coin de terre que cultivait le

nègre marron, sous la hutte duquel Georges s'était reposé, avait cela
de particulier qu'au lieu de couper sa récolte tous les quatorze ou
quinze mois après la plantation des cannes, il ne les renouvelait que
très-rarement. Travaillant sa terre, arrosant au moyen de rigole, il
remplissait les vides, évitant d'avoir recours au bouturage par drageons,
ou découches, comme on le fait dans quelques grandes pépinières ; il
parvenait ainsi à obtenir une récolte chaque année.

Les bois près de Rio

Quelques heures de sieste durant la grande chaleur du jour permirent
aux voyageurs de s'enfoncer de nouveau dans la forêt; Georges, avec
le peu de mots d'atzèque qu'il avait appris, remercia la mûlatresse
de son bon accueil; il détacha de son cou un beau foulard rouge,
gênant par la chaleur, le lui offrit, et eut la satisfaction de juger du
bonheur que ce petit cadeau lui causait.

Ce trajet, sous des masses de verdure aussi variée de formes que de feuillages, ne pouvait qu'intéresser un observateur de cette riche et féconde nature. Georges s'était occupé de botanique, mais il cheminait au milieu d'une flore nouvelle, d'une faune à peu près inconnue ; à chaque pas il faisait une découverte ; plus d'une fois, Juan lui indiqua les propriétés des objets appelant son attention. Nous entrerions dans une nomenclature sans fin si nous voulions passer une revue, même sommaire, de ces richesses. Dans la suite de ce récit, nous aurons occasion de parler de ces produits exotiques, un peu sacrifiés aux nécessités de se fournir de vivres chaque jour. La chasse aux écureuils leur sembla donner un pauvre régal, mais les oiseaux nombreux, rôtis avec soin par Cheveux-d'Or, assaisonnés de l'appétit du voyageur, semblèrent à notre jeune homme excellents. Juan était un habile tireur, la poule commune venue d'Europe, multipliée à l'infinie ; le dindon, le hoca ou mutum (*crax alector*), le macuca, le zabelé, le jacu, le jacupensa variaient agréablement leur menu. Une fois, Georges se trouva, à l'entrée d'une clairière, en présence d'un monstre ailé qui lui parut mesurer cinq pieds, et devait peser une soixantaine de livres, il allait lui envoyer une balle, quand l'Indien l'arrêta.

C'est un touyou, dit-il, c'est mauvais à manger ; si nous séjournions ici quelque temps, nous ferions avec sa peau de bonnes guêtres, des bourses, tandis que ses œufs, coupés par le milieu, nous serviraient de jattes ou de *couis*... Il vient une bonne brise de cette clairière, si vous m'en croyez, senhor, nous prendrons une heure de repos avant d'aborder cette halte, je vous conterai une rude chasse que j'ai suivie autrefois pour posséder un *mandu* ou touyou, plus gros encore que celui que vous avez aperçu tout à l'heure.

Georges consentit, alluma une cigarette et s'étendit sur le gazon.

— Voilà, dit Juan : je travaillais dans la campos Geraës, et j'allais assez souvent dans les bois chercher des régimes de bananes, assez surpris de certains bruits étranges, ressemblant à de nombreux gloussements, dont il m'était impossible de découvrir la cause ; cependant, à force de chercher, je fus bien surpris de trouver dans le voisinage de Valo, une femelle de touyou avec quatorze petits éclos depuis six mois. Sans doute qu'avant moi les nègres avaient découvert cette nichée, mais personne ne l'inquiétait, jusqu'au moment où arrivèrent trois Anglais, grands chasseurs, qui se renseignèrent auprès de moi, parce qu'on leur avait dit que j'étais un enfant des forêts. Ils partirent pleins d'ardeur pour pénétrer dans nos retraites, mais, dès le lendemain, ils revinrent harassés, en guenilles, méconnaissables par les piqures dont leurs visages étaient couverts. Les voyant si malheureux, je leur indiquai le nid de touyou, ils furent si enchantés qu'avant le jour les trois Anglais se remirent en chasse. Il faut vous dire, monsieur, que le nandu est un oiseau très fin, fort défiant, et qu'il évente la race blanche, dont il se méfie, de très-loin. Aussi, dès l'approche des étrangers, la mère et les petits, âgés de six mois, s'enfuirent de tous les côtés. Pas moyen de les suivre, un cheval même se fatigue rapidement à leur poursuite, parce qu'à leur vitesse s'ajoutent de nombreux crochets changeant sans cesse leur direction. Je m'étais mis avec les Anglais et quelques autres Brésiliens, à cette chasse enragée dont le succès paraissait fort douteux ; plusieurs coups de fusil tirés à eux ne réussirent pas à leur grand désespoir. Ces pauvres senhors, la veille, ils avaient été dévorés par les *mosquitos*, les *sancudos* et autres moustiques de toute espèce ; le lendemain, ils perdaient la respiration à force de courir, et l'un d'eux tombait de fatigue au pied d'un palmier noir. Je crois bien que la chasse serait demeurée sans résultat, lorsqu'heureusement se présenta un vaquero a cheval et bien armé ; il se lança de toute la vitesse de sa monture, joignit tour à tour deux petits, gros comme d'énormes dindons, et réussit à les abattre en sautant à bas de son cheval et les tirant à bout portant. On ouvrit ces oiseaux et on trouva dans leur estomac des petits cocos et d'autres fruits très durs avec des restes d'insectes et de serpents, qui sans doute leur avaient servi de premier déjeûner.

Ce récit fut écouté par Georges dans un grand silence, il produisit sur lui un effet bien favorable, car il s'était endormi profondément.

Cependant ce sommeil se prolongeant, le mulâtre se crut obligé de réveiller Georges, qui se mit à éternuer et à tousser avec une persistance singulière. Il se leva lentement, se plaignit d'avoir la tête lourde et les yeux brûlants; Cheveux-d'Or éternuait aussi. A quoi devait-on attribuer cet état de souffrance? Ce ne pouvait être à quelques plantes, telles que les tubercules de dalhias ramassés par Juan pour leur nourriture, car depuis le matin, ce qu'il ne savait comment expliquer, les voyageurs n'avaient rencontré ni un animal, ni un oiseau. Toutefois ils se remirent en route, traversant une colline assez étendue, peuplée d'une végétation particulière, tantôt sous la forme de tiges à plusieurs angles et à épines géminées, d'autres fois montrant des fleurs pédonculées rouges, exhalant une odeur âcre, virulente, pénétrant dans les yeux, et saturant l'air qu'ils respiraient. Georges, en examinant ces vilaines plantes, reconnut l'euphorbe, poison violent dans les contrées tropicales, et le mulâtre lui désigna au milieu de ce champ redoutable l'euphorbe lumineuse qui durant la nuit fait apparaître une lueur phosphorescente.

L'obligation de marcher encore quelque temps dans ces plantes pour sortir de la dangereuse situation dans laquelle ils se trouvaient, ne fit qu'augmenter leur état déplorable; la pauvre Guaracinda, la gorge serrée, les paupières gonflées, atteinte par un saignement de nez, ne paraissait plus savoir où elle allait. Georges éprouvait un affreux mal de tête, et il sentait la fièvre l'envahir. Juan, quoique fort maltraité, supportait mieux l'effet des maudites euphorbes; il soutint sa femme, prit Georges par le bras pour le guider, et tous trois vinrent tomber sur un terrain sablonneux qui bordait des masses de roches grises empilées les unes sur les autres.

Il ne fut pas question de repas ce jour-là, personne n'aurait eu la force de ramasser un peu de bois mort, chacun restait dans un silence absolu, en proie à ses souffrances; cependant le soir arrivait et des rafales d'un vent brûlant traversaient parfois la forêt. Quelques bandes d'oiseaux passèrent dans les nues, dirigeant leur vol vers la montagne, des craquements extraordinaires annonçaient une perturbation dans l'atmosphère. Le mulâtre connaissait depuis longtemps ces indices des terribles orages si communs au Brésil, il n'y avait pas de temps à perdre pour se soustraire à ces dangers; se levant avec effort, il se dirigea non sans peine vers les rochers, il espérait y trouver un abri contre la tempête et les objets qu'elle soulève, déracine et lance dans les airs au milieu de sa furie; sa recherche l'amena auprès d'une sorte de réduit fermé par une énorme fraction de rocher, s'appuyant sur d'autres roches escarpées et laissant entre eux une sorte de fissure de sept à huit pieds de large, et d'une douzaine de profondeur. Le sol en était sec, malgré quelques gouttes d'eau qui suintaient dans la partie la plus éloignée de l'entrée. Juan, qui entendait l'orage mugir et qui prévoyait que dans un moment Georges et sa femme courraient les plus grands dangers, se hâta de les rejoindre pour les forcer à surmonter leur malaise, afin de profiter du refuge; le spectacle qui s'offrit à ses regards lui cria qu'il était temps.

Tout était bouleversé dans la forêt voisine, des rafales furieuses secouaient les arbres, les branches se brisaient et les feuilles obscurcissaient l'air. Un tumulte impossible à décrire, des chocs, des déchirements terribles, annonçaient la chute d'arbres séculaires dans ces grands bois. A ces bruits sinistres se mêla bientôt une obscurité suivie de foudroyants éclairs et des détonations formidables du tonnerre.

L'asile découvert par Juan était à leur portée, les voyageurs s'y précipitèrent, sans songer à sauver tous leurs bagages ; un instant plus
tard, ils auraient été broyés par des branches énormes tournoyant dans
l'ouragan. Sous leur abri de rochers, ils se croyaient en sûreté ; hélas !
ils ne comprenaient pas les horribles bouleversements que subissait
la nature ! Au dessus de leur tête, entre deux quartiers de roches
s'élevait un pin majestueux, secoué avec violence, il fit entendre un
sinistre craquement, un tourbillon lui fit exécuter une courbe rapide,
et, soulevé avec toutes ses racines, le colosse vint s'abattre contre la
fissure dans laquelle se trouvaient les trois voyageurs ; ses branches
brisées par sa chute, le tronc écrasé, fermèrent complètement l'ouverture. Georges, Juan et Guaracinda étaient enterrés tout vivants.

CHAPITRE IX

La piste. — Le tabac. — Un sauvetage.

Le lendemain de la triste scène que nous venons de retracer d'une
façon bien imparfaite, la forêt avait retrouvé son calme solennel ; les
arbres, couverts de gouttes d'eau, étincelaient au soleil, et des profondeurs de leur feuillage sortait le ramage du *sabia* et de l'*azulao*. C'est
à tort qu'on prétend en Europe que les oiseaux de la zone équatoriale
n'ont qu'un cri désagréable, nous venons d'en citer de mélodieux,
nous pourrions en citer beaucoup d'autres ; il est vrai que quelques

Il lui arracha son fouet et s'en servit pour lui couper le visage. (page 63.)

uns de ces oiseaux chanteurs, restés sauvages, ont un ramage à peu près inconnu des Brésiliens.

A côté des rochers où nos voyageurs s'étaient réfugiés durant la tempête, fleurissaient des massifs de malvacées peuplées de colibris et de *guainumbri*, voltigeant comme des abeilles à l'entrée d'une ruche. Leurs petites ailes dorées brillaient au soleil, ils semblaient jouer dans un buisson de fleurs, ce qui leur a valu, de la part des Portugais, une appellation poétique : *Beija flor*, ils boivent les fleurs.

Ce calme, succédant aux convulsions de la nature, ne devait pas se maintenir longtemps; au milieu du jour, des appels de voix, le galop des chevaux, se firent entendre. Cinq cavaliers apparurent à l'entrée de la clairière couverte, la veille, d'euphorbes que l'orage avait ravagées sans en laisser une seule debout. L'odeur âcre qui s'échappait de cette litière les arrêta un instant, ils redoutaient probablement de s'exposer aux dangers de cet air empoisonné; mais l'exclamation de celui qui paraissait leur chef les décida à la franchir. Cependant, un cavalier qui les avait devancés venait de ramasser, roulée contre une roche, une couverture, un peu plus loin un gobelet d'étain, une bouteille brisée, qu'il montrait à ses compagnons avec un échange de paroles bruyantes. Evidemment ces objets étaient des indices de leurs recherches; ces hommes parurent alors prendre la décision d'explorer les alentours; ils attachèrent leurs chevaux, firent le tour des rochers, les gravirent, sondèrent leurs infractuosités, mais revinrent, après quelques heures, au point d'où ils étaient partis, sans avoir rien découvert.

Pendant qu'étendue à l'ombre cette petite troupe prenait son repas, un observateur attentif aurait deviné plutôt que vu un autre personnage portant une jaquette et des guêtres de cuir fauve, armé d'un long fusil, se glissant derrière les arbres, rampant au travers des hautes herbes pour examiner de plus près les vaqueros. Quand ces cavaliers reprirent leurs montures et s'éloignèrent, cet homme grimpa lestement

sur un *seringeiro*, arbre qui produit le caoutchouc, étudia des yeux
la direction qu'ils prenaient et disparut à son tour en paraissant vouloir
les suivre.

Ce site désert, perdu au milieu des grands bois, redevint alors
solitaire, et la fin d'une journée splendide, rafraîchie par le récent orage,
ne présenta plus rien pour rompre son silence habituel.

Le jour suivant, le personnage aperçu la veille se montra de
nouveau. Cette fois il ne se cachait plus, et il marcha sans hésiter vers
la place que les vaqueros avaient occupée. La couverture, le gobelet
trouvés par eux avaient été emportés, il ne restait que le fond de bouteille dont l'inconnu s'empara, le considérant avec attention, le flairant
et le rejetant avec un geste de découragement; il s'assit, prit sa tête
entre ses mains pour concentrer ses pensées, lorsque la sensation d'un
bruit sourd, extrêmement faible, arriva jusqu'à lui. D'un bond il fut sur
ses pieds, l'oreille tendue, arrêtant son souffle pour mieux entendre,
mais sans résultat. L'inconnu hésitait; il paraissait prêt à s'éloigner
lorsqu'un autre de ses sens le retint; il venait en effet de saisir dans
l'air une odeur de fumée de tabac aussi légère que fugitive.

Appuyant son fusil contre le rocher, l'Européen, car on pouvait le
reconnaître à la couleur de sa peau et à sa démarche, coupa avec sa
machète un lourd morceau de branches et, gravissant les rochers, se
mit à les frapper de distance en distance en se courbant jusqu'au sol
pour saisir les sons qui pourraient répondre à ses coups. Sa persévérance ne fut pas perdue, deux ou trois fois il entendit, comme dans un
songe, le bruit d'un choc à l'intérieur. D'où partait ce signal? à quelle
partie du rocher devait-il porter sa recherche? Il descendit de ces
masses granitiques pour revoir avec la plus grande attention leur base
sur la colline, aucune ouverture ne s'offrit à sa vue; cependant, en
passant peut-être pour la dixième fois devant le fragment sur lequel le
pin, enlevé par l'orage, s'était écrasé, il crut apercevoir des éclats

nouvellement brisés. Ce ne pouvait être sans doute que la chute de
l'arbre qui les avait formés; abattant les branches, ce qu'il découvrit
modifia sa pensée, les éclats de la pierre ne provenaient pas de l'arbre
déraciné, elle se trouvait au fond d'une longue fissure ébréchée de
chaque côté; le sapin, par les violentes secousses que lui imprimait
l'ouragan avait fait glisser un bloc isolé, fermant ainsi, avec toute la
violence de sa pesanteur, l'ouverture qui devait exister précédemment.

Un Indien, chercheur de pistes, n'aurait pas apporté une attention
plus extrême que l'inconnu n'en mit à étudier ce qu'il supposait être le
résultat du dernier et violent orage. Ceux qu'il cherchait se trouvaient-
ils renfermés dans cette caverne, n'avaient-ils pas été écrasés dans ce
cataclysme de la nature, ou, s'ils avaient survécu, comment soute-
naient-ils leur vie depuis trois jours si, ce qui était probable, ils se
trouvaient privés de tout aliment? tristes pensées, éclaircissements
impossibles; car comment parvenir jusqu'à ces malheureux? ces masses
de rochers ne pouvaient être ébranlées, leur dureté les rendait inattaquables; d'ailleurs comment un seul homme, dépourvu de tout
instrument de travail, parviendrait-il à s'ouvrir un passage jusqu'à
eux?

Nous laisserons l'Européen désespéré de son impuissance, assistant
par la pensée aux tortures et à l'agonie des victimes succombant dans
la plus horrible des prisons; pour ne pas prolonger l'indécision sur
leur sort, nous rendrons compte, comme les *reporters*, de faits connus
seulement par le récit des autres.

Commençons par déclarer qu'au moment où l'éboulement des
rochers produisit la fermeture absolue de la grotte, nos amis ne durent
qu'à la Providence la conservation de la vie. Les exhalaisons des
euphorbes, absorbées par le nez et par la bouche, les avaient jetés dans
une véritable torpeur. En entrant, ils s'étendirent sur la terre sans
conscience de leur situation. Le choc violent des rochers qui se

fermaient, se confondit avec tous les retentissements de la tempête, et
ce ne fut que le lendemain qu'ils devinèrent l'horreur de leur situation.
Juan, plus fort et habitué par nature aux révolutions imprévues de ces
contrées tropicales, supportait plus facilement ses conséquences, mais
Cheveux-d'Or, par sa délicatesse, et Georges, plus impressionnable,
éprouvaient un abattement et des souffrances qui les accablaient.
Ce dernier, les yeux contractés et brûlants, se crut atteint d'une
complète cécité. En n'apercevant plus de jour, il était persuadé qu'il
avait perdu la vue. Guaracinda, toujours compatissante et bonne, vint
encore à son secours, elle imprégna des eaux qui filtraient dans la
caverne, un linge qu'elle appliqua sur les yeux et le front du jeune
homme. Ce traitement calma peu à peu ses douleurs, il comprit qu'il
n'était pas aveugle, mais il dut en même temps apprendre qu'enseveli
dans cette tombe naturelle, il y avait peu d'espoir de revoir le jour.

Malgré leur terrible situation, la soif et la faim se firent sentir, l'air
ne se renouvelant pas dans leur prison, ces malheureux comprirent
que leur fin serait prochaine. Ils voulurent allumer, au moyen de
quelques branches sèches, un peu de feu pour faire du café, la seule
provision qu'ils eussent sauvée, ce fut en vain, la flamme brilla quelques
instants et s'éteignit. Abattus, découragés, ils sentirent leur cerveau
se prendre, et torturés par la faim, par une respiration haletante, s'ils
cherchaient l'oubli dans une heure de sommeil, les rêves les plus
affreux les envahissaient et leur faisaient subir de nouvelles douleurs.

Georges, cependant, par une énergique réaction sur son désepoir,
résolut de ne pas succomber sans tenter tous les moyens possibles de
s'arracher à cette mort épouvantable. Il déchargea son fusil, sonda
les rochers avec la crosse, brûla un peu de tabac dans l'espérance que
son odeur, filtrant à travers les rochers, pourrait révéler leur présence
dans ce tombeau. Un imperceptible bruit lui fit espérer que ces tenta-
ives de délivrance ne demeureraient pas sans résultat. Il fit part au

mulâtre des sons qu'il croyait avoir perçus ; cette communication releva son courage ; appliquant son oreille sur les rochers, il affirma à son tour entendre des coups de différents côtés. Mais à quoi serviraient pour leur délivrance les efforts de ceux qui les soupçonneraient dans cette affreuse prison ? Les rochers, par leur dureté et par leur masse, étaient inattaquables, ce serait donc en vain qu'on viendrait à leur secours.

Tout à coup cependant, une sorte de lumière se fit dans son cerveau. Le quartier de granit qui avait fermé l'ouverture n'appartenant plus à ceux qui l'entouraient, peut-être se trouvait-il sous sa base une portion de terre qu'on pourrait percer, afin d'arriver à se faire jour ? C'était d'abord se sauver de l'asphyxie, ensuite il deviendrait possible de communiquer avec l'extérieur et de combiner un sauvetage. Georges et Juan se mirent au travail remplis d'ardeur, leurs prévisions ne les avaient pas trompés ; après de laborieux efforts, ils en tirèrent quelques pouces de terre, et par une ouverture de cinq pieds de profondeur, oh ! bonheur inexprimable ! un peu de clarté paraît à leurs ardents regards.

Des deux côtés on travailla avec un courage surhumain à agrandir l'ouverture. Georges s'y glissa le premier, et il se trouva au grand air ; son premier mouvement l'entraînait à se jeter dans les bras de son libérateur, mais celui-ci l'arrêta.

— Permettez, lui dit-il, en lui saisissant la main qu'il serra énergiquement, monsieur Georges Dumaine, de me présenter d'abord à vous... Je m'appelle Harry Waterson, je suis Irlandais, docteur en médecine, et ma foi ! ajouta-t-il avec un franc sourire, je suis heureux de la cure que je viens de faire.

La dernière qui se traîna péniblement pour s'arracher à cet antre, fut la pauvre Guaracinda. Elle amenait après elle les deux fusils oubliés et divers objets que les compagnons avaient négligés de ramasser ;

toujours dévouée, même dans ses souffrances, elle était comme l'ange gardien des voyageurs, auprès d'eux dans le mal pour l'adoucir, dans le bien pour le développer, prodiguant tour à tour sa patience et ses doux encouragements.

Lorsqu'ils se trouvèrent réunis, l'Irlandais, en sa qualité de médecin, reconnut bien vite que ce qu'il fallait aux trois voyageurs arrachés à la mort, était de satisfaire un besoin provenant d'un manque de nourriture, il les fit asseoir à l'ombre d'une touffe d'une sorte de haute bruyère, car, chose remarquable, pas une seule espèce de bruyère ne croît dans toute l'Amérique (1). Il tira de son havre-sac un cuissot de pécari, qu'il avait tué et fait rôtir peu d'heures auparavant, puis il joignit à ce mets substantiel deux ou trois galettes de manioc, le tout arrosé de plusieurs tasses d'eau, mêlées de tafia ou de cachasse, et les présenta dans son couis à ses compagnons dont la soif égalait la faim.

Lorsqu'ils furent convenablement rassasiés et que les trois hommes eurent ajouté à leur bien-être quelques cigarettes de maïs, Georges exprima de nouveau sa reconnaissance, non pour un inconnu, car il se rappelait alors d'avoir rencontré Harry dans plusieurs fazendas, mais pour l'être plein d'humanité qui n'avait pas craint de perdre son temps ni de ménager ses efforts afin d'arriver à leur délivrance. Il le pria de lui donner quelques détails.

— Je ne demande pas mieux, répondit l'Irlandais, d'autant plus que les choses que j'ai à vous dire vous intéressent plus que moi ; vous paraissez surpris, eh! bien, vous allez voir que votre prison sous les rochers vous a probablement sauvé la vie.

(1) Bosc.

CHAPITRE X

Pérégrination d'un naturaliste. — Les docks de Pedade. — Richesses de la nature
tropicale. — L'iguane.

« Voilà près de dix ans que j'ai quitté la verte Erin, mon Irlande
aimée, pour venir m'échouer en Amérique, dans l'espoir que cette
contrée de l'or m'en donnerait un peu plus que ma pauvre patrie. Il ne
m'a pas fallu beaucoup de temps pour éprouver les déceptions qui
m'attendaient. Comme médecin, la place était prise. J'étais jeune, sans
relations, je me permis de guérir à force de soins quelques malheureux
abandonnés par mes confrères; tous se liguèrent contre moi, et un
vieux docteur qui ne pratiquait plus, eut la charité de me prévenir que,
quoique très bien portant, la résidence de Mexico où je me trouvais
alors, était pour moi très malsaine. Je compris, et je me condamnai à
visiter la Californie, cette mine d'or, qui a fait plus de malheureux
qu'elle n'en a enrichis.

» Une année d'un travail mortel, le contact odieux d'aventuriers et
de bandits, m'obligèrent à quitter cette triste contrée avec quelques
onces d'or bien difficilement amassées. Je résolus de ne plus m'astrein-
dre à aucune servitude particulière. Je me fis chasseur, trappeur,
coureur des bois, tout ce que vous voudrez en ce genre. Mes études mé-
dicales me mettaient à même d'entreprendre des collections zoologiques,
minéralogiques ou botaniques. Je m'y consacrai entièrement. La ren-

contre d'un naturaliste avec lequel je nouai des relations à Santa-Fé de Bogota, me fournit un écoulement avantageux de mes collections. Depuis lors, c'est-à-dire depuis sept ans, j'ai visité la nouvelle Grenade, la Colombie, les Guyanes française, anglaise et hollandaise, le Pérou et le Brésil, chassant, collectionnant, étudiant les industries et les cultures, et c'est à Rio, chez des armateurs, à la fazenda d'un Anglais de mes amis que je vous ai rencontré, monsieur Dumaine.

— Je me rappelle parfaitement, monsieur Harry, que nous avons passé une journée ensemble à examiner les expériences d'extraction des principes saccharins du maïs.

— C'est cela, mais, si vous le voulez bien, nous supprimerons la formule de *Monsieur*; les habitants des forêts comme nous, ont mis depuis longtemps fin à toute étiquette, n'est-ce pas, mon brave Juan ?

— Oui, monsieur Harry, les noms ont été donnés pour s'en servir.

— Vous prêchez d'exemple, mais j'arrive à ce qui vous concerne tous les trois, en vous demandant pardon de vous avoir occupé de moi si longtemps.

» Le lendemain de votre départ de la fazenda de Sylva, le bruit du meurtre d'un enfant par le feitor, de sa tentative d'assassinat sur votre personne se répandit dans toute la contrée. Toute la race noire vous divinisait et, pour être équitable, il convient d'ajouter que tous les planteurs approuvaient l'humanité de votre conduite. La justice, fort aveugle et boiteuse de ce pays, sortit cette fois de sa léthargie. On envoya de Rio des agents de police pour arrêter l'administrador de don Luis; sans doute il avait été averti, car il devint impossible de le trouver.

» Ce qui s'était passé entre vous et ce misérable, ce qu'on disait n'éclaircissant pas suffisamment pour moi les choses, je me transportai à la fazenda de votre oncle, et c'est à la case des nègres que les détails me furent fournis; ces pauvres gens vous aiment beaucoup

Dumaine, ils aiment également Juan et sa jolie petite femme, Cheveux d'Or. J'appris d'eux que le feitor, véritable *curibocas* (produit du nègre et de l'Indien) était en fuite. Prévenu des poursuites de la justice, furieux de sa mutilation et de votre coup de martinet qui lui a coupé le visage d'une façon indélébile, il avait vomi au milieu des nègres les injures les plus horribles et déclaré qu'il allait se joindre aux *cabanos* ou révolutionnaires, se rassemblant de nouveau, dit-on, sur les rives de l'Uruguay. Je reviendrai, hurlait-il, oui, je reviendrai, mais à la tête de ma tribu *mansalucos*, et vous périrez tous par le fer et par le feu !

— Si ces menaces devaient s'exécuter, interrompit Georges, mon oncle, ma cousine, la fazenda de Sylva courraient de grands dangers.

— Ce serait possible, dans le cas où les brigands se trouveraient réunis ; il se passera encore du temps avant qu'une entente s'établisse entre eux et qu'ils aient choisi leur chef. On les a vus, il n'y a pas bien longtemps, réunir les *mamalucos*, les *cafuzes* et les *curibocas* pour suivre l'exemple de Quilambo de Palmarès, mais l'union de ces races et de celle des Indiens se constituera difficilement maintenant. Ils se souviennent encore qu'ils ont été sacrifiés, dans le dernier mouvement, aux deux partis. Ces luttes sont en dehors de leurs intérêts et de leurs passions ; le pillage les entraine moins, aujourd'hui qu'ils sont entrés en relations commerciales avec les étrangers. L'Indien professe une philosophie incomprise des Européens : l'Indien c'est l'homme libre ayant le culte de la liberté. Nous avons dit, en parlant de ces habitants primitifs de l'Amérique : race sauvage, barbare, qui doit disparaître devant nous ; ce n'était que l'expression de l'orgueil et de la barbarie ; oui, ces races disparaîtront comme disparaîtra la nôtre, mais elle mourra en se retirant de nous, préférant le désert et sa liberté à la civilisation, la destruction à la servitude, et cette race, je ne crains pas de le dire, est la seule qui comprenne la liberté !

Un silence se fit ; Harry Waterson venait de parler comme un véritable Irlandais.

Ce premier moment d'émotion passé, le jeune docteur continua ainsi son récit :

« Le départ du bandit, ses projets de vengeance m'inspirèrent la résolution de vous mettre en garde contre lui, car, n'en doutez pas, il vous tuera si vous tombez en sa possession. On m'a dit à la plantation que vous l'aviez quittée la veille avec Juan ; j'étais résolu à continuer mes explorations du Brésil, je me lançai à votre poursuite. Vos traces n'étaient pas difficiles à suivre, car vous ne les dissimuliez guère ; elles n'étaient pas les seules d'ailleurs, car, après quelques heures de marche, je relevai celles de plusieurs cavaliers marchant sur votre piste, battant le terrain à droite et à gauche lorsque les traces se trouvaient effacées. Evidemment, vous étiez poursuivis par les curibocas et deux ou trois vaqueros ramassés par lui parmi les misérables de son espèce. Ils firent une halte à la hutte où vous vous étiez vous-même arrêté ; ils pillèrent la pauvre jeune femme, la battirent et se soûlèrent de tafia ou de chacasse, ce qui me permit de les rejoindre et de les reconnaître. A dater de ce moment, je les suivis jusqu'à l'heure où éclata cette furieuse tempête, qui pouvait nous anéantir. Lorsque j'aperçus entre leurs mains ce que vous aviez laissé aux abords de la caverne, je vous crus perdu, mais ils s'éloignèrent sans vous avoir découvert ; il eût été autrement si vous eussiez tombés en leur pouvoir, et j'aurais entendu leurs cris de vengeance et de triomphe ; je les laissai continuer leur poursuite, et, par une intuition inexplicable, revenant aux rochers, je recommençai mes investigations ; vous savez le reste.

— Oui, dit Georges, en tendant la main à Waterson, merci, encore une fois merci ; vous nous avez rendus à la vie, et, pour cela, vous

n'avez pas craint d'exposer la vôtre en reprenant la route des forêts et
de l'inconnu.

— L'inconnu! un mot plein de promesses, d'espérances et d'impressions nouvelles. Ah! pour moi, lorsque j'ai quitté, avec bien des
regrets, ma chère patrie, un secret enthousiasme m'a soutenu et
entraîné. Je voyais, par la pensée, les magnifiques contrées que j'allais
parcourir, j'allais faire connaissance avec des hommes de toutes
couleurs, disséminés dans notre monde, je pourrais interroger le passé
de l'humanité après l'avoir étudié dans son être personnel; je devenais
un homme complet par le fait de mon association aux industries créées
par les peuples! »

Ces quelques paroles du jeune docteur révélaient à Georges le
caractère et les sentiments de son nouveau compagnon de voyage. Il
trouvait en lui la science, l'initiative, l'énergie et un cœur facile à
s'attacher. Habitué aux longues excursions dans les forêts, aux ascen-
sions des montagnes, aux traversées si difficiles des pampas, bravant
les dangers, les fatigues et la faim; son concours dans ses études des
produits exploitables du Brésil ne pouvait lui être qu'infiniment avantageux. L'entretien se porta sur ce sujet, sur les précautions à prendre
pour éviter toute rencontre avec les brigands à leur poursuite. Il fut
convenu qu'ils abandonneraient la direction suivie jusque-là comme la
plus ordinaire et qu'ils aborderaient les forêts absolument inexplorées,
couvrant la base des montagnes et offrant des richesses inconnues pour
l'histoire naturelle. Toutefois, avant de prendre cette détermination,
devant les soumettre absolument à la vie sauvage, Waterson fut d'avis
d'aller se munir d'objets absolument nécessaires, perdus en grande
partie au moment de l'orage, chez un fazendeiro en relations d'affaires
avec les docks de Pedade. Ces magasins qui reçoivent en payement
les produits de la culture, contiennent des vêtements confectionnés
de toutes les dimensions, des souliers, du tabac, des cigares, du vin de

Champagne et de Bordeaux, des médicaments, des ustensiles de
ménage et d'agriculture et jusqu'à des nègres, des bœufs et des
moutons; le tout pêle-mêle et, soi-disant, au plus juste prix. Juan se
trouvait être l'ami de cet industriel cosmopolite.

Les quatre voyageurs passèrent deux jours à conclure leurs acquisi-
tions, jours de repos et de renseignements auprès de leur hôte. Leur
approvisionnement fut divisé en quatre paquets, car Cheveux-d'Or
exigea le sien, et, par un beau lever du soleil, ils s'enfoncèrent dans
les sombres forêts, entreprenant une véritable conquête d'un nouveau
monde.

Il est extrêmement rare de trouver des sentiers dans ce que le poète
Gilbert appelait le riant exil des bois; c'est à coup de machette, en
abattant les lianes et les fougères qu'on parvient à se frayer un passage.
Il faut avancer lentement et au prix d'extrêmes fatigues sur un terrain
couvert des détritus d'une végétation amoncelés depuis des siècles,
arrêté tantôt par des arbres gigantesques couchés au milieu de leurs
débris, d'autres fois accroché par des plantes armées de longues et
dangereuses épines. Mais au milieu de ces difficultés et de ces entraves
quelle abondante moisson à recueillir pour des naturalistes! Quelles
richesses à constater parmi cette végétation exubérante! A la base
des grands arbres le voyageur voit grimper, fleurir, s'entortiller les
grenadines, les caladiums, le dracontium, les poivres, les bignonias,
les vanilles, et sur leur écorce des lichens, des mousses, une cryptoga-
mie inconnue. Dans ce fouillis sur lequel il pose le pied la terre est
couverte de fleurs blanches, jaune foncé, rouge éclatant, roses,
violettes ou d'un bleu de saphir. Un petit ruisseau se cache-t-il sous
ce riche tapis de la nature, il se révèle, pour le naturaliste, par les
groupes serrés sur de longs pétioles des grandes feuilles elliptiques des
hélicania, tandis que, descendant des branches d'arbres, les racines

des bromélias à fleurs aux panicules écarlates viennent chercher dans l'eau le principe nécessaire à leur croissance.

Un savant observateur a constaté que dans un quart de lieue carré on est certain de rencontrer dans ces forêts soixante ou quatre-vingts arbres d'espèces différentes, tous susceptibles d'être exploités avec avantage pour des produits d'espèces diverses; ceux qui produisent des fruits dont la culture améliorerait les qualités sont nombreux : c'est le *jabuticabeira* avec ses longues grappes rafraîchissantes; le *cajueiro* aux pommes vermeilles et dorées fournissant un vin enivrant; l'*araca* au parfum de fraise; la *mangave* au jus odorant; la *pitanga* rose, qu'on pourrait appeler la cerise d'Amérique; la prune Monbin; le *jamborier* aux fruits parfumés à la rose, et beaucoup d'autres que nous trouverons dans la suite de ce récit; une foule d'essences végétales présentées en partie seulement aux curieux dans l'Exposition universelle de 1878.

Dès le premier jour, il fut résolu que les voyageurs adopteraient le genre de vie des chasseurs; nourris de leur gibier, il ne manquait pas; couchant sous un abri de branches, roulés dans leurs couvertures. Georges se trouvait seul étranger à cette existence sauvage, accidentée; peut-être lui parut-elle d'abord assez rude, mais il était plein de courage; d'ailleurs cette foule d'impressions nouvelles qui se succédaient stimulait son énergie en excitant sa curiosité et en produisant ce bien-être de liberté, qui n'est qu'un rêve au milieu des entraves de notre civilisation.

Les obstacles avaient été si nombreux pour cheminer sous ces forêts inextricables, que la fatigue était grande lorsque la soirée commença. On venait, cependant, de s'arracher de cette verte prison en gagnant le pied des rochers arrêtant la végétation et offrant aux voyageurs des nappes d'un gazon séduisant pour une halte. La résolution fut bientôt prise d'y camper durant la nuit; Juan coupa quelques branchages devant servir d'abri. Waterson ramassa du bois sec et avec le concours de Cheveux-d'Or, s'occupa de préparer un repas de chasseurs.

C'était bien, en effet, un souper de coureurs des bois réduits à accepter pour nourriture deux iguanes obtenus par Juan durant son trajet dans la forêt. Georges, qui apercevait de près ces animaux, ne semblait pas fort disposé à leur faire honneur ; c'est, en effet, un animal d'un aspect peu séduisant ; sa tête comprimée sur les côtés, armée de fortes mâchoires et de dents aiguës, son énorme goître, sa queue faisant plus de la moitié de son corps lui inspiraient un certain dégoût. Waterson lui affirma que l'iguane était un manger exquis ; on les élève même dans les jardins au Mexique, dit-il, et beaucoup de colons le tiennent en réserve pour en régaler leurs amis dans des visites imprévues ; tout à l'heure, lorsqu'ils seront rôtis, vous pourrez apprécier leur mérite. Georges surmonta donc sa répugnance, appétit aidant, et il arriva que leur chair tendre et savoureuse lui rappelait celle des meilleures volailles d'Europe.

— Eh ! bien ? dit Harry.

— Eh ! bien, il est vrai que voici une nouvelle preuve qu'il ne faut pas juger sur la figure ; mais, sans une faim formidable, je me serais difficilement déterminé à vaincre ma répulsion.

— Votre faim, mon cher Dumaine, provient de votre marche dans les bois. Cette puissante végétation change la masse de l'air, en y versant une nouvelle quantité d'oxygène, ce qui le rend plus excitant et plus propre à l'hématose ; vous en jugerez plus tard. A la première occasion, pour vous réconcilier tout à fait avec le *lacerta iguana*, nous vous ferons jouir d'une manière de le chasser fort amusante, en le sifflant doucement et en le chatouillant délicatement, car, en vérité, c'est un *dilettante* fort singulier.

Et là dessus, chacun se roula dans sa couverture, et, plus ou moins abrité par quelques branchanges, se livra à un profond sommeil.

CHAPITRE XI

La chaleur. — Les montagnes pauvres. — Le cacao. — Echange de coups de feu. — Nouvelle piste. — Le *juncus effusus*. — Le *cascara de Loca*. — Un abri.

Le lendemain, avec les premières lueurs du jour, un sentiment de froid très vif réveilla Georges ; la nature célébrait le lever du soleil, les oiseaux mêlaient leurs chants, on entendait s'échappant de la forêt des rumeurs de toute espèce : hurlements des *pumas*, des *guamas*, cris des singes, sifflements de la sarigue, bruissement des ailes des grandes chauves-souris, fuyant le jour, concert étrange, hommage des créatures au Créateur.

— Vous grelottez, cher Monsieur, dit Waterson, voyant Georges s'approcher avec empressement d'un peu de feu que Juan venait d'allumer.

— Mais c'est qu'il fait un froid véritable : hier, la chaleur était suffo- cante : c'est sans doute le voisinage de la montagne qui nous vaut ce changement de température ?

— Oui et non, les rochers y sont bien pour quelque chose, mais votre personne en est aussi la cause. Asseyons-nous auprès de ce feu et brisons quelques galettes de manioc dans du café brûlant, cela vous réchauffera.

Savez-vous, monsieur Dumaine, quel est le principe de la chaleur ?

Non, n'est-ce pas ? c'est une découverte, ainsi que celle de l'origine de la force qui reste à faire ; mais vous savez que l'homme porte en lui une température de 32 degrés. Or, c'est une loi constante que tous les corps organiques tendent à se mettre en équilibre de calorique ; l'atmosphère se trouve-t-elle au dessous de 32, elle soutire votre calorique, comme elle l'augmente au dessus de ce chiffre. Vous allez me dire qu'il y a longtemps que vous étiez sensible au froid et au chaud, mais vous en ignoriez peut-être la cause. Le lever du soleil amène généralement un refroidissement atmosphérique plus fortement ressenti par vous tout à l'heure, parce que vous avez rencontré, en sortant de votre couverture, un milieu au-dessous de vos 32 degrés. D'ailleurs quelques faits restent encore inexplicables sur ce sujet et, par exemple, comment comprendre qu'en pleine mer, quels que soient le lieu et la saison, la température de l'air ne dépasse jamais trente degrés centigrades ?

Juan vint se planter tout harnaché devant les deux Européens et les avertit que s'ils voulaient disserter, ce devait être en continuant leur course.

C'est au travers de rochers épars et brisés, de scories volcaniques, que se continua leur marche. La forêt disparaît peu à peu, ce sont maintenant de vieux arbres dont les branches et le tronc sont envahis par une végétation parasite, des lianes stériles nouant leurs fortes chaînes aux cimes les plus élevées et des orchis plongeant leurs racines tuberculeuses dans l'écorce vermoulue, Georges ramassa sur ces ruines végétales le *fahan*, cette plante aromatique dont les Indiens révélèrent les propriétés à leurs vainqueurs.

Les sources abondent dans ces blocs de roches crevassées, ressemblant de loin aux restes d'une construction cyclopéenne. L'humidité de l'atmosphère attire un grand nombre de mollusques terrestres. Waterson recueillit avec soin une certaine quantité de ces *achatines* que leur forme gracieuse et leur rareté fait rechercher avidement par les collectionneurs.

Dans ces terrains bizarres, les voyageurs purent étudier l'effet de l'action volcanique. Il est vrai que la nature, toujours puissante, d'une fécondité rare dans ces régions, s'empresse de recouvrir d'une parure de feuillage le désordre que les commotions des éruptions ont pu causer. La transformation de l'aspect de la pente de ces montagnes s'opère avec rapidité; c'est l'arbrisseau aux rameaux flexibles, la fleur odorante, les mousses au vert velouté, qui témoignent de nouveau des lois divines régissant l'univers et donnant à la matière une puissance perpétuelle de résurrection.

Cette ascension dura plusieurs heures, ce n'était plus le froid qui incommodait Georges, une étouffante chaleur l'arrêtait parfois haletant dans sa course. Il reprit courage en apercevant, à quelque distance, la forêt se montrant de nouveau : c'était l'ombrage, le repos, le repas sauvage dont il sentait le besoin.

Il faut avoir voyagé dans les contrées solitaires s'étendant en forêts et en montagnes sur un grand espace, pour comprendre le plaisir que le touriste éprouve à se décharger de son bagage et à s'étendre sur un doux tapis de verdure. Waterson, parcourant depuis plusieurs années ces brûlantes contrées, supportait mieux la fatigue : Quant à Juan et à la frêle Cheveux-d'Or, leur origine indienne les avait sans doute dotés d'une nature particulière, car ni l'un ni l'autre ne paraissait ressentir aucun besoin de repos.

Par une prévision de la souffrance d'allumer du feu au moment de la plus grande chaleur, et afin d'éviter l'attention que la fumée appellerait sur les voyageurs, Juan procédait ordinairement à la préparation des aliments le matin avant le lever du jour. Cette fois le repas consistait en deux *occo* (1) qui, mangés froids, assaisonnés de

(1) Crax alector.

jus de limon et de quelques bulbes de safran, leur parurent excellents;
joignez-y des racines de dalhias et d'ignames rôties, et vous trouverez
que ce menu n'était pas à dédaigner. et, après avoir satisfait à l'appétit, il fallut céder au besoin de sommeil, si impérieux au Brésil
durant la saison qui amene les rayons brûlants du soleil.

Georges se réveilla le premier, Guaracinda et Juan étaient absents:
Waterson, couché à l'ombre sur le dos, avait sans doute un rêve
pénible, car ses lèvres s'entr'ouvraient et laissaient échapper des sons
inarticulés. Il fit tout d'un coup un mouvement plus sensible, qui se
répéta ensuite à plusieurs reprises. Georges se mit sur son séant, afin
de chercher la cause de cette agitation, il reconnut que différents
objets, ressemblant à des amandes, tombés de la hauteur des arbres,
en étaient la cause; un nouveau projectile vint le frapper à la tète,
Harry se leva d'un bond, l'examina, saisit son fusil, jeta un regard
rapide autour de lui, et, avançant de quelques pas, fit feu spontané-
ment. Un cri douloureux, semblable à celui d'un enfant blessé, s'é-
chappa des arbres environnants, des mouvements saccadés secouèrent
les branches, et l'on vit un être blessé tomber sur la terre, se relever, fuir
à quelques pas pour se cacher dans une touffe de genevrier : Georges
s'approcha, le spectacle qu'il vit le fit frémir! une figure de jeune
fille, presque blanche, portait tous les signes de la douleur et du désespoir. D'une main, elle essuyait ses yeux pleins de larmes, de l'autre,
elle cherchait à cacher une blessure d'où le sang s'échappait abon-
damment.

— Venez, venez donc, s'écria le jeune homme, Waterson, malheureux ! Vous avez tué une enfant.

L'Irlandais jeta son fusil et accourut; après le premier coup d'œil :

— Rassurez-vous, dit-il, c'est vrai, c'est une enfant, mais pas ce
que vous croyez.

Les deux amis réussirent à enlever de sa retraite la malheureuse blessée, elle ne se défendit pas, ses yeux se tournaient de l'un à l'autre avec une tristesse inexprimable, elle poussa un petit cri lorsque Waterson visita sa blessure. Hélas ! elle était mortelle, le coup avait fait balle, la peau était déchirée, et le plomb avait broyé les intestins.

— Peut-on sauver ce pauvre être ? demanda Georges.

— Non, il n'a plus que quelques moments à vivre.

En effet, ses yeux se fermèrent, il tendit aux deux hommes ses petites mains trempées de pleurs et de sang, pencha la tête ; une petite convulsion vint le secouer, et tout fut fini.

Georges mit la main sur ses yeux et se détourna de quelques pas de cette pénible vue, il en voulait à Harry d'avoir détruit ce pauvre être qui mourait avec tant de résignation et de douceur. L'Irlandais comprit sa pensée, il appuya la main sur l'épaule du jeune homme, en lui disant qu'il regrettait son coup de fusil.

Après tout, ajouta-t-il, ce n'est qu'un animal, un singe il est vrai, de la race la meilleure et la plus propre. Dans leur jeunesse, les jeunes guenons ressemblent fort aux petites Indiennes, heureusement, je n'ai pas de meurtre à me reprocher. C'est elle, qui a commencé l'attaque, savez-vous avec quoi ? avec des noix de cacao, pour nous éloigner et rester libre de les croquer à son aise.

— Du cacao ?

— Oui, le cacao *sylvestris*, bien au dessous du téobroma ; mais cependant donnant une pulpe qui étanche la soif, et rafraîchit agréablement. Aujourd'hui qu'on falsifie tous les produits alimentaires, les fabricants de chocolat de notre Europe emploient, pour remplacer les crus de Venezuela, des caraques et des choroni, les cacaos provenant du Para, de Guayaquil et de Haïti, sans compter les farines de lentilles, la sciure de bois, le cinabre ou sulfure rouge de mercure, et beaucoup d'autres ingrédients pernicieux.

Juan, qui venait de se poser en face des deux chasseurs, écoutait,

Je m'appelle Harry Waterson, je suis Irlandais, docteur en médecine (page 8¹)

appuyé sur le canon de sa longue carabine espagnole; lorsque Waterson eut cessé de parler :

— C'est vous, dit-il, qui avez tout à l'heure déchargé votre fusil?

Le docteur répondit affirmativement par un signe. Eh bien ! il faut vous le dire, vous avez eu tort; nous sommes, je ne dis pas poursuivis, mais épiés depuis quelques jours, et il est important d'éviter tout signal de notre situation dans les déserts.

— Nous sommes épiés? s'écria Georges en se levant, pourquoi, par qui, comment le savez-vous?

— Je m'en doutais avant hier, aujourd'hui j'en ai la certitude. On ne nous poursuit pas, car on est tantôt devant ou derrière nous, sans vouloir nous rejoindre. J'ai vu des traces, des charbons de feu mal éteints, l'herbe foulée durant la sieste. Il n'y a pas longtemps que ceux qui nous guettent étaient assez nombreux, ils ne sont plus que deux à l'heure qu'il est.

— Vous les avez donc aperçus plusieurs fois?

— Faut-il voir pour s'assurer de pareilles choses? Les gens qui se tiennent dans notre voisinage, ont été au nombre de cinq ou six, j'ai compté les places qu'ils occupaient autour de leur foyer, maintenant ils ne sont plus que deux, car deux places seulement sont ménagées au milieu des branches sèches qui l'alimentent. Que veulent-ils? vos seigneuries doivent s'en douter; le misérable qui a tué mon enfant ne pardonnera jamais ses mutilations. Je pense qu'ils sont restés pour ne pas perdre notre piste et pour attendre des renforts avec lesquels ils pourront satisfaire facilement leur vengeance.

Waterson et Georges se regardèrent. La révélation de Juan leur parut très grave.

— Marcher droit à eux, les attaquer et les mettre dans l'impossibilité de nous nuire, articula Dumaine.

— Sans doute, mais où les joindre, dit l'Irlandais, comment éviter, dans cette recherche, les balles de ces misérables cachés derrière les arbres ou les rochers ; ils nous surveillent, et nous n'arriverons pas à eux sans avoir exposé dix fois notre vie inutilement.

— Que dit Juan ?

— Messieurs, Juan dit qu'il faut user de ruse, faire absolument perdre nos traces ; nous ne pouvons nous tirer de cette position périlleuse, qu'en usant de tous les moyens employés par les sauvages Indiens de ces contrées pour se dérober à leurs ennemis.

Eh ! bien, soyez donc notre guide, nous nous soumettrons à tout ce que vous croirez nécessaire.

Les voyageurs partirent. Guaracinda, qui avait saisi les regards de tristesse que Georges jetait sur le pauvre être sacrifié par son compagnon, venait de le couvrir de branchages verts et de mousses, sur lesquels elle avait semé quelques fleurs.

Il fallait apporter le plus grand soin à dérober la direction qu'ils allaient suivre. L'Indien se déchaussa, et choisit une sorte de sentier serpentant sur les rochers. Il ne faut pas, dit-il, révéler notre nombre, tâchons de tromper ces brigands en les mettant dans l'impossibilité de nous compter. Je vous aurais engagé à quitter vos chaussures, mais ils connaissent trop bien les pistes pour confondre les pas de la race blanche avec ceux des Indiens. Dans une heure, nous gagnerons un petit ruisseau à fond de roches, il nous servira de chemin, j'espère y trouver des joncs...

— *Juncus effusus*, prononça Waterson.

— Je ne sais pas ce que vous voulez dire, mais ce que je sais, le voici : avec cette plante nous fabriquerons, Guaracinda et moi, des espèces de mocassins dissimulant plus certainement nos traces, et, en croisant deux épingles et les tirant ensemble jusqu'au bas, nous ferons sortir une moelle blanche, légère, qui nous servira à nous éclairer au cas où nous en aurions besoin.

Juan marchait le premier en devançant les Européens; il sondait incessamment des yeux toutes les parties de la route pouvant servir d'embuscade. Waterson le suivait ordinairement; cette fois il s'arrêta plusieurs fois, sortit même de la voie sans que Georges s'en aperçût, parcequ'il avait pris sa place; on gagna le ruisseau pour le parcourir dans une eau n'ayant pas plus d'un pied de profondeur. Les touffes de jonc n'y manquaient pas, l'*effusus* désigné par l'Irlandais balançait ses longues tiges sur ses bords; Guaracinda en forma une petite botte qu'elle ajouta courageusement à son bagage. Après quelques heures de trajet silencieux, l'Indien ralentit son pas, attendant les voyageurs dans une clairière assez étendue, permettant aux regards de visiter le voisinage. Un bloc de rocher détaché de la montagne se trouvait isolé dans cet endroit, évidemment Juan jugea sans danger de faire une halte à sa base, car il appuya son fusil sur ce bloc de lave, et jeta à terre le fardeau qu'il portait, disposé à prendre un peu de repos.

— Et votre savant? dit-il à Georges, en voyant que le docteur n'était pas avec lui, croit-il que les brigands qui nous poursuivent l'épargneront plus que nous? Ce n'est p .. assez qu'il nous trahisse avec son fusil, le voilà qui s'égare sur une route pleine de périls... A quoi sert de dissimuler notre passage s'il donne à ces enragés la connaissance de notre nombre et de notre direction.

Georges comprit l'humeur que l'Indien ne dissimulait pas, où était a'lé Waterson? Il voulait retourner pour se mettre à sa recherche, Juan le retint et il fit bien, car le naturaliste parut à peu de distance, se baissant souvent sur les sables bordant le ruisseau, comme s'il était à la recherche d'une chose égarée.

— Vous nous perdez, lui dit le Français, oubliez-vous donc notre situation? Tenez, regardez l'Indien, il est furieux contre vous.

— Bah! ce guide exagère le danger; si nos ennemis ne sont que deux, nous sommes trois; ils ne nous attaqueront pas; d'ailleurs

prévenons leurs projets de vengeance, de poursuivis devenons poursuivants, ce sera bien le diable si avec deux bonnes balles nous n'en
sommes pas débarrassés.

— Un crime !

— Allons donc ! la loi du talion appliquée à la légitime défense.
Pour moi, cher Dumaine, je vous le déclare, je ne veux pas quitter
cette contrée sans l'avoir mieux explorée, elle possède des richesses de
tout genre, je viens de découvrir des groupes admirables de *cascara
de loxa*.

— Qu'est-ce que des cascara de loxa ?

— Mais tout simplement ce suprème fébrifuge, le quinquina
officinalis, ou mieux le cinchona, puisque c'est Mᵐᵉ la comtesse de
Cinchon, qui, la première, eut la pensée de distribuer son écorce aux
malades. J'ai rencontré aussi le *cariboca* ou le quinquina piton, qui
pousse sur la montagne, il est très rare et bien plus efficace.

Enfin j'ai...

— Prenez garde ! s'écria l'Indien d'une voix vibrante, tandis
qu'une balle, sifflant entre les deux causeurs, vint s'aplatir à cinq pas
d'eux, sur le rocher.

D'un bond, Georges et Harry s'élancèrent vers le bloc de lave
pour se mettre à l'abri.

— Voilà les suites de vos promenades, docteur, dit Juan, six
pouces plus à droite, et votre poitrine était traversée par ce morceau
de plomb qui a rejailli jusqu'à nos pieds.

— Diable ! ces brigands sont bien enragés, mais nous ne pouvons
rester là, ils vont nous canarder comme un gibier au gîte.

Sans doute, si nous restons à cette place, cependant, il est encore
plus dangereux d'en sortir.

— Que faire alors ? dit Dumaine.

— Suivez-moi ; jetez les yeux autour de vous, ces arbres qui

entourent la clairière où nous sommes, peuvent cacher les assassins, mais voyez de ce côté, pas un arbre, pas un arbri pouvant les
dissimuler, et ils sont trop lâches pour venir à découvert. Reposez-
vous, prenez un peu de nourriture, cette nuit nous aviserons sur ce
que nous aurons à faire, car nous aurons à avaler un long chemin,
et pas un quart d'heure pour nous arrêter.

L'avis était bon à suivre, nos deux explorateurs tournèrent le
fragment de roches, et s'assirent à son ombre, cachés par de grandes
ombellifères qui leur permettaient de parcourir d'un seul regard la
partie sans buissons et sans arbres de la clairière. L'Indien, caché
dans les herbes, fut chargé de veiller sur les entreprises de l'ennemi.
Leurs provisions, que le gibier n'avait pas alimentées depuis plusieurs
jours, se trouvaient fort épuisées, il fallut se contenter d'un repas
frugal, un peu de *bacalao*, poisson sec, et de quelques fruits de *cajas*
et de *pitangas*, vermeilles, cueillies au milieu de leurs feuilles de
myrte, durant leur marche de la matinée.

— Vous étiez bien en colère tout à l'heure, mon cher Dumaine,
dit Harry, cependant vous auriez agi comme moi, si tout d'un coup
vous aviez découvert autour de vous les trésors des mille et une nuits,
toute une fortune, et littéralement un avenir brillant et doré.

— Avec accompagnement d'une balle à travers le corps.

— Laissons cela, il est convenu qu'il faut toujours un dragon très
dangereux comme le Ladon du jardin des Hespérides, pour garder
un trésor.

— Un trésor?

— Oui, un véritable trésor, car sans compter les variétés de
cinchonas dont l'écorce se vend fort cher et que j'estime à première
vue pouvoir produire plus de vingt mille francs, je vais vous montrer
encore mieux ; mais assurons-nous d'abord que quelqu'indiscret pro-

jectile ne viendra pas nous chercher dans notre retraite en interrompant les détails intéressants que j'ai à vous donner.

Les deux amis examinèrent avec soin les différentes parties de la clairière. Juan leur déclara que rien ne s'était montré à ses regards : cependant, ils sont toujours là, dit-il, un *cachorro do mato* (1) qui se dirigeait en courant du côté de la forêt, s'est arrêté tout d'un coup, aspirant le vent, puis il a décampé en allongeant ses pattes comme s'il était poursuivi par un Jaguar.

— Eh ! bien, attendons l'obscurité pour sortir de notre prison en plein air ; venez, Dumaine, regagnons notre nid, vous allez voir enfin mes trésors.

(1) Chien des bois.

CHAPITRE XII

L'or. — Les moustiques. — Les *garapatos*. — Produit des mines d'or. — Thomas Comstock, dit *Père-les-Crêpes*. — Le baptême d'une ville. — La poursuite.

Waterson tira de sa jaquette de cuir un petit sac en peau de lézard vert qu'il ouvrit avec précaution et dont il répandit une partie du contenu dans le creux de sa main.

— Voyez, dit-il.

— De l'or ?

— Certainement, de l'or... et pur de l'alliage du cuivre, du fer

sulfuré, des grains de platine ; une véritable minération des montagnes, *mineraçao de morro.*

— Et vous avez trouvé cet or ?...

— Dans les fissures du quartz, dans les sables provenant de la
désagrégation de la montagne... Je n'ai pas mis une heure à ramasser
ce que j'ai là... Tenez, voilà une pépite qui vaut vingt francs ; il y en
a certainement pour plus de cent dans ma récolte... Et puis, une
exploitation sans frais, sans lavage, sans *plaga*, c'est-à-dire sans
moustiques.

— Comment, sans moustiques ?... Sont-ils aussi les gardiens des
trésors ?

— Vous plaisantez !... Demandez-le à un écrivain de talent, à un
géographe distingué, à un agriculteur entreprenant, à un politique
égaré, à...

— A l'encyclopédie ?

— Non, à M. Elisée Reclus, un explorateur malheureux... Je me
rappelle à peu près ce qu'il raconte dans un de ses voyages en ces
contrées : vous jugerez de la puissance des bataillons de ces insectes
armés d'aiguillons empoisonnés.

» Le ruisseau du *Volador*, continua Waterson, roule dans ses
sables une si grande quantité de paillettes d'or, que le vice-consul de
Rio-Acha se fit accorder la concession de *placeres*, dans la pensée d'y
trouver une source immense de richesses ; mais il avait compté sans
les maringouins, les moustiques et toute cette horrible espèce de
sangsues ailées. Durant le jour, ce sont les moustiques tourbillonnant
sous les ombrages, s'abattant par centaines sur la moindre surface de
peau lisse à découvert. Vers le soir, quand ces essaims de mosquitos
se sont repus de sang humain, ils disparaissent, mais ils sont bientôt
remplacés par des nuages de *sancudos*, énormes maringouins au dard

long d'un centimètre. Comment échapper durant la nuit? Leur aiguillon atteint la chair à travers les vêtements. Le matin, a peine les sancudos s'éloignent-ils, que les *jeyen* arrivent. Ceux-là, au·si méchants, sont presque imperceptibles ; cependant, ils sont aussi insupportables... Après deux jours passés sur le bord du Volador, vous n'êtes plus qu'une plaie ; la figure, boursouflée de piqûres, prend bientôt un aspect hideux.

Ces terribles moustiques ne sont pas, cependant, le fléau le plus redoutable du Volador et des régions des mines *Cascalhao* qui lui ressemblent. Les *jarrapatos* y sont tellement nombreux qu'ils forment aux plantes comme une autre écorce. Si l'on tombe au milieu d'une de leurs tribus, communes le long des rivières aurifères, on est immédiatement couvert de ces animalcules, qui se servent de leurs pattes acérées pour s'insinuer dans le corps. Inutile de chercher à s'en débarrasser : ils se gorgent de sang lentement, en véritables sybarites ; ce n'est qu'après quelques jours que, transformés en petites vésicules rouges, ils se détachent comme des fruits mûrs. Quant aux gros jarrapatos, appelés par les indigènes *barberos* (chirurgiens), la nourriture qu'ils prennent sur votre chair est beaucoup plus grave, de même que le *nigua* qui s'attaque à vos pieds et y établit son domicile. Il faut les extirper avec une lame tranchante ; si l'on perce la pellicule de cet insecte, les œufs se répandent dans le trou qu'il a formé, et toute une famille de niguas se développe au milieu des chairs saignantes. Beaucoup d'indigènes n'ont plus ni ongles, ni doigts de pieds, dévorés par l'*œstrus humanus*, et M. Demersay déclare que, dans le Paraguay, depuis leur apparition en 1836, jusqu'en 1846, les jarrapatos ont fait périr deux cent mille chevaux et deux millions de bêtes à corne.

» Comprenez-vous maintenant les avantages d'une exploitation dégagée de frais de lavage, d'épuration, éloignée des habitations ne craignant pas la concurrence, dans une région salubre ; enfin, bonheur inespéré et fort rare, je crois, exempte de mosquitos.

— C'est tentant, en effet ; cependant, je suppose que vous avez réfléchi que, travaillant seulement avec un ou deux serviteurs dévoués, il vous faudra consacrer une grande partie de votre vie à réaliser vos espérances ? D'un autre côté, qui vous dit que, pendant ces années, la production de l'or n'augmentera pas de telle sorte qu'il s'opère une dépréciation importante sur le plus beau et le moins utile des métaux ?

— Impossible, mon très cher monsieur, impossible ! Quelle que soit la masse d'or que l'on mettra dans la main des hommes, ils n'en auront jamais assez. Jugez-en par quelques faits. C'est en 1848 que les gisements de la Californie ont été découverts : eh bien ! pendant les huit premières années, ils ont fourni 2,587,000,000 de francs.

» En Australie, la découverte de l'or date de 1851 ; cinq ans après, elle livrait à la circulation 2,500,000,000 de francs. J'ai vu en 1862, à l'Exposition universelle de Londres, un obélisque de vingt-un mètres de hauteur et de trois mètres de côté à la base, qui figurait la masse d'or sortie des mines de ce continent austral.

Depuis, les Russes ont extrait pour plusieurs milliards d'or ; partout son exploitation continue, et cependant le prix n'a pas baissé. Dans le commerce, l'oscillation n'a pas dépassé 6 pour 100, de sorte que sa valeur par rapport à l'argent est toujours comprise entre 15,50 et 15,75, c'est-à-dire que, pour l'or, sa valeur est de quinze fois plus forte que pour l'argent, le kilogramme d'or valant 3,434 francs, tandis que celui d'argent, sans l'alliage des gouvernements et du commerce, n'étant que de 222 francs.

Si nous n'étions pas ici sur le qui-vive, comme des assiégés sur la brèche, je vous conterais l'histoire toute récente de Thomas Comstock, que les plaisants baptisaient du nom de Père-les-Crêpes ; vous reconnaîtriez, avec moi, que nous venons de traverser un Eldorado semblable à celui qu'il rencontra un jour, qui nous dispenserait de chercher notre fortune au milieu de dangers de toute espèce et dépourvu de chances aussi heureuses.

— C'est possible, mais croyez-vous que ces montagnes soient entièrement inconnues? qui vous dit que des concessions n'ont pas été accordées, des placers ouverts, et qu'à peine à l'œuvre vous ne seriez pas chassé, poursuivi comme nous le sommes maintenant?

— J'ai traversé ce pays, on est convaincu qu'il ne produit pas assez d'or, pour qu'il soit avantageux de l'extraire, tout à l'heure, en grimpant sur un piton, au moyen de ma longue-vue, il m'a été possible de m'assurer qu'aucune exploitation ne se révélait dans la vallée ou dans la montagne; encore une fois, débarrassez-vous des brigands qui vous poursuivent, et venez me rejoindre dans le canton, car, je vous le déclare, dès que vous n'aurez plus besoin de moi, j'établis mon domicile sur cette terre fortunée.

— Il faut la fuir, en attendant; mais, comme ce ne sera que cette nuit, et que nous avons encore deux heures de jour, contez, mon cher Harry, contez votre histoire du Père-les-Crêpes.

— Bien simple et d'autant plus extraordinaire qu'elle est parfaitement vraie.

Waterson alluma une cigarette et continua ainsi :

— Ce n'était pas un homme supérieur que Thomas Comstock; fils d'un aubergiste de Cleveland, dans l'Ohio, il avait été trappeur, il avait fait la guerre au Mexique et dans le Canada; fort brutal, très égoïste, il avait quelques-uns de ces défauts qui font réussir dans certaines entreprises. En société, avec des aventuriers, Comstock arriva à Gold Canjon, il y a une dizaine d'années, s'emparant d'une concession d'ouvriers allemands, les frères Grosch, morts à la peine. Voici comment il raconte son histoire :

« Un jour, vers le milieu de janvier, voilà que je vois au fond d'un

trou quelque chose de drôle. J'y fourre la main, et qu'est-ce que
j'attrape ? une poignée de boue toute picotée d'or et d'argent. J'étais
alors avec le gros John Bischop et le père Virginia, mais ils étaient assis à
deux cents pas de moi. Je ne dis rien, et je me fais inscrire pour cinq
concessions. Quinze jours après, voilà que je trouve encore une
veine comme la première. Alors, je me mets à la tête d'une compagnie
où je place Patrice Mac Langhlin, Penrod Kiley, etc. Je donne mon
nom au filon, et en avant, marche ! On faisait cinq, dix, douze livres
de roche par jour, et l'once donnait de 50 à 67 francs d'or et d'argent
mêlés, quelque chose comme 8,000 francs par jour !

» Heureux Père-les-Crêpes ! le voilà riche à millions, ou, pour
mieux dire, à centaines de millions, mais, de même que beaucoup de
parvenus, il perd la tête, il se livre à toutes sortes de folies, il se blase,
le spleen le prend, il écrit ses mémoires et se brûle la cervelle. Ses
associés ne savent pas mieux user de la fortune, Virginia se tue en
montant un cheval fougueux et, chose curieuse, voilà un aventurier sans
autre mérite que celui de la richesse, qui s'immortalise en fondant
Virginia City, la capitale du Névada, une des villes les plus importantes
des États-Unis. Comment s'opère ce baptème? Le fait est curieux : Un
jour que Virginia s'enivrait de whiskey avec ses acolytes, il perd
l'équilibre, tombe, sa bouteille se casse ; Bravo ! hurle-t-on autour de
lui, père Virginia, tu viens de baptiser ta ville ! »

— N'est-ce pas que voilà bien une origine américaine !

Enfin, mon cher Dumaine, depuis dix ans, ces mines ont produit
plus d'un milliard et demi ; de nombreuses compagnies les exploitent
avec de superbes profits ; la plus heureuse est la Consolidated Virginia,
qui dans une lande de terrain de deux cent quinze mètres de large,
extrait pour plus de trois cents millions d'or ou d'argent. La California
n'a pas deux cents mètres, elle n'a fait que deux cents millions, puis
viennent la Belcher, la Crownpoint et d'autres que ma mémoire ne

me rappelle pas. Vous avez pu voir, à la dernière exposition de 1878, M. *Mackay*, directeur de la Virginia et de la California. C'était une curiosité fort enviée. Jugez donc, peut-être dix milliards de capital !

— Allons, senhors, il faut songer à partir, dit l'Indien, en apparaissant aux côtés d'Harry et de Georges, la nuit arrive, elle sera sans lune ; nous avons des préparatifs à faire, songez à vous apprêter.

— Expliquez-vous, mon bon Juan.

— Oui, oui, je vais vous le dire, mais n'oubliez rien, car notre vie en dépend.

Le métis exposa alors, avec le plus grand soin, ce qu'il avait combiné de ruses et de précautions, dans l'espoir de disperser les poursuivants. La nuit tout à fait venue, on allumait quelques tiges de moelle de joncs, cachées dans le feuillage couvrant le pied du rocher ; il ferait croire que les voyageurs ne pensaient pas à partir.

— Je suis assuré, dit l'Indien, que ces misérables vont, maintenant qu'ils ne craindront plus d'être vus, surveiller le côté où la clairière n'a pas un arbre, dans la pensée que nous choisirons cette route. C'est justement le contraire que nous devons faire ; nous sortirons d'ici en nous couchant absolument dans les herbes, et par le chemin que nous avons déjà parcouru ; ces bêtes malfaisantes ne penseront jamais que nous ayons l'intention de revenir sur nos pas.

— Mais j'espère bien qu'en effet vous n'y songez pas, dit Georges ?

— Certainement.

— Bah ! s'écria Waterson, ça me va de revenir à mon Eldorado, car je ne vous ai pas tout raconté, monsieur le Français ; tenez, il y a encore ceci, ajouta-t-il, en ouvrant une main contenant trois petits cailloux, qu'il présenta à Dumaine, du diamant ou du moins des pierres précieuses, et j'en suis à peu près assuré, car nous devons nous trouver en ce moment à la même latitude que celle des mines de dia-

8

mants des Indes, c'est-à-dire à une semblable distance de l'équateur,
43 degrés environ de latitude, l'une australe, l'autre boréale.

Une voix étouffée ne permit pas à l'ardent Irlandais de continuer à
exalter sa découverte, elle murmura à ses oreilles :

— Au nom de Dieu, silence! suivez-nous en rampant... il est
temps!

CHAPITRE XIII

Promenade a plat ventre. — Les miels. — Le sphigurre. — L'hydromel. — L'acclimatation
— L hœmatoxilon. — Les fourmis. — Le scarabée hercule. — La *mimosa pudica*.

Nous croyons pouvoir affirmer, sans trop de présomption, qu'une
promenade à plat ventre, au milieu des herbes, dont quelques-unes
armées d'épines, et par une nuit noire, manque tout à fait d'agréments.
Les voyageurs avaient environ une centaine de pas à parcourir afin de
joindre la forêt, il leur fallut deux heures pour accomplir ce trajet.

L'Indien se trouvait en tête; une corde, tenue de mains en mains, de
manière à éviter de s'égarer, donna, par une légère secousse, le signal
de s'arrêter. Juan se souleva alors avec la plus grande précaution,
mais se repliant tout d'un coup comme s'il venait d'apercevoir quelque
danger. En ce moment, il tint à bien peu de chose que Georges ne
compromît leur situation. Durant ce temps d'arrêt, étendant le bras
pour écarter une touffe de plantes serrées sur son passage, sa main
éprouva le contact d'un animal froid, visqueux, qui lui sembla pourvu

d'une gueule immense, laissant échapper une sorte de sifflement sourd, mais effrayant. Sa pensée se porta sur le boa, il eut une sensation de terreur, une envie de se lever et de fuir, mais il parvint cependant à la dominer ; une petite voix murmura à son côté :

— Vous, pas peur, pas méchant ; il a des pattes !

Cette assurance lui fit honte, une jeune femme, presqu'une enfant, Guaracinda, qui n'avait pas seize ans, était plus courageuse que lui. Georges étendit de nouveau la main, surmontant sa répugnance, et le toucher lui révéla la présence d'un *agua*, cet énorme crapaud, parfaitement inoffensif, de même que tous les batraciens de diverses espèces, comestible même, au dire de Bosc, qui déclare en avoir vu pêcher des milliers pour en envoyer les cuisses aux bourgeois de Paris.

La halte dura une demi-heure ; les craquements de branches et de feuilles sèches apprirent aux voyageurs que leurs ennemis s'étaient trouvés très près d'eux. Une nouvelle secousse de la corde éveilla leur attention ; cette fois, Juan se leva tout entier et prévenant Georges et Waterson, qui le suivirent, il s'avança dans la forêt vers un groupe d'arbres formant un rempart.

— Nous allons chausser nos mocassins, dit l'Indien ; on s'en sert dans nos vallées pour traverser les grands marécages, ici ils empêcheront nos traces d'être reconnues. Guaracinda va vous donner ces raquettes de joncs, qu'elle a tressées hier, et nous pourrons encore nous dérober à nos assassins, en nous dirigeant vers la vallée. Il sera alors possible de profiter des eaux de *Das Velhas* et du *Curumba*, pour parvenir à Paracatu ou à *Villaboa*.

— Mais comment utiliser ces rivières si nous n'avons pas de canot?

— Nous allons suivre ce ruisseau jusqu'à sa chute dans d'autres rochers où il se perd, c'est une course de trois jours ; pour traverser la vallée, si nous ne sommes pas contraints de changer notre route, il

faut compter quatre autres jours; là, nous nous trouverons avec les
mongoyos, mes frères, race chérie des Incas, les fils du soleil; les
canots ne manqueront pas, en faisant une portée du Das Velhas au
Curumbo, ces rivières nous amèneront à Villaboa dans une trentaine
de jours, d'ailleurs, avant d'avoir franchi ces distances, nous passerons
devant la fazenda de notre chef suprême; s'il vous accueille, vous
trouverez en lui une protection puissante, toutes les sciences et toute
la grandeur de notre futur libérateur.

Nos quatre personnages se mirent courageusement en marche; ils
s'avançaient à peu près délivrés de la crainte d'être poursuivis, Juan
ayant mis le feu à la clairière au moment où ils quittaient le rocher.
Leurs empreintes au milieu des herbes se trouvaient ainsi effacées,
mais il y avait à craindre que l'incendie ne s'étendît à la forêt; Waterson, qui considérait ces terres comme à lui, en tremblait de peur.

Lorsque le jour se fit, l'Irlandais s'arrêta tout d'un coup, et
montrant le ruisseau qui s'écoulait, rapide, au milieu de fragments de
rochers :

— Des paillettes d'or ! s'écria-t-il. La réflexion l'engagea à ne pas
en dire davantage, ce que Juan avait annoncé, que ces eaux se perdaient dans des rochers avant d'arriver dans la vallée, rassura ses
craintes de voir révéler les gisements du précieux métal.

En avançant, les voyageurs commencèrent à parcourir une pente
moins boisée, au lieu de fouillis inextricables, ils parcouraient alors
des étendues de terrains brûlés par le soleil, d'où sortaient, jetés de
distance en distance ou par groupes, des blocs de rochers couverts de
cryptogames inconnus, aux fleurs jaunes, parfois d'un beau rouge. Les
grands arbres disséminés, quelquefois réunis, laissaient errer la vue
sous leur ombrage, ils contrastaient souvent dans la teinte de leurs
feuillages d'un vert sombre, et d'un ton orangé, comme celui de nos
bois en automne. La surprise n'était plus possible dans ces terrains

découverts ; cette sécurité ranima leurs forces, ils parcoururent vigoureusement plusieurs milles jusqu'au moment où le soleil brûlant, la
fatigue et la faim les engagèrent au repos, ainsi qu'à leur repas.

Mais si l'un était facile à satisfaire, l'autre présentait quelques difficultés. Les provisions dont ils s'étaient pourvus se trouvaient, sauf
quelques galettes de manioc, à peu près épuisées. Avec un coup de
fusil, on aurait abattu facilement des perroquets bavards faisant entendre leurs airs stridents. Juan ne souffrit pas cette chasse ; la détonation
des armes à feu portant loin dans ces pelouses découvertes, la prudence
défendait de se révéler ainsi à leurs ennemis. Cependant, cette tyrannie
matérielle des estomacs vides faisant entendre un langage éloquent,
les réclamations des deux Européens s'accentuèrent énergiquement.
L'Indien eut un sourire de compassion mêlé d'orgueil d'une race
habituée à dominer ses besoins ; il s'éloigna quelque peu, allant d'un
groupe à l'autre des grands arbres, examinant avec soin, jusqu'au
moment où, ayant sans doute rencontré ce qu'il cherchait, d'un signe,
il appela auprès de lui les voyageurs.

Watersou, plus affamé que Georges, fut en quelques bonds aux
côtes de l'Indien.

— Eh ! bien, quoi ? s'écria-t-il, auriez-vous trouvé un moyen pour
nous empêcher de mourir de faim ?

— Un repas tout entier.

— Un repas !... mais je ne vois rien.

— Approchez, mettez votre oreille contre l'écorce de ce vieil arbre ;
qu'entendez-vous ?

— Que diable est cela ? J'entends une sorte de bourdonnement,
de grattage, de petits cris comme les souris en jettent lorsqu'elles sont
poursuivies.

— Voilà votre dîner.

— Hein ! vous vous moquez, je crois.

— Allons, dit en souriant Georges, qui s'était rapproché, Juan ne voudrait pas se moquer d'un savant comme vous, mon cher Harry, tâchez donc de découvrir ce qu'il nous offre pour calmer notre appétit.

L'Irlandais fit le tour de l'arbre, l'examina, écouta de nouveau, et tout d'un coup se tournant vers Georges :

Des abeilles, dit-il, des pédilèges, perce-bois ; maigre nourriture, en supposant qu'elles aient du miel, cependant ce ne sont pas les *apiaires* qui poussent les petits cris que l'on entend encore.

— Non, c'est un *coendon* : vous allez voir un gibier plus nourrissant.

En s'exprimant ainsi, l'Indien tirant son grand couteau de sa ceinture, se mit à agrandir l'ouverture d'une petite fente, qui se trouvait au pied de l'arbre ; il y plongea la main, qu'il avait entortillée d'un morceau d'étoffe, et saisit l'animal qui se faisait entendre, car les cris devinrent plus nombreux. Juan eut besoin d'employer toutes ses forces pour l'extraire de sa niche ; on vit d'abord apparaître une longue queue, avec laquelle il se cramponne aux branches d'arbres, puis un corps couvert de poils et parsemé de piquants fort courts, de l'espèce de ceux du porc épic.

— Voilà notre mangeur de miel, dit l'Indien, en le secouant par la queue ; vous le trouverez bien bon lorsqu'il sera rôti, bon comme un petit marcassin. Ah ! brigand ! exclama-t-il, en faisant tourner le coendon, et en lui brisant la tête contre l'arbre, tu m'as enfoncé un de tes outils dans le bras !

Waterson s'approcha, tourna et retourna la bête :

— Très curieux, fort rare, fit-il, genre acanthure, peut-être est-ce un *sphigure* ? Je n'en avais jamais aperçu ; c'est moi qui le dépouillerai ; sa peau a de la valeur.

— Alors mettez-vous de suite à l'ouvrage ; je vais préparer le feu,

afin que sa fumée ne serve d'indication à personne, dans une demi-
heure, vous pourrez manger votre rôti.

En disant cela, l'Indien creusa la terre d'un pied au-dessous de la fente
de l'arbre; il leva aux environs quelques grosses mottes de gazon, et,
plaçant la terre en dedans, il construisit une sorte de cheminée dont la
fente de l'arbre devait être le tuyau. Au moyen de branches sèches,
un feu ardent et à peu près sans fumée étincela bientôt dans ce foyer ;
deux branches fourchues furent plantées en terre, et le coendon exhala
bientôt une odeur appétissante.

— Retirez-vous, senhors, dit Juan, la place ne sera pas bonne dans
quelques minutes au pied de cet arbre; entendez-vous le bourdonnement des abeilles chassées de leur demeure; avant que vous ayez fini
votre repas, il n'en restera pas une, alors j'irai vous chercher du miel,
et je vous promets un bon vin rouge, grâce au soleil.

— Du bon vin, grâce au soleil ! il radote votre métis, mon cher
Georges.

Pendant que le Français et l'Irlandais faisaient honneur à la cuisine
de l'Indien, celui-ci avait grimpé sur l'arbre, muni d'une grande feuille
de bananier, afin de retirer de la ruche envolée une bonne provision
de miel ; remplissant alors un flacon garni de joncs à une petite source
du voisinage, il l'exposa aux rayons brûlants du soleil, et y vint déposer entre les voyageurs sa feuille de bananier couverte de miel d'un
beau rouge.

— Du miel rouge ! dit Georges.

— Cela n'est pas rare, mon bon compagnon, à Cayenne, à Su-
rinam, il est de cette couleur; à Madagascar il est vert, il en existe
même de noir, mais il est, en général, assez mauvais. Cette coloration,
comme la qualité du miel, dépend de la récolte des abeilles. Un ama-
teur distingue facilement le miel de Narbonne, au parfum de romarin,
de celui du mont Hymète et des îles grecques, imprégné de l'odeur

de lavande. Bosc prétendait n'avoir jamais rien mangé de plus
délicieux que celui qu'on recueille à Cuba ou dans les propriétés voisines de l'orangerie de Versailles. Il est bien certain, d'ailleurs, que si
l'abeille ne mélangeait pas continuellement le fruit de ses récoltes, il
serait facile de reconnaître au goût celui qu'elle retire de chaque plante.
Personne alors ne voudrait user du miel provenant des fleurs du buis,
de la jusquiame, du tabac et des scrofulaires, car son usage pourrait
être fort dangereux.

— Celui-ci est assez médiocre.

— C'est vrai, fit Waterson, mais le miel n'a pas été fait pour être
mangé, ni même pour la nourriture des abeilles.

— Alors à quoi est-il donc bon ? à nourrir le coendon, à régaler
messieurs les ours ?

— Non, mon très cher. Les abeilles et le miel qu'elles recueillent
ont une mission plus importante fort ignorée et que vous-même, tout
instruit que vous êtes, ne connaissez pas. Dieu a créé ces bonnes petites
bêtes, qui piquent très douloureusement, comme des facteurs chargés
de porter à domicile des journaux, des circulaires et autres écritures
malsaines, tandis qu'au contraire, avec leur sucre, elles voltigent
de fleurs en fleurs. C'est à elle, en partie, qu'on doit la conservation
des espèces, ce sont elles qui ravissent à la fleur une partie de cette
substance nécessaire au phénomène de la fécondation ; elles dispersent
la poussière des étamines, elles portent leur miel sur le stigmate, enlevant parfois celui qui est devenu trop sec et augmentant ainsi la sécrétion,
enfin, chose très curieuse, les végétaux dont les fleurs mâles sont séparées
entièrement des fleurs femelles, ne sont jamais visités par les apiaires,
qui dédaignent de les comprendre dans leur mission.

— Voici mon vin, senhors, dit l'Indien, en tendant son flacon, dont
l'Irlandais s'empara avec trop d'empressement, car à peine eut-il

La surprise de cette rencontre peu désirée fit reculer Waterson (page 140).

touché au bouchon, que ce projectile lui ratissa violemment le nez, en laissant échapper une liqueur rouge, mousseuse.

— Au diable votre boisson, s'écria Waterton, vous avez manqué m'estropier; tenez, Dumaine, prenez votre tasse de coco et dites-moi ce que c'est que cette drogue.

— Moins drogue que celles que vous donnez à vos malades, dit Georges, après en avoir goûté, c'est... non, c'est plutôt... oui, c'est plutôt de l'hydromel.

— Tiens, tiens, alors, monsieur l'Indien, je vous pardonne votre attentat contre ma membrane pétuitane et... pas mauvais, pas mauvais, c'est, en effet, de l'hydromel; en France, on en ferait du vin d'Alicante.

— Cette teinte rouge, demanda Georges, est sans doute due à la coloration du miel? A chaque instant nous marchons sur des plantes étrangères au climat de l'Europe, un grand nombre, il me semble, pourraient être naturalisées et, malgré les efforts de la Société d'acclimatation, dont je fais partie, très peu ont réussi et ont été acclimatées en France.

— Vous venez de prononcer un mot qui renferme une foule de conditions difficiles à obtenir. Acclimater, ce n'est pas transporter une plante du sud au nord, à une altitude égale au-dessus de la mer, beaucoup d'autres considérations demanderaient un examen sérieux. Une étude plus complète des végétaux soumis à l'acclimatation devrait embrasser des observations sur la chaleur atmosphérique avec ses variations diurnes et nocturnes, la température du sol, l'illumination solaire, l'humidité atmosphérique, la quantité d'eau pluviale, la dose d'ammoniaque et de nitrate que cette eau fournit aux plantes, et sur les aptitudes très diverses dans les races et les variétés d'une même espèce à se laisser influencer par ces causes extérieures.

Il est difficile, dans les jours de chaleurs, de résister au besoin de sommeil qui se fait sentir aux heures où le soleil est à son zénith. La sieste est encore plus d'usage au Brésil qu'en Italie ou en Espagne. Lorsqu'il se joint à ce laisser aller devenu habituel, la fatigue et le travail de la digestion, on se défend difficilement contre cette somnolence passagère, c'est ce qui arriva à la suite des doctes explications d'Harry Waterson; interrompu par un premier bâillement et produisant définitivement chez Georges l'oubli des réalités de ce monde.

A leur réveil, après deux heures de sieste, la chaleur avait diminué, les voyageurs reprirent leur marche. Waterson, plus libre que lorsqu'il se sentait poursuivi, se mit à explorer les alentours de la route, recueillant des plantes rares, fouillant sous les écorces pour y trouver des insectes, ramassant quelques cailloux au milieu des sables descendus de la montagne. A chaque découverte, il appelait Georges pour lui en faire part. C'est ainsi que d'abord il lui montra un bel arbre, classé cependant parmi les légumineux, et qu'après lui avoir enlevé un morceau d'écorce d'un coup de machette, il découvrit un bois du plus beau rouge. C'est un *hæmatoxilon*, dit-il, le campêche employé si souvent en Europe pour la teinture. Ce qui le distingue de ce qu'on appelle vulgairement le bois du Brésil, sentez-le, c'est une douce odeur de violette. Plus loin Harry s'arrêta devant un arbrisseau de la même famille, le *myroxylon*, laissant suinter une résine noire à exhalaison de vanille, qu'on est convenu de baptiser du nom de baume du Pérou.

— Ce n'est pas là le vanillier, fit Georges, celui qui se cultive dans nos serres chaudes en France.

— Sans doute, autant il est rare dans votre pays, autant il est répandu dans celui-ci. Avançons un peu, et je pourrai vous faire connaître cette *orchidée*, chargée de fleurs et de fruits.

En effet, à quelque distance ils aperçurent un groupe de plantes grimpantes, enroulées au tronc d'un arbre et retombant en berceau, chargées de fruits longs de six à sept pouces, gros comme le petit doigt, charnus, pulpeux, à peu près cylindriques et s'ouvrant en deux ainsi qu'une silique.

— Voici la reine des odeurs données par le bois, dit Waterson.

Georges cueillit un de ces fruits, il n'avait aucun parfum.

— Mais votre vanille ne sent rien, dit-il.

— Ah! voilà comme on juge souvent des choses qu'on n'a pas étudiées. Cette vanille est mûre, mais elle n'est pas sèche, mettez-la dans votre poche et, ce soir, vous jugerez de son parfum. Parfois son odeur est si forte dans l'espèce nommée *pompona*, qu'elle amène des maux de tête et de la suffocation. En Europe, aujourd'hui plus qu'autrefois, tout se falsifie, il est rare que vous puissiez vous procurer de bonne vanille. Valmont Bomare, un naturaliste, ayant beaucoup vu, raconte qu'au Mexique les marchands ouvrent les gousses, en retirent la pulpe aromatique pour y substituer de petites pailles ou d'autres corps étrangers, et rebouchent ensuite l'ouverture avec une sorte de colle mêlée à la résine de ce baume du Pérou, que je vous ai montré tout à l'heure.

— Je vous ai vu là-bas, derrière nous, ramasser quelques fragments de pierres, avez-vous encore découvert quelque chose de nouveau en minéralogie?

— Oui, ce que j'ai ramassé est de peu de valeur, et cependant pourrait en avoir une immense. Si vous n'êtes pas trop fatigué à notre halte du soir, je vous montrerai ma trouvaille, qui peut devenir un billet à une loterie de plusieurs millions.

Un coup de feu interrompit les deux causeurs, et arrêta les questions que Georges allait faire.

— La carabine de Juan, dit-il.

Cependant, comme les deux Européens ignoraient ce qui avait engagé l'Indien à faire usage de son fusil, ils crurent convenable de le rejoindre immédiatement. Cheveux-d'Or, qui s'était assise au pied

d'un arbre, leur dit, lorsqu'ils passaient auprès d'elle, ce seul mot :
Chasse, ce qui les rassura entièrement.

Après un quart d'heure de recherches, le métis leur apparut,
rechargeant sa carabine avec tout le soin qu'il y apportait habituellement ; un grand animal, fort laid, avec un museau en trompe, était
étendu à ses pieds.

— Un fourmilier, fit Harry en l'apercevant, une vilaine bête, mais
très curieuse et fort bonne à manger, si elle n'est pas trop vieille.

— Voilà un heureux évènement pour les termites, prononça
Georges.

—Erreur, mon cher, erreur, les fourmis sont parentes des abeilles,
releva le docteur, elles appartiennent à l'ordre des hyménoptères, les
mâles et les femelles naissent avec des ailes, que ces petits êtres
arrachent eux-mêmes, afin de se ranger dans la catégorie des travailleurs ; bel exemple, peu suivi dans nos démocraties modernes.

— Oh ! nous prendre gentiment ces fourmis, dit l'Indien, pour en
faire de la farine et de la pâtisserie.

— Et comment faites-vous pour éviter leurs morsures ?

— Bien facile. On ouvre deux trous au nid, l'un au vent, l'autre
sous le vent ; à celui sous le vent, on met un pot frotté d'herbes que
les fourmis aiment ; du côté du vent, on fait un feu dont la fumée
chasse cette vermine dans le pot, et bientôt elles s'y tassent par
milliers.

Avez-vous remarqué, Georges, dit Waterson en s'approchant du
tamandua ou fourmilier, sa langue pointue, enduite d'une matière
visqueuse où se prennent les fourmis ?

Ce que je remarque surtout, c'est que le hasard nous fait détruire
dans un seul jour ces deux mangeurs d'insectes.

— Sans eux, nous ne réussirions pas à nous en défendre.

Georges se disposait à protester, lorsqu'un fort bourdonnement résonna à ses oreilles, en même temps qu'il recevait un coup sur la main tenant son fusil, et qu'il sentait s'enfoncer quelque chose dans sa chair. Le jeune homme reconnut un scarabée des coleoptères, mais ce fut en vain qu'il chercha à s'en débarrasser, à mesure qu'il décrochait une patte, cet insecte, qui en possède six armées de trois dents à chaque jambes antérieures, se raccrochait plus fortement à sa personne.

Le scarabée Hercule, fit l'Irlandais en éclatant de rire aux grimaces d'impatience de Dumaine. Il vous faudra, mon très cher, servir de locomotive à cet animal, jusqu'à ce qu'il lui plaise de s'envoler, à moins que vous ne l'arrachiez violemment, ce qui mettra votre main tout en sang.

— Ne pouvez-vous le tuer?

— Certainement, mais alors il ne dégagera pas ses pattes.

— Georges eut un mouvement de colère. Brigand! s'écria-t-il, et avec un violent effort il enleva le scarabée; les gouttes de sang jaillirent par plusieurs petites blessures.

Une grosse pierre plate se trouvait à ses pieds, il la jeta sur le coléoptère, mais, à sa grande surprise, la pierre fut soulevée et le scarabée s'en échappa.

— Scarabée Hercule! fit Harry, en le contemplant avec la satisfaction d'un naturaliste.

— Hercule! nous allons voir! Georges, en disant cela, levait son fusil pour écraser sa victime d'un coup de crosse, quand le scarabée, reprenant son vol, s'éleva comme un vainqueur, passa de nouveau près de son oreille avec un bourdonnement formidable, chantant orgueilleusement sa victoire.

Les explorateurs marchèrent encore deux heures, s'arrêtant souvent pour examiner un minéral à fleur de terre, dans ce pays si riche en minéraux de toute espèce, pour étudier et classer une plante inconnue, ou frappés du développement que quelques végétaux prennent sous ce climat tropical.

Le parfum des ananas les guidèrent vers des fruits dont ils savourèrent délicieusement la fraîcheur et l'arôme; le hasard les mit en présence d'un arbrisseau, *mimosa pudica*, la sensitive épineuse, originaire du Brésil.

L'Irlandais ne pouvait manquer de reprendre son rôle de professeur en présence de cette plante curieuse.

— Regardez comme elle se ferme quand on la touche, dit-il, ce n'est pas seulement au contact de la main que ses feuilles se replient, vous allez voir que celui de mon fusil lui fait encore plus peur. Tenez, ce petit coup agit même sur les rameaux, ils se rapprochent de la grosse branche, on dirait qu'ils veulent se réduire en faisceau.

La nuit, la sensitive s'endort, elle se ferme; le vent, la pluie, les orages lui font aussi peur.

Il me semble, fit Georges, qu'à l'époque où je suivais, au jardin des plantes, un cours de physiologie végétale, j'ai entendu citer des observations transmises par Duhamel et Lamark, d'où la conclusion était que la sensitive n'avait pas d'autre sensibilité constitutive que celle produite par les variations atmosphériques.

— Question à étudier, reprit Waterson; j'ai la prétention d'avoir découvert le secret de cette irritabilité nerveuse. Comme nous ne sommes pas ici entre confrères, toujours prêts à contester ou à s'attribuer ce qu'ils entendent, je puis vous dire, mon cher Dumaine, que la sensitive possède certains caractères, outre le mouvement qui la rapproche de l'animal. Si vous coupez une de ses grosses branches avec un instrument tranchant, bien poli, la lame reste tachée d'une liqueur rouge, et j'ai constaté qu'en arrachant une feuille ouverte, il apparaît une goutte de cette liqueur au rameau, lequel répandu

dans les fibres organiques de la plante, lui permet de conserver sa
faculté de contraction après être séparée de sa tige.

Cette journée au ciel si pur, à la brise légère modérant la chaleur,
s'écoula jusqu'au moment où le soleil allait se coucher dans une
succession d'études et de découvertes intéressantes.

Comprend-on bien les jouissances de l'homme indépendant, fort,
éclairé par l'observation et la science, au milieu de cette nature vierge
parée de tous les attraits, se révélant à chaque instant par des produits
charmants et utiles? Que de surprises, que d'enchantements dans ce
nouvel Éden! durant le jour, tombant par gouttes d'or au milieu des
bois, le soleil fait éclater, dans toute sa splendeur, les richesses de la
création; le soir, un voile rose, une vapeur, légère comme la gaze,
prête à toute chose une transparente harmonie et les tons les
plus doux. L'air est plein de senteurs délicieuses, une charmante
fraîcheur invite au repos! L'Indien, avec le sentiment de sa
sauvage origine, comprit que l'heure de s'arrêter se trouvait venue,
il choisit, au pied de grands palmiers, un campement découvert; peu
de moments après, une émanation de viande rôtie promit aux voyageurs une nouvelle jouissance que leur assurait leur appétit.

Lorsqu'il fut satisfait, Georges, allumant une cigarette roulée dans
une feuille de maïs, cette plante vénérée des Incas, et s'étendant sur
un lit de fougères odorantes, demanda à son ami, le professeur
Waterson, de lui raconter ce qu'il savait sur ses petites pierres
récoltées sur son chemin, et qui, selon lui, étaient des diamants.

CHAPITRE XIV

Le zircon. — La légende des diamants ; leur analyse. — Le Karou ; son origine — Le
Régent, l'Étoile du Sud ; appréciation de leur valeur.

L'Irlandais tira de la profondeur de ses poches cinq ou six petites pierres ressemblant à des fragments de rochers, et les tendant à Georges :

— Voici ma mince récolte, lui dit-il, pendant que celui-ci examinait avec attention.

— Ce sont des cailloux, je pense.

— Vous croyez ! regardez donc ce morceau que j'ai lavé et soumis au frottement.

— En effet, il s'y trouve quelques points brillants, ne serait-ce pas du mica ?

— Non, le mica ou silicate est tendre, flexible, lamelleux et d'un poids très inférieur au diamant. Ce petit échantillon que vous tenez, autant qu'on peut en juger par sa gangue ou son écorce, est un *zircon* de couleur rougeâtre, ayant peu de valeur parce qu'il est trop tendre, mais qui se rencontre presque toujours dans les endroits produisant les gemmes ou diamants.

— Comment expliquez-vous son origine, ses variétés dans des terrains de formation semblable ?

— Ah ! c'est là un mystère de la nature. Il existe une légende sur leur origine, tous les Indiens la connaissent, appelons Juan, il doit la savoir.

Le métis s'approcha; Georges lui tendit la pierre qu'il tourna dans tous les sens.

— Je connais cela, dit-il : un petit diamant pas cher, j'en ai vu de blanc et de rouge

— Et pouvez-vous dire comment ces cailloux si brillants ont pris naissance ?

— Toute ma nation connaît comme moi d'où ils parviennent. Il y a longtemps, bien longtemps, avant nos pères les Aztèques et le grand Montézuma, au milieu de nos montagnes, du Serro do Frio, existait un bel arbre aux fruits d'or, se fondant au soleil, et dont les gouttes, en se durcissant sur la terre, donnaient ces belles pierres qui en ont gardé les rayons. Celles qui pénétrèrent dans le fer de nos mines, devinrent rouges, les autres, avec le cuivre, jaunes, et quand elles tombaient sur une roche à l'ombre, elles n'ont plus réfléchi que le bleu du ciel.

— Alors, dit Georges en souriant, ce bel arbre à fruits d'or continue à former des diamants?

— Oh! non, senhor, quand, vous autres étrangers, êtes venus nous dépouiller de notre territoire, nous chasser comme des jaguars, nous voler notre or, nous avons arraché tous les arbres, et nos sorciers les ont maudits pour les empêcher de jamais repousser.

— Cette légende est peut-être moins absurde qu'elle n'en a l'air, fit Waterson. Le fait est que les diamants ont été, dans le principe, moins durs que maintenant; presque tous ceux qu'on trouve sont arrondis; or le diamant actuel ne peut être entamé que par lui-même. On trouve dans les gemmes des cavités vides ou remplies de liquide. Il y a d'ailleurs des exemples de végétaux disparus, tels que celui d'où provenait l'ambre, ou résine fossile ; enfin, l'empereur du Brésil possède un diamant portant une empreinte très nette, que les savants, d'un commun accord, déclarent provenir d'un gros grain de sable.

Au moyen des progrès de la chimie, on parvient maintenant à produire en agissant par la *voie humide*, après avoir abandonné l'action directe du feu, des joyaux parfaitement conformés, et d'une limpidité merveilleuse. Avec l'emploi de l'acide borique, on dissout les éléments des pierres fines, puis, en élevant la température, le dissolvant se volatilise en formant des cristaux comme dépôt, seulement ces cristaux sont microscopiques et ils ne pourraient orner que les parures de la reine de Lilliput.

Toutes les gemmes, mon cher Dumaine, sont couvertes d'une croûte particulière qui se nomme *cascalho*. Il faut les soumettre à des laveries et, dans les *minas geraës* du Brésil, le micachiste, qu'on laissait sauter avec la poudre, a été abandonné par suite des frais qu'entraînait cette exploitation. Très rarement les nègres employés à ces travaux rencontrent des pierres du poids de dix carats. Une trouvaille de cette valeur leur procure la liberté avec l'autorisation de travailler pour leur propre compte, mais soumis cependant à l'obligation de vendre aux propriétaires de la mine, qui les abusent sur ses valeurs.

Vous savez sans doute que le prix des diamants est en raison directe du carré de leur poids. Si un diamant de un carat vaut 250 francs, celui de deux carats vaut quatre fois 250 francs, et celui qui pèserait 200 carats s'estimerait, en conséquence, 10 millions (1).

— Il vaudrait la peine d'être ramassé.

— Certainement, mais ils perdent énormément de leur poids par la taille. Le Régent pesait 400 carats avant sa taille, après il n'en pesait plus que 136. L'Etoile du sud, avant sa taille, pesait 780 carats,

(1) E. Witch

après, 279 seulement, c'est-à-dire que, brut, ce diamant avait un poids un peu au-delà de celui d'un sou, et que maintenant il pèse un peu moins de trois centimes, puisque un centime équivaut à un gramme.

Une vue des Minas Geraes.

Ces pierres fines, merveilleuses, dont l'Aladin des mille et une nuits garnissait ses fenêtres, sont déjà si rares que chacune d'elle a son histoire. Vous avez probablement entendu parler du vol qui eut lieu au garde meuble de Paris en 1792, après que ces trésors y eurent été déposés par la commune. Les pillards escaladèrent les colonnades de ce bâtiment et s'emparèrent de toutes ces richesses; une lettre anonyme les dénonça; ils les avaient cachés en partie dans un fossé des Champs-Elysées, n'osant pas mettre en vente le fameux Régent, et comprenant qu'il leur était impossible de s'en défaire sans se trahir.

Combien de péripéties n'ont pas subi ces joyaux depuis leur découverte jusqu'à l'époque où, sortis brillants de leur enveloppe terrestre, leurs rayons vinrent éblouir la foule. Celui qui est connu sous le nom d'Étoile du sud, a été ramassé dans cette partie du Brésil que nous traversons par une pauvre négresse assassinée pour la voler par des misérables. Le Régent dont je vous ai déjà parlé, découvert par un mineur du Mogol, qui le cacha dans son corps, transporté ainsi en Europe, fut offert à tous les princes, fut admiré, mais refusé par eux à cause de sa valeur; il était estimé 12 millions. Epuisé par ses courses, mourant de faim avec son trésor, le mineur finit par le céder à un Juif anglais, qui le revendit deux millions au duc d'Orléans, régent de France, ce qui ne l'empêcha pas, sous la terreur, d'être mis en gage chez d'autres Juifs hollandais, et dégagé, après le 18 brumaire par Bonaparte, pour en faire enfin le plus éclatant joyau de sa couronne.

Pline, le patriarche des naturalistes, qui devrait être fêté comme notre patron, n'avait-il pas raison d'écrire que cette pierre précieuse était née d'une goutte d'or?

L'Irlandais interrompit sa conférence :

— Permettez-moi, dit-il, d'allumer une cigarette, je continuerai tout à l'heure si le sommeil ou l'ennui ne m'avertissent pas de cesser cet entretien.

— Je vous disais, il y a un moment, reprit le naturaliste, quelles grandes valeurs les diamants acquéraient après leur taille, tandis que le carat brut de ces pierres ne vaut pas 48 francs; cela tient au travail que cette taille exige. Vous savez que le diamant, qui n'est après tout qu'un charbon pur, est cependant le plus dur et le plus brillant de tous les corps. Cette dureté dont ne triomphe que l'égrisée, c'est-à-dire les fragments de ce gemme réduits en poussière, devient la sauvegarde de son poli et de son éclat, qui sont presque inaltérables. Ses formes cristallines, habituellement arrondies et dépourvues de toute netteté, se rapportent à l'octaèdre ou à ses dérivés, notamment au dodecaèdre. Il est susceptible de se cliver, c'est-à-dire de se laisser fendre suivant les plans parallèles aux faces de l'octaèdre.

— Ce que vous m'apprenez, mon cher Harry, m'explique l'énorme différence de la valeur du carat brut, à celle du carat pour les diamants taillés, mais il faut que j'avoue mon ignorance : que signifie ce mot carat, et quel est son poids légal ?

— J'oubliais, en effet, de vous en parler ; l'origine de ce mot est assez bizarre.

Les indigènes des Shangallas, en Afrique, se servaient autrefois de la fève d'une espèce d'érythérina pour peser leur or. Ces fèves, transportées dans l'Inde, parce qu'elles sont presque toujours d'un poids égal, on les employa à déterminer le poids des diamants; le carat, comparé aux poids métriques, équivaut à 2 décigrammes 0,654.

— Merci, je ne veux plus vous interrompre.

— Je n'ai plus grand chose à vous dire, d'ailleurs je crois que le sommeil nous gagne; il se fait tard.

Voici cependant quelques indications de la composition chimique de plusieurs des joyaux employés par les lapidaires.

Le diamant est du carbone pur.

Les corindons sont formés de quarante-sept parties d'oxygène et de cinquante-trois d'aluminium.

Les belles émeraudes vertes, qui viennent du Pérou, se trouvent dans un schiste argileux, et contiennent de l'alumine, du s lice, de la gliscine, mais surtout de l'oxyde de chrôme.

Les oxydes de fer et de cuivre entrent aussi avec la calaïte dans la formation des turquoises, mais je dois vous déclarer que j'ai tout à fait oublié les proportions des éléments qui composent les autres pierres fines. Cependant il faut que j'ajoute, pour satisfaire votre curiosité sur ces trésors de la nature, la manière de distinguer les pierres fines les unes des autres, en évitant des erreurs qui deviendraient fort préjudiciables.

L'opération employée généralement est de peser alternativement dans l'air et dans l'eau, en tenant compte de la perte de poids qu'elles éprouvent dans ce liquide. M. Brard, un spécialiste comme lapidaire, a calculé des tables qui donnent aux joailliers les poids comparatifs de chaque espèce de pierre, depuis un gramme jusqu'à cent grammes. Il résulte de cette appréciation qu'un diamant d'un gramme pèse dans l'eau seulement 0,715, tandis qu'un saphir a un poids de 0,766, et un zircon blanc, 0,775. Joignez à ces épreuves l'électricité par la chaleur, et vous aurez à peu près tout ce que le diagnostic, pour parler notre jargon médical, peut révéler; seulement, et rappelez-vous ceci, le diamant, lui, est tout à fait réfractaire.

Waterson, en prononçant ce dernier mot, se laissa aller sur sa couverture, et bientôt un ronflement sonore annonça qu'il continuait ses espérances de richesses au pays des rêves !

Il fallut, le matin, que Juan réveillât les dormeurs.

— Le soleil est levé depuis deux heures, vous avez trop parlé hier soir, cette nuit vous parliez encore.

— Vraiment ! Ah ! ah ! dit Waterson, en baillant, et que disais-je, s'il vous plaît ?

— Il vous échappait des mots incompréhensibles : zircon, gliscine, carbone, diamant, enfin un tas de noms de pierres: voyez-vous, docteur, toutes ces pierres, c'est difficile à digérer.

— Cheveux-d'Or s'approcha alors des jeunes gens ; elle tenait à la main une calebasse remplie d'un liquide dont elle versa un verre à chacun d'eux.

— Délicieux, dirent-ils, pétillant et sucré comme du vin de Champagne.

— Vin de palmier (1).

— Bonne Guaracinda, s'écria Georges, elle pense toujours aux autres, jamais à elle

Il fut remercié par un gracieux sourire.

La journée s'annonçait avec de charmantes promesses ; le ciel avait changé son bleu d'azur contre une teinte argentée voilée de gaze, qui tamisait les rayons brûlants du soleil. Une douce bise venant de l'est, toute parfumée de cette foule de plantes odorantes qui existent en ce climat, se respirait avec bonheur. Les voyageurs décidèrent que cette journée serait consacrée à la chasse, non comme la pratiquent les disciples de saint Hubert, mais en joignant à celle des quadrudèdes et des volatiles la récolte des plantes rares, des minéraux dignes d'être collectionnés pour fournir des richesses nouvelles à la cosmologie.

La stratégie de cette campagne fut discutée et réglée ; on commencerait par la tasse de café, la matinée serait ensuite employée, jusqu'aux heures de chaleur à la chasse du gros gibier ; puis viendrait le repos, accompagné d'un repas substantiel ; enfin après avoir fixé le lieu où on se retrouverait le soir, chacun de son côté explorerait les endroits qui attireraient plus particulièrement sa curiosité.

Le nombre du gibier ne manquait pas ; sa variété était infinie, de certaines espèces auraient satisfait, comme qualité, les dégustateurs les plus distingués ; nos voyageurs pouvaient choisir, pour ainsi dire,

(1) Palmier murti.

ce qu'ils désiraient. Cerfs, grands et petits, élans, antilopes, bisons, bœufs devenus sauvages, singes, ours, jaguars, osselots et beaucoup d'autres quadrupèdes peuplant l'Amérique méridionale. Les oiseaux sont non moins nombreux ni variés d'espèces. L'un d'eux, le condor, géant des vautours, plane au-dessus des cimes gigantesques des Andes, à des hauteurs auxquelles aucune créature vivante ne parvient. Dans les plaines et les déserts du midi, le nandou représente l'autruche ; les hoccos, les tinamous, qui ont une chair savoureuse, le kamichi, curieux par sa voix retentissante ; le jabiru, destructeur de reptiles ; l'agami, enfin la perdrix du Brésil, les cygnes, les oies, les canards, etc., se rencontrent en grand nombre au milieu des forêts, des plaines et des vallées désertes, et la chasse y offre le même attrait qu'une promenade au fusil dans ce qu'on appelle, en France, les réserves du chef de l'Etat.

Les trois chasseurs prirent chacun une direction différente, mais ils ne furent pas également exacts à l'heure fixée pour le rendez-vous. Juan était revenu le premier depuis assez longtemps lorsque Georges arriva chargé de trois perdrix et d'une poule sauvage. Il remit ces produits de sa chasse au métis, qui les porta à Guaracinda. L'Indienne, afin d'éviter le voisinage du feu auprès du poste désigné par les Européens, avait établi sa cuisine à une certaine distance, cachée par un bloc de granit qui lui servait de foyer.

Waterson parut enfin ; il était couvert de sueur ; cependant il n'apportait aucun gibier, mais, en compensation, le sac qui lui servait de carnassière paraissait bourré de plantes et de minéraux. En arrivant, il se jeta sur l'herbe à l'ombre des bananiers et des citronniers couverts de fruits.

— Je meurs de chaud, soupira-t-il, j'ai soif, j'ai faim ; un bien beau pays, si on lui supprimait un peu de soleil, et si on le gratifiait de plus de confortable !

Georges frappa dans ses mains, c'était le signal convenu pour servir le dîner.

Guaracinda apparut aussitôt comme un bon génie ; elle étendit sur la mousse d'énormes feuilles de bananiers et apercevant des pierres dans le sac de l'Irlandais, elle s'en empara pour maintenir sa nouvelle espèce de nappe. Juan arriva alors portant un vase d'écorce, contenant une sorte de potage composé de lait de massaranduba et de riz, exhalant un délicieux parfum de vanille. Georges et Waterson y firent honneur ; vinrent ensuite deux perdrix rôties à point, que l'Indienne avaient arrosées de beurre de cacao, des patates accommodées à l'huile de *pequia* et au citron, des fèves de *coumarou* rôties, et pour dessert des bananes, des ananas ; enfin dans un charmant petit panier, tressé par Cheveux-d'Or, avec la partie fibreuse de l'agave, une montagne de fraises odorantes, qu'accompagnait un gobelet de sucre d'érable à l'état de sirop.

Ajoutons, pour compléter ce festin, deux flacons d : métal remplis d'une boisson mousseuse et alcoolique, du vin de palmier mureti et du vin d'oranges.

— Eh ! bien, cher savant, dit Georges lorsqu'ils eurent achevé leur repas, vous plaindrez-vous toujours du manque de confortable dans ce désert ?

— Non, mais je vous citerai ce proverbe : Il n'est pas de meilleure sauce que l'appétit.

— Bonne Guaracinda, comme elle a dû se donner de peine pour recueillir tout ce qu'elle vient de nous servir.

— Ah !... comment ?... par exemple ! s'écria l'Irlandais, en se levant précipitamment, en voilà du joli ! Votre Indienne a pris, dans mon sac, des pierres précieuses pour faire tenir sa nappe.

— Des diamants ! fit Georges en éclatant de rire ; en vérité, si votre chasse ne nous avait donné que cela, nous serions fort à plaindre en ce moment.

— Mais il y a deux rubis parmi ces pierres ; je les préfère à tout le gibier que j'ai vu ; si j'avais voulu, j'aurais été à même de tuer un cerf.

— Propos de ceux qui rentrent bredouille.

— Eh ! bien, vous verrez ce soir.

CHAPITRE XV

Le cerf. — L'ours. — Le carnouba. — Un naturaliste cuit dans son jus.

L'Irlandais abréga sa sieste ; il se trouvait vexé de ce qu'on appréciait sa trouvaille moins que quelques pièces de gibier. Très résolu à prouver qu'il ne tenait qu'à lui d'être aussi bon tireur que ses compagnons, ses pas se dirigèrent vers une plaine semée de blocs de rochers, offrant de distance en distance des groupes d'arbres, à l'ombre desquels la terre était couverte d'une fraîche verdure. Ces vastes clairières devaient, suivant Waterson, être parcourues par les cerfs, le tapir, les antilopes et même le bison ou le bœuf sauvage. Son amour-propre se refusait à de petit gibier, sans trop songer à l'impossibilité d'utiliser un gros animal ; il était séduit par la pensée qu'il obtiendrait l'approbation au lieu d'être soumis aux railleries de ses amis.

Ce fut ainsi qu'Harry parcourut une grande étendue de steppes sans rencontrer d'autre gibier que quelques rongeurs cabios, gerboises, etc.

Il commençait à désespérer de faire une promenade fructueuse, quand il aperçut, dans le lointain, un animal qu'il prit pour un petit cerf assez commun au Brésil ; l'Irlandais s'avança rapidement afin de se trouver à portée de lui envoyer des chevrotines, mais, probablement éventé, il le vit prendre de nouveau la fuite et se réfugier derrière un de ces blocs de rochers nombreux dans cette plaine. Doublant le pas, Harry espérait, en se tenant dans la direction que le cerf avait suivie, et en dissimulant sa course de manière à la cacher, arriver à le surprendre, quand il abandonna encore sa retraite, en s'élançant pour aller se fourrer dans un massif d'arbre et de fragments de granit. Cette poursuite, mêlée d'espoir et de déception, excita vivement l'émotion du docteur. Il parcourut ainsi une grande distance, l'éloignant beaucoup de son point de départ, sans se préoccuper des signes de reconnaissance pouvant le guider pour retrouver sa route.

Mais, chose étrange, Waterson n'était plus qu'à quelques pas du refuge choisi par le cerf, et cette fois l'animal n'avait pas pris la fuite, lorsqu'un bruit mêlé de grognements et de brisement de bois attira son attention. S'avançant avec précaution, il distingua au milieu d'un fouillis d'herbes et de branches sèches son cerf déchiré et mourant et un énorme ours gris, enfonçant ses griffes et ses dents dans les chairs sanglantes de sa proie.

La surprise de cette rencontre peu désirée fit reculer Waterson d'un pas ; de son côté, l'ours ne parut pas satisfait de voir ce convive s'associer à sa besogne. L'Irlandais ne pensait qu'à s'éloigner, mais l'ours quitta le corps du cerf, qui frémissait encore, et se levant sur ses pattes de derrière, s'avança lourdement en les ouvrant, comme s'il voulait serrer le visiteur dans ses bras. Harry dut reculer de nouveau, il épaula son fusil, mais soit trouble, soit un faux pas qu'il fit en s'éloignant, la balle alla se perdre dans la fourrure de la terrible bête ; son second coup fut plus heureux : une des chevrotines dont un des canons de son fusil était chargé, frappa l'ours à la patte et la lui brisa dans l'articulation. L'animal tomba, en poussant un hurlement affreux; le docteur espérait l'avoir atteint d'une façon mortelle, il ne fallut que quelques instants pour le détromper. Après s'être roulé à terre, avoir léché sa blessure, il se releva avec fureur et, quoique écloppé, s'élança sur son ennemi, qui n'eut que le temps de s'accrocher au tronc d'un arbre, laissant échapper son arme afin de grimper plus rapidement.

Hélas! pour Waterson, la position nouvelle dans laquelle il se trouvait ne paraissait pas meilleure; d'assiégeant il devenait assiégé; la furieuse bête, quoiqu'avec une patte cassée, était encore un adversaire redoutable. À peine le jeune homme avait-il franchi deux ou trois mètres sur son arbre incliné que l'ours le poursuivait, en montrant sa langue rouge et ses dents formidables. Deux choses cependant préservaient le docteur de tomber sans combat : la patte cassée de l'animal et la pente considérable de l'arbre. Il fallait que l'ours cheminât sous le tronc où il s'accrochait, ou que, marchant en dessus, il attaquât avec la seule patte de devant restée sans blessure, ce qui le réduisait à n'avoir que son train de derrière pour maintenir son équilibre. Toutefois, avec une énergie qu'il puisait dans sa colère et sa douleur, peu de minutes après il avait rejoint le chasseur. Sa terrible gueule devenait dangereuse, il ne restait plus à Waterson qu'une arme : sa machette avec laquelle il fallait frapper.

Ce combat sur un vieux tronc d'arbre, dépouillé de son écorce, lisse et polie par les années, présentait des chances fort inégales. Sur l'arbre Harry pouvait se défendre, mais une chute le jetait dans l'étreinte de l'ours, qui se serait laissé tomber sur lui; fuir une fois à terre, il n'y fallait pas songer; aux pieds des combattants se trouvait un épais amas de plantes épineuses, de branches mortes, de lianes entrelacées, dont il aurait été impossible de se débarrasser instantanément. C'était, pour ainsi dire, une lutte corps à corps à entreprendre, mais il n'y avait pas à reculer. Pour rendre sa position plus solide, l'Irlandais enfourcha l'arbre, et au moment où le souffle empesté de la maudite bête venait frapper l'Irlandais au visage, celui-ci l'atteignit d'un furieux coup de machette qui lui enleva une oreille. Le mouvement fut si violent que l'ours, tournant sur lui-même, alla tomber au milieu de tout le fouillis inextricable dont nous avons parlé tout à l'heure.

Avec la ténacité que ces animaux témoignent dans les combats qu'ils ont à livrer, l'ours, malgré cette nouvelle blessure, se montra plus acharné à la vengeance. En peu d'instants, usant d'une force remarquable, il se dépêtra des obstacles dont il était entouré, et revenant se poster au pied du tronc d'arbre, le grattant, le secouant avec fureur, il fit voler autour de lui les débris de son bois pourri. Évidemment la bête ne voulait plus s'exposer, en grimpant, à une autre défaite, mais pour Waterson la situation n'en devenait que plus grave. En effet, l'arbre, sous les efforts de l'ours, devait bientôt s'abattre tout à fait, et le chasseur se trouverait ainsi à la merci de son ennemi. Que faire? Heureusement la science du naturaliste lui vint en aide; c'était une chance en sa faveur, il la saisit avec ardeur.

Durant la station que Waterson faisait sur son arbre, et malgré les préoccupations du danger qu'il courait, son attention s'était fixée un instant sur un groupe de palmiers entourant l'arbre sur lequel il s'était réfugié. Ces palmiers appartenaient à la variété connue sous le nom de carnauba (1), et tout d'un coup Harry se souvint que les feuilles de cet arbre produisent une cire, dont on a exporté, du Brésil en 1863, deux millions de kilogrammes, vendus 3,750,000 fr. Ce n'était pas certainement la découverte de ce produit nouveau qui le préoccupait en ce moment, mais cette cire ne pouvait-elle lui offrir quelques moyens de salut? Il sonda d'un regard attentif les pieds des palmiers, ils étaient couverts d'une abondance de feuilles mortes,

(1) M. de Humboldt l'a désigné sous celui de cerozylou.

ainsi que les broussailles du voisinage. Or ces feuilles, remplies de poussière de cire, devaient être inflammables; pourquoi ne pas l'essayer? Le naturaliste possédait un briquet, il alluma un large morceau de papier, et le vit descendre en tournoyant jusqu'aux feuilles des carnaubas. Le résultat ne se fit pas attendre, à peine eut-il touché la terre qu'un feu ardent se développa; l'ours, effrayé, voulut se dérober au danger de se trouver au milieu de cette fournaise, mais sa fourrure, enduite de cire en fusion, s'enflamma, et il se mit à rugir en cherchant à l'éteindre en se roulant sur le sol.

Le moment semblait venu de profiter de cette heureuse diversion pour fuir. Waterson se hâtait de changer de position pour dégringoler de son arbre, lorsque son tronc, moitié pourri, moitié brûlé, s'abattit sur lui et le couvrit ainsi que l'ours des grosses et nombreuses branches dont il était chargé.

Occupons-nous maintenant des compagnons du pauvre Irlandais, dont l'absence prolongée devait éveiller la crainte qu'il n'eût été victime de sérieux accidents.

Non seulement Waterson manquait, le soir, au rendez-vous, mais la nuit se passa sans le voir revenir. S'était-il égaré? Il pouvait, dans sa poursuite, tomber dans une embûche ou dans quelque fondrière, ou bien avoir été victime des attaques des animaux qu'il aurait poursuivis. Malgré son caractère un peu bizarre, sa manie de professer sur tout ce qu'il rencontrait sur sa route, ses compagnons de voyage appréciaient d'autant plus sa présence qu'une intimité, résultat de leurs courses et des dangers partagés en commun, resserrait les liens qui les unissaient. Animés d'une même pensée, lorsque le jour parut, ils se mirent en campagne, étudiant sa trace, parcourant la plaine de leurs regards et tirant de temps à autre des coups de fusil, dans l'espoir de l'entendre leur répondre, pour obtenir une indication de la direction qu'ils devaient suivre.

Ce fut en vain, le milieu du jour arriva sans qu'aucune révélation leur servît de guide. Que faire? Continuer leurs recherches, c'est ce qu'ils décidèrent, en prenant un moment de repos. Juan se leva tout d'un coup, et s'éloignant un peu de l'endroit où tous les trois s'étaient placés à l'ombre, examina avec soin l'horizon, dans lequel s'élevait une sorte de fumée. Il savait qu'au milieu de cette plaine inculte aucune habitation n'était construite, ce ne pouvait être ce qu'on appelle *sitio*, humble refuge des nègres exploitant quelque peu de terre. Juan appela Georges et Cheveux-d'Or, il leur montra le nuage persistant pelotonné dans les airs : Peut-être n'est-ce rien, dit-il, qu'un feu mal éteint de coureurs des bois, toutefois, il serait utile de suivre cette direction; prisonniers peut-être de ces mauvais aventuriers, nous retrouverons probablement des vestiges de l'Irlandais; dans tous les cas, nous étendrons nos recherches par l'étendue de l'espace que nous aurons parcouru.

Cet avis fut suivi par Dumaine, on se dirigea vers le but indiqué, mais il fallut marcher plus d'une heure avant d'y parvenir.

Au premier aspect, les objets qu'ils eurent sous les yeux leur présentèrent le plus étrange spectacle. Pêle mèle, à travers des herbes brûlées, des troncs d'arbres morts charbonnant encore, se voyait un amas de formes difficiles à reconnaître. Le corps d'un cerf crispé, racorni, à moitié cuit par le feu ; puis le couvrant de sa masse, celui d'un autre animal dont les longs poils grillés ne laissait pas facilement deviner l'espèce, enfin, et au dessus, mais en partie caché sous les branches brisées, entremêlées de l'arbre, un autre corps, dont on ne distinguait que difficilement quelques parties. Juan s'approcha, entra dans le foyer éteint et s'écria :

— Un ours !

Et quelques minutes après, avec un cri d'angoisse :

— Waterson !

Georges se précipita à ses côtés, tous les deux se mirent avec
ardeur à écarter les branches et le tronc d'arbre qui dérobaient à
leurs regards le malheureux naturaliste. Il était sans mouvement,
ses vêtements, noircis par la fumée, ses mains déchirées, témoignaient
des efforts qu'il avait dû faire pour se débarrasser de ses entraves.
Était-il mort? Les deux hommes s'empressèrent de le sortir de son
horrible position. Goaracinda accourut pour lui laver les yeux et le
visage, Georges ouvrit avec empressement sa jaquette de cuir, il
appliqua son oreille sur la poitrine, le cœur battait encore.

Une gorgée de tafia que Dumaine introduisit dans sa bouche, le
fit tressaillir, il ouvrit les yeux, allongea nerveusement les bras,
agita ses longues jambes comme pour s'assurer qu'elles étaient
intactes, et se mettant brusquement sur son séant :

— Mille millions de tonnerre, s'écria-t-il, par saint Patrice,
c'était... oui, c'était un ursus ferox !

— Ah ! mon bien cher Waterson, dit Georges, souriant de satisfaction en voyant l'Irlandais, si bien revenu à la vie, que ses premières
paroles étaient de caractériser l'animal qu'il avait combattu, je suis
tout heureux de vous voir échapper sans blessures à la terrible
situation dans laquelle vous vous trouviez, mais n'avez-vous donc
aucunes brûlures, vos cheveux sont grillés, vos sourcils...

— Non, eh ! non, je ne suis pas encore cuit, ma bonne défroque
de cuir m'a préservé, seulement, mes amis, je meurs de faim.
Goaracinda, chère mignonne, encore un peu de votre tafia, cela me
rend vraiment la vie.

— Vous nous conterez, n'est-ce pas, fit le Français, comment cette
dangereuse aventure vous est arrivée, car c'est à n'y rien comprendre,
un cerf, un ours et un naturaliste rôtissant ensemble.

— Bon, moquez-vous ; je vous déclare que je ne raconterai rien
avant d'avoir mangé et mangé de cet affreux animal qui espérait me

dévorer. Alexandre Dumas a célébré le beefsteak d'ours, eh! bien,
je veux tout de suite en juger; nous garderons les pieds pour plus
tard, c'est délicieux, dit-on, les princes autrichiens les réservent pour
leur table... Allons, Juan, à l'ouvrage.

Une heure après, la peau de l'ours sans sa fourrure se balançait
aux branches d'un arbre, et sur des charbons ardents rôtissaient, sur
un gril improvisé par des baguettes de fusil, de larges tranches de
viande, dont l'odeur flattait singulièrement l'odorat.

A table, à table! cria l'Irlandais, par saint Patrice, patron de ma
verte Erin, je veux dire mes grâces, et remercier Dieu dont la protection m'a sauvé.

L'appétit du naturaliste était formidable, le repas fut long, il
l'aurait été davantage, si un extrême besoin de sommeil n'avait pas
amené sa contrainte. Il n'y eut pas moyen d'obtenir le récit des
incidents de sa chasse. A plus tard, soupirait-il dans des baillements
réitérés. Cependant on obtint de lui qu'il se dépouillerait de son
vêtement, noirci par la fumée, racorni par le feu, et que, roulé dans
sa couverture, il irait dormir à l'ombre de pompelmousses et non pas
pampelmousses, pendant que Guaracinda remettrait son costume en
état.

Le pauvre Harry se leva en trébuchant, il tomba plutôt qu'il ne
s'assit sur sa couche d'herbe sèche; on l'entendit, durant quelques
instants, prononcer des mots sans suite.

— Ursus ferox... carnauba... cervus americanus, no, cervus
rufus... basiliaire... mediau...

Et, comme il n'avait naturellement pas reposé dans sa nuit de
combat, il dormit d'un sommeil profond durant au moins vingt
heures.

CHAPITRE XVI

Les chaodinéos. — L'étain et le mercure. — Situation difficile. — Deux nouveaux coups de feu.

Ces premiers moments de repos donnés aux fatigues et aux troubles qui l'avaient épuisé, l'Irlandais resta assez longtemps assis, la tête appuyée sur sa main, le regard fixe comme quelqu'un qui mêle la réflexion à la souffrance. Il se leva enfin, se roula plus entièrement dans sa couverture, et se dirigea sans parler à ses compagnons de voyage, vers un ruisseau dans lequel il chercha une réserve d'eau assez grande pour lui permettre de prendre un bain. Son immersion fut longue ; c'est qu'au fur et à mesure qu'il se dépouillait de l'enveloppe noire dont il était couvert, apparaissaient des déchirures, des taches de brûlures sur les bras, les mains et la poitrine. Georges, qui l'avait suivi des yeux, se dirigea de son côté, il venait lui offrir son aide et lui témoigner son intérêt.

— Vous avez bien des blessures, mon cher Harry, lui dit-il.

Pour toute réponse le naturaliste lui montra ses mains.

— Ursus ferox.

— Mais vous êtes couvert aussi de brûlures, peu graves, heureusement.

— Carnaubas, ils m'ont sauvé la vie.

Et en disant ces mots, Waterson se dirigea vers un groupe de pierres à fleur d'eau, dont la surface brillait aux rayons du soleil. Georges ne comprit rien aux gestes qu'il lui vit faire; Harry frottait ses mains sur ces pierres et les retirait gluantes pour les appliquer sur ses brûlures.

— Que faites-vous? Cette matière muqueuse est certainement du frais de grenouilles.

L'Irlandais leva les épaules.

— *Chaodineos*, s'écria-t-il.

— Chaodine! mais je n'ai jamais vu ce nom dans aucun livre d'histoire naturelle.

— Oui, cela prouve que vous avez beaucoup à apprendre. Les chaodinés sont un cryptogame reconnu dernièrement par Bory de Saint-Vincent. Cette plante est incolore, sa mucosité se manifeste au tact: cela ressemble à une couche d'albumine, elle se rencontre sur toutes les pierres polies inondées ou soumises à l'humidité. Excellent pour guérir les brûlures, les déchirures, action dans le germe des conserves qui sont employées à vos eaux thermales de Néris, ou à la Barégine des Pyrénées.

— Voilà qui va mieux, pensa Georges, le professeur est revenu.

Le professeur était en effet retrouvé, mais l'homme ne semblait plus le même; son caractère aigri par la douleur, la pensée que le canton qu'il venait de parcourir, et sur l'exploitation duquel son imagination avait ouvert une somme de richesses, ce canton se trouvait peuplé de vilains animaux noirs, roux, gris, appartenant au genre plus ou moins *ferox*. Comment vivre seul, ou presque seul, avec la chance d'être en butte chaque jour aux attaques de ces affreux animaux? Encore une chance de fortune disparue, et le pauvre Irlandais avait subi si souvent cette déception, qu'il commençait à regretter sa verte Erin, son île d'émeraudes, où il aurait peut-être réussi à exploiter l'or du comté de Wicklow, et dans tous les cas comme médecin, les souffrances de ses concitoyens.

— Il y a donc beaucoup d'ours dans cette contrée? disait-il, le soir, à Juan, après avoir fait à ses compagnons le récit de ses malheurs.

— Oh ! le grizzly (1) s'expatrie, répondit le métis. Autrefois il se tenait dans le Parra, auprès de l'Amazone, mais les blancs l'ont chassé, elle veut être tranquille, cette bête ; ici, dans nos forêts, on ne le tourmente pas, aussi le nombre en augmente chaque jour.

— Mille tonnerre ! si vous les ménagez, ils ne vous ménagent pas, les gredins. J'ai vu souvent des ours, jamais aussi terribles que les vôtres. Dans ma belle Irlande, il se trouve dans nos montagnes du M' Gillicudy's Reecks et du Lugnaquilla, de ces damnés animaux, mais ils se comportent convenablement, sans doute ils descendent de leurs tanières pour nous visiter quelquefois, alors au lieu de grogner, de faire claquer leur mâchoire, ils se présentent poliment, saluant la foule, marchant debout à côté d'elle, faisant l'exercice avec leur bâton et dansant, oui, dansant très-agréablement.. Vous riez... cela vous étonne et vous ne me croyez pas, eh! bien, voilà la preuve de l'infériorité de votre race indienne encore sauvage, quand dans ma patrie les ours mêmes sont civilisés.

Plusieurs jours s'écoulèrent, jours de repos, durant lesquels l'Irlandais, en prenant chaque matin son bain, usait de son remède albumineux. Malgré sa grande confiance dans son emploi, Waterson commençait à s'étonner de ne pas voir ses frictions agir plus efficacement. Guaracinda vint un soir auprès de lui; elle semblait indécise, disposée à lui parler, craignant d'être mal accueillie ; la vue des mains du naturaliste gonflées et remplies de cicatrices, inspira un peu de hardiesse à la jeune femme.

(1) Ours gris.

— Moi, pas sorcière, dit-elle, avec un gracieux sourire, ne pas savoir paroles du grand Esprit, pauvre Indienne du sang des Atzèques, je sais, cependant, comment guérir votre maladie : ne pas frotter dans l'eau, frotter avec cette herbe et dans trois soleils, le mal s'en aller; peau comme cela, ajouta Cheveux-d'Or, en relevant la manche de sa blouse grise et en montrant un bras hâlé par le climat, mais d'une forme charmante, digne d'appartenir à l'école des Scopas et des Praxitèles.

Waterson regarda le bras, puis la main et ce qu'elle contenait; il remercia comme quelqu'un peu rempli de confiance. Les plantes qu'on lui présentait furent soumises à un examen attentif, les fragments mis à sa disposition appartenaient à des espèces inconnues, une seule lui sembla avoir les caractères du *Pinguicola*, onctueuse, un peu semblable à la violette et se cachant comme elle. Le docteur avait entendu parler de son action adoucissante, il fit un paquet du tout, se frotta les mains, les bras, ce qu'il avait d'endommagé, et, miracle ignoré de la médecine, vit sa guérison se compléter, non pas en trois soleils, mais plus promptement, dans deux jours.

La situation dans laquelle se trouvait l'Irlandais ralentit beaucoup le voyage; on s'arrêtait dès que la chaleur se faisait sentir, et le trajet ne dépassait pas quelques milles. Georges seul chassait; il était devenu le pourvoyeur de la caravane. Harry, encore plein d'humeur et de colère sur sa défaite avec le vieil Ephraïm (1), se contentait d'herboriser et d'étudier les fragments des minéraux dont la terre était jonchée. Il paraît qu'on avait passé le canton des diamants, car il se contentait de ramasser des petits cristaux d'argent rouge, ou des filaments d'argent natif, frisés parfois comme des cheveux. Le Brésil est si riche en productions minérales, que souvent, à une distance très rapprochée, le natu-

---

(1) Nom donné à l'ours par les chasseurs américains.

raliste apercevait les goutelettes de mercure brillant dans le creux de schistes, et que dans des rochers de granit, il constatait des amas d'étain, cette espèce d'argent imparfait, fort employé par nos pères.

Quant à Juan, presque toujours absent, il rentrait cependant chaque soir au campement, le trouvant quoiqu'il n'eût pu être indiqué. L'Indien paraissait soucieux, fatigué et fort peu disposé à causer avec les Européens. Trop sérieux pour s'alarmer sans raison, Georges comprit toutefois la nécessité d'avoir des explications. Avec l'Irlandais, Juan ne les eût pas donné, il ne lui pardonnait pas d'avoir mis son peuple au-dessous des ours.

Aux différentes questions qui lui furent adressées, voici à peu près ce qu'il répondit :

— Vous savez que depuis longtemps nous sommes suivis ; le feitor, assassin de mon enfant, est peut être le seul qui enrage de se venger de la mutilation qu'il a subie. Dans les premiers jours, jusqu'à celui où on a tiré sur vous, il n'avait avec lui que deux compagnons, deux voleurs de bestiaux, plus tard, les découvertes que ces misérables firent en suivant M Waterson dans ses promenades, et en lui voyant ramasser des cailloux, leur révéla que ce canton, très rarement traversé, contenait de l'or et des pierres fines...

— Mon nouveau monde ! s'écria le naturaliste, en bondissant de surprise et de colère.

— Nouveau pour vous, c'est possible, mais connu depuis beaucoup d'années par ma nation, qui n'y a trouvé jamais assez d'or et de diamants pour s'y établir.

— Parbleu ! vous ne saviez pas recueillir l'or, et vous ne connaissiez pas les pierres brillantes !

— Eh ! bien, vos compatriotes connaissaient tout cela, eux, c'est pourquoi ils sont venus nous égorger, nous piller et nous réduire à vivre errants dans les forêts et les déserts comme des bêtes sauvages.

Oui, ils ont traversé le pays dans tous les sens, ils ont débarqué dans
votre nouveau monde, et j'aurais pu vous montrer des traces de leurs
fouilles, mais ils les ont abandonnées ; les gisements étaient trop pauvres pour leur soif d'or. Croyez-vous que moi et bien d'autres n'avons
pas cherché longtemps ces petites pierres, dont une seule peut donner
la richesse? Dans tout notre pays il n'y a qu'un coin de terre qui en
produise d'une véritable valeur, c'est l'Arrayal Diamantino, ce district
des diamants, situé dans le Serro do Frio ; n'y pénètre pas qui veut, et
nous en sommes encore à bien des milles.

— Et cependant vous pensez que ce mauvais drôle, qui est à nos
trousses, dit Georges, a recruté des vauriens de son espèce pour l'aider
à satisfaire sa vengeance, et se mettre ensuite à la recherche dans cette
partie du Minas Geraës, de l'or et des diamants?

— Je ne puis expliquer autrement leur nombre.

— Combien sont-ils donc maintenant?

— Une dizaine, tous armés, avec des pioches, des paniers à lavage
et des chevaux portant leurs ballots, mais qu'ils prennent garde aux
grizzly, les ours sont dangereux, n'est-ce pas, M. l'Irlandais?

— Va-t-en au diable! s'écria Waterson, en se levant et en s'éloignant avec humeur.

Il y eut un silence, Juan ne cachant pas un sourire narquois, Georges comprenant le désappointement du naturaliste, et se répétant tout
bas cette pensée que la fortune s'acquiert plus certainement et plus
honorablement par le travail que par ces produits inattendus, qui sont
un jeu du hasard.

Dans tous les cas, il y avait lieu de se préoccuper des informations
données par l'Indien, à chaque moment les voyageurs pouvaient être
cernés par les bandits et les voleurs d'or accompagnant le feitador.
Leur petit nombre, trois, se défendant contre dix hommes bien armés,
habitués au pillage et à l'assassinat, ne leur laissait aucune chance

d'échapper à leur férocité. La situation était mauvaise, le danger imminent un manque de prudence pouvait tout perdre, et on n'avait chance de se sauver qu'en dérobant sa route, en mêlant à la ruse un intrépide courage. Les promenades de Waterson devenaient des plus dangereuses pour lui et pour ses compagnons, mais comment l'avertir, lui faire comprendre toute la gravité des circonstances? Georges y rêvait; deux coups de feu, qui se succédèrent à de courts intervalles, le firent tressaillir; l'Irlandais avait-il été assassiné? Non, car un instant après Harry parut à une certaine distance, se dirigeant vers le campement.

— Vous avez tué quelque chose? lui dit le Français, en allant au devant de lui.

— C'est-à-dire que j'ai été tiré, et que j'ai rendu coup pour coup.

— Tiré!... comment, par qui?

— Ah ! voilà ! Quant à avoir servi de point de mire, c'est positif, et les gredins qui nous ont déjà manqués deviennent plus adroits ; ils ont, cette fois, touché le but sans m'atteindre. Voyez mon pauvre chapeau... percé par une balle.

— Les misérables ! mais vous les avez donc vus puisque vous avez fait feu à votre tour ?

— Vus, c'est trop dire, aperçus, oui. Ils sont plusieurs, portant, ce me semble, le costume des Vaqueiros. Un petit nuage de fumée provenant du fusil m'a révélé où se trouvait mon chasseur. Pour échapper à un second coup, je me suis jeté derrière une grande touffe de Myrtus-Pimeuta (1), alors le brigand s'est un peu montré. Il était caché par le tronc d'un noyer; ma foi, je n'ai pas hésité à lui rendre sa politesse, et je suppose qu'il a fait connaissance avec mon plomb.

(1 Genre Eugenia fournissant le clou de girofle-candolle.

— Il est tombé ?

— Je l'ignore, mais j'ai entendu un cri et le fusil du misérable a roulé sur la pelouse à quelques pas en avant. J'ai éprouvé une certaine envie d'aller lui faire une visite de condoléance, ma foi! la réflexion m'en a détourné, les autres devaient être là et véritablement je me serais fourré dans la gueule des loups.

— Vous avez agi sagement, mon cher Waterson, je vous demande pour notre sécurité à tous de ne plus vous séparer de nous. Il est nécessaire, je pense, de nous réunir pour s'entendre afin de sortir le plus tôt possible de la mauvaise situation où nous sommes placés. Juan connaît parfaitement le pays; il nous indiquera la route à suivre, les précautions à prendre, et si vous y consentez, nous nous mettrons immédiatement en marche.

CHAPITRE XVII

La légende indienne de Diego Alvarez de Correa. — Paraguasson. — Caramuoron-Assou. — Le mycosilum, baume du Pérou.

Dans les contrées situées entre les deux tropiques, sous l'équateur où la température se maintient de 22 à 25 degrés, les nuits n'offriraient pas un abaissement sensible de chaleur, sans les rayonnements de la lune, dont l'action constatée par le savant Wels, ne saurait être aujourd'hui récusée. Peut-être, nos météorographes n'ont-ils pas suffisamment apprécié cette action lunaire, amenant pour des corps

une température de 6, de 7 et même de 8 degrés centigrades au-
dessous de celle ambiante, cependant, il n'est aucun de nous qui n'ait
ressenti ce refroidissement, lorsqu'il se trouvait enveloppé de ses
rayons. Nos voyageurs, qui tout le jour s'étaient abrités pour éviter
le soleil, en firent l'expérience. Partis à l'entrée de la nuit de leur
campement, ils avaient marché vigoureusement à la manière indienne
sur une seule piste. Les heures s'écoulèrent sans qu'un seul mot fût
échangé, et ils n'arrêtèrent un instant leur course que quand
l'aube commença à s'apercevoir.

— J'ai presque froid, dit l'Irlandais.

— Vous ne l'aurez pas longtemps, s'écria Georges, à la vue des
admirables teintes roses, mêlées de fils d'or qui se dessinaient à
l'horizon. Voilà l'astre brûlant qui se lève, encore quelques tours de
roues de notre planète et vous vous réchaufferez à son foyer.

Guaracinda, qui d'ordinaire n'intervenait jamais dans la conversation des deux Européens, ne put, cependant, s'empêcher de témoigner
son admiration au spectacle que présentait le ciel.

— Oh! lumière de mes pères, dit-elle avec émotion, moi qui ai du
sang des fils du Soleil. Hélas! où sont maintenant nos peuples, que
sont devenus nos guerriers, nos trésors !

— Diable! voilà Cheveux-d'Or qui devient poète, fit Waterson, en
se retournant du côté de l'Indienne. Consolez-vous, pauvre deshéritée,
le soleil ne se montre pas tous les jours. Vous descendez de Montézuma, je veux le croire; c'était pour ce pays, l'époque lumineuse;
depuis, le temps s'est couvert. Cependant, au lieu des dieux de vos
pères, vous avez appris à prier le Dieu réel, celui qui a créé cet astre
éblouissant qui nous éclaire. Inclinez-vous, Guaracinda, et jouissez
de cette apparition céleste que vous allez voir bientôt dans le ciel.

Et se posant devant Georges :

— Après tout, ce délicieux tableau, cette aurore jetant sur tous les

objets sa lumière harmonieuse, quoique étincelante ; cette aurore
n'est pas autre chose que des particules d'air et d'eau, nous renvoyant
dans une multitude de directions les rayons du soleil.

— Certainement... et voilà comment le savant tue le poète.

Une direction nouvelle devant être suivie, les voyageurs se réuni-
rent, afin de consulter Juan qui avait souvent traversé ce pays.

Il expliqua que le ruisseau qu'ils suivaient depuis une quinzaine
de jours, se jetait, à peu de distance, dans le Parana. Sur les rives de
ce fleuve, allant sous un autre nom se verser dans l'Océan Atlantique,
auprès de Buenos-Ayres, ils trouveraient des huttes indiennes et
quelques fazendas de colons sang-mêlé. Probablement ces habitants,
dont on pourrait invoquer la protection, forceraient les bandits qui les
poursuivaient à abandonner leurs pensées de vengeance. Juan
d'ailleurs savait qu'un personnage ayant une immense influence
sur ces populations résidait quelquefois au milieu d'elles ; s'il consentait à prêter son concours, les voyageurs pourraient parcourir la
contrée en toute sécurité. Lui seul était assez habile pour les faire
pénétrer dans le district diamantin, Juan le verrait ; de cet homme on
pouvait tout espérer ou tout craindre, tantôt c'était un *Apoïanené*
(bon génie), tantôt un *Oniaoupia* (mauvais génie) ; dans tous les cas,
il était reconnu pour un des descendants des empereurs mexicains,
Guatimozin, fils du soleil.

— Ainsi, notre itinéraire est tracé, dit Georges, Juan va nous quitter
pour quelques jours, pour s'entendre avec ce fils de roi déchu, et
négocier un traité défensif, les droits de chaque partie réservés.
Cheveux-d'Or, qui réunit tous les dévouements, nous servira de guide
dans la ligne à suivre, pour parvenir au lieu de ralliement où nous
devons nous trouver réunis. Une bonne poignée de main, mon
cher Juan, et que Dieu vous seconde dans cette mission très
importante.

Waterson tendit aussi la main au métis, qui l'accepta sans empressement.

— De la prudence, dit celui-ci, surtout ne vous séparez pas.

Et tournant le dos, il disparut bientôt de ce pas gymnastique dont les *tupis* ont le secret.

Il y eut quelques moments de silence et de pensées intimes, puis l'Irlandais voyant que Guaracinda ne détournait pas ses regards de l'endroit qui venait de lui cacher son mari, lui toucha légèrement le bras. La jeune femme sembla sortir de l'oubli d'elle-même, du revers de sa main elle essuya de grosses larmes perlant son visage, puis en prenant la tête de la piste :

— Oh! Dieu à nous de ce monde, faites qu'il ne rencontre pas le Maraguigana (1)

Crédule et dévouée, la pauvre Indienne marcha avec un courage rare chez une aussi frêle créature, sans témoigner un instant de fatigue. Ce ne fut pas sans peine que Georges obtint de la débarrasser du petit bagage dont elle avait voulu se charger. Une seule halte eut lieu au moment de la grande chaleur, et elle dura à peine une heure, dont la plus grande partie se passa à attendre l'Irlandais resté un peu en arrière, la passion d'herboriser dominant la prudence.

Georges lui en fit des reproches : Voyez, lui dit-il, cette pauvre femme, presque une enfant, qui nous donne l'exemple de la discipline et du courage.

— Mais, mon très cher, c'est justement pour elle que je me suis arrêté. Tenez, voici le myrosilum, autrement baume du Pérou ou de Tolus, avec lequel on combat les bronchites et les rhumes qu'on peut attraper, par suite de cette chaleur torride.

Le soir, il fut décidé qu'on prendrait un peu de repos. La prudence

(1) Génie qui annonce la mort. — Vasconcellus,

exigeait, cependant, de veiller tour à tour. Georges s'offrit de passer
une partie de la nuit, ce que l'Irlandais accepta immédiatement ; et
véritablement, il devait avoir besoin de sommeil, car à peine roulé
dans sa couverture, le ronflement qu'il fit entendre en donna la preuve
peu harmonieuse

Assis au pied d'un magnifique taxodium, qui étendait ses longues
branches horizontales à dix mètres de distance, son fusil déposé à ses
côtés, Georges un peu plus loin semblait revivre dans ses souvenirs.
Il était facile de reconnaître, en l'examinant, que si ses yeux demeuraient toujours ouverts, toute pensée de sa situation présente l'avait
abandonné. Cette pensée traversant les mers, le ramenait au milieu
des siens, il se trouvait dans ce paisible et doux intérieur de famille,
sa mère et sa sœur, tenant leurs mains serrées dans les siennes ;
grave comme toujours, son père laissait lire sur ses traits, respirant
la franchise et l'énergie, un affectueux sentiment. On ne parlait pas
dans ce rêve, il semble que les paroles auraient ôté du charme à cette
union des cœurs. Puis, bientôt, sans transition, Georges se trouvait
au Brésil, il se rappelait le singulier personnage rencontré dans la
traversée, le bon capitaine, son arrivée chez son oncle, sa jolie petite
cousine, et, souvenir plaisant au milieu de tous ces souvenirs harmo-
nieux, l'orange venant comme un point sur un i, rencontrer le nez
rouge de mitress Grumbler.

— Dormez-vous, maître ? dit une douce voix à son oreille.

Georges se retourna vivement ; Guaracinda, accroupie à son côté,
semblait attendre une réponse

— Il y a-t-il quelque danger ?

— Non, jusqu'à présent, mais vous devez être bien fatigué, vous
veillez pendant que cet autre dort, fit l'Indienne, en montrant l'Irlandais d'un geste méprisant, reposez-vous, je serai là pour vous... Oh !
ne craignez pas, je saurai bien ne pas m'endormir.

— Toujours bonne et dévouée, ma chère Guaracinda, et comment résisterez-vous, faible comme vous l'êtes, aux fatigues que nous éprouvons tous les jours.

— Oh ! moi forte quand je le veux, capable comme une fille du Soleil d'agir ainsi que mes pères ; aurais voulu être Paraguasson, pour être le bon génie de ma nation.

— Que voulez-vous dire avec cette Paraguasson ?

— Touchante histoire, connue de toutes nos nations, je vais vous la conter, si vous voulez, cela fera passer les heures.

Sur un signe affirmatif de Georges, Cheveux-d'Or, dont nous modifions un peu le style, raconta comme Scheherazade cette légende répandue, en effet, dans tout le Brésil.

« Paraguasson était, par sa naissance, la première dans la grande et divine nation indienne, jamais ses pères n'avaient mêlé leur sang ; fille d'un chef de la province de Bahia, elle possédait la jeunesse et la beauté, unies à un caractère plein de douceur et d'énergie. En la voyant, on comprenait qu'elle était née pour commander. Un jour qu'un affreux ouragan éclatait sur nos contrées, un navire vint échouer sur la plage où coule le Rio-Vermelho ; brisé sur les rochers, ses dépouilles devinrent le jouet de la mer. Oh ! alors quelques tribus de notre grand peuple étaient bien sauvages, elles sauvèrent ce qu'elles purent recueillir du naufrage et dévorèrent les étrangers qui lui avaient échappé. Un seul, Diego Alvarez Torrea, naturel de Viana, appartenant à une des principales familles de cette ville, fut sauvé. Paraguasson se trouvait sur la plage pendant qu'il luttait, et était entraîné par les flots. La sympathie l'engagea à le dérober à la mort, elle le secourut, le cacha dans les bois, le visita tous les jours et sentit peu à peu son cœur se donner à Diégo.

» Quelques jours après le naufrage, les eaux de la mer étant basses, Correa réussit à sauver des débris du vaisseau quelques fusils et deux caisses de belle poudre et de balles. Il s'en servit pour fournir à sa nourriture, mais les détonations qui se faisaient entendre, trahirent son refuge dans les bois. Une nuit, dans son sommeil, les Indiens s'en saisirent, le garrottèrent, le portèrent à leur campement pour le faire servir à leurs sanglants sacrifices et à leurs odieux festins.

Diego était perdu, il se disait qu'aucune puissance ne pouvait le délivrer, il oubliait ce que peut une Indienne qui aime, Paraguasson s'était jurée de le sauver ou de mourir avec lui.

» Au lever du soleil, le prisonnier, amené au milieu de la tribu, attaché au poteau par le *Musurana* pour servir de cible aux tacapes et aux flèches des Punis, allait subir les tortures d'une mort affreuse, quand Paraguasson, qui jusque-là s'était dérobée aux regards, s'élança vers lui, coupa ses liens et lui remit, en se jetant dans ses bras, le fusil dont elle l'avait vu souvent se servir.

» Cette scène inattendue produisit une étrange confusion parmi les Indiens.

» Oh! mes frères, s'écria Paraguasson, dès que le tumulte fut un peu calmé, que voulez-vous faire? c'est un *tupan* (1), il porte avec lui les rayons du soleil et le *tupacanunga*; écoutez-moi, tenez, voyez ce guara qui passe dans les airs, le tucan va le frapper par sa foudre.

» Diego comprit que de son adresse dépendait sa vie, il visa très rapidement, le coup partit, l'oiseau tournoya dans l'espace et vint tomber mort au milieu des Indiens remplis d'admiration et de terreur.

» Pour les Punis Diego Correa devint un homme au-dessus de l'humanité. La tribu entière le traita avec une vénération profonde, son fusil sembla une émanation du ciel. Peu de temps après, le district de Passé s'étant révolté, Diego Alverez marcha à la tête de ses adorateurs. A la première rencontre avec les ennemis, pendant que le che des rebelles adressait un grand discours à ses guerriers, il lui tira un

(1) Tonnerre et divinité.

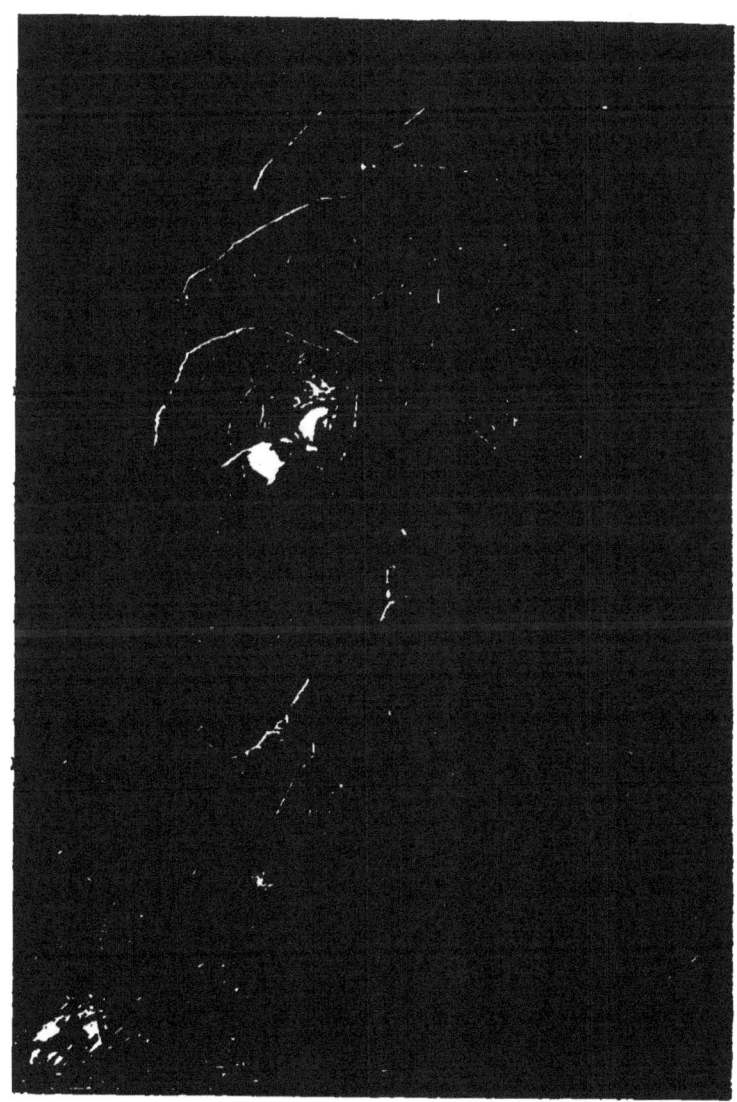

Ah ! le feitador, l'assassin de mon enfant ! (page 163). 11

coup de fusil et le tua au grand effroi de ceux qu'il commandait. A dater de ce moment, il domina entièrement la tribu, qui donna au jeune Portugais le nom de *Caramourou-Assou*, ce qui, en idiome tupique, signifie : Homme de feu et dragon qui sort des mers.

» Mais Correa était portugais, de cette race blanche, cruelle et intéressée, considérant nos peuples comme des esclaves. Il oublia le dévouement de celle qui lui avait sauvé la vie et, apercevevant un jour un navire que les vents contraires poursuivaient vers la baie de Bahia, il fit des signaux jusqu'à ce qu'une barque s'en détacha et vint aborder au rivage. Paraguasson, qui l'avait suivi tomba, à genoux, pleine de désespoir; ses appels restant sans résultat, elle se jeta à la nage pour gagner le canot. Le bâtiment qu'ils accostèrent était français, il les recueillit et les débarqua dans votre pays, M. Dumaine.

» J'ai retenu les noms des rois et reines de votre France de ce temps-là, il s'appelait Henri de Valois et Catherine de..... de......

» — Médicis.

» — Oui, c'est cela. L'histoire de Diego leur fut racontée, ils voulurent les voir, une belle cérémonie fut ordonné, Paraguasson reçut le baptême, et son union avec Correa, prononcée en présence de tous les puissants du royaume.

» A leur retour, Paraguasson s'appelait Catherine Alvarez, elle n'était plus la même; durant son séjour en France, ses yeux s'étaient ouverts, ce peuple soumis, travailleurs, cette société puissante, tous ces personnages sachant tant de choses, lui avaient appris comment on gouvernait les hommes et de quelle bienfaisante action on pouvait se servir. C'est alors qu'elle devint une véritable héroïne, régnant sur ses sujets, construisant des villes, des églises, entrant en correspondance avec Charles Quint.... »

Guarancinda interrompit tout d'un coup son récit, s'appuyant sur Georges et lui saisissant le bras :

— Entendez-vous ce bruit?

— Quelques loups sortant des bois.

— Non, ce sont eux. Arrêtez, n'allez pas réveiller votre savant, il trahirait notre présence. Certainement ce sont eux, regardez, pendant cet instant où la lune brille, ces cavaliers qui passent là-bas entre les arbres, voilà un cheval blanc... Ah! le feitador, l'assassin de mon enfant!

La pauvre Indienne étouffa ses sanglots et, cachant son visage dans ses mains, elle se laissa aller, dans sa douleur, sur l'épaule de Georges.

Cet instant de faiblesse ne fut qu'un éclair, sa fière énergie lui fit surmonter sa douleur; lorsque les Vaqueiros eurent disparu, ses larmes étaient essuyées, sa voix ne trahissait plus sa violente émotion, elle reprit ainsi son récit :

— Ce que j'ai à vous dire encore est peu de chose. Paraguasson fonda la ville de *Villa Velha*, avec Diego Alvarez, qui avait repris le nom de *Caramourou*, que la nation des *Tupinambas* lui avait décerné. Ils gouvernèrent longtemps beaucoup de nations, leur apprirent à connaître et à exploiter les richesses de notre pays, et avant de mourir, ils léguèrent à Philippe II la province de San-Salvador. Juan qui a visité le couvent de San-Bento, a copié dans la chapelle de Graça leur épitaphe. »

Nos lecteurs comprendront que l'Indienne ne se servit pas précisément des expressions que nous avons employées. Georges, en l'écoutant, se rappela qu'il avait lu, parmi les quelques livres qui se trouvaient chez son oncle, à la Fazenda de Sylva, un volume écrit par Rocha-Pitta, contenant en partie cette histoire. Sa cousine Cécilia lui avait fait traduire des passages d'une épopée nationale sur le même sujet fort populaire au Brésil, et traduite en français par son compatriote Eugène de Montglave. Voici d'ailleurs l'épitaphe dont parlait Cheveux-d'Or, elle forme, pour ainsi dire, le résumé de cette légende :

SÉPULTURE DE DONA CATHERINE ALVAREZ

MAITRESSE DE CETTE CAPITAINERIE QU'ELLE A DONNÉE

AUX ROIS DE PORTUGAL, CONJOINTEMENT AVEC SON MARI,

DIEGO ALVAREZ CORREA, NÉ A VIANA,

ELLE A FAIT CONSTRUIRE ET DÉDIÉ CETTE CHAPELLE

AU PATRIARCHE SAN-BENTO, L'AN 1582.

CHAPITRE XVIII

Les brigands. — L'attaque. — Course à travers les branches. — La loi du Lynch. — Mort de Juan. — L'Indien de la traversée.

Le Pardo, les différentes branches du Parana qui traversent le district de Minas Geraes, et forment le fleuve du Paraguay à Buenos-Ayres, ne sont rien à côté de l'immense masse d'eau des Amazones, partant du Pérou pour venir se jeter, sous l'équateur, dans l'Océan Atlantique. Ce fleuve, sans rival au monde, forme à son embouchure un golfe que les anciens voyageurs assuraient avoir cinquante lieues de diamètre. Depuis, on est un peu revenu de cette exagération, mais c'est toujours un admirable spectacle que cette énorme quantité d'eau douce parcourant les pays les plus variés, bouillonnant dans des rapides ou se précipitant des rochers pour se reformer sous une poussière brillante comme des diamants aux rayons du soleil. Le Parana vers lequel se dirigeaient nos trois voyageurs, ainsi probablement que les Vaqueiros qu'ils venaient d'entrevoir, ne présentait pas aux regards des aspects si grandioses, toutefois ses rives étaient pittoresques et charmantes. Parfois escarpées, les rochers entre lesquels s'élançaient les eaux montraient leur surface d'un beau vert qu'elles couvraient d'un vernis brillant; ailleurs, un sable fin descendait en pente douce jusqu'à ses ondes tranquilles, parsemées de groupes de fleurs ou de plantes comme les bignones bicolores dont les feuilles sont elles-mêmes des fleurs. Les vallées où coulaient ces cours d'eau formaient la plus belle et la plus productive des provinces du Brésil, elle étaient peuplées de colons portugais, d'Indiens, d'Anglais et de Suisses se livrant à des cultures variées, produisant le café, le cacao, le sucre, le caoutchouc, le riz, le maïs, le blé et la vigne qu'on commençait à cultiver. Les relations entre la capitale Rio Janeiro étaient fréquentes, la route, quoique non tracée, suivaient une ligne semblable à celle que parcourent les vaisseaux entre l'Europe et l'Amérique, sans jamais trop dévier de leur direction. Les voyageurs devaient naturellement se rencontrer dans quelques unes des parties où le Parana se trouvait guéable, mais l'important pour Georges, Guaracinda et Waterson, était de ne pas se trouver en présence de leurs mortels ennemis.

Heureusement l'Irlandais avait parcouru déjà ces vallées, chargé par des amateurs d'histoire naturelle d'enrichir leurs collections d'insectes rares ou de plantes à peine connues. Il fut donc décidé qu'il prendrait les devants, faisant en sorte de s'assurer de la direction suivie par les Vaqueiros et qu'il laisserait sur sa route des indications que Cheveux-D'or se chargerait de reconnaître. Quoique Waterson eût déjà supporté deux coups de fusil, aucun motif ne

devait le désigner aux violences de ces brigands ; il partit donc au lever
du jour sans se faire prier, promettant surtout de ne pas oublier la
gravité de sa mission pour quelques variétés de lampyris ignita, pour
une plante non encore baptisée, ou pour quelques petits fragments de
quartz de corindon ou de paillettes d'or.

C'était exiger beaucoup de ce Christophe Colomb de la flore ou de
l'entomologie, nos voyageurs devaient s'en apercevoir dès le lendemain.

Cette journée venait de se passer sans incidents, les traces que
Waterson devait laisser de son passage, se rencontrèrent interrompues
parfois cependant par des lacunes, jusqu'au sommet d'un petit coteau
où elles disparurent entièrement. Il est vrai qu'au lieu des signes dont
on était convenu, il fut facile de reconnaître ceux que les chevaux des
Vaqueiros avaient laissés sur le sable. Les rives du Parana devaient
être proches, l'air apportait jusqu'aux voyageurs un certain grondement que Guaracinda reconnut provenir du bruit des eaux se brisant
aux rochers. Ce voisinage rendait plus inexplicable l'absence de
l'Irlandais, chargé de découvrir un gué, ou du moins un endroit pouvant les cacher jusqu'à ce que leurs ennemis eussent traversé la rivière ;
comment disparaissait-il à si peu de distance du but de sa course ?
Cette question à laquelle l'Indienne et Georges ne savaient que
répondre, les engagea d'user de plus de soin encore pour dissimuler
leur présence.

Guaracinda, qui connaissait cette partie de la vallée, prit à sa droite
une nouvelle direction qui permettait aux deux voyageurs de gagner
rapidement des touffes de joncinelle, à fleurs charmantes, que nos
savants ont décorée, dans leur manie de créer une nomenclature
inintelligible du nom d'euriocaulon. Cachés sous ces plantes et en se
courbant dans des bruyères à feuilles de myrte, ils arrivèrent au
milieu de fragments de quartz se joignant pour ainsi dire, tant ils

étaient unis par des lierres, des ronces, des branches de cactus
épineux, de sauge et de mimosa. Ce ne fut pas sans difficultés qu'ils
pénétrèrent dans cette retraite, offrant quelques mètres d'un tapis
formé de mousse et de gazon, inabordable du côté de la rivière où
il touchait, et à peu près infranchissable par les roches qui l'entouraient. Cet asile, qui leur permettait de voir sans être vus, leur sembla
une heureuse découverte leur promettant d'attendre le départ des
Vaqueiros en même temps que l'espoir d'apercevoir enfin Waterson.

Le jour se passa dans une vaine attente, les suppositions les
plus pénibles s'emparaient de Georges, lorsque Guaracinda lui
touchant le bras, lui indiqua de la main un objet qui s'avançait vers
leur gîte, marchant doucement, et agitant un morceau de linge au
bout de son fusil. Le crépuscule commençait à se répandre sur la
terre, il devenait difficile de reconnaître quel était l'être qu'on avait
sous les yeux, l'Indienne elle-même paraissait hésiter à le nommer.
Aussi près des Vaqueiros dont on entendait quelque fois les chevaux
hennir, le naturaliste ne se serait pas exposé à se montrer et à
découvrir ses compagnons ; cependant, en approchant, Georges croyait
le reconnaître ; Guaracinda murmura à son oreille.

— L'Irlandais.

Dans le doute, le Français arma son fusil et passant le canon à
travers un fouillis de ronces et de branches, cria à demi voix : « Qui
va là? » au personnage qui n'était plus qu'à quelques pas.

— Ne tirez pas, mâtin ! ne tirez pas ! fit l'homme reculant de deux
pas en apercevant le canon de fusil menaçant sa poitrine.

— Waterson ! et d'où diable venez-vous, et comment, en vous
montrant comme vous le faites avec votre filet à papillons, n'êtes-vous
pas tombé aux mains de nos poursuivants?

— Autant de paroles, autant d'erreurs. D'abord, mon très cher,
ce que vous appelez un filet à papillons est quelque chose de plus

important, c'est un crapeau de parlementaire : deuxièmement, je suis prisonnier depuis plusieurs heures des Vaqueiros, qui ne vous ont pas perdu de vue et savent où vous êtes réfugiés ; enfin ces messieurs ne sont pas autrement méchants, ils se contenteront de vous avoir ainsi que Juan dans leur possession, pourquoi faire? ils ne le cachent pas, afin de vous soumettre tous deux à la loi de linch.

— Nous assassiner !... et vous êtes chargé de venir me communiquer cette résolution?

— Sans doute.

— Mais alors vous êtes fou et vous pouvez aller dire à vos amis que je me défendrai jusqu'à la mort.

— Ah ! cher monsieur, je ne vous aurais jamais cru capable d'aussi mauvaise pensée. Non, je ne suis pas fou, non, je ne suis pas lâche, et jamais je ne trahirai un ami. J'ai accepté la mission de parlementaire parce que d'avance je présageais votre réponse, et que je voulais mourir avec vous ; je les ai joués en leur persuadant que nous venions de recevoir un renfort bien pourvu de vivres et de munitions, j'ai proposé de venir à vous, en leur disant que vous vous confieriez à leur justice, je les ai joués, mais j'ai aussi joué ma vie, voulez-vous encore me traiter en ennemi?

L'Indienne, en l'écoutant, avait commencé à démasquer l'ouverture, Waterson fut bientôt dans les bras de Georges.

— Pardonnez-moi, mon cher Harry, mais que voulez-vous faire?

— Encore une fois rester dans votre fort, dit l'Irlandais en jetant un regard autour de lui. Il n'y a pas grand mérite de ma part, si je retournais à ces brigands, bien sûr ils me pendraient pour me remercier de mon dévouement, la chose me paraît humiliante, nous n'avons jamais que je sache eu de pendu dans notre famille, eh ! bien, mourir pour mourir, je préfère tomber à vos côtés, en nous défendant et en démolissant quelques-uns de ces sacripants.

— Brave cœur! fit Georges avec émotion, et puis nous serons peut-être secourus.

— Vous songez à Juan, heu! le voilà absent depuis plusieurs jours, il devait trouver des amis dans la vallée, s'il ne revient pas, c'est qu'il cherche encore! pas mal de chance pour qu'il arrive trop tard... Tenez, regardez par ici, les brigands s'impatientent, gare à nous, ils vont commencer le siège.

En prononçant ces paroles, le naturaliste jeta bas sa blouse de chasseur, la suspendit à une branche et la coiffa de son chapeau, afin de figurer un défenseur. Georges l'imita, Cheveux-D'or, énergique et courageuse, remplie d'ailleurs du désir de se venger, demanda un révolver et déclara qu'elle chargerait les armes.

Durant ce peu d'instants, les Vaqueiros, au nombre de six ou sept, s'étaient avancés, ils poussaient de grands cris, parmi lesquels on distinguait celui de : « Rendez-vous, rendez-vous, chiens de Français, voleurs d'or, misérables mendiants, etc., » en même temps que l'un d'eux envoyait une balle qui vint s'enfoncer dans le tronc d'un arbre auprès des voyageurs.

Waterson fit un saut de côté en sentant des morceaux d'écorce le frapper au visage;

— Ah! c'est toi, grand vilain animal, s'écria-t-il en mettant en joue un énorme métis à hideuse figure, qui craches ainsi, tu vas apprendre ce qu'il en coûte de m'insulter, oui, je te rendrai la pareille, coquin! mais ce sera avec de gentilles petites chevrotines.

Le coup partit, le Vaqueiros bondit en avant, chercha à s'appuyer sur son fusil et tomba sur le dos, avec toutes les apparences de la mort.

— Et d'un! fit l'Irlandais, avec un jurement terrible.

Il y eut un moment de stupeur dans la bande des assaillants, leurs cris et leurs injures cessèrent et au lieu de s'avancer ensemble, ils se

divisèrent et ne cherchèrent plus, en s'approchant, qu'à se garer en se
dissimulant derrière les arbres. L'attaque ainsi combinée devenait fort
dangereuse pour nos amis, car il leur était impossible de faire face à
chacun des agresseurs; heureusement pour eux, les Vaqueiros, apercevant les vêtements disposés sur des branches, crurent pouvoir en
finir tout d'un coup : six détonations se firent entendre, mais les balles
ne démolirent que les casaques et les chapeaux. Un nouveau silence
succéda à cette agression ; sans doute les misérables se persuadèrent
avoir réussi, car ils s'avancèrent encore, lorsque deux coups de fusil
retentirent, l'un venant de Georges, qui déchira la blouse d'un
brigand sans entamer sa peau, l'autre de Waterson, excellent tireur,
destiné à un nègre se traînant à terre pour surprendre les assiégés,
dont la marche fut arrêtée et le bras cassé en plusieurs endroits.

Cette fois les poursuivants modérèrent leur ardeur, ils disparurent,
mais, sans pour cela cesser leurs poursuites. Ils combinaient sans
doute quelques diableries difficiles à déjouer par deux hommes obligés
de porter leur attention de tous les côtés, même de celui de la rivière,
car il n'était défendu que par l'extrême rapidité des eaux. On eut
bientôt la preuve que les Vaqueiros emploieraient ce moyen; Georges
et Harry se retournèrent vivement en entendant le bruit du révolver
confié à Cheveux-D'or. Exécutant un mouvement tournant comme
dans les grandes batailles, un de ces enragés coquins avait grimpé
sur un jeune arbre bordant la rive, et le faisant ployer sous son poids
au-dessus lu Parana, il était prêt à sauter au milieu de la retraite des
voyageurs, au moment où l'Indienne reconnut sa présence. Elle
attendit avec le sang froid d'un guerrier que cet assaillant se trouvât
juste au-dessus des rapides pour se servir de son révolver. Le malheureux poussa un hurlement, lâcha la branche, tomba dans les eaux
écumantes, faisant les plus grands efforts pour s'échapper en nageant,
mais laissant derrière lui une trace rouge révélant une grave blessure.

Le reste du jour se passa dans une surveillance de tous les instants, quelques coups de carabine furent encore échangés sans apparence d'arriver à la fin de cette terrible lutte; jusque-là nos trois assiégés n'avaient éprouvé qu'une extrême fatigue provenant d'une excitation incessante et de l'obligation de prévoir et de déjouer les attaques de leurs ennemis. La nuit, qui s'approchait, préparait des dangers beaucoup plus sérieux. Comment tenir à distance leurs poursuivants? Ceux-ci viendraient en rampant jusqu'à leur fourré, ils seraient fusillés au milieu de l'obscurité, ou pris vivants par les brigands, les voyageurs devraient subir tous les outrages terminés par l'infâme pendaison pour laquelle l'Irlandais manifestait si peu de goût.

Durant quelques instants de trève des Vaqueiros, les trois voyageurs se consultèrent sur le parti à prendre. Waterson proposa de se jeter à l'eau, de franchir la rivière d'un rocher à l'autre et de gagner ainsi l'autre bord, mais Guaracinda déclara que cette entreprise, à peu près impossible durant le jour, le devenait tout à fait au milieu de l'obscurité, la moindre déviation de la ligne à suivre devant précipiter sur des rochers par les flux de rapides tombant de dix pieds de haut. Georges opinait pour une sortie, mais où aller, on était cerné, comment éviter de tomber dans les mains des brigands? C'était courir à la mort. Quoi faire? rien, rien, qu'une tentative bien hasardeuse et que Cheveux-D'or expliqua ainsi aux Européens :

— A la nuit, dit l'Indienne, nous choisirons parmi les arbres qui longent les rives du Parana les plus touffus, afin de nous cacher dans leurs branches. Si les brigands viennent pour nous surprendre, je descendrai si discrètement que je ne serai pas entendue, comptez sur moi pour tromper ces assassins, je passerai entre eux, s'il le faut, sans qu'aucun d'eux m'aperçoive. A une certaine distance, je tirerai un coup de votre révolver, ils supposeront que vous vous êtes échappés, vous les entendrez se précipiter de tous côtés à votre pour-

suite. Sauter de vos arbres et vous diriger à l'opposé du bruit que
vous aurez entendu, amènera peut-être notre délivrance... Ne me
parlez pas de moi, mon dévouement n'est rien, puisque je ne cours
pas de sérieux danger.

Georges, pour toute réponse, étendit chacune de ses mains à ses
compagnons de malheur.

Cette combinaison, la seule peut-être restant à la disposition de nos
trois amis, fut adoptée quoiqu'elle semblât un peu enfantine ; à cause
de cela elle aurait eu probablement chance de réussir, si elle n'avait
pas eu un témoin à portée d'entendre leurs voix. Passant de branches
en branches, un des métis de la bande enragée était parvenu, avec des
précautions infinies, à se jucher au-dessus de leur retraite. Sa vengeance se serait exercée immédiatement, mais pour arriver au poste
qu'il occupait il avait fallu se débarrasser de ses armes. D'ailleurs,
en prévenant la bande des projets de leurs victimes, on courrait
moins de chances et on assurait la possibilité de prendre en vie les
malheureux, afin de les réserver aux plus affreux supplices.

Jusqu'aux premières heures de la nuit toute agression cessa ;
Georges parut croire que les Vaqueiros renonçaient à leurs projets.
Cheveux-D'or secoua la tête, le moment approchait d'user du stratagème indiqué par elle, sa physionomie exprimait de plus en plus le
doute et l'irrésolution. Cependant elle se leva tout d'un coup d'un
coin où elle était accroupie :

— Adieu, dit-elle... Courage.

— Guaracinda, fit Georges en lui prenant la main, il en est encore
temps, ne vous exposez pas à perdre la vie pour sauver la nôtre...
Restez, nous mourrons ensemble. L'Indienne s'arrêta un instant, elle
porta la main du jeune homme à ses lèvres, en lui jetant un long
regard, et la retirant brusquement, en quelques secondes, sans dire

un mot, elle s'empara des longues branches d'un taxodium qui balayaient la terre et disparut dans cette masse de verdure.

Les moments qui suivirent se passèrent pour les deux jeunes gens dans une anxiété fiévreuse. Cette pauvre enfant courageuse et dévouée n'allait-elle pas être victime de son admirable entreprise, pourrait-elle faire entendre le signal convenu? Ah! combien les instants semblent longs dans de telles attentes douloureuses; enfin le bruit d'une arme à feu se fit entendre, était-ce bien celui du révolver?

Le doute aurait été l'abandon du parti pris, Georges et Waterson n'hésitèrent pas, le voyage dans les branches d'arbre en arbre commença avec toutes sortes de précautions, il aurait fallu soixante minutes peut-être pour l'accomplir en marchant à leurs pieds, quatre heures s'écoulèrent à s'avancer à la façon des singes ou des écureuils. Arrivés à plusieurs centaines de mètres de leur ancien refuge, les arbres finissaient, remplacés par des saules et des roseaux, il fallut s'arrêter. Les deux voyageurs écoutèrent; le plus profond silence régnait autour d'eux, le naturaliste descendit le premier de son perchoir, Georges sauta sur une herbe fine et foulée qui se trouvait sous ses pieds, mais ils n'avaient pas fait un pas qu'ils sentirent des bras vigoureux les étreindre, les terrasser et qu'ils furent garrottés et jetés sur la terre avec accompagnement de hurlements affreux.

Nous ne voulons pas décrire les outrages dont ils devinrent l'objet, les menaces et les injures que les brigands leur prodiguèrent. Le feitor, leur mortel ennemi excitait ses compagnons et, s'ils ne l'en avaient empêché, il les aurait poignardés immédiatement. Heureusement quelques-uns d'entre eux, rafinés dans leur cruauté, déclarèrent qu'il serait bien plus charmant d'attendre le jour pour assouvir une vengeance qu'on poursuivait depuis si longtemps.

— Nous les jugerons, dirent-ils, on écoutera leur défense. Ah! ah! ce sera amusant de les entendre plaider, vous aussi, feitor, vous aurez la parole ; quel régal après notre déjeuner... et puis nous choisirons la peine ou les peines, seront-ils seulement pendus, ou leur ferons-nous sauter les yeux d'abord, arracher les ongles et les scalperons-nous à la mode indienne ?... Bah! il faut être polis avec ces beaux messieurs étrangers, on leur laissera le choix, pourvu que mort s'en suive, et, comme assaisonnement il sera permis de leur administrer à la volonté de chacun, une centaine de coups de *chicote*.

Le Français et l'Irlandais se trouvaient à portée d'entendre cette aimable conversation, la situation leur parut désespérée, leur mort dans d'affreux supplices était prochaine ; cette pensée, qui trouble les cœurs les plus solides, se trahissait chez les deux jeunes gens sous des formes différentes. Waterson tordait ses bras sans réussir à les dégager des liens qui les étreignaient. Sa colère lui arrachait les paroles les plus violentes, des menaces qui auraient pu faire croire que l'Angle-terre allait accourir pour le venger. Les Vaqueiros s'étaient groupés autour du malheureux naturaliste, évidemment sa fureur les amusait. Georges, pour sa part, ne faisait entendre ni une plainte, ni un soupir. En ce moment suprême, il planait dans des régions meilleures, les ailes du souvenir le transportaient dans sa famille. Pauvre mère, pauvre père, chère et charmante sœur! jamais aucun d'eux ne saurait ce qu'il était devenu, on l'espérerait encore, toujours ! pendant que ses os blanchiraient dans la prairie, dispersés sur une terre étrangère. O agonie de l'homme frappé plein de vie et d'aspirations du cœur, que vous êtes une terrible souffrance! que cette lumière des yeux et de la pensée qui va s'éteindre fait frissonner votre corps, quelle que soit son énergie! L'immortalité commence ; l'immortalité! ce mot dont la compréhension est impossible, qui enlève au fini des choses de ce monde tout ce qu'elles ont pour nous de valeur !

Enfin le jour parut, ce jour si redouté, mais si rapide pour les instants qui le composaient. Les prisonniers furent enlevés, attachés à deux palmiers, cette dérisoire cour de justice. odieuse et passionnée, indigne surtout d'un grand peuple qui se prétend digne du gouvernement de tous, se forma. Les brigands se distribuèrent les rô'es. Trois d'entre eux se déclarèrent juges, un autre président, le feitador fut nommé accusateur public malgré ses réclamations, car il eût voulu être choisi pour bourreau, et l'on commença l'interrogatoire.

Lorsqu'il s'agit d'appliquer la loi de lynch, le jugement ne se fait pas attendre ; nous éviterons de reproduire les termes ignobles et mensongers de l'accusation, nous passerons également sous silence la défense de l'Irlandais, violente et exaltée, il nous suffira de donner le résultat bien prévu d'avance. La mort, sans toutes fois qu'il ait été question d'un supplice préliminaire.

Bourreaux, juges et accusateurs parurent pressés d'assister à une exécution qui leur promettait tant de plaisir ; un nœud coulant aussitôt préparé se balança au-dessus d'une branche d'arbre, et il ne fut plus question que de savoir lequel des deux prisonniers allait être la première victime. Georges, durant ces sinistres préparatifs, n'avait pas prononcé une parole ; Harry, au contraire, continuait ses plus violentes invectives, qui lui valurent d'être désigné pour être exécuté le premier. Débarrassé de ses liens, il fut conduit, sans autre outrage qu'une douzaine de coups de chicote à la corde dont le nœud coulant se balançait tout près de lui ; un des brigands la lui passa rapidement au cou, et quatre ou cinq Vaqueiros avec de formidables hurras se mirent à hisser l'Irlandais dans l'espace.

C'en était fait de l'infortuné naturaliste, si jusqu'au dernier moment, malgré sa fureur et ses menaces, la réflexion n'avait pas survécu. Lorsque la corde l'accrocha, avant qu'elle fût serrée, il passa vivement sa main dans le nœud et s'en servit comme d'un bouclier pour préserver son cou. Nous avons dit, en faisant sa connaissance, que Waterson était d'une taille très élevée, il s'en suivait

naturellement en poids considérable. La fâcheuse position dans laquelle il se trouvait, lui fit tenter un suprême effort en se suspendant
par les mains à la corde et en lui donnant une secousse des plus
violentes. La tentative de sauvetage réussit, la corde se cassa par le
milieu, et on vit l'Irlandais jouant rapidement des jambes, la corde

traînant à sa suite, poursuivi comme une bête fauve par la meute de
ses assassins.

Le malheureux venait d'être saisi de nouveau, et cette fois il courait
la chance de succomber sous les coups et les blessures de cette troupe
d'enragés, quand la Providence lui prêta encore son secours.

Un hurlement terrible poussé par une personne qu'on ne voyait pas,

suivi de coups de feu qui éclatèrent auprès des Vaqueiros, suspendi-
rent les tortures qu'ils commençaient à infliger à l'Irlandais. On vit
alors deux hommes s'élancer l'un vers l'autre armés de leurs longs
couteaux, après avoir déchargé inutilement leurs fusils, pour engager
une lutte féroce. Le sang coula bientôt de leurs blessures, ils se saisirent, se tordirent, frappant toujours et roulèrent sur la terre en
s'étreignant avec fureur. Cette affreuse scène se prolongea quelque
temps, elle était si émouvante qu'aucun des spectateurs ne songea à
intervenir. Cependant après d'autres coups plus terribles que les autres,
l'un des deux combattants resta inanimé sur le sol, l'autre se leva,
étendit les bras avec un cri de victoire, mais, atteint aussi mortellement, il tomba à côté de celui qu'il venait d'immoler.

Le premier de ces hommes était le feitor ; l'autre Juan, le métis,
le compagnon de nos voyageurs.

Cet affreux spectacle aurait dû calmer les Vaqueiros, car la mort de
ces deux malheureux devait éteindre l'inimitié qui existait entre eux ;
mais les instincts féroces de ces aventuriers semblaient se réveiller à
la vue du sang ; aussi, après quelques minutes de stupeur, ils se précipitèrent de nouveau pour assouvir leur rage de tigres sur Georges et
sur Waterson. Ce fut alors que les voyageurs durent croire leur perte
certaine. Ils échappèrent cependant une fois de plus, dans cette
journée pleine de péripéties émouvantes, à cette fatale destinée. Un
bruit de chevaux franchissant rapidement l'espace se fit entendre,
une douzaine d'Indiens et de métis armés de fusils ne s'arrêtèrent
qu'au milieu des Vaqueiros, leur chef, portant le costume des
chasseurs brésiliens, sauta en bas de son cheval et d'une voix habituée
au commandement et en ouvrant son sarapé pour se faire reconnaître,
cria en Portugais.

— Arrière ! gredins, arrière, je le veux !

Cette parole vibrante frappa les Vaqueiros d'effroi, à peine eurent-ils

12

tourné les yeux vers celui qui venait de parler, qu'ils s'inclinèrent et se hâtèrent de se disperser.

— J'arrive trop tard, mais encore assez à temps pour vous sauver, dit ce chef indien en s'approchant de Georges, et en tranchant ses liens. Vous ne me reconnaissez pas, monsieur Dumaine? ajouta-t-il en français, et pourtant vous n'avez pas dédaigné l'Indien dans la traversée que nous avons faite ensemble ; vous m'avez témoigné un peu d'intérêt sincère, avez-vous eu tort?

— Je vous dois la vie, Monsieur, je ne l'oublierai jamais, permettez-moi de vous demander votre protection pour mon compagnon de voyage que je vois là-bas assis sur la terre. L'Indien tourna les yeux de ce côté.

— Oui, un Irlandais, naturaliste et indien, à la recherche d'une position sociale, comme on dit dans votre pays, peu de cervelle, un peu plus de cœur.

— Il y a aussi une malheureuse femme...

— Elle vous intéresse?... Après tout, elle mérite la pitié, son mari vient d'être assassiné victime de son impatience.

Georges et l'inconnu s'avancèrent alors auprès du groupe immobile formé par Waterson et Guaracinda.

L'Irlandais, couvert du sang de quelques blessures qu'il avait reçues, mais oubliant son état, tenait les mains de la jeune femme ayant perdu connaissance. Il écartait les longs cheveux de sa figure ; appuyé sur son genou, essuyait un déluge de larmes qui l'inondait et tâchait de lui faire reprendre ses sens.

— Elle voulait se tuer tout à l'heure, dit-il en s'adressant à Georges, j'ai combattu son désespoir, sa violence l'a tellement impressionée que j'ai cru que malgré mes soins elle allait mourir.

Une secousse nerveuse agita la pauvre enfant, elle entrouvrit ses paupières et les referma aussitôt. L'Indien se pencha sur elle.

— Goaracinda ! prononça-t-il avec un accent particulier

L'Indienne sembla frappée de surprise.

— Guaracinda, la fille des Incas, doit avoir plus de courage, n'oubliez pas le sang qui coule dans vos veines, pleurez, ma fille, mais ne restez pas ainsi, levez-vous, Guaracinda, je l'ordonne.

Cheveux-d'Or, les yeux fixés sur son interlocuteur, se leva lentement comme soumise à une domination absolue, elle ne dit pas un mot, et se tournant lentement dans la direction où on apercevait le corps de son mari , elle l'indiqua d'un geste automatique.

— Je le sais, comptez sur moi, c'est tout vous dire !

Une demi-heure plus tard, un brancard en branchages recevait le corps de Juan recouvert de feuillage, porté par quatre Indiens ; Georges, Harry, l'inconnu et les cavaliers qu'il avait amenés accompagnaient à cheval le cortége funèbre, suivi par la triste veuve secouée, chancelant sous sa douleur.

CHAPITRE XIX

Le vomito negro. — La convalescence. — L'arbre au lait; fabrication nouvelle du beurre. — Plus de phylloxera; les vignes inconnues. — Retour du chef indien.

Près de deux mois se sont écoulés depuis la triste scène que nous venons de raconter ; nous quittons maintenant la vie sauvage pour entrer dans une fazenda située dans la vallée qu'arrose le Rio-Doce. L'habitation, séparée des constructions destinées à l'exploitation, est

construite sur une légère élévation, elle est entourée d'arbrisseaux
florifères et fait exception, par son élégance, à celles que l'on rencontre ordinairement au Brésil. C'est un chalet ayant un premier étage,
présentant au nord et à l'est, les moins exposés au soleil, de larges
verandas garnies de stores. Un perron, décoré par des caisses de
plantes venues d'Europe, indique un propriétaire étranger ou un
horticulteur rare dans ces contrées. A l'intérieur, tout est distribué et
meublé avec un comfort d'autant plus remarquable que son absence se
fait généralement sentir, même dans le palais impérial. Plusieurs
pièces assez vastes se communiquent par de larges portes garnies de
portières en soie d'un rouge foncé ; elles sont ornées de peintures
précieuses des écoles italiennes, hollandaises et françaises. La dernière
contient une riche bibliothèque scientifique et littéraire, et l'un de ses
compartiments est occupé par une nombreuse collection de livres
publiés sur l'Amérique du Sud, y compris les récents ouvrages du
docteur Bernardo Guimaraïs, dont le roman intitulé *A escrava Isoura*
et de quelques autres romanciers moins connus ont obtenu un grand
succès.

Mais nous ne faisons que jeter les yeux sur ces attrayantes choses ;
conduit par un négrillon, nous montons un charmant escalier en
acajou, la porte d'une chambre s'ouvre, et le spectacle qui nous frappe
nous fait ressentir une émotion bien pénible.

Sur un lit de fer, entouré de rideaux de gaze rose, était couché un
homme, dont les yeux caves, la pâleur mortelle, annonçaient une grave
et longue maladie. Il semblait sommeiller, mais il trahissait sa souffrance
par une agitation nerveuse et par des mots inarticulés d'une voix qui
n'a plus de son.

Cet homme, ce malheureux, qui depuis plus d'un mois lutte contre
la mort, était notre ami Georges Dumaine. Il venait de se retourner
péniblement sur sa couche douloureuse, quand une jeune femme,

Le coup partit, le Vaqueiros bondit en avant, chercha à s'appuyer sur son fusil et tomba sur le dos (page 180).

presqu'une enfant, parce qu'elle n'avait pas plus de dix-sept ans, qui
se tenait agenouillée au pied du lit, la tête couverte de ses deux mains,
se leva et prenant un grand verre de Bohème, rempli d'une limonade
mousseuse, l'approcha des lèvres du malade, en le soutenant sur son
séant.

Cette femme était Guaracinda.

Georges, médiocrement acclimaté au soleil brûlant du Brésil, se
jetant tout d'un coup dans la vie des fatigues et les privations du
voyage, avait payé son tribut de même que presque tous les Européens qui abordent ces contrées; une fièvre intermittente, qu'il avait
négligée, dégénéra de nature et se transforma en accès de vomito-né-
gro, la terrible fièvre jaune.

L'Irlandais s'était empressé de le soigner avec sollicitude, mais
Cheveux-d'Or, frappée coup sur coup de déchirements de cœur, avait
montré un dévouement admirable. Bravant tous les dégoûts et les
dangers de cette maladie contagieuse, elle ne s'était pas une fois ralen-
tie dans les soins que jour et nuit elle lui rendait. C'était moins
qu'une mère et c'était plus qu'une sœur; un mélange de délicatesse et
de douceur, une tendre patience, des paroles consolantes réalisant en
un mot, cette sorte d'atmosphère bienheureuse que la femme em-
prunte aux anges et dont la source est dans son cœur.

— Merci, mon enfant... dit Georges d'une voix lente et faible, il
me semble que je vais un peu mieux, je ressens moins cette chaleur
brûlante qui me dévorait ; cependant, j'ai toujours soif... encore un
peu de cette boisson... je vous en prie.

— Pauvre Guaracinda, reprit-il, après avoir vidé le verre, il me
semble qu'il y a longtemps que je suis malade... au milieu de mes
violentes crises, je crois vous avoir toujours vue... ah ! que vous êtes
bonne ! je ne l'oublierai jamais... et avec la faiblesse d'un être
épuisé par la souffrance, il se mit à pleurer comme un enfant.

L'Indienne prit entre les siennes la main amaigrie qu'il lui tendait :

— Vous voilà mieux, senhor, fit-elle, il ne faut pas vous tourmen-
ter, je n'ai fait que ce que je devais.., n'avez-vous pas voulu, sans
nous connaître, sauver Juan et mon enfant

— Mais, où suis-je ici ?... J'ai tout oublié, tout, car j'aurais dû
mourir.

— Ne cherchez pas, vous fatigueriez votre esprit, tenez-vous tranquille, écoutez-moi, en peu de mots vous allez savoir ce que vous
demandez.

— Vous êtes arrivé ici à la nuit, le lendemain la fièvre ardente vous
a pris avec le délire, pendant plus de quinze jours elle vous a entièrement dominé. Votre docteur ne vous a pas quitté , il a passé bien des
nuits à votre chevet, mais la maladie ne cédait pas... alors c'est moi
qui vous ai abandonné, pour aller chercher dans nos forêts un remède
dont j'ai le secret, et vous venez de boire la dernière goutte.

— Chère Guaracinda !

— Ne parlez pas, la fièvre reviendrait. Vous voulez savoir chez qui
vous êtes, peut-être ne devrais-je pas vous le dire, le maître des maîtres
n'aime pas qu'on cause de lui. Cependant, je puis vous apprendre que
celui qui vous a reçu dans sa fazenda est un capac (1) descendant des
manco, les fils du soleil. Moi aussi, je suis de la race des Incas, qui
alors gouvernaient le monde, j'ai dans les veines du sang de Mama-
Vella, sa sœur, celle qui fonda le culte que mille vierges rendaient au
soleil.

En prononçant ces dernières paroles, l'Indienne releva la tête avec
un mouvement de fierté orgueilleuse, mais ce mouvement ne dura
qu'une seconde, elle garda un instant le silence, perdue dans ses
réflexions, et continua ainsi d'une voix sourde et brisée :

(1) Signifie riche en vertu, en pouvoir.

— Le maître est encore reconnu par toutes les tribus de notre
ancien peuple, sa volonté est une loi. Il possédait des richesses
immenses, on ne sait ce qu'il en a fait. Il est généreux, prodigue pour
tous ceux de notre race qui réclament son secours, et puis il s'absente
pour traverser les mers, habiter dans vos pays avec ses trésors, mais à
son retour son humeur est sombre, violente, et plus d'une fois il a
frappé de son poignard ceux qui lui résistaient. Je ne devrais pas vous
dire ces choses, car il a toujours été bon pour moi et pour vous; il
vous a soigné, recommandé à ses esclaves et à ses administradors
comme jamais on n'en avait vu d'autre exemple.

En ce moment, marchant sans bruit, Waterson vint s'asseoir à côté
du lit du malade, il l'examina un instant en silence, supposant que ses
yeux fermés annonçaient le sommeil; un mouvement de Georges lui
ayant appris le contraire, il lui prit le bras et se mit à étudier les pul-
sations, paraissant se préoccuper de leur irrégularité autant que de leur
nombre.

— Bien, dit-il, pas d'irritation nerveuse pour la seconde période;
nous gagnerons heureusement la troisième, si des hémorragies passi-
ves ne surviennent pas, et alors la santé, la santé avec la certitude
d'être exonéré pour toujours de la febris-flava, typhus icterodas, un
vilain prodrome morbide fort mal étudié jusqu'à présent. Eh bien !
mon cher Dumaine, vous êtes heureux d'avoir été pris dans la province de Minas Géraës, au milieu des terres, car sur le littoral de la
mer, vous auriez certainement cessé de souffrir.

— Pourrai-je me lever ? demanda Georges.

— Oui, dans quelques jours. Vous êtes très faible , nous réparerons
vos forces par une nourriture graduée, et, en vérité, nous sommes ici
en bonne position pour l'obtenir. Quel palais ! mon cher, quelle
richesse ! dans ce chalet si simple, en apparence ! rien ne manque

autour de nous que notre hôte, cependant on ne s'aperçoit pas de son absence.

— L'avez-vous vu, le connaissez-vous?

— Vu, oui; connu, non. Ce diable d'homme est incompréhensible. C'est un Atzèque, sa conformation le prouve, et cependant c'est un citoyen du monde entier, l'ami, l'égal des plus grands personnages de notre Europe civilisée. Il parle toutes langues quand il daigne parler; il connaît toutes les sciences, et ce qui est mieux, c'est la domination qu'il exerce sur son entourage; les Indiens le considèrent comme un D'eu, les nègres et les métis l'adorent de même qu'un fétiche; un geste, un mot, lui suffit pour se faire obéir.

Peu de jours après, Georges parvint à se lever; assis dans un fauteuil américain, sous la véranda qui bordait sa chambre, il revenait doucement à la vie. Que la nature lui paraissait belle! que ses sens reposés jouissaient avec délices des parfums des fleurs, des attraits de la lumière du soleil et des ombres se jouant dans les masses de verdure qui l'entouraient! C'est à la suite d'une longue maladie que l'on éprouve ces sensations délicieuses, elles vous échappent lorsqu'on peut s'en blaser chaque jour! l'air lui semblait plus doux, la pensée renaissait en lui avec la santé; une résurrection véritable, faisant remercier Dieu chez ceux qui ont du cœur, des miracles incompris qu'il fait pour nous !

Les visites du docteur devenaient plus rares, entraîné par sa soif d'apprendre, ou, pour parler plus exactement, par son envie de se créer une mine d'or par n'importe quelle exploitation; il allait, interrogeant, étudiant, collectionnant, pourvu qu'il entrevît une chance de fortune à acquérir. Un matin, il arriva auprès de Georges, au moment où celui-ci s'asseyait auprès d'une petite table pour prendre son modeste déjeuner.

— Je viens déjeuner avec vous, cher ressuscité, lui dit-il, en

phosphates, de caséine et d'albumine, mais produisant un peu moins
d'un beurre d'ailleurs excellent, ainsi que vous allez en juger.

L'Irlandais se leva, traversa la pièce et prit dans son étui d'herbo-
riste, resté sous la véranda, une petite boîte en fer-blanc qui contenait
un beau beurre jaune, d'un parfum agréable.

— Goûtez, dit-il, je l'ai fait hier matin, sans la moindre barette,
par un procédé bien simple que vous ne connaissez peut-être pas,
quoiqu'il soit si pratique dans plusieurs provinces de votre France, le
Berry et la Normandie. Voici d'ailleurs ce procédé : j'ai mis ma
crème de lait dans un sac de toile bien serrée, qui se trouvait dans les
restes de mes bagages, je l'ai enterré dans un trou profond, de quarante
à cinquante centimètres, que j'ai fait à l'arbre, je l'ai recouvert de
terre, et ce matin, c'est-à-dire vingt-quatre heures après, j'ai trouvé
mon beurre bien formé, trop formé même, à quoi j'ai remédié
immédiatement, en l'écrasant et l'arrosant d'un demi-verre d'eau.
Deux minutes après, ce beurre s'était séparé du petit lait, et vous le
voyez, il égale vos beurres de Bretagne, toujours peu authentiques et
toujours plus ou moins salés.

— J'avais entendu parler, mais sans y croire beaucoup, de votre
lait végétal ; savez-vous qu'il y aurait une exploitation fructueuse à
entreprendre, en fournissant à la consommation votre beurre et vos
fromages.

— Bah ! la vie d'un homme s'écoulerait à combattre les préventions
et à populariser ces produits. Combien de richesses naturelles de ce
genre, parmi celles qui sont déjà connues, restent inexploitées, par
suite de la répugnance des hommes à sortir de leurs habitudes tradi-
tionnelles ! En ce moment, où vos vignes de France sont ravagées par
le phylloxéra, qui n'est pas du tout contagieux, il serait facile de
chercher dans les végétaux un équivalent, fournissant un vin potable.
Cependant, nos compatriotes ne songent qu'à promettre des prix aux

viticulteurs, qui guériront une maladie dont l'intensité est leur ouvrage. Eh bien ! il existe encore un arbre que je ne vous ai pas nommé tout à l'heure, qu'on pourrait appeler l'arbre au vin. C'est une myrtacée que de Candole a désigné sous le nom d'Eugenia Australis. Son tronc droit et cylindrique, sa couronne de branches garnies de feuilles persistantes, à l'insertion desquelles se logent des fleurs blanchâtres, puis des baies un peu ovoïdes, d'un beau rouge violet et de la grosseur de nos cerises. J'en ai goûté dans le jardin botanique de Naples, où M. Gasparani en avait planté un pied. Je leur ai trouvé une saveur acidulée et sucrée, rendant un jus richement coloré, constituant une liqueur alcoolique, très agréable au goût et dont le bouquet rappelle celui du raisin mûr.

MM. Ubaldini et de Luca ont analysé ce fruit, ils lui ont trouvé la plus grande analogie avec le raisin, son jus dépose de l'acide tartrique en cristaux, contient du glucose et fermente à la température ordinaire, avec dégagement d'acide carbonique. Voilà du vin qui reviendrait à bon marché, pas de façon, pas de fumier, plus tard du bois de chauffage, et dans l'avenir, suivant les contrées, les terrains devant produire des variétés de.....

Le négrillon qui avait servi le déjeuner, se précipitant comme une trombe dans la pièce, interrompit brusquement les dissertations du docteur :

Senhors! maître à moi, qui arrive ! maître, maître, et il disparut en gambadant et en psalmodiant ce mot, qui semblait inspirer à tout le monde une sorte d'exaltation, mêlée de plaisir et de terreur.

CHAPITRE XX

La réception. — Don Pedro. — Le sucre; progrès dans sa production. — Mines d'or. — Le guano. — Situation du Pérou. — Influence de la presse.

Restés seuls dans la salle à manger, à écouter le bruit que faisait une nombreuse cavalcade, arrivant dans les dépendances de l'habitation, nos deux voyageurs s'attendaient à apercevoir leur hôte, peut-être à recevoir sa visite, mais le mouvement qui venait de se produire ramena le silence, et rien ne témoigna que le maître eût repris possession de sa résidence. Une question s'offrit alors à leur esprit : faut-il attendre sa visite, devons-nous nous présenter en ce moment, mais, dans le négligé où nous sommes, serait-elle convenable! Ils discutaient déjà depuis longtemps, sans avoir rien décidé à ce sujet, quand un personnage tout de noir habillé, cravate blanche, souliers à grandes boucles, chaîne d'argent sur la poitrine, fit son entrée dans l'appartement. Après quelques pas, et une révérence parfaitement correcte :

— Senhors, dit-il d'une voix grave et posée, M. le comte don Pedro de Messimi a l'honneur d'engager à dîner messieurs Dumaine et Waterson pour ce soir à 7 heures.

L'Irlandais ouvrit de grands yeux.

— Et ne peut-on visiter M. le comte auparavant ;

— Je pense que non ; monsieur le comte m'ayant dit que ses occupations ne lui permettraient de recevoir qu'à sept heures.

Là-dessus, le majordome fit une autre révérence et sortit comme il était entré, d'un pas grave et digne de son importance.

— Ma foi! nous voilà en pleine aristocratie, mon cher ami: diable! il paraît que c'est un personnage que son Indien; j'y consens, il fait bien les choses; mais mon bagage est un peu mince pour me présenter devant son honneur, je puis même avouer qu'il se réduit aux vêtements usés, troués, brûlés que je porte sur moi, je suppose que vous partagez ma misère?

Entièrement.

— Alors.....

La surprise coupa de nouveau la parole au pauvre naturaliste, il y avait, en effet, quelque raison de l'éprouver, car ainsi que dans les palais des fées, il semblait qu'il suffisait d'exprimer un vœu pour le voir s'accomplir. Deux domestiques, dans cette tenue qu'on ne rencontre que dans les hautes maisons anglaises, apportaient une pile de vêtements de chasse et de luxe, et tous les accessoires indispensables à une toilette des plus soignées.

—Décidément, don Pedro se comporte comme un second roi du Brésil, fit Harry, je lui accorde mon estime... Oh! oh! qu'est-ce cela? des rasoirs!... Sommes-nous ici en pleine fashion?

» Couper ma barbe, jamais!.... Cependant la chose demande réflexion... S'il faut se métamorphoser en dandy pour plaire à ce nouvel Aladin, soit!... ne lui ai-je pas accordé mon estime!

A sept heures précises, nos deux amis se dirigèrent vers le salon, le comte de Messimi s'y trouvait. Appuyé contre le marbre de la cheminée, portant avec une suprême distinction l'habillement d'un gentleman, la boutonnière ornée de rubans multicolores, il aurait été difficile, pour tout autre que pour Georges, de reconnaître dans leur hôte cet Indien silencieux qui, durant la traversée de France en

Amérique, restait des jours entiers sur le pont du bâtiment, roulé dans son puncho.

— Croiriez-vous, Messieurs, dit-il, en répondant par un signe de tête à leur salut, que Michel-Ange se soit abaissé jusqu'à ciseler des camées, en voici un, cependant, qui est un chef-d'œuvre, valant cent fois son pesant d'or.

Et il le présenta à Georges Dumaine.

— Je vois avec plaisir, ajouta-t-il en s'adressant à lui, que vous voilà parfaitement remis de cette terrible maladie si souvent mortelle pour les étrangers.

— Grâce à Monsieur.

Le maître d'hôtel fit entendre à la porte du salon ces mots :

— Monsieur le comte est servi.

Don Pedro passa son bras sous celui de Georges et se dirigea avec lui vers la salle à manger.

Le décor changea complétement.

Quoiqu'il fit encore grand jour, cette pièce était éclairée avec beaucoup de luxe, ainsi qu'une table splendidement servie. D'admirables cristaux de Bohême, des porcelaines de Sèvres, pâte tendre du plus grand prix, accompagnaient une argenterie à filet d'or, travail d'un artiste d'un grand talent. Des fleurs, des fruits, des vins frappés à la glace dans des rafraichissoirs ciselés, ne laissaient sur cette table que l'emplacement d'un plat ; le comte servait à la russe, importation peut-être unique au Brésil.

Nous n'entrons pas dans des détails oiseux, le dîner fut très simple, mais exquis.

Lorsque le repas fut terminé, don Pedro se leva le premier de table et se dirigea avec les deux jeunes gens vers un fumoir attenant à la salle à manger. Depuis les narguillés de toute forme, déroulant leurs serpents au milieu des boîtes de cigares de toute provenance, de pipes, de braseros en argent où brillait une flamme légère, les fumeurs pouvaient faire leur choix et contenter leur préférence.

Le comte engagea chacun des jeunes gens à choisir ce qu'il préfère rait, et se tournant vers Waterson :

— Vous êtes médecin, monsieur, dit-il, naturaliste et savant, je crois.

— Toutes ces choses se tiennent, répondit l'Irlandais, avec un superbe aplomb.

— C'est vrai, du moins il devrait toujours en être ainsi.

» Vous avez beaucoup voyagé?

— Beaucoup, non; aujourd'hui il faut avoir fait le tour du monde.

— Je vous ai rencontré à Lima, à Quito, et je crois même, à Tatiquio, au pied des Cordillères centrales.

— Votre Honneur est bien bon de se souvenir ainsi de moi et je suis fort coupable de ne m'être rappelé l'avoir jamais vu, avant l'instant où il m'a sauvé de la potence.

— Vilaine mort; en effet, qu'aurait pensé lord Fortescu, chez lequel vous avez été quelque temps à Dublin, s'il eût appris cette fâcheuse nouvelle.

— A Dublin!... chez le fils de lord Fortescu! s'écria Waterson stupéfait, oui j'ai donné des leçons d'histoire naturelle à ses enfants, Mais vous m'y avez vu? alors Votre Honneur connaît ma vie comme moi-même.

— Pas tout a fait, dit le comte en souriant d'une façon un peu moqueuse, cependant, je sais encore que venu en Amérique pour exercer votre art, vous n'avez pas obtenu les résultats que vous espériez, et que depuis assez longtemps vous cherchez une opération avantageuse parmi toutes celles qui naissent, meurent et disparaissent rapidement dans nos contrées du Soleil.

13

— Hélas ! Votre Honneur, c'est vrai, je cherche, j'étudie, je calcule et jusqu'ici le quotient m'a donné zéro.

— Vraiment! vous ignoriez probablement qu'il fallait commencer par où l'on finit d'ordinaire, un capital.

— Il ne dépendait pas de moi.

— Sans doute, mais une étude plus complète vous eût éclairé. Combien de spéculations merveilleuses ont échoué dans ce pays! l'exploitation du café, du sucre, les mines d'or et d'argent, les chemins de fer et nombre d'autres entreprises, promettant un avenir éblouissant, pas une sur cent, sur mille peut-être, n'ont réussi ; je pourrais vous en citer de frappants exemples, ce détail vous ennuirait fort probablement.

— Non, non, répondirent les deux voyageurs.

— Eh! bien, parlons d'abord du sucre, ce sujet sera plus à propos en sortant de table.

• La fabrication du sucre au Brésil est encore dans son enfance ; la preuve, c'est d'après ce qu'a démontré *le Jornal do Commercio*, le fait des propriétaires, qui seuls en sont coupables. Ils fabriquent avec une extrême négligence et se laissent aller, dans la livraison, à des fraudes ou des habitudes de fraude déclarées inqualifiables. Il en résulte que le produit brésilien est à tel point déconsidéré, même en Amérique, qu'à la Plata, pays limitrophe, on fait venir du Pérou cet objet de consommation, et cependant, dans nos régions, la canne se reproduit pour ainsi dire sans culture (1).

» Voulez vous avoir une idée de la décadence de cette industrie, procurez-vous le tableau commercial des dernières années. Il y a dix ans, l'exportation du sucre était de 6,136 quintaux ; en 1874, elle a été de 2,462 quintaux, et elle ne s'élève plus en 1875, qu'au chiffre de 1,317 quintaux.

(1) D'Ursal.

» Cependant, l'outillage de cette fabrication a été très perfectionné, on emploie maintenant de puissantes machines à vapeur, d'un achat fort coûteux; les cylindres compresseurs extrayant un jus verdâtre, des chaudières où le liquide clarifié devient de la mélasse, des condensateurs cristallisant en quelques heures et fournissant la cassonade; enfin, des tonnes en fer criblées de trous, par où s'échappent, grâce à une rotation rapide, toutes les matières étrangères, tandis que le sucre purifié par des jets de vapeur, reste adhérent à leurs parois.

» Vous voyez combien, ainsi que je vous le disais il y a un instant, il est nécessaire de posséder un capital au début d'une industrie dont les bénéfices sont aujourd'hui aléatoires.

» Aussi, grand nombre de propriétaires utilisent leurs cannes à sucre à faire de l'eau-de-vie, appelée *cachaca*, sorte de rhum, apprécié au Brésil et recherché surtout par les noirs, très enclins à l'ivrognerie.

» Il faudrait encore mettre en ligne de compte le salaire des travailleurs, leurs prix élevés s'ils sont esclaves et l'absence complète de leur concours, s'ils arrivent à l'émancipation, dont ils jouiront dans peu d'années.

» Qu'en pensez-vous, monsieur Waterson?

— C'est une illusion de moins.

— Voulez-vous à présent que je vous fournisse quelques renseignements sur l'exploitation des mines d'or et d'argent, et sur d'autres entreprises séduisantes, mais en résultat tout aussi trompeuses?

» Vous avez, sans doute, entendu parler du *Serro Encantado* (la Montagne enchantée), qui se trouve non loin de *Capiaco*. La légende veut que cette montagne contienne des trésors immenses, et la vérité est qu'elle rend habituellement un grondement sourd, arrivant jusqu'aux mugissements, quand le vent s'élève, ou que les profanes veulent, suivant les Indiens, la dépouiller de son or.

» Je laisse à des savants, comme le docteur, à expliquer ce phénomène.

— Vous me flattez, monsieur le comte.

— Ce qu'il y a de certain, c'est que la contrée a déjà donné plus d'un milliard de ce précieux produit.

» Voilà, en apparence, une immense source de richesses, mais il convient d'apprécier la réalité ; car son exploitation est remplie de déceptions et de revers.

» Partout, dans la montagne, on aperçoit des trous de quelques mètres de diamètre, et d'une profondeur considérable. Les mineurs qui espèrent rencontrer quelque filon, creusent lentement ces puits, qui demandent un mois à un ouvrier seul pour parvenir jusqu'à huit mètres. Très souvent ces piocheurs ne trouvent pas assez du précieux métal pour rémunérer leur travail, ils abandonnent alors leur entreprise, d'autres la reprennent, l'abandonnent, et ce n'est que des troisièmes, des sixièmes travailleurs qui arrivent à une veine bonne à suivre. Ajoutez que le gouvernement a souvent contrarié les entreprises, et qu'il a grevé leur produit de cinquante à soixante pour cent. L'emploi du capital consacré à l'extension des extractions, se trouve donc ici plus nécessaire que jamais. Au Chili, comme au Brésil, les exigences du présent paralysent les espérances de l'avenir.

— Un nouveau paradis terrestre, dit Georges, avec son fruit défendu.

— Vous répétez les paroles de don José Domingo Cortés, qui a écrit que dans nos contrées, l'homme seul arrive à la vieillesse et à la mort, au milieu d'une nature éternellement jeune, et que c'était là toute la différence entre le paradis terrestre et les républiques de l'équateur.

— Votre auteur était peut-être un peu trop flatteur pour vos républiques?

— Ah! si vous saviez quel gâchis, quel désordre règnent dans notre voisine, celle du Pérou! Cet heureux pays lui avait donné tous les trésors, les chefs qui se succèdent incessamment à la tête de leur gouvernement républicain, semblent n'avoir d'autre but que de les gaspiller et de les tarir. Il y a quelques années, des étrangers découvrirent les qualités ammoniacales du guano, les îles Chinchas en contenaient des couches s'élevant à quarante mètres de hauteur, l'exploitation était facile, les navires, embossés le long du rivage, recevaient le guano par de longs entonnoirs en toile, et le chargement s'opérait, pour ainsi dire, sans frais. Le gouvernement se hâta d'apporter à l'exploitation des entraves. Tantôt il s'est attribué le monopole exclusif, tantôt moyennant des fonds versés d'avance, il a cédé l'exploitation du guano à des particuliers. L'État toujours obéré, hypothéquant ses emprunts sur tous les produits, oublie souvent les garanties précédemment données. Un capitaliste, dont vous avez entendu certainement parler dans votre vieux monde; M. Dreyfus, signa un contrat, il n'y a pas dix ans, avec la république, qui lui concédait ses droits sur le guano. Durant sa gestion, il fallut fournir plus d'une fois des avances. Au début, elles furent facilement accordées, mais bientôt les refus devinrent nécessaires. Privée de cette ressource, la république contracta des emprunts en 1870 et 1872, en affectant en garantie cette exploitation. Le concessionnaire Dreyfus, parvenu au terme de sa jouissance, le gouvernement s'empressa de signer un nouveau marché avec la maison Raphaël de Londres.

» Cependant, M. Dreyfus qui se trouve avoir avancé des fonds très supérieurs à ses engagements avec le Pérou, se prétend en droit de se couvrir par une exploitation compensative; d'un autre côté, la maison Raphaël fait valoir ses droits; enfin, les porteurs de bons des emprunts de 1870 et 1872 se considèrent comme privilégiés, et menaçent de faire déclarer la république en banqueroute.

» Hélas ! voilà le sort des gouvernements dont la stabilité est sans cesse compromise. Chaque nouveau chef du pouvoir amène à sa suite une foule de rapaces qu'il s'agit de satisfaire. Devenus fonctionnaires, au premier changement, ils sont renvoyés retraités, et leurs veuves et leurs enfants jouissent de la même pension. Au milieu de toutes les richesses que la terre assure au Pérou, la politique absorbe le travail, et voici un pays où la misère arrive avec des fonds d'État cotés à Londres il y a quatre ou cinq ans à 74, aujourd'hui à 12, et le papier monnaie, seule valeur en circulation perdant chaque jour, jusqu'à celui où il arrivera à zéro. »

Un assez long silence suivit ces explications de don Pedro ; les deux jeunes gens paraissaient concentrer leurs réflexions ; leur hôte jeta sur eux un regard ironique et alluma un cigare.

— Vos vieilles sociétés d'Europe ont plus d'expérience, dit-il avec intention, leur sagesse tient à leur sénilité. En France, mon cher monsieur Dumaine, vous ne savez trop ce qu'il vous faudrait. L'influence des journaux les plus exagérés, qui ne tiennent aucun compte des lois, de la religion générale, des devoirs que toute société impose, prouve l'incapacité actuelle de votre civilisation. Les journaux dominent, dirigent, soumettent les gouvernements et les esprits, à leurs intérêts ou à leurs passions. Vous vantez votre indépendance et vous êtes esclaves de l'opinion ! Vous êtes fiers de vos lumières, et la presse est votre unique flambeau ! Ah ! pauvre peuple, sans idées, sans croyances, sans énergie, combien a-t-il dégénéré, et que vos pères, animés de nobles et généreuses pensées, étaient forts et indépendants plus que vous ! »

En achevant cette boutade humoristique, le comte Pedro de

Messimi se leva, et frappant sur un timbre, il dit au domestique qui parut : Reconduisez ces messieurs à leurs appartements

— Sapristi ! articula l'Irlandais quand il fut sorti du salon, voilà ce que j'appelle des façons de grand seigneur.

CHAPTRE XXI

Exploitation des diamants. — Tijuco. — L'émancipation. — Les saints nègres. — Les *garempiros*. — Administration de l'arrayal.

Le lendemain, Georges se sentit assez fatigué des libations de la veille. Il était sobre et contenu, mais il sortait d'une terrible maladie, et toute infraction à un régime sévère pouvait amener les plus fâcheuses conséquences; il choisit quelques volumes dans la bibliothèque, et se mit à lire en attendant son déjeuner, qu'il résolut de restreindre à une tasse de chocolat.

Ce fut Guaracinda qui !a lui apporta.

La jeune femme sembla très affectée de le savoir souffrant.

— Votre docteur, dit-elle, est un peu négligent, la *febre amarella* exige beaucoup de soins dans la convalescence, pas de viandes, pas de tafia, pas de fatigue, et surtout éviter les ardeurs du soleil. Ne lisez pas trop, senhor, je sais de belles histoires indiennes, je puis vous les raconter.

— Merci de votre intérêt, ma bonne Guaracinda, vous m'en avez donné bien des preuves, fit Georges, en prenant une toute petite main parfaitement soignée. Je vous dois la vie, comment pourrai-je jamais m'acquitter avec vous?

Cheveux-d'Or ne répondit pas, ses grands yeux se fixèrent sur ceux de Georges durant une minute, elle baissa la tête, retira sa main et deux larmes coulèrent sur sa figure.

Le jeune homme se rendit-il compte de ce qui se passait dans le cœur de l'Indienne, c'est probable, et précisément à cause de cela il crut ne pas devoir insister.

— J'aurais voulu trouver dans ces ouvrages, dit-il, en montrant les volumes qu'il feuilletait, quelques détails sur la recherche des diamants que produit le Brésil, leur valeur, le monopole qu'exerce le gouvernement, ses lois, sa surveillance applicable à des mines qui peuvent présenter des produits imprévus, parfois énormes; or les renseignements que donnent ces livres sont tout à fait insuffisants.

— Il se peut que je retrouve des notes de mon Juan infortuné qui se rapportent à ce que vous désirez savoir. Durant plusieurs années avant notre union, il avait accompagné don Pedro dans ses fréquentes excursions aux districts diamantins ; ils les visitaient souvent après leur retour des dernières guerres d'Amérique.

— Ah ! le comte n'en a pas dit un mot hier soir... C'est singulier, pourquoi ce silence ?

— Je... ne... sais.

— Vous manquez de confiance avec moi, ma bonne Guaracinda.

— Non, oh! non...

— Eh ! bien, alors ?

— Vous le désirez, j'y consens, mais je vous supplie de garder le secret, il y va de votre vie et de la mienne.

» Le comte don Pedro de Messini descend bien certainement des premiers Incas, et toutes les nations indiennes le reconnaissent comme issu du sang des enfants du soleil.

Les Vaqueiros avec de formidables hurras se mirent à hisser l'Irlandais dans
l'espace (p. 175).

» Il exerce sur toutes nos races une grande influence. La *Terra ardente*, comme les peuplades des Sierra sont convaincues qu'il va obtenir leur liberté et les richesses dont on les a dépouillées.

» Don Pedro reçoit un tribut chaque année de mes frères. Les nombreuses cultures, les immenses troupeaux qui entourent cette fazenda, leur appartiennent et sont exploités pour la cause de l'émancipation.

» Notre chef dispose de masses énormes d'or, mais il en dépense encore plus qu'il n'en reçoit.

» Tous les deux ou trois ans, il part pour l'Europe, afin, assure-t-il, de négocier le rétablissement de nos institutions ; il emporte plusieurs millions, et il revient pauvre comme le dernier des botocudos.

» Au dernier voyage, il est arrivé à Rio sans un reis dans sa ceinture.

» Il compte maintenant sur la récolte des diamants...

— Eh bien ?

— Avant hier, il en est revenu, probablement elle a été bonne, car il était joyeux, et aucun de ceux qui l'accompagnaient n'a succombé aux rencontres meurtrières des gardiens armés, qui, nuit et jour, accompagnent et surveillent les travailleurs.

— Les diamants sont donc volés?

— Pas tout à fait; don Pedro les achète aux nègres qui parviennent à les dérober à leurs surveillants. Ceux-ci, d'ailleurs, en font souvent autant, en sorte que ces mines n'enrichissent pas beaucoup notre nation. Ah ! qu'est devenu le temps où les Incas possédaient tous de l'or et des diamants? mais il y en a plus encore que les étrangers n'en ont pris. Jamais ils ne sauront lire, sur les restes de nos monuments, les indications des inépuisables mines que le pays renferme. Les insensés! ils ont cru jusqu'ici que la pierre de Thiahuanaco avait glissé par impuissance des mains de nos pères, eux qui transportaient ces énormes rochers que vos compatriotes ne peuvent pas remuer, et ils n'ont pas compris qu'ainsi qu'à *Pandi*, ces pierres, couvertes de caractères qui leur sont inconnus, révélaient aux initiés du soleil la position d'immenses trésors. »

— Et don Pedro, descendant des Incas, ignore ces secrets?

— Peut-être; le maître dépend de nous, il nous doit tout ce qu'il est ; certainement nos tribus ne souffriraient pas qu'il ouvrit une de ces mines, car elle serait séquestrée immédiatement par le gouvernement portugais du Brésil.

— Mais qu'espère donc encore ce qui reste de votre nation?

— Plus rien, je pense, par le concours de don Pedro; il est sur le point de perdre son influence, il le sait, son caractère en est devenu inégal et violent. Je crois que s'il est en ce moment à sa fazenda, qu'autrefois il a occupée des années entières, c'est à cause du voisinage de l'exploitation des diamants. Qu'il parvienne à s'en procurer un seul comme les souverains en possèdent, et don Pedro quittera l'Amérique, changera de nom, répudiera sa naissance et deviendra parmi votre vieux monde, un autre prétendu défenseur de la foule avec le socialisme pour barque.

Georges, en écoutant l'Indienne, éprouvait une singulière surprise; comment cette jeune femme avait-elle appris à s'exprimer d'une manière claire et intelligente, où avait-elle puisé les connaissances qu'elle paraissait avoir? Son regard trahit sa pensée.

— Guaracinda sourit; j'ai trop parlé, dit-elle, pardonnez-moi : il me semblait causer encore avec votre cousine Cécilia; nous avons été élevées ensemble; c'est elle qui m'a mariée à Juan, *Japernouassou*, un descendant de nos grands chefs, un brave soldat... nous ne possédions rien.

» Mais voilà l'heure de la sieste, reposez-vous; dans quelques heures

je vous rapporterai les notes sur les diamants ; rappelez-vous qu'il vaut
mieux les brûler que de les laisser voir. »

Georges reçut, en effet, une certaine quantité de notes qui avaient
été prises évidemment à diverses époques et dont le papier, fatigué et
noirci, témoignait que ces indications s'étaient trouvées soumises aux
inconvénients des voyages. Ces notes, peu lisibles, écrites en plusieurs
langues, mêlées à des pages de l'idiome indien, présentaient à Georges des difficultés à être comprises. Il y consacra le reste de sa journée ;
voici le résumé de ce qu'il en tira :

« Beaucoup d'étrangers et même de Brésiliens sont convaincus que
les diamants ne se rencontrent que dans la province de Minas Geraës,
c'est une erreur, à *Gogaz*, à *Minas Novaz*, au Mato Grosso on trouve
des diamants ; ils sont d'une grande pureté, mais ils pèsent si peu
que leur récolte n'est pas fructueuse ; nos frères les Tupis, les Corsa-
dos, connaissent des districts renfermant des gisements inconnus, qu'ils
ont fait vœu de ne jamais révéler.

» Il se passe quelque chose de bien singulier et que l'empereur don
Perro (1) devrait réformer. Tout le monde, en s'adressant au *Guarda
Mor*, peut obtenir des sesmarias, concessions de terres ; il vous donne
un data, et moyennant cent mille reis (625 francs,) on devient propriétaire de terres d'une demi-lieue de longueur, mais sur lesquelles
il vous est interdit de trouver de l'or, de l'argent ou des diamants.

» L'exploitation la plus considérable est celle confinée dans le
Serro do frio ou district des diamants, *Arrayal Diamantino*.

» Des voyageurs ont écrit que cet district formait une sorte d'état
séparé dans l'empire. En réalité, cette contrée, objet de la convoitise
des hommes, offre aux regards quelque chose de sinistre. Au lieu de la
belle végétation de la province de Minas Geraës, on ne voit partout

(1) Nom altéré qui signifie chien en Portugais.

que des plantes chétives se traînant sur un sol sablonneux ; à l'horizon, de hautes montagnes arides avec des pics formidables qui attirent les orages, partout un aspect de désolation qui contraste singulièrement avec les richesses que la terre renferme.

» Tijuco ou Téjeto, la capitale de ce district, a pris un rapide développement : le nom indien qui désigne cet Arrayal, dans la langue geraés, signifiant un lieu fangeux, ne mérite plus cette désignation. Or Tijuco, par ses constructions, par les ressources que cette ville offre à ses habitants, est devenue l'une des résidences, abstraction faite du pays et du régime de chiourme auquel il est soumis, une des stations les plus confortables du Brésil.

» Chose singulière, quoiqu'on remarque dans cette ville plusieurs églises, il n'a été permis à aucun ordre religieux de s'y établir, et les couvents y sont ignorés. Une de ces églises présente ce fait assez curieux qui, du reste, n'est pas rare au Brésil, la Vierge qui se voit dans l'une d'elles est noire, et sur les autels latéraux on a placé des saints nègres. (1)

» L'Intendant général auquel était soumise l'administration de ce district il y a quelques années, se nommait Manoël Ferreira Da Camara Bethencourt E-Sa, il avait la réputation d'un savant minéralogiste.

» Avec l'exportation considérable des diamants recueillis dans cette contrée, on serait disposé à croire que la découverte des diamants remonte à une époque reculée, et néanmoins elle ne date pas au-delà des premières années du dix-huitième siècle.

» Longtemps les premières pierres précieuses recueillies dans les petits ruisseaux de Milho Verde et de *Saint-Gonçales* servirent à marquer les points comme jetons, au jeu de *Voltarète*. C'est un

(1) Ferdinand II.

ouvidor qui avait résidé longtemps à Goa qui découvrit leur valeur
et en fit parvenir une certaine quantité en Hollande. Plus tard, Bernardo Forneca Lobo commença les exploitations du Serro do Frio (1)
en 1729; le gouverneur des minas geraés, don Lauranço d'Almeida
reconnut leur importance et, le 8 février 1730, les diamants du
Brésil étaient déclarés propriété royale.

» Des réglements sévères appliqués aux nègres et aux Indiens
employés à la recherche des diamants, furent établis par Carvalho-
mello de Pombal, dont l'existence subit de si terribles orages.

» Ces réglements ont été modifiés, mais ils sont encore si excessifs
dans la pénalité contre les voleurs de diamants, que leur recherche ne
recrute que difficilement des travailleurs. Une tribu de la nation
indienne, les Garimpeiros ou grimpeurs, ne craignaient pas autrefois
de gravir journellement des montagnes paraissant inaccessibles entourant le Serro do Frio, mais l'avidité de leurs envahisseurs les a
tellement révoltés, que les Garimpeiros ont disparu et se sont réfugiés
dans les contrées désertes de Cuyaba et de Mato Grosso.

» Les produits ont d'ailleurs positivement diminué. Les Brésiliens, exploitant les servicos, ont fouillé les ruisseaux les plus riches
descendant des montagnes, ils ont encombré leur lit par les résidus
de leurs lavages, et pour trouver le cascalhao, il faut enlever maintenant une couche épaisse de sable et de rochers. »

— Georges en était là de l'extrait qu'on vient de lire, des notes
que Garacinda lui avait fournies, beaucoup de pages lui restaient à
parcourir, et cependant il ne les avait pas laissées depuis la veille,
lorsque l'Irlandais fit irruption dans sa chambre.

— Eh! bien, mon cher ami, on est donc encore un peu malade?...
Vous n'avez pas fait d'excès, j'espère!... Je voulais venir vous voir

(1) Southey, history of Brésil.

hier, mais j'ai été requisitionné par notre hôte pour soigner un
certain Miguel, véritable *contrabandista*, je pense, qui s'était fracassé
la rotule. Il m'a fallu employer des procédés de réduction et un
appareil contentif, et cela m'a demandé du temps. Le pauvre diable
est courageux ; nous avons causé longuement ensemble. J'ai appris
de lui qu'il accompagnait souvent avec quelques camarades don
Pedro dans ses courses... devinez où? Au district des diamants.

— Ah !

— Le senor comte a gardé le silence, l'autre soir, en parlant des
produits qu'offre le Brésil, mais cela ne fait pas mon affaire, je
reprendrai la conversation sur ce sujet, est-ce qu'il ne vous intéressera
pas?

— Peut-être ne voudra-t-il pas s'expliquer.

— Vous me viendrez en aide.

— Non.

— Comment non? Mais nous avons entrepris ce voyage en nous
exposant à des dangers mortels, afin d'étendre nos connaissances,
puisque pour vous comme pour moi il s'agit d'en tirer parti afin
d'assurer notre avenir.

Waterson avait raison, Georges n'avait rien à répondre; il lui
répugnait de communiquer les renseignements qu'on venait de lui
fournir, quand tout à coup apparut le même intendant qui, pour la
seconde fois, se trouvait porteur d'une invitation à dîner.

Les deux amis acceptèrent, l'Irlandais serra la main de Georges.

— À ce soir, dit-il.

CHAPITRE XXII

Suite de l'exploitation des diamants. — Travaux des nègres ; leur condition. — Vols, tromperies sur les pierres fines. — Les contrebandiers ; leurs ruses.

La réception fut la même que la précédente, autant de luxe, de cérémonie ; service des plus soignés, mais offrant de singulières différences. Au lieu de domestiques vêtus à l'européenne, gants blancs, cravates blanches, habits noirs à la française, ce service se fit par de jeunes femmes, un peu bistrées, indiennes certainement, habillées de longues blouses blanches à manches courtes, ornées de dessins brodés en rouge. Elles étaient quatre, toutes très jolies, admirablement coiffées avec des fleurs de magnolias dans les cheveux ; l'or brillait sur elles en larges cercles à leur cou, aux bras et aux pieds. Une tenue d'ailleurs parfaitement correcte, une immobilité de statue, lorsque leurs services ne se trouvaient pas nécessaires, enlevait à cette transformation de sexe toute pensée d'inconvenance.

Cette fois le dîner se trouva complètement différent du premier. Pas un des mets qui couvrait la table n'était connu de nos voyageurs ; le gibier, les légumes, les fruits, les vins mêmes leur causaient une surprise le plus souvent agréable. A la fin du repas, au lieu de continuer la mode anglaise de rester autour de la table à faire circuler le claret, don Pedro se leva et, précédé par ce que l'Irlandais appelait tout bas les quatre nymphes, passa avec ses convives dans son fumoir.

Waterson continuait à ouvrir de grands yeux, ne devinant pas trop en quoi ces belles personnes pourraient continuer leurs services ; sa surprise s'accrut encore quand il les vit, sur un signe du maître, s'asseoir sur leurs talons à côté d'une petite table très basse, portant des tasses, le café, ses accessoires, les liqueurs, et, comme la dernière fois, le tabac sous toutes les formes.

Les quatre Indiennes, les yeux fixés sur don Pedro, se levèrent toutes ensemble après quelques instants, comme mues par un ressort, au geste que don Pedro fit de la main.

Elles s'approchèrent d'abord de Georges Dumaine, pour lui remettre une tasse et lui verser la liqueur brûlante, elles allèrent ensuite à l'Irlandais, puis enfin au comte ; alors elles se mirent à genoux devant lui, appuyant, durant une seconde, une main sur leur front, et se relevant aussitôt pour le servir.

Don Pedro semblait jouir de l'étonnement de ses convives : quand il vit qu'ils en avaient fini avec le café, il prononça un mot, l'une des Indiennes se leva, choisit un superbe cigare, l'alluma en le fumant un instant, et, le saisissant avec des pinces d'or, se dirigea vers Georges pour le lui offrir.

— Vous pouvez l'accepter avec confiance, lui dit son hôte, Josepha est pure comme un ange, elle descend d'une race de chefs d'Indiens des rives de l'Amazone, elle est près de moi parce que je suis le libérateur de tous ces opprimés, victimes de nos dominateurs.

Même cérémonie avec Waterson, mais sans explication.

Les jeunes gens fumaient en silence ; don Pedro, la tête cachée entre les mains, semblait oublier ses convives ; il revint tout à coup à lui ; un nouveau signe amena le départ des quatre Indiennes, qui

14

s iluèrent profondément, en plaçant de nouveau une main sur leur
front, l'autre sur leur cœur.

— Vous avez été étonnés, messieurs, leur dit-il, que l'autre soir
je ne vous ai pas parlé de l'exploitation des diamants, dont un seul
peut assurer une immense fortune?

— Votre police est bien renseignée, Votre Honneur, fit l'Irlandais,
croyant qu'on s'adressait à lui, mais rien ne vous obligeait à satisfaire
notre curiosité; il est vrai que j'ai essayé d'obtenir quelques détails,
j'en ai parlé à votre blessé, ce qu'il a voulu me dire était bien loin
des renseignements que vous possédez sur les richesses du Brésil,
nous en avons jugé dernièrement.

— Mes serviteurs ont l'obligation jurée de garder le silence.

Miguel, dès que vous l'aurez guéri, sera envoyé parmi les Mun-
drucus.

— L'exil?

— On ne raisonne pas avec moi, monsieur l'Irlandais. Vous
ignorez sans doute chez qui vous êtes, je n'ai point à le cacher, je
suis l'O'Connell de la nation indienne.

Les deux jeunes gens se regardèrent et restèrent muets.

— Oui, par ma naissance, qui me fait traiter comme vous venez
de le voir, par mes études, animé d'une volonté irrésistible, j'ai
conquis la mission de restituer à mon peuple sa liberté et ses droits;
je consacre ma vie à l'accomplir; ma tête est mise à prix, qu'importe!
si je succombe, un autre prendra ma place; mais soyez-en certain,
un jour viendra où l'esclavage aboli, unifiant tous ceux qui ont de
notre sang dans les veines, nos conquérants seront contraints d'abandonner ceux qu'ils exploitent; une ère nouvelle brillera alors, l'union
se fera parmi nous, comme elle existe aux États-Unis, nous n'aurons
plus de petites républiques, plus d'empire et surtout plus de citoyens
étrangers, s'engraissant de nos richesses et de notre sang!

Don Pedro s'était levé, il parcourait le fumoir avec animation, il continua ainsi :

J'ai connu votre grand agitateur, il faisait alors une halte après la victoire obtenue sur l'Angleterre. L'Irlande venait, grâce à lui, d'être affranchie, elle avait reconquis quelque liberté, (1) mais que d'améliorations encore à obtenir, que de choses à infuser à ce peuple abruti par la servitude et la misère! pourtant Daniel O'Connell vivait au milieu d'un peuple civilisé, tandis que moi, sans adeptes, sans d'autres ressources que celles que je dois créer, je me trouve obligé de me faire comprendre par les restes de cette grande nation atzèque, et d'user de diplomatie pour aborder près des puissances de votre vieille Europe, cette perspective encore voilée, des immenses avantages qu'elles tireraient de leurs relations avec un pays libre et travailleur. J'ai cru réussir un instant lorsque des armées anglaises et françaises sont venues conquérir le Mexique. Hélas! il m'a été impossible de lutter contre les trésors promis aux instigateurs de cette aventure ; telles sont nos sociétés modernes que la question d'argent prime toutes les autres

Don Pedro revint silencieux s'asseoir à côté des voyageurs. Ceci nous ramène, dit-il, à l'exploitation des diamants que vous désirez connaître.

Il alluma un cigare.

— Vous allez juger des règlements qui l'entravent, des dangers que courent ceux qui cherchent à s'en affranchir; la fortune est encore plus difficile à conquérir ainsi que dans les entreprises industrielles ou rurales.

Il est probable que vous avez entendu parler souvent de la nature des terrains où se rencontre le diamant; généralement le carcalho

(1) Le serment du test.

forme le fond des rivières, descendant des hautes montagnes du Serro do Frio. C'est durant la saison chaude que commence l'exploitation ; on détourne, au moyen de barrages, les eaux du *Ziquitinhonha*, et du lit de ce torrent on tire le carcalho dont on forme des masses pyramidales destinées au lavage de plusieurs mois. Quand l'époque des pluies arrive, cette seconde opération commence, sous des hangars, si elle doit être longue. Des baquets semblables à des caisses où l'eau est introduite par la partie supérieure, reçoivent chacun un nègre, muni de son *alavenca*. Il remue fortement le carcalho, et lorsque la terre mêlée au caillou est complétement délayée, il enlève avec la main les pierres les plus grosses, et alors il cherche le diamant. Ces malheureux sont complétement nus ; on leur accorde seulement un gilet sans poches et sans doublures dans les temps les plus froids, surveillés par des inspecteurs auxquels on donne le nom de *feitores*, assis sur des siéges élevés et sans dos ; ils ne doivent pas même détourner la tête lorsqu'on leur parle. Aussitôt qu'un noir a découvert un diamant, il frappe dans ses mains, le montre au feitor et va le déposer dans une grande sébile ou *batea* suspendue au milieu du hangar ; si cette pierre pèse dix-sept carats, il reçoit sa liberté ; pour les moins considérables, on lui accorde des primes, qui vont jusqu'à la plus mince des récompenses, une prise de tabac.

— Ce n'est pas ruineux, dit Waterson.

— Sans doute, continua don Pedro, aussi, n'est-ce pas sur le produit de ces rétributions que comptent les nègres. Malgré une rigoureuse surveillance, il n'est pas de jour où plusieurs d'entre eux ne dérobent des diamants. L'habileté des noirs est des plus remarquables. Un directeur, qui voulait s'assurer de la manière dont les pierres fines sont détournées, promit la liberté à celui qui les ferait disparaître devant lui. Il ne quitta pas du regard le travailleur, et il put bientôt s'assurer que la surveillance la plus attentive échouait devant la dextérité de cet esclave.

Ce serait pour ces malheureux un moyen de conquérir leur liberté et un peu d'aisance; l'administration des mines l'a compris; elle leur livre à très bas prix des liqueurs enivrantes, et par la dépense que font les nègres, elle se met en garde contre ceux qui ont trompé leurs feitors. D'ailleurs, ces malheureux vendent à vil prix aux contrabandistas les diamants qu'ils ont pu dérober, à moins, ce qui arrive quelquefois, qu'ils ne les trompent, en leur faisant passer des morceaux de cristal usés d'une certaine manière, secoués parmi des grains de plomb, ce qui leur donne l'aspect de diamants bruts.

C'est alors que les trafics prohibés se produisent. Les marchés conclus avec les nègres, quoique fort dangereux, ne sont rien à côté de toutes les ruses que les contrabandistas doivent employer pour dérober les diamants aux visites les plus méticuleuses qu'ils doivent subir plusieurs fois avant leur sortie du district. Si vous étiez en relation avec ces hommes, qui hasardent leur vie sans cesse, vous apprendriez des choses vraiment singulières sur les moyens qu'ils emploient pour sauver leur marchandise. Tantôt c'est un cavalier jouissant d'une certaine réputation d'opulence, qui cache des pierres assez grosses dans la cuisse de sa monture, et qui se voit prié poliment de céder son cheval pour éviter l'application d'une peine sévère; une autrefois, à l'approche des gardiens armés, *pedestres*, un voyageur allumera son cigare avec un morceau de charbon recélant la pierre précieuse; enfin, il en est parmi ces trafiquants, qui les dissimulent dans les parties les plus secrètes de leur corps, ou même qui les avalent au risque de se donner la mort.

Leurs grands bénéfices proviennent de ce qu'en général les nègres vendent indistinctement tous les diamants qu'ils dérobent, sans faire le calcul de la proportion de valeur que leur donnent leur pureté et leur grosseur, d'ailleurs, les diamants de douze à vingt carats sont déjà très rares (1).

Voulez-vous avoir une idée de l'organisation de l'administration nommée par le gouvernement?

— Je vous le demande.

— Eh! bien, par ce détail, vous apprendrez ce que l'État perd à s'arroger un monopole, les sacrifices que cela entraîne et les garanties humiliantes qu'il exige.

Il y a d'abord l'intendant général, ensuite l'ouvidor ou fiscal qui vient après, puis les officiers d'administration diamantine (*officiaes da contadoria*), les deux trésoriers (*caixas*), les teneurs de livres (*guarda livros*), et enfin, sept ou huit commis. Les affaires de haute importance sont soumises à un conseil, qui prenait jadis le titre de junte royale des diamants, je ne sais maintenant comment cette réunion de grands hommes s'appelle.

Les administrateurs envoient tous les diamants à Tejuco. Le trésor est dans cette ville, il a trois clefs, l'une entre les mains de l'intendant, les deux autres, à de hauts fonctionnaires. Un très grand ordre préside au pèsement des pierres, elles sont inscrites sur les registres, en indiquant les services d'où elles proviennent. Chaque mois, les administrateurs font leur envoi au trésor, mais on n'expédie généralement que les diamants réunis dans l'année précédente, et voici comment le tirage s'opère :

Douze tamis percés de trous, dont la grosseur va en diminuant depuis le premier jusqu'au dernier, servent à fournir à leur passage les diamants, suivant leur grosseur; ainsi divisées, les pierres fines sont enveloppées de papier, renfermées dans des sacs, les sacs dans une caisse, sur laquelle l'intendant, le fiscal et le premier trésorier appo-

---

(1) Encyclopédie des gens du monde.

sent leur cachet. L'expédition de cette caisse est accompagnée d'un
employé choisi par l'intendant, de deux soldats du régiment de
cavalerie de la province et de quatre *pédestres* à pieds. Arrivée à la villa
Rica, elle est présentée au général, qui, sans l'ouvrir, y joint son
cachet, après quoi l'envoi continue jusqu'à la capitale. M. Auguste de
Saint-Hilaire évalue le produit annuel à dix-huit mille carats portugais, lequel est de cinq pour cent moins fort que le carat français.
Aujourd'hui, ce produit diminue constamment ; on employait autrefois
trois mille nègres, il n'y en a maintenant qu'un millier, plus quelques
Indiens, et le diamant revient, terme moyen, au gouvernement, à
environ 48 francs le carat brut.

L'estimation, lorsqu'il est taillé, se monte à 250 francs le carat ;
mais s'il dépasse un certain poids, cette évaluation devient proportionnelle au carré du poids ; si, par exemple, le diamant pèse dix carats,
il vaudra $10 \times 10 \times 250$ francs, c'est-à-dire 25,000 fr.

— Votre Honneur, résidant si près des mines, doit posséder
d'admirables pierres fines ?

— Ah ! vous croyez, monsieur le naturaliste ! vous oubliez que la
cause à laquelle je me suis dévoué exige d'énormes dépenses, que les
infortunes doivent être secourues, les comités munis de subventions
qui assurent leur influence ; les propagateurs, souvent dans de hautes
positions sociales, traités en grands seigneurs ; oui, il m'a souvent
passé par les mains des diamants et des aigues marines, valant trois
cent mille francs, mais qu'est-ce que cela, quand il nous faudrait des
millions.

— Le diamant de l'abaête ?

— Oui, quoiqu'un diamant de cette dimension, pesant une once
que Romé de l'Isle estimait sept milliards cinq cents millions, soit d'un
placement difficile.

— Votre ancienne et puissante nation atzèque que vous espérez

reconstituer, devrait connaître des mines de diamants que les Européens n'ont pas découvertes, et dont la tradition a dû se perpétuer
jusqu'à leurs descendants.

— C'est une erreur; au temps de la conquête, les pierres fines
étaient à peu près inconnues et sans valeur; quant aux mines d'or,
ma nation pourrait en révéler, contenant des pépites de poids énorme,
elle ne le fait pas, car le gouvernement s'en emparerait immédiatement (1), et nous devons les réserver à ceux qui fonderont notre
grandeur future.

— Cependant, vous venez de dire, M. le Comte, que plus d'une
fois de magnifiques pierres ont passé entre vos mains?

Don Pedro, au lieu de répondre, examina fixement Waterson.

— Vous êtes curieux, M. l'Irlandais, dit-il; mais il ne me plaît
pas de subir un interrogatoire.

En prononçant ces mots d'une voix impérieuse, il se leva, et il
allait frapper sur un timbre, pour congédier, comme la dernière fois,
ses deux convives, lorsqu'un bruit saccadé parvint jusqu'aux trois
interlocuteurs.

Ce bruit ressemblait à celui que produit un nombre considérable
d'hommes, marchant d'un même pas, mais dans le silence.

Le comte regarda la pendule du fumoir, elle marquait deux heures.

— Exacte, dit-il, M. Dumaine, voilà la nuit bientôt écoulée,
convalescent comme vous l'êtes, vous avez besoin de sommeil,
retirez-vous et ne soyez pas troublé par ce que vous pourrez entendre.

Les deux jeunes gens saluèrent et se disposèrent à sortir.

— Restez! fit don Pedro, en s'adressant à Waterson, il faut que
je m'explique avec vous. En vous soumettant au règlement qui nous
engage, peut-être pourrez-vous satisfaire votre curiosité; mais vous
aurez à subir un serment et peut-être des épreuves.

(1) P. Lacroix, Pérou.

CHAPITRE XXIV

Les grands chefs aztèques. — Discours de don Pedro. — Waterson engagé malgré lui. —
Départ pour l'Arrayal Diamantino.

Au lieu d'accompagner Georges Dumaine, dont la longue convalescence exigeait en effet du repos, nous pensons que nos lecteurs nous
sauront gré de suivre Waterson, un peu inquiet des conséquences
que pouvait avoir sa curiosité indiscrète.

Ce que lui dit don Pedro, lorsqu'ils furent seuls, n'était pas fait
pour le rassurer.

— Je n'aime pas à vous rappeler que vous me devez la vie ; je vous
ai reçu chez moi et vous y avez été traité, je pense, avec tous les égards
que mérite un gentleman ; comment avez-vous répondu à mon savoir-
vivre et à ma confiance?... en cherchant à engager mon serviteur à
révéler ce qu'il pouvait savoir sur ma personne, sur ma fortune, sur
son origine, en un mot en essayant de leur faire trahir un secret qu'ils
ont tous juré de garder. De quel nom voulez-vous que j'appelle votre
conduite ?

— Monsieur !...

— Veuillez ne pas m'interrompre.

— Il m'a convenu, tout à l'heure, de vous révéler la mission que je
me suis donnée, je parlais à un Irlandais récemment affranchi, qui

aurait dû en comprendre les difficultés et les chances dangereuses ; vos questions m'ont prouvé que vous n'aviez qu'une pensée : celle de découvrir les moyens de rencontrer quelques diamants ou de les obtenir par des moyens que vous n'oseriez pas avouer.

— Mais, monsieur.

— Ne niez pas et n'ajoutez pas le mensonge à l'indiscrétion. Nos règlements sont d'une extrême sévérité envers ceux qui chercheraient ou même qui, par leur imprudence, révéleraient notre association. Le bruit que vous avez entendu, il y a quelques moments, provient de la réunion mensuelle que nous tenons, et qui se compose de plus de cent chefs de tribus de notre nation ; un mot de ma part ou de celle de mes gens, et vous êtes perdu ; un seul moyen reste d'échapper à ce danger ; si vous me promettez de vous soumettre entièrement à mes injonctions, je parviendrai, j'espère, pour la seconde fois, à vous arracher à l'exil chez les sauvages ou à la mort.

— Mais j'ignorais, Votre Honneur... peut-être personne que vous ne soupçonnait-il ma pensée qui n'avait rien d'hostile... alors...

— Vous vous trompez, monsieur, soyez certain que le malade que vous avez soigné a déjà été interrogé, vous en aurez l'assurance tout à l'heure. Je n'ai plus qu'un mot à ajouter : Faites bien attention à mes paroles et à ce qui va se passer, car votre intelligence peut seule vous sauver.

Les premières lueurs du jour commençaient à apparaître, une porte du fumoir s'ouvrit et un imposant spectacle se révéla aux yeux de Waterson.

Une grande cour sablée, entourée de hautes murailles, était remplie à l'intérieur d'Indiens dans leur costume très primitif, mais cependant d'une richesse infinie. Leurs têtes étaient entourées d'un diadème de plumes rouges ou blanches, maintenues par un casque d'or ; une tunique blanche, très courte, s'attachait avec une ceinture du même métal, lequel, d'ailleurs, éclatait sur toutes les parties du corps aux mocassins des pieds, en anneaux aux chevilles, aux bras, et présentaient chez ces hommes à tournure noble et fière, un coup d'œil dramatique.

Don Pedro marcha lentement vers la porte ; à l'instant même tous se rangèrent autour de la cour, excepté trois adorateurs du soleil, qui s'avancèrent à sa rencontre.

L'astre lumineux s'élevait en ce moment à l'horizon. Don Pedro leva la main dans sa direction ; à l'instant les Indiens plièrent le genou en dirigeant leurs regards vers ce générateur du monde.

Les trois ministres du soleil, croisant leurs bras, soulevèrent don Pédro et le portèrent jusqu'à un siége élevé établi au milieu de la cour.

Waterson, après un instant d'hésitation, suivit le descendant de Montezuma et vint se placer à ses côtés.

Le calumet fut allumé, et passa de bouche en bouche, pas un mot ne s'était fait entendre.

Trois fois différentes le comte étendit les bras, et d'une voix grave et fortement accentuée, il prit la parole.

— Vous tous, grands chefs des enfants du soleil, cœurs dévoués à votre nation opprimée, courbée sous la tyrannie des spoliateurs, vous qui réunissez vos efforts pour lui rendre sa liberté et sa grandeur, je vous honore et vous admire ; vous êtes notre espoir, vous dirigez la foudre de notre Dieu pour anéantir nos conquistadors. Rappelez-vous les massacres de nos pères, les affreux supplices que les bourreaux leur firent supporter (1). Guatimozin, dont on imbiba les pieds d'huile pour les brûler ; les rois d'Acolhuacan, de Tapiopan, pendus par les pieds parce qu'ils ne voulaient pas révéler leurs trésors, et depuis, après avoir gémi durant d'innombrables années dans l'esclavage inco-

(1) Bernal Diez.

miendas après que nos oppresseurs se furent emparé, pour la souiller, de la terre de nos pères, rappelez-vous nos vaines tentatives de délivrance, les noms de Juan de la Bandera et de Hermandez de Fuernavalea, malheureux martyrs de la plus noble cause. Ah! frères, frères, ne nous décourageons pas ; qu'aucun sacrifice ne nous coûte. J'y laisserai probablement ma vie, mais le dernier battement de mon cœur sera pour la renaissance et la gloire de notre patrie.

Un hourra formidable sortit de cent poitrines, mais le bruit cessa immédiatement lorsque les Indiens virent l'un des trois serviteurs du soleil faire signe qu'il voulait parler.

Il fit deux pas vers don Pedro, s'inclina, leva une main vers le ciel, la ramena vers la terre et lentement, comme un homme comprenant qu'il a une mission difficile à remplir, il s'exprima ainsi :

— Mes frères et vous grands chefs qui m'écoutez, vous venez d'entendre des paroles dignes d'un héritier de nos anciens rois ; nous lui avons donné depuis dix ans des preuves de notre confiance, il la mérite ; cependant nous devons le dire, il se relâche de sa surveillance, il reçoit des étrangers sous son toit, des émissaires probablement qui cherchent les moyens de nous perdre. J'ai dit.

Cette fois ce ne fut pas un hourra que les Indiens poussèrent, mais on entendit, se croisant, des cris, des interpellations, tout cet insupportable tapage que les foules surexcitées ont le malheur de produire.

Don Pedro demeura parfaitement impassible devant cette manifestation, il croisa les bras sur sa poitrine, et saisissant un instant moins bruyant que les autres, il témoigna le désir de s'expliquer.

— Parlez ! parlez ! cria-t-on de toutes parts.

— Je ne croyais pas, mes frères, avoir mérité l'indigne accusation qu'on vient de porter contre moi. Si je pensais que vous doutassiez de

Il enlève avec la main les pierres les plus grosses, et alors il cherche le diamant (p. 212).

mon dévouement absolu à notre cause, je m'arracherais immédiatement
la vie. Vous trahir, moi, vous trahir ! l'avez-vous cru un moment ?
Ceux qui ont ramassé cette calomnie, mériteraient une punition sévère.
Oui, j'ai deux étrangers sous mon toit, il y a plus : je leur ai sauvé la
vie, car ils allaient être massacrés par les Vaqueiros, lorsque je suis venu
à leur secours. Jamais, soyez-en certains, ma main ne sera celle d'un
traître ; l'un est un admirateur de notre beau pays, l'autre un grand
médecin, qui est venu non-seulement pour soigner son ami, mais
encore pour entrer en relation avec notre peuple. Il est Irlandais, mes
frères, une île dont le peuple était dans l'esclavage et qui vient de
reconquérir sa liberté. A son retour dans sa patrie, il travaillera à
nous en faire un allié, et d'ici-là, il est prêt à prononcer le serment et
à se soumettre à nos règlements.

Le comte se tourna, en s'expliquant ainsi, vers Waterson, qui semblait assez mal à l'aise. Heureusement que son hésitation ne dura pas
longtemps, il se souvint de la recommandation qui lui avait été faite.
S'avançant gravement alors, il s'exprima comme on va le lire, d'une
voix un peu couverte par l'émotion.

— Oui, mess... je veux dire grands chefs, illustres descendants de
Montezuma, de Guatimozin et d'autres puissants guerriers, lumières
du monde, je suis charmé de devenir votre allié... mon pays aussi
prendra part au bonheur de cette émancipation... Ah ! je vous assure,
il ne faut pas croire que je voulusse vous trahir, car je ne sais rien de
votre association... Non, non, je me tiens, au contraire, à votre disposition. Si quelqu'un a besoin de moi, qu'il le dise, vous verrez de
quoi je suis capable...

Les Indiens ne comprirent pas grand chose à cette espèce de boni-
ment digne des tréteaux de la foire, mais les dernières paroles prononcées d'un ton déclamatoire, lui conquirent une sorte d'adhésion.
Plusieurs chefs demandèrent la formation du conseil secret, qui pro-

noncerait, sous l'inspiration du grand Quetzalcoatl (1) sur le sort et l'admission du docteur.

Une heure se passa dans un profond silence, pendant laquelle le conseil s'était retiré dans une autre partie du bâtiment pour délibérer. Waterson trouvait le temps fort long ; il ne comprenait pas trop comment on pouvait le considérer comme si coupable, et il n'était pas trop rassuré sur la décision qui allait sortir de la cervelle de ces Indiens. Volontiers il aurait faussé compagnie à ces sublimes adorateurs du soleil, mais probablement cette fantaisie de sa part était prévue, car en tournant la tête, il vit à ses côtés et derrière lui de superbes sauvages immobiles comme des statues, portant de longues carabines et de magnifiques bowni-knife à leur ceinture.

Le son vibrant d'un timbre annonça une nouvelle péripétie ; en effet, un chef sortant du conseil, se dirigea vers l'Irlandais, et lui fit signe de le suivre. Ce fut inutilement qu'il demanda ce qu'on lui voulait, il demeura muet, et le malheureux docteur dut marcher entre deux de ses gardiens, sans apprendre quel serait son sort.

Une musique bizarre composée de sons étrangers se fit bientôt entendre, les portes de la cour s'ouvrirent, tous les chefs sortirent, en se suivant, et bientôt le silence régna de nouveau dans ce lieu de réunion et où ne pénétrait plus que quelques échos lointains des instruments indiens.

Un grand banquet avait été préparé par don Pedro ; son emplacement, merveilleusement choisi, se trouvait dans une clairière sous de grands arbres, prêtant leur frais ombrage. L'usage, malgré l'exemple des Européens, s'est conservé chez ces tribus nomades de prendre leurs repas, assis sur la terre. Ici, elle était couverte par une verte pelouse, épaisse, agréable comme un tapis, et elle avait été parsemée de fleurs

(1) Le génie fondateur de l'ancienne grandeur des Aztèques.

nombreuses, réjouissant l'odorat et les regards. Le service, composé
seulement de mets brésiliens, offrait une magnificence incroyable, les
plats, les aiguières, les coupes, tout ce qu'employaient en ce moment
ces héritiers des Incas se trouvait en or, couvert de figures hiéro-
glyphiques, du genre de celles de Pondi, découvertes en 1878 par
M. André, chargé de mission scientifique par l'un de nos ministres.
La fête dura longtemps, des toasts, des discours furent portés, et le
reste de la journée se passa au milieu d'un nuage blanchâtre, formé
par les cigares, leurs feux pailletant par instant ce nuage d'étincelles
semblables à de l'or.

Δα nuit arrive rapidement sous les tropiques, Georges Dumaine, qui
n'avait encore rien pris, par suite du dîner de la veille, accoudé sur
une petite table, couverte de quelque nourriture, se laissait aller à
ces fantaisies de la pensée qui vous transportent où le cœur et le
souvenir vous attirent, quand le bruit des pas d'une personne s'approchant de lui, vint l'arracher à ces doux rêves. Il leva la tête, et ses
yeux rencontrèrent ceux d'un grand chef indien, dans ce magnifique
et sommaire costume, que nous avons déjà décrit.

— Que désirez-vous? demanda Georges, un peu surpris de cette
visite :

— Rien, que vous faire mes adieux, répondit une voix, qu'il lui
sembla bien connaître.

— Waterson!... que signifie ce déguisement?

— Il signifie, très cher, que j'ai préféré devenir un grand chef, un
descendant de quelque Montezuma, de contracter alliance entre ma
belle Irlande et les fils du Soleil, plutôt que d'avoir le nez coupé et de
recevoir quelques vilains coups de couteau au cœur.

— Mais vous jouez gros jeu, en vous prêtant à cette mascarade ;
prenez garde, Waterson, le maître, ici, ne paraît pas aimer la
plaisanterie.

— Ah ! parbleu ! je le sais ; écoutez, mon bon, ma hautesse va vous raconter la chose en détail ; c'est un véritable raccolage.

L'Irlandais, après avoir répété sa conversation avec don Pedro, au moment où Dumaine venait de les quitter, parla de la formation du conseil des chefs, près duquel on le força de se présenter. Il raconta l'accusation de tentative de trahison, l'intention de quelques Indiens, voulant le sacrifier à la sécurité de leur association, sa défense en promettant d'obtenir l'alliance de l'Irlande, le vote, et enfin, la remise des peines terribles qui pouvaient le frapper ; il dit ensuite la condition imposée de prêter un serment terrible, de devenir un membre dévoué jusqu'à la mort, abandonnant tout, sacrifiant tout pour la grande et noble cause que la nation indienne poursuivrait jusqu'au jour de son indépendance, ou à la nuit qui couvrirait les cendres de ses derniers défenseurs d'un oubli éternel.

— Et maintenant, dit Georges, qu'allez vous faire ?

— Vous voulez dire ce qu'on va faire de moi ? Mon Dieu, une chose qui ne me déplairait pas du tout si j'avais ma liberté. Dans deux heures nous montons à cheval, nous nous divisons en deux troupes, l'une commandée par un vieil Indien aux yeux chinois, au nez crochu et dont je fais partie ; l'autre accompagnant don Pedro, le chef suprême de cette révolution en espérance. Ces deux bandes de vingt hommes, doivent, je le soupçonne, se diriger vers les mines de diamants, dans les environs desquelles nous parviendrons au petit jour. J'ai vu tout à l'heure suspendre aux selles des espèces de cages, sans comprendre quel serait leur emploi ; cependant, ça ne doit pas être un engin de guerre, car nous partons armés d'une façon formidable : carabines, longs couteaux, revolvers, absolument comme Marlborough, de légendaire mémoire.

— L'expédition sera donc dangereuse ?

— C'est probable, mais cela m'est fort égal, ce qui me chagrine le

15

plus est une furieuse envie de dormir. Je vais profiter des deux heures
dont je puis disposer jusqu'au départ. Adieu, cher ami, et... à la
volonté de Dieu !

CHAPITRE XXIV

Catastrophe. — Blessure de don Pedro et de Waterson. — Départ de Georges. —
Les adieux.

Le lendemain, Guaracinda vint visiter Georges, ce qu'elle faisait
rarement, depuis que don Pedro habitait la riche fazenda.

— Vous m'oubliez tout à fait, ma bonne sœur, lui dit-il, vous ai-je
blessée dans vos sentiments, sans m'en douter, vous a-t-on engagé à
me voir moins souvent ? dites-le ; je vous suis bien attaché, croyez-
moi, vous m'avez sauvé la vie et vous n'avez cessé de me témoigner
des sentiments dignes de votre cœur.

Cheveux-d'Or resta debout à côté de Dumaine, son émotion était
sensible, on voyait son sein se soulever, et son visage rougir ou pâlir
tout à coup ; le jeune homme s'en aperçut : Asseyez-vous, fit-il,
pardonnez-moi cette question et ces doutes..... Ah ! je suis bien seul
ici, je n'ai que vous dont la présence me donne un instant de satisfaction.

— Je ne suis pas libre, répondit l'Indienne, en levant ses grands
yeux sur Georges.

— Et qui donc dispose ainsi de vous?

— Lui.

— Comment, lui?... Voulez-vous parler de don Pedro? Mais vous êtes donc dans sa dépendance, vous subissez ses volontés ; je vous croyais trop fière pour qu'il en fût ainsi.

— Il est notre chef, l'héritier élu par notre grand peuple...

— Eh! bien, en quoi cela touche-t-il à votre liberté ?

— Les lois de notre nation obligent, lorsque deux chefs ont échangé le serment de frères, celui qui survit à devenir le tuteur et le père de la veuve et de l'orphelin ; se soustraire à cette loi, serait appeler sur sa tête le mépris et le blâme de toute la nation.

— Et don Pedro vous a défendu...

— Non, il ne m'a rien défendu, seulement, il m'a exprimé ses craintes que, venant auprès de vous, qu'il aime et estime, je ne rencontre constamment l'étranger, et que des paroles involontaires ne trahissent ses secrets en compromettant les plans qu'il cherche à accomplir.

— Vous savez donc, Guaracinda, des choses bien compromettantes?

— Je vous assure que non, mais à la moindre entreprise révolutionnaire, Pedro sera arrêté, jugé et condamné. Avec lui, notre nation perdra de nouveau toute espérance, l'association sera poursuivie et dissoute, et les richesses qu'il cherche à acquérir en ce moment, deviendront le partage de nos ennemis.

— Ces richesses soudaines, ce sont les diamants, sans doute? mais en s'en emparant, vos chefs ne commettent-ils pas un vol au gouvernement brésilien

— A qui donc appartenaient les mines, lorsque nos conquistadors se sont emparés de tont ce qui faisait nos richesses et notre grandeur? s'écria la jeune femme, en relevant sa jolie tête avec fierté. D'ailleurs, aujourd'hui, si nous obtenons des diamants, c'est au prix du labeur et de la vie de nos frères; ils travaillent aux mines comme des esclaves, quand ils rencontrent un diamant de prix, ils préfèrent le garder pour servir à la liberté de la nation, que de le remettre au feitor, afin d'obtenir leur liberté personnelle.

— Et comment s'entendent-ils avec don Pedro, sans être compromis.

— Par tous les moyens. Depuis quelque temps, nos chefs emploient des pigeons. On les lâche à une certaine distance des mines, où ils rencontrent, dans les rochers, des morceaux de salpêtre qui les attirent; là, après les avoir chargés des pierres fines récoltées par nos frères, au jour fixé, on leur rend leur liberté qui les ramène au colombier: c'est à cette récolte que Pedro et votre Irlandais travaillent en ce moment.

— Mais je ne vois, dans cette expédition, aucun danger à craindre?

— Hélas! elle en est remplie. Chaque ruse que nous employons est bientôt divulguée, et nos gens tombent au milieu de troupes de pedestres et de la cavalerie du district. Des coups de carabine sont échangés, il y a bien peu d'exemple que ces expéditions aient réussi sans effusion de sang.

En ce moment, et comme pour donner raison à l'Indienne, le maître d'hôtel de don Pedro entra dans la pièce.

— On vous demande, dit-il, nous avons de fâcheuses nouvelles de notre maître.

Cheveux-d'Or se leva vivement, elle disparut, en faisant signe de la main à Georges de ne pas la suivre; sans doute, parce qu'elle allait revenir.

En effet, une demi-heure était à peine écoulée, lorsqu'elle revint trouver Dumaine.

— Pouvez-vous monter à cheval, dit-elle?

Je le crois.

Eh bien, je l'avais pensé de votre courage ; armez-vous, on selle des chevaux, nous allons partir dans quelques instants.

— Mais, qu'est-il donc arrivé?

— Une rencontre, nos hommes cernés par une troupe nombreuse, plusieurs tués ou blessés, presque tous prisonniers, don Pedro ramassé sur le cadavre des siens, avec une balle qui lui a traversé la poitrine.

— Et Waterson?

— Vivant, et blessé, dit-on.

Une dizaine de cavaliers armés, Guaracinda montant un petit cheval des prairies, qu'elle maniait avec grâce, firent place à Georges au milieu de leurs rangs, et la troupe partit au galop, se dirigeant vers les rochers qui bordaient la vallée.

Une douzaine de lieues les séparaient du voisinage des mines, il était peu probable que don Pedro et ses compagnons, s'ils avaient conservé leur liberté, fussent poursuivis en dehors du district ; aussi, aucune précaution ne parut nécessaire au départ de la fazenda, ce n'est qu'après deux heures d'une course rapide, qu'on s'arrêta un instant, au bruit lointain d'hommes et de chevaux venant sur les mêmes sentiers, à la rencontre de don Pedro et des siens.

Deux cavaliers se détachèrent en éclaireurs; ils revinrent peu d'instants après, annonçant que huit hommes, portant un brancard ou l'accompagnant à cheval, allaient bientôt les rejoindre.

On fit halte sur la pente des premiers échelons de la montagne, on vit s'avancer ce petit convoi, marchant lentement, la figure empreinte de tristesse, les vêtements en désordre, et plusieurs de ceux qui le composaient, la tête ou les bras entourés d'un linge ensanglanté. Bientôt, la civière se trouva au milieu des deux troupes réunies. Georges et Guaracinda avaient mis pied à terre pour s'en approcher. L'Indienne fit quelques questions à voix basse aux porteurs, ses paroles furent cependant entendues : une main pâle et maculée de sang souleva lentement la couverture qui cachait le corps, Guaracinda la saisit et ne put s'empêcher de la mouiller de ses larmes.

Georges, pendant ce temps, se dirigea vers Waterson, qu'il aperçut à cheval, formant, avec un chef indien, l'arrière garde du convoi.

— Malheureuse expédition, dit l'Irlandais à son ami. Nous étions vingt, nous ne sommes plus que huit, plus ou moins blessés. Quant à moi, je l'ai échappé belle, un coup de baïonnette adressé à ma poitrine a heureusement dévié sur ma montre, qu'il a brisée et ne m'a pris que la peau, absolument comme une lardoire.

— Et don Pedro ?

— Ah ! celui-là, c'est autre chose, il s'est défendu avec un courage admirable, je suis certain qu'il a mis six de nos ennemis hors de combat. Au moment de se dégager, une balle de revolver l'a frappé à la poitrine, il est tombé comme un arbre qui s'abat. Les pedestres et les cavaliers, fort maltraités, avaient battu en retraite ; nous nous sommes portés au secours de notre chef, il est dans un triste état, la balle l'a atteint au-dessous de la clavicule droite, elle n'est pas sortie, une écume rouge bordait ses lèvres, il a trouvé la force de nous remercier ; cet homme a une énergie bien rare ; mais, je crois qu'il n'aura plus désormais à courir les trésors.

Le convoi, obligé de marcher très lentement, n'arriva qu'au milieu de la nuit à la fazenda de don Pedro, deux fois ce chef indien, malgré tout son courage, perdit entièrement connaissance.

Dès que le jour parut, Waterson fut appelé près de lui. Sa mission, fort difficile à remplir, devait commencer par l'extraction de la balle logée dans le corps. Le jeune docteur, malgré ses inconséquences, possédait une habileté réelle. L'opération devait être très douloureuse, Pedro la supporta sans aucune apparence de faiblesse, le projectile, enlevé de la poitrine, laissa une large plaie et amena une hémorragie,

qui, dans l'état du malade, pouvait le tuer immédiatement. Un pan-
sement intelligent soulagea le comte, la respiration n'annonçait pas
que les poumons eussent été attaqués.

— Ma foi! disait l'Irlandais, il est capable d'en revenir.

Le lendemain, le malade eut un accès de fièvre violent; lorsqu'elle
fut passée, malgré la défense de Waterson, il voulut voir une partie
des chefs revenus à la fazenda.

— Si vous parlez trop, vous agravez votre situation.

— N'importe, je dois m'expli;uer avec mes chefs de tribus, il faut
qu'ils sachent ce que j'ai fait, ce qu'il reste à faire. Hélas! ma vie
s'est épuisée pour obtenir notre indépendance, la liberté de notre
ancien peuple est encore loin de nous, et je mourrai avant d'avoir vu
les enfants du Soleil retrouver leur puissance et leur grandeur;
O'Connell et Washington auront été plus heureux que moi.

Cette résolution fut bientôt suivie, malgré les efforts du docteur,
pour la remettre à un moment plus opportun. Une vingtaine de personnes, chefs et serviteurs, furent bientôt introduites auprès du blessé.
Il les accueillit avec de bonnes et nobles paroles, traçant dans quelques mots, clairs et rapides, les différentes phases de sa vie : ses
efforts, ses espérances, les relations qu'il avait nouées avec plusieurs
gouvernements et la situation où se trouvait cette entreprise hérissée
d'obstacles, à régénérer et à constituer un peuple. Comme dévouement,
comme sacrifice de la vie, ajouta-t-il, il vous sera facile de me
remplacer, mais à celui que vous choisirez, il faudra bien du temps
pour devenir propre aux négociations diplomatiques; pour parler
toutes les langues, connaître tous les moteurs des gouvernants de
l'ancien et du nouveau monde. Je ne me fais pas d'illusion, mes amis,
ne vous en faites pas plus que moi, ma blessure est mortelle, je vous
parle pour la dernière fois, ne désespérez pas de notre cause; courage
et persévérance : c'est un grand moyen de conquérir l'avenir. Ici,

dans nos cultures, tout est prospère, tout, d'ailleurs, appartient à notre association ; vous trouverez dans mes comptes les deux ou trois millions que j'ai déposés, au nom de notre société, dans des banques sérieuses, c'est tout notre avoir ; puissiez-vous maintenir notre union et ne pas oublier son but..... Oh! Patrie! ma patrie, que n'ai-je pu te donner plus que mon sang!..... et maintenant, dit le malheureux d'une voix sourde et brisée par l'émotion et la faiblesse, adieu, mes amis, adieu, je crois que je vais mourir.

Don Pedro retomba sur sa couche sans connaissance, secoué par un tremblement nerveux qu'on pouvait croire son agonie.

Des gémissements et des pleurs sincères éclatèrent parmi les assistants. Waterson s'était porté au secours du mourant, il fit signe de faire évacuer la salle, et il resta seul avec Guaracinda, qui ne quittait pas le blessé, afin de lui donner les soins qu'exigeait encore son malheureux état.

L'Irlandais l'avait prévu, ces émotions répétées, cette douleur de sentir la vie lui échapper, au milieu de la glorieuse mission qu'il accomplissait, aggravèrent sensiblement la situation du grand chef indien. Son évanouissement dura longtemps, c'est avec peine que Waterson l'en fit sortir, des symptômes très graves se déclarèrent et le convainquirent d'une issue funeste.

Cette semaine semblait, d'ailleurs, entraîner avec elle une série de malheurs ; le tour de Georges arriva, par une lettre que lui écrivait mistress Grumbler. La gouvernante l'appelait à son secours ; depuis le départ de Dumaine, les événements douloureux s'étaient succédés. Son oncle, frappé de congestion, avait succombé tout d'un coup ; son misérable intendant parti, toutes ses cultures se trouvaient abandonnées, les nègres ne travaillaient plus, et Cécilia avait été obligée de quitter la fazenda et de se réfugier à Rio de Janeiro, dans une communauté religieuse. Mistress Grumbler, après les premiers jours consacrés à partager le désespoir de la jeune fille, qui se trouvait orpheline, fut forcée de revenir à la plantation, pour sauver au moins les récoltes; mais pour achever de désespérer ces deux pauvres femmes, les créanciers de don Luis se présentèrent, exigeant des paiements qu'il était impossible d'effectuer. C'est dans cette terrible crise, que l'Anglaise faisait appel à Georges, le conjurant de ne pas perdre un instant pour venir à leur secours

— Georges prit une détermination immédiate, il s'enquit des moyens de faire rapidement le retour en quelques jours, d'un trajet qu'il avait mis deux mois à exécuter. Dans une entrevue avec Waterson, il le pria de demander à don Pedro s'il pouvait lui prêter une monture et de lui donner un guide, la réponse ne se fit pas attendre; le pauvre blessé l'engageait à venir lui faire ses adieux, ajoutant que la question du voyage serait réglée facilement entre lui et le jeune homme.

La vue de ce personnage pâle, amaigri, la voix éteinte, dont les yeux conservaient, cependant, les traces d'une puissante intelligence, annonçait la fin d'une lutte dans laquelle il succombait, émut douloureusement Georges. Ne lui avait-il pas sauvé la vie? sans d'autre considération que celle de secourir son semblable, en le recevant chez lui, l'entourant de soins et d'égards, ne lui devait-il pas une véritable reconnaissance? Ce fut avec un profond sentiment de douleur qu'il serra une main glacée que le mourant lui tendait : Asseyezvous près de moi, lui dit-il, ce sera à peine si je pourrai vous voir et vous entendre.

— Vous voulez me quitter, je le sais, dit-il. A votre tour, vous êtes frappé par de bien tristes événements. Je crois vous connaître, M. Dumaine, je vous étudié quand nous sommes arrivés ensemble dans cette patrie que je vais abandonner. Vous êtes bon, généreux de cœur, et capable avec un peu plus d'énergie, de traverser la vie sans

vous laisser étouffer par les obstacles et les perfidies des hommes. Oui,
vous avez mon estime, et laissez-moi ajouter que je vous en donnerai
des preuves. Prenez dans mes écuries *Conquérant*, que je montais de
préférence, c'est un excellent cheval infatigable et s'attachant à son
maître ; gardez-le en souvenir du pauvre désabusé de ses grandes
espérances ; un métis, dont je suis sûr, vous servira de guide ; il est
brave, fidèle, et connaît parfaitement la route. Et..... l'Indien
s'arrêta, l'émotion le gagnait..... Et, plaçant sa main sur son cœur :
Gardez-moi là un souvenir.

Georges tourna les yeux vers Guaracinda.

— Vous partez demain matin, je vous verrai un instant, ce soir.

Le soir, en effet, la jeune femme vint s'appuyer sur le dossier du
banc où Georges, respirant sous la véranda l'air frais descendant des
montagnes, rêvait, les regards perdus dans un ciel étoilé, aux tristesses
de la vie.

Sa préoccupation se trouvait si profonde, qu'il ne s'était pas aperçu
de sa présence. L'Indienne, la tête appuyée sur une main, l'envisageait
avec un sentiment de chaste passion. Un léger mouvement qu'elle fit
réveilla Dumaine de ses rêves ;

— Vous étiez là ! pardonnez-moi, dit-il, de ne l'avoir pas deviné.
Hélas ! encore quelques heures, et l'espace sera entre nous. Ah ! cet
éloignement me fera bien souffrir, ma bonne sœur, nous avons
traversé plus d'un péril ensemble, et maintenant nous sommes unis
par la douleur.

Cheveux-d'Or garda le silence ; après quelques instants : Je sais
ce que vous doit la pauvre Indienne, dit-elle, créature maintenant
seule, abandonnée, qui ne peut s'associer à vous que par de récipro-
ques souffrances. Ah ! j'aurais voulu vous suivre ! il m'est défendu par
nos lois, par ma reconnaissance, d'abandonner notre grand chef
dans ses derniers moments. Je vous reverrai, cependant, Georges, je

renouvellerai ces tristes adieux ; rappelez-vous que vous laissez ici un
cœur plein de votre image, une sœur… oui, une sœur, mais que, par
la pensée, Guaracinda est votre esclave.

En prononçant rapidement ces mots, elle disparut.

CHAPITRE XXV

La suit. — Les Anglais. — L'émeute. — Les créanciers. — Le joaillier. — La vente
de la fazenda de Sylva.

Environ un mois après les événements dont nous venons de rendre
compte, un jeune homme noirci par le soleil, qu'on pouvait cependant reconnaître pour n'avoir pas de sang brésilien dans les veines,
parcourait, d'un galop rapide, une route couverte d'une poussière
rougeâtre, en s'éloignant de Rio de Janeiro. Son front était plissé,
sa figure contractée par une pensée pénible. Après quelques milles,
sur le versant d'un coteau, une grande fazenda apparut, entourée de
nombreux bâtiments de services, de hangars, précédés de vastes
emplacements, où la terre, battue et nettoyée, annonçait une culture
considérable de café. Georges Dumaine, arrivé au perron, saute de sa
monture et la remit à un vieux nègre, qui était venu au devant de lui.

— Quoi de nouveau, Melano, fit-il, s'est on remis au travail ?

— Non, maître, eux disent trop travailler et pas bien payés. Les
Anglais, vous savez ceux de l'Anglaise, de maîtresse à nous, excitent

notre monde, aussi, un gros marchand de la ville qui est arrivé ce matin assure qu'eux avoir raison, et que la fazenda va bientôt leur appartenir.

— Et où est il cet étranger ?

— Lui a dit avoir soif et faim, lui être dans 'a salle à déjeuner...

— Bien... ayez soin de Conquérant, il a chaud, mettez-lui une couverture.

Ces nouvelles, auxquelles il s'attendait apparemment, firent, cependant, monter au cerveau de Georges une profonde irritation. Il fit quelques pas, s'arrêta un instant pour réfléchir, tâchant de la maîtriser, et il s'avança résolument vers l'habitation.

— Pauvre Cécilia, pensa-t-il, dans quel abîme de difficultés mon oncle vous a-t-il plongée !

Quelques pas de plus, et le jeune homme se trouva à la porte de la salle à manger.

Devant lui, un gros homme, la serviette passée à sa boutonnière, paraissait fort occupé d'absorber ce qu'on lui avait servi. Lorsque Georges entra il lui tournait le dos, mais il entendit un bruit de pas.

— Eh ! vous autres, s'écria-t-il d'une voix rude, apportez donc du vin et meilleur que celui-ci. Georges vint se placer en face de lui.

— Est-ce à moi que vous donnez des ordres ?

L'homme le regarda.

— A vous comme aux autres, fit-il, on est bien mal servi dans cette vieille bicoque de don Luis ; mais patience, cela ne durera pas.

— Ah ! et de quel droit commandez-vous ici ?

— De quel droit ?

— Oui, de quel droit ! vous oubliez que vous n'êtes pas à l'auberge ; je ne suis pas disposé, je vous en préviens, à souffrir vos manières d'agir.

Je veux dire grands chefs, illustres descendants de Montezuma page (222).

— Tiens, tiens, vous oubliez à qui vous parlez, monsieur......
monsieur qui ?....., je vous le demande.

— Dumaine, monsieur le butor, le neveu de don Luis.

— Ah ! fort bien, cela se trouve à merveille; moi, je m'appelle
Zacharie Fleisman, et je suis venu pour me faire payer un billet de
vingt mille francs que m'a souscrit votre pauvre oncle... Ah ! ah ! très
pauvre, je crois, je vais vous le montrer, acquittez-le, et je vous quitte
immédiatement. Ah ! ah !

— Levez-vous d'abord, dit Georges, que la colère commençait à
envahir, je ne traite pas d'affaires à table avec un mal appris de votre
sorte.

— Ménagez vos expressions, jeune homme, les injures ne me
chasseront pas, avant que vous m'ayez payé ce qui m'est dû.

— L'échéance du billet ?

— Aujourd'hui même.

— Vous serez payé dans la semaine.

— Bah ! vous avez l'argent... la preuve ?

— La parole que je vous donne.

— Bon, bon, une belle garantie que vous me donnez là..... On
sait bien que vous avez été recueilli par charité chez votre oncle.

— Misérable ! rugit Georges, et s'élançant sur le Juif, il le saisit par la
cravate et le poussant avec violence, il lui fit dégringoler les marches
du perron plus vite qu'il ne l'aurait voulu.

Le gros homme, aussi poltron qu'il était arrogant, courut durant
quelques pas, puis s'arrêtant, se mit à vomir un torrent d'injures,
répétant que la justice allait se mêler de l'affaire, qu'il ferait punir
l'aventurier, que la fazenda serait vendue, qu'il les mettrait tous à
la porte comme des mendiants. Lorsque, fatigué de crier, il eut
enfourché son cheval, on l'entendait, en s'éloignant, continuer à vomir
des grossièretés de plus en plus ignominieuses.

Les injures et les imprécations de l'insolent personnage, dont Georges venait de faire justice en le mettant à la porte, avaient été entendues par les nègres et les métis, travaillant à la fazenda; un groupe se formait dans la cour et des rumeurs se faisaient entendre; le jeune homme examina un instant cette foule avec tristesse.

Voilà, se disait-il, des travailleurs que j'avais vu contents, dévoués, satisfaits de leur sort, qui murmurent, se plaignent et sont prêts à se révolter, bien qu'ils soient restés les mêmes; cet esprit de révolte est-il donc dans l'air, don Pedro avait-il raison d'espérer la réalisation de ses chimériques rèveries! il faut que ces mauvaises pensées leur aient été soufflées par des étrangers. Ah! les deux Anglais, il me semble les apercevoir, ils parlent, ils vont de l'un à l'autre, oui, ce doit être eux, la vaniteuse mistress Grumbler nous a fait un beau cadeau en nous introduisant ces loups dans la bergerie.

Pour comprendre la situation où cette exploitation se trouvait maintenant placée, nous devons revenir en arrière, pour apprendre aux lecteurs ce que Georges avait appris au moment de son retour.

Après la mort de don Luis, qui était imprévue, ainsi que cela arrive aux personnes frappées d'apoplexie, sa fille se retira à Rio de Janeiro, dans un couvent comme pensionnaire. En quittant la fazenda en pleine moisson, elle comprit, certainement, toutes les conséquences qu'allait avoir cet abandon, l'absence d'ordre et de surveillance.

Le misérable qui servait de régisseur à don Luis avait disparu, et, comme nous le savons, ne devait plus revenir; il fallait le remplacer; mais où trouver un homme dévoué, fidèle, intelligent, elle l'ignorait, et, dans l'état de douleur que la perte de son père lui causait, elle ne se sentait pas la force de s'en occuper. Les choses allaient ainsi, tant bien que mal, mais plutôt mal durant quelques jours. Bientôt, Cécilia apprit que les nègres ne travaillaient plus, ils s'enivraient, se battaient, dansaient, pillant un peu partout leur nourriture. La fille de don Luis eut alors la pensée de demander à sa gouvernante, qui avait longtemps résidé à la fazenda, et connaissait par expérience les travaux et la surveillance des travailleurs, de s'occuper de régir durant quelque temps la plantation. Mistress Grumbler était remplie de dévouement pour son élève, elle accepta, mais que peut une femme, une étrangère surtout, à l'égard de cette population paresseuse, dégradée et ne connaissant que deux choses, la souffrance et les jouissances grossières et matérielles? Il ne lui fallut que peu de temps pour s'apercevoir que ses ordres n'étaient pas écoutés; ce fut alors qu'elle songea à se donner pour auxiliaires des compatriotes, de cette race d'aventuriers, se portant vers le nouveau monde avec la croyance que beaucoup d'audace, peu de morale, suffisent pour captiver la fortune. Le résultat se montra bien vite absolument contraire à ses espérances, au lieu de diminuer, le désordre augmenta. Supérieurs aux noirs dans la corruption et le mépris du travail et du devoir, ils corrompirent encore plus, se moquant de leur dévouement, ridiculisant leur probité et leurs croyances, semant cette graine du mal, si répandue aujourd'hui, qui germe toujours plus que moins. Quand Georges arriva, le mal était fait, mistress Grumbler le comprit, elle s'empressa de revenir auprès de son élève, résignant ses fonctions au jeune homme, et la scène avec le juif Fleisman lui apprit, quelque jours après, les difficultés qu'il allait avoir à vaincre, sous peine de voir tomber en entier la fortune de sa cousine.

Cependant, il n'y avait pas à hésiter dans la crise qui se produisait en sa présence, il se rappela ce que lui disait Pedro, au moment de ses adieux : « Plus d'énergie. L'occasion était venue de la montrer.

Lentement, les bras croisés sur la poitrine, la démarche et le regard assuré, Georges s'avança vers cette poignée d'hommes, prête à se livrer au désordre et à la révolte, qui cessa ses clameurs pour l'écouter.

— Vous me connaissez, dit-il, j'ai passé des mois au m'ieu de vous, jamais vous n'avez eu à vous plaindre de moi : malades, je vous ai fait exempter du travail ; à court de ressources pour les besoins de votre famille, ne les ai-je pas obtenues de votre maître; m'avez-vous trouvé quelquefois rude et dur envers vous, au contraire, combien de fois arrêtant le feitor, le fouet ou la *palmatora* (1) ne vous ont pas touchés, pourquoi donc montrer de la colère, de bons, devenir méchants et injustes, que voulez-vous, que demandez-vous ? pas de cris, pas d'injures, expliquez-vous comme des hommes et non comme des sauvages, privés de raison.

La foule garda un instant le silence.

— Trop travailler, pas bien payés, crièrent quelques voix.

— Eh bien, je vous promets de m'entendre là-dessus avec vous, êtes-vous satisfaits?

Les deux Anglais s'avancèrent ; l'un était un petit homme roux, le visage sillonné de rides creusées par toutes les souillures; l'autre un grand gaillard, à figure lourde et bestiale, paraissant complètement ivre.

— Non, nous ne sommes pas satisfaits ; vous dites payés, nous n'avons plus un reis, pas de quoi nous nourrir ; ce n'est pas avec des blagues qu'on nous endormira... de l'argent, tout de suite, de l'argent, ou nous en trouverons dans la fazenda pour nous payer nous-mêmes.

— C'est vrai, dit Dumaine d'un ton calme et froid, il y a un retard dans ce qui vous revient, la mort subite de mon oncle a retardé la paye, je prends l'engagement que vous recevrez ce qui vous est dû cette semaine.

— Chanson, cria l'Anglais. Oh! yes, dit l'autre, qui ne savait que sa langue, yes, yes, you funny boy, very good whine in shat house, let us go, fellow me you all (1).

(1) Férule.

(1) Oui, oui, vous êtes un farceur ; très bon vin dans cette maison; allons, en avant les autres !

16

Heureusement pour Georges, ces impudentes paroles ne furent pas comprises par les noirs, ils attendaient, sans doute, ce qui allait se passer.

— Vous êtes des misérables! s'écria Dumaine, je vous défends de faire un pas vers l'habitation.

L'anglais roux éclata d'un rire insolent, et s'élança pour accomplir le projet de pillage qu'il avait formé.

Nous l'avons dit au début de ce récit, le jeune homme était grand et fort; animé par la colère, il se précipita sur ce brigand, lui asséna entre les deux yeux un formidable coup de poing de boxeur et l'enlevant de terre, le lança à quelques pas, roulant sur lui-même, aux rires de tous les ouvriers de la plantation.

Son grand acolyte un peu surpris, la démarche embarrassée, parut vouloir venger son compatriote. Georges ne l'attendit pas, il le saisit par le bras et le força à reculer jusqu'à son compagnon, se roulant toujours sur la poussière. Une vigoureuse poussée le fit heurter celui-ci, sur lequel il s'étendit dans toute sa longueur.

Une scène grotesque se passa alors. L'Anglais, dont le poing de Georges avait endommagé les yeux, supposa, sans doute, que Dumaine voulait achever de le rosser, il se mit à frapper son camarade avec une furie étrange; l'ivrogne qui recevait cette grêle de coups s'empressa de les rendre, et l'on vit les deux englishmen, se relevant, retombant, tous deux furieux, jurant, blasphèmant, se traiter comme deux bêtes féroces.

Un immense éclat de rire éclata parmi les noirs, avec cette inconséquence qui les caractérisent, ils voulurent se mettre de la partie, et la volée de coups qu'ils leur administrèrent, fit comprendre aux battus que leur affaire était manquée, et que la fuite seule pouvait leur épargner un sort encore plus cuisant.

Dumaine avait réussi à calmer cette foule un instant si hostile, la

force a toujours raison avec elle; revenus à de meilleurs sentiments,
plusieurs vieux nègres, attachés depuis nombre d'années à la fazenda,
vinrent protester de leur dévouement, plusieurs baisèrent les mains du
jeune maître, qui leur renouvela sa promesse, · .eur remettre dans la
semaine le salaire qui leur était dû.

Cette grève redoutable en pleine moisson, ainsi évitée, ne levait
pas toutes les difficultés de la situation, il fallait trouver des fonds à

court délai, sans quoi, l'abandon des noirs et, peut-être, les conséquences de leur révolte étaient certains, la fazenda abandonnée, le
Juif poursuivant la vente, la ruine de Cécilia se trouvait consommée,
toute sa fortune consistant dans cette propriété, autrefois d'une valeur
relativement considérable. Voilà ce qui agitait Georges; aux émotions
de la lutte succédaient de douloureuses appréhensions sur le sort de
sa cousine, mais maintenant, comme un moment auparavant, il fallait

faire preuve d'énergie ; aussi, dès qu'il eut la satisfaction de revoir les nègres au travail, s'empressa-t-il de monter Conquérant et de revenir à Rio pour négocier un emprunt, seul moyen d'éviter l'abîme qui le menaçait.

Aux premières démarches qu'il entreprit, Georges comprit que sa

position était encore plus mauvaise qu'il ne croyait. Les banquiers, les capitalistes auxquels il s'adressa, sourirent à sa demande, et lui demandèrent une autre garantie que celle d'une fazenda improductive et sans valeur. Dumaine eut beau expliquer la cause de cette non-valeur, prouver que par ses vastes dépendances, sa position, la plantation pouvait se relever certainement d'une situation temporaire, il se brisa contre une prévention généralement répandue. Une fois, il mit en avant la créance du juif Fleisman, qui n'aurait pas voulu hasarder son argent. Oh! alors, il lui fut possible de juger qu'il se trouvait en face d'obstacles invincibles, on lui répondit que si son oncle s'était adressé à un Juif, en payant des intérêts à vingt pour cent, c'était par l'insuffisance de la garantie qu'il donnait à ses prêteurs.

Que faire? le temps se passait, deux jours encore, et la semaine durant laquelle il s'était engagé à payer, serait écoulée; échéance terrible, qu'il ne voyait arriver qu'avec désespoir. Jusque-là, pour ne pas révéler à sa cousine le misérable état de ses affaires, elle ne pensait qu'à pleurer son père. Georges avait gardé le silence; mais il fallait le rompre, pour lui mettre sous les yeux sa cruelle position, portant avec elle la misère en perspective.

La pauvre Cécilia écouta le cœur gros, mais plein de reconnaissance pour son cousin, le récit de ce qui venait de se passer. Il faut payer, s'acquitter, dit-elle, à tout prix nous ne devons pas laisser flétrir la mémoire de mon père, j'ai des parures venant de ma mère, que je considérais comme des reliques et que je n'ai jamais portées, il faut les sacrifier. J'ignore ce qu'elles valent, vous allez les prendre, mon bon Georges, vous en tirerez le meilleur parti possible, vous satisferez nos ouvriers, vous retirerez le billet que mon père avait donné à ce méchant homme, et puis nous verrons après, à chaque jour sa douleur. Ah! le bonheur n'est pas fait pour moi?

Les parures consistaient en colliers, en bagues, en bracelets, montés richement en or dans l'ancienne mode, mais d'un poids considérable, quelques pierres fines y figuraient, un diamant et une turquoise paraissaient avoir une assez grande valeur.

Cécilia ne se sépara pas de ces souvenirs sans les avoir baisés plusieurs fois.

L'émotion de la pauvre enfant avait gagné Dumaine, il se hâta de sortir pour ne pas la laisser deviner. Il pensa qu'au lieu de présenter ensemble ces parures, il en tirerait un bien meilleur parti en les offrant séparément. La belle rue Ouvidor contenait plusieurs joailliers, faisant d'assez grandes affaires. Georges se présenta chez celui qui passait pour avoir le plus de relations avec l'ancien monde. En le voyant, Georges se dit qu'il avait la chance heureuse, le marchand portait sur sa figure toute l'apparence de l'honnêteté, il était grave, vêtu de noir, cravaté de blanc, comme un honorable professeur.

— Ce collier est beau, fit le marchand, en s'exprimant facilement en français, mais sa monture n'a d'autre valeur que celle du poids de l'or; quant aux pierres fines, je ne puis les estimer qu'en les démontant, pour les examiner et les peser.

— Je vous y autorise, répondit Georges.

— Veuillez passer dans mon bureau.

— Le diamant est beau, dit le joaillier, après l'avoir pesé et examiné à la loupe, mais il a été mal taillé; au prix où nous payons le carat à Rio, je l'estime à toute sa valeur, en vous offrant vingt-sept mille francs de cette pierre.

— Est-ce là tout son prix ?

— Vous pouvez vous en assurer chez mes confrères, mais vous trouverez difficilement à le vendre plus cher, surtout si vous désirez traiter comptant.

Ne comptez-vous pour rien la turquoise et la monture. ?

— Le tout a peu de valeur, je vous ai dit vingt-sept mille francs, j'ajouterai trois mille francs pour le collier entier.

— J'accepte.

— Très bien; cependant, comme il s'agit d'une grosse somme, je vais vous remettre dix mille francs, les vingt autres vous seront payés dans huit jours.

Georges garda un instant le silence.

— Impossible, dit-il enfin, j'ai des engagements pris pour cette semaine, et vous savez que les Juifs n'attendent pas.

— En êtes vous là, M. Dumaine? Je vous plains d'être à leur merci.

— Vous me connaissez ? dit Georges étonné.

— Oui, Monsieur, je vous ai vu plusieurs fois négociant des marchés pour la plantation de votre oncle; vous pouvez croire que s'il en eût été autrement, je n'aurais pas traité avec vous, sans connaître l'origine de la parure que vous m'avez présentée.

Il y eut un autre silence.

— Serais-je indiscret, Monsieur, si je vous demandais à quel Juif vous avez affaire ?

— A un grossier personnage, Zacharie Fleisman.

— Ah! ah! Zacharie, oui, c'est un grossier personnage, de plus, c'est un voleur, il a eu bien des démêlés avec la justice, et vous lui avez consenti un billet?

— Pas moi, Monsieur, mais mon oncle; ce billet qui est de vingt-cinq mille francs est échu depuis huit jours.

— Et votre oncle n'en aura touché que la moitié. Tenez, M. Dumaine, je vois votre embarras, voulez-vous me permettre de vous venir en aide; je tiens cet homme par suite d'une escroquerie dont j'ai la preuve entre les mains, laissez-moi arranger cela, vous y gagnerez, je l'espère.

— Merci, Monsieur, vous m'inspirez toute confiance, gardez le collier, je vous le confie et j'accepte l'intermédiaire que vous me proposez; quand devrai-je revenir?

— Demain, à la même heure qu'aujourd'hui.

Georges serra la main de ce brave homme, heureux de l'avoir rencontré, et surtout à la pensée de pouvoir faire honneur à ses engagements.

Le lendemain, à l'heure fixée, il était rue Ouvidor, chez le joaillier; sorti le matin, il n'était pas rentré, Georges fut prié d'attendre.

C'est dans de semblables circonstances que l'attente semble longue.

Le marchand apparut enfin, il s'essuyait le front, évidemment il s'était pressé pour ne pas faire attendre son client.

— Je n'ai pu revenir plus tôt, dit-il, en s'asseyant auprès de Georges, j'ai trouvé un homme furieux de la manière dont vous l'avez traité; pour l'obliger à se dessaisir du billet, il a fallu que je lui fournisse la preuve de ses escroqueries et le menacer d'aller trouver le juge de police pour le faire arrêter sur l'heure. Le misérable a d'abord exigé le remboursement complet, je lui ai offert dix mille francs, sa colère n'a fait qu'augmenter, son refus a été absolu. Alors, je suis sorti de chez lui : Dans un quart d'heure je serai revenu, lui ai-je dit, le juge m'accompagnera, il aura entre les mains les preuves que vous êtes un voleur, et vous aurez à vous défendre en présence de la justice.

En réponse à cette menace, le coquin a vomi un torrent d'injures, je croyais l'affaire manquée, lorsqu'il a couru après moi. Vous voulez me ruiner, dit-il, revenez, je vendrai le billet, et nous réglerons la commission que vous voulez prélever.

Je continuai mon chemin sans lui répondre.

Zacharie me suivit et me prit par le bras pour m'arrêter : Que gagnerez-vous à me perdre, prononça-t-il à voix basse, revenez, je vous prie, n'y a-t-il aucun moyen de vous satisfaire?

En voyant la terreur qu'éprouvait cet homme à s'expliquer devant la justice, je pensai qu'il devait être encore plus coupable que je ne croyais. Nous rentrâmes chez lui, le débat fut long, il pleura, se jeta à mes pieds, enfin, j'obtins de couper la somme par la moitié et de ne lui remettre que douze mille francs.

Nous avons été à la banque où je possède un compte courant, et là, il a reçu son argent, en me remettant ce malheureux engagement de votre oncle.

— Le voilà, dit le joaillier en le déposant sur son bureau, et puis, comme j'ai pensé que probablement vous aviez encore à payer quelques petites dettes, j'ai pris en plus sur mon avoir sept mille cinq cent francs que voici en or; je vous aurai donc réglé comptant vingt mille francs, et dans une quinzaine, vous recevrez les dix complémentaires.

— Comment vous remercier, Monsieur, qu'ai-je fait pour mériter votre intérêt et combien je vous suis reconnaissant d'avoir si bien terminé cette négociation désagréable.

— J'ai été l'ami de votre oncle, monsieur Dumaine, brave homme, un peu fier, et parfaitement incapable de gérer ses affaires. J'ai pensé à sa jeune fille, je lui ai témoigné ainsi les bons sentiments que j'avais pour son père.

Georges n'eut rien de plus pressé que de courir au couvent, pour faire partager à sa cousine la satisfaction qu'il éprouvait.

— Voici le billet du Juif, lui dit-il, voilà tous vos bijoux; il n'y manque qu'un collier dont votre mère ne devait se parer que rarement.

— Oui, oui, oh! quel bonheur! Pauvre mère! j'ai bien pleuré depuis hier; ne me les demandez plus, j'ai trop souffert; pardon Georges, vous y étiez forcé. Ah! mon bon, mon cher cousin, vous êtes mon sauveur.

Le lendemain, Dumaine faisait la paye aux ouvriers de la fazenda de Sylva, elle exigeait environ trois mille francs par mois; l'avenir était assuré pour trois ou quatre mois, c'était quelque chose.

CHAPITRE XXVI

Cécilia. — M⁰⁰ Dumaine. — Désespoir de Georges. — L'intervention de Waterson.

Deux mois s'étaient écoulés depuis la reprise du travail à la
fazenda. Georges ne l'avait quittée que pour aller voir quelque
fois sa cousine; la récolte du café, plus abondante qu'aux années
précédentes, opérée par un temps favorable, promettait un résultat
avantageux, mais cela ne pouvait suffire à relever la plantation de l'état
misérable dans laquelle elle était tombée. Les terres, épuisées, menaçaient de devenir bientôt improductives, il fallait l'application intelligente de capitaux, afin d'augmenter la production et d'assurer son
avenir. Les ressources manquaient, les trente mille francs dont la
possession l'avait tiré un instant d'embarras, disparaissaient rapidement, non seulement à la paye aux travailleurs, ensuite par une foule
de vieilles dettes que don Luis ne songeait jamais à acquitter. Il
répugnait à Georges de parler à sa cousine des embarras de sa
situation, elle n'y pouvait rien, ce qu'il lui connaissait de bijoux
aurait été d'un secours inutile. Les journées s'écoulaient sombres et
remplies d'appréhensions fâcheuses; il s'épuisait dans la recherche
de combinaisons impossibles, tout l'avenir était chargé d'orages, et
aucun moyen ne se présentait à lui pour le sauver de ses dangers.

Un jour qu'il se trouvait absorbé par ces funestes pensées, et qu'il

cherchait au pied d'un palmier un peu d'onbli et de repos dans un
demi sommeil, un Indien inconnu se présenta à lui, laissant entre
ses mains deux petites planches, ficelées avec soin, et contenant des
papiers. Dès le premier coup d'œil, il reconnut l'écriture de
Waterson, c'était une longue lettre, datée des rives de l'Amazone,
nous ne la reproduirons pas en entier, en voici les passages les plus
intéressants.

« Comme le temps passe, mon cher Dumaine, tantôt rapide
» lorsqu'on est heureux, si long dans la douleur et les tristesses de
» la vie, et pourtant personne n'aspire à fermer ce livre insipide que
» nous devons parcourir. Ce sont de grands caractères que ceux qui
» envisagent d'un esprit calme les approches de la mort. Trois
» jours après votre départ, j'ai assisté à celle de don Pedro, vous
» savez que par état nous sommes souvent témoins de ses impi-
» toyables arrêts. Eh! bien, jamais je n'avais rencontré une fin si
» calme et si lucide. Un affreux tétanos l'avait saisi depuis la veille,
» il devait souffrir horriblement, rien ne le trahissait que quelques
» contractions involontaires du visage. Il parla de son peuple en
» termes émus, il manifesta à Guaracinda, qui ne l'avait jamais quitté
» ni jour ni nuit, une affection profonde, il s'acquitta royalement avec
» moi des soins que je lui avais donnés. Cet homme était digne d'un
» meilleur sort, jamais son pauvre peuple ne trouvera une volonté
» aussi puissante, un dévouement aussi absolu, peut-être était-ce
» un rêve, mais ce rêve de liberté était plein de grandeur. . . .

. . . .

» Je ne pouvais rester dans ces lieux bientôt envahis par des chefs
» indiens, qui venaient régler leurs droits d'héritage dans tous les
» biens que leur rédempteur leur avait laissés. Je partis pour le Para,

» je voulais visiter les rives de l'Amazone, je m'informai de Guara-
» cinda, elle avait disparu. . . . .

. . . .

» L'Amazone est le plus beau fleuve du monde, malheureusement
» ses rives sont peuplées de méchants sauvages, ou d'étrangers et
» d'indigènes qui sont d'affreux coquins. Je ne puis rester dans
» cette partie du Brésil, je retourne à Rio de Janeiro, trouvez-moi
» une position, mon cher ami, je n'aspire qu'après une vie de calme
» et de travail auprès de vous. . . . .

. . . .

Pauvre Waterson, pensa Georges quand il eut terminé la lecture
de cette lettre, il ne se doute pas de ma misérable situation. L'associer à celle dans laquelle je me trouve! lui faire partager mes
angoisses, mes efforts désespérés ne devant aboutir qu'à la ruine et
au désespoir, car c'est vers cet abîme que le temps m'entraîne, et
je m'épuise en vain pour sortir de ces embarras inextricables sans
entrevoir la possibilité de les éviter!

Au milieu de ces terribles écueils, Georges avait, comme un
malheureux naufragé, employé ses plus grands efforts à s'accrocher
aux objets qui lui offraient une chance de salut. Il savait que sa
cousine n'y pouvait rien, et qu'en le lui révélant il ne ferait que faire
couler des larmes inutiles. Bientôt la pauvre Cécilia allait se trouver
tout à fait seule; mistress Grumbler, depuis longtemps lui déclarait
que, rappelée en Angleterre pour des intérêts de famille, elle ne
pouvait s'associer à son destin. Georges se serait vainement tourné
vers la France, il comprenait que son père n'avait à faire aucun sacrifice, son travail formant toute sa richesse. Cependant, dans l'isolement
où le jeune homme se trouvait, le cœur de sa mère lui sembla un

refuge, il versa dans ce cœur tous les chagrins qu'il éprouvait; deux jours après la lecture de la lettre de l'Irlandais, il reçut une réponse à celle qu'il avait adressée à cette mère chérie, plus d'un mois auparavant.

Nous passerons sur tous les détails de famille, ils n'intéresseraient pas nos lecteurs. . . . .

. . . .

« Ma chère Cécilia, ma bonne nièce, combien je la plains. Elevée
» dans toutes les jouissances de la fortune, privée d'un père qui
» l'adorait, cette pensée de la voir tomber dans une misère qu'elle
» ne saurait pas vaincre, me fait frémir. Il faut, mon ami, employer
» tous tes efforts à la sauver, je vais prier Dieu qu'il t'en fournisse
» les moyens, joins-toi à moi, et mettons notre confiance dans l'action
» de la Providence.

» Je crois, comme toi, qu'il est impossible qu'elle reste seule, ou,
» ce qui serait encore plus inconvenant, qu'elle habite avec toi la
» fazenda de son père. Si un voyage en France ne l'effrayait pas,
» elle tiendrait ta place auprès de nous. En se refusant quelques
» petites fantaisies, nous ne nous apercevrions pas d'une augmentation
» de dépense, et tu te délivrerais des soucis que te cause sa présence,
» si, ne pouvant rétablir sa fortune, elle devait subir toutes les
» humiliations de créanciers impitoyables. Dis-lui, mon cher enfant,
» que c'est une seconde mère qui lui ouvrirait les bras, que si toutes
» les délicatesses et les sentiments du cœur peuvent tenir compte
» de ce qu'elle a perdu, elle n'aura pas à regretter sa fortune, ni
» d'être venue à nous. Ah! pauvre Cécilia, il me semble que je
» l'aimerai comme j'aime ta sœur, mon cher Georges. »

Le jeune homme s'attendait à trouver dans cette lettre des consolations et des conseils, sa bonne mère les avait puisés dans son cœur.

Sans doute ils ne mettaient pas fin aux malheurs qui le menaçaient, mais ils sauvaient sa cousine du désespoir d'un dénouement plein de honte et d'amertume.

Sa résolution fut prise immédiatement, il partit pour Rio, et il arriva précisement auprès de Cécilia au moment où sa gouvernante lui rappelait les obligations qui l'obligeaient à s'embarquer pour l'Angleterre.

Vous ne sauriez rester seule à Rio, lui dit-il, dans la liquidation des affaires de votre père, vous pourriez être mise en cause. Il vous est également impossible d'aller vous établir à votre fazenda, à moins que je ne la quitte; les convenances l'exigent. Ma bonne mère vous attend en France, ma cousine, et il lui lut le passage qui la concernait dans la lettre qu'il venait de recevoir. Il faut vous décider, je vous accompagnerais si vos affaires n'exigeaient absolument ma présence. Mistress Grumbler continuera à vous entourer de soins dans ce voyage. Décidez-vous, chère Cécilia, la raison vous le conseille, c'est un frère, le meilleur et le plus dévoué de vos amis qui vous y engage.

La jeune fille ressentait une véritable douleur à quitter ce pays où elle était née; l'inconnu effrayait son inexpérience. Plusieurs lettres menaçantes de créanciers impatients d'attendre finirent par la décider. Georges prit toutes les mesures nécessaires pour assurer sa sécurité et son voyage sur un vapeur qui devait accomplir le trajet en peu de temps. Les deux femmes s'embarquèrent un matin au petit jour.

— C'est une fuite, disait en pleurant la fille de don Luis; Non, lui répondit Georges, ce n'est qu'une absence, je reste ici pour assurer votre retour.

Hélas! malheureux Georges, il était loin d'avoir la confiance qu'il exprimait. Malgré le silence gardé sur le départ de sa cousine, le bruit s'en répandit rapidement parmi cette foule d'aventuriers à la recher-

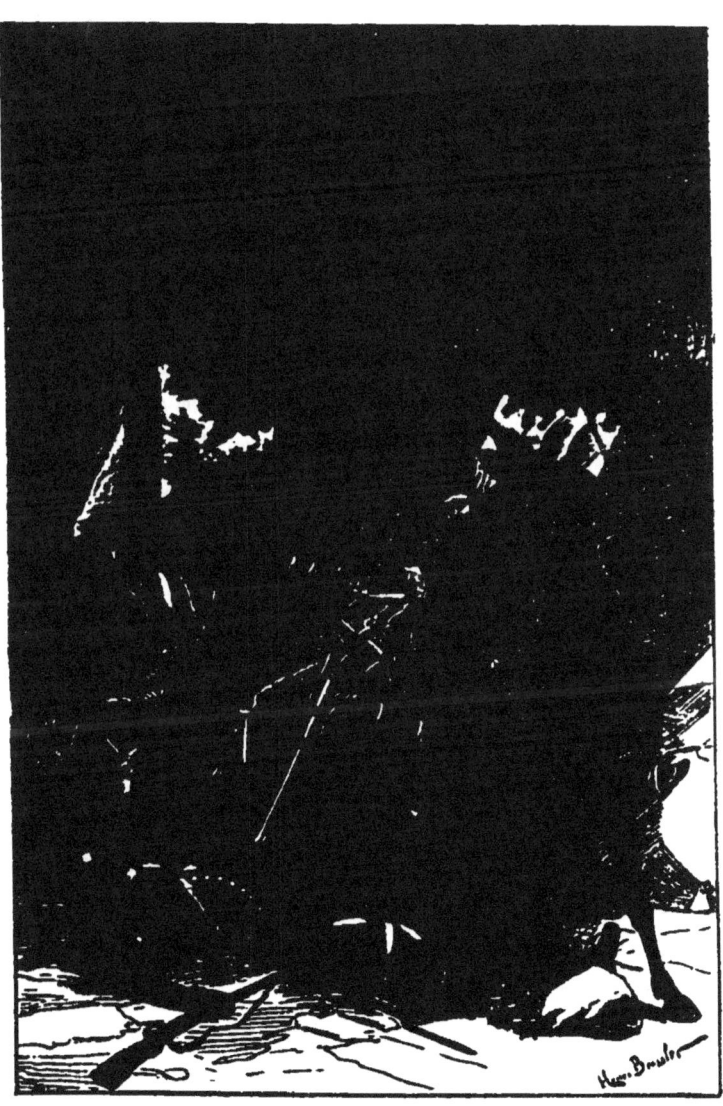

Nous nous sommes portés au secours de notre chef (page 230).

che des opérations véreuses auxquels don Luis s'était adressé dans les détresses de son administration. Tous s'empressèrent de faire valoir leurs droits, la mise en régie de ses propriétés fut demandée, ils réclamèrent et ils obtinrent que tout ce que possédait le faziendeiro serait estimé, et qu'un acte de la justice ordonnerait la vente de la fazenda de Sylva. Que faire donc dans cette situation désastreuse ? Comment seul, étranger, sans amis, un jeune homme à peine au courant des affaires dans ce pays, pourrait-il parvenir à sortir de ces difficultés ? Surveiller les travaux à la plantation, solliciter des sursis aux poursuites des créanciers, rencontrer partout des refus, venant incessamment se briser contre des obstacles de tous genres, telle fut l'existence de Dumaine, existence si affreuse qu'elle amena un entier découragement, épuisant ses forces et les derniers efforts d'une lutte suprême.

Il passait souvent des journées à Rio dans un abattement profond, se demandant à quoi pouvait servir sa surveillance à la fazenda. N'allait-elle pas devenir la proie des Juifs et de ces individus à l'affût de spéculations, s'exerçant le plus souvent sur la ruine de malheureux qu'ils ont aidé à se perdre ? Il se trouvait cependant, par devoir, contraint d'accepter ce calice d'amertume. Que penserait Cécilia, lorsqu'elle apprendrait que tout était perdu ? Comment avoir le courage de retourner en France, pour apporter à sa famille la charge d'un être incapable et inutile ? Sa vie était gâtée pour toujours, une mauvaise pensée traversa son esprit, heureusement son sentiment religieux le sauva.

Il eut pourtant une minute de réveil à cette absorption de toute son énergie, Waterson entra dans sa modeste chambre et le saisit par le bras pour le rappeler à la réalité. Georges se leva, ouvrit des yeux sans regards, et tendit une main indifférente.

— Waterson, lui cria celui-ci, en la lui secouant rudement,

Waterson, ne me reconnaissez-vous pas? un ami, mauvaise tête; mais bon cœur. Eh! que diable avez-vous, Dumaine, êtes-vous malade, tombez-vous en catalepsie?

Pas de réponse.

Vous m'inquiétez, mon cher, on m'avait bien dit en arrivant ici, qu'on ne vous voyait plus, que vous étiez malade, que sais-je? mais par état vous savez que nous devons être consolateurs, si nous ne pouvons être sauveurs. Allons, ouvrez-moi votre cœur, parlez, s'agit-il d'un amour malheureux?... Non. Avez-vous échoué dans quelques grandes affaires, un coup de fortune vous aurait-il échappé?... Non encore; alors, morbleu! expliquez-vous, que je puisse savoir s'il y a remède à votre mal.

Devant cette amicale insistance, Georges revint à lui, à son tour il serra entre les siennes les mains de cet ami, et en peu de mots, remplis parfois de tristesse et d'amertume, il exposa à l'Irlandais la position désespérée où il se trouvait.

— Question d'argent, dit Harry, ah! mais je suis un richard, moi! Don Pedro m'a donné environ vingt mille francs en pépites d'or, j'ai eu l'idée de fouiller dans les sables que la rivière entraînait bien loin des mines de diamants et qui y sont rejetés après leur lavage. La récolte n'aurait pas été absolument mauvaise, elle aurait été meilleure si elle n'avait été désagréablement interrompue par des coups de fusil que m'adressèrent quelques contrebandiers.

Cependant et malgré mon sot voyage sur l'Amazone, et parmi les Manducurus, ce qui m'a beaucoup coûté sans profit, il me reste une trentaine de mille francs, ils sont à votre disposition, mon cher Dumaine, vous me les rendrez quand vous pourrez.

— Merci, bien sincèrement merci; ce n'est pas, hélas! ce qu'il faudrait pour échapper à la ruine et pour remettre la fazenda en valeur, mais bien deux cent mille francs dont moitié disponible de suite.

Deux cent mille francs! Que vaut donc votre plantation?

— Peut-être pas le quart à l'heure actuelle, mais trois, peut-être quatre ou cinq entre des mains actives, dirigées par une volonté intelligente.

— Bien, il me semble qu'on a parlé de la vente de cette propriété.

— El'e doit avoir lieu dans une douzaine de jours.

Ah! diable! Je comprends votre affliction, enfin tout n'est peut-être pas encore désespéré, permettez-moi de me mêler de cette affaire. Je connais quelques-uns de ces chercheurs d'aventures qui y sont certainement intéressés; j'ai quelque argent, peut-être en paraissant m'associer à eux, arrêterai-je les poursuites, et parviendrai-je à transiger. Ne perdons pas de temps, je vais me mettre en besogne. A votre tour, courage, luttez jusqu'au bout; vous savez ce qui nous est arrivé, si j'avais perdu la tête, j'aurais été bel et bien pendu.

— Pauvre Waterson! dit tout haut Georges lorsqu'il fut sorti, ses illusions ne dureront pas longtemps.

Et en effet, le lendemain soir, l'Irlandais revint confus et découragé. Ils s'entendent tous, dit-il, même les hommes d'affaires; on mettra en adjudication le domaine à un prix dérisoire, il n'y aura pas d'enchères, on désintéressera quelques créanciers, et la fazenda leur appartiendra pour un prix bien au-dessous de sa valeur.

CHAPITRE XXVII

Epilogue.

Les prières d'une mère, la pieuse résignation de Georges, Cécilia s'unissant à eux pour sauver du déshonneur la mémoire de son père, arrivèrent jusqu'à Celui qui tient dans sa main la destinée des hommes.

Tout était perdu, tout fut sauvé de la manière la plus inattendue.

Trois jours avant celui qui devait consommer la ruine de la fille de don Luis, Waterson entra brusquement dans la chambre de son ami.

— Drôle de chose, s'écria-t-il, je viens de rencontrer dans la rue un bonhomme demandant ton adresse à tous les passants, je l'ai arrêté pour savoir ce qu'il désirait.

— Ah ! ma foi, a-t-il dit, c'est facile à répéter : j'ai à apprendre à M. Dumaine que sa cousine est rentrée dans son couvent.

— Cécilia ! ce n'est pas possible, Cécilia ! mais pourquoi serait-elle revenue ? ton bonhomme est fou. Je cours voir, cependant, ce que cela veut dire.

La tourière se contenta, en réponse à ses questions, de dire à Georges : La jeune personne va descendre au parloir.

Peu d'instants après, une femme en grand deuil, cachée sous un épais voile noir, s'approcha lentement de la grille.

— Cécilia ! dit le jeune homme, en joignant les mains.

— Non, répondit celle-ci, Guaracinda ! pour vous ce n'est pas la même chose.

— Oh ! que dites-vous là, ma bonne Guaracinda, ne savez-vous pas combien je vous aime et pouvez-vous douter du plaisir que j'ai à vous revoir. Il faut me pardonner d'avoir pensé à ma cousine, si malheureuse, à une pauvre orpheline qui va tomber dans la misère.

— Je la plains, elle a perdu un père ; moi j'ai vu mon enfant écrasé sous mes yeux, mon époux massacré par des brigands, la mort m'a enlevé mon protecteur, le libérateur de mon peuple ; vous êtes souffrant, Georges, rempli d'anxiété et de désespoir, me voilà prête à me dévouer de nouveau pour vous. Je ne vous aurais pas laissé seul, croyez-le, en traversant les mers.

— Vous êtes injuste, dit tristement Georges, je sais quels malheurs vous avez éprouvé, quel courage vous avez montré pour dissimuler vos souffrances ; vous êtes d'un noble sang, je le sais, votre caractère est d'une énergie rare, votre patience admirable ; il ne serait pas généreux de vous comparer à une toute jeune fille ignorant la vie, le monde, les tristesses du cœur ; indulgence pour elle, admiration pour vous, n'avez-vous pas la meilleure part ?

Cheveux-d'Or garda le silence ; elle tourna la tête. Georges crut la voir essuyer une larme.

— Et c'est bientôt, reprit la belle Indienne, que votre sort va se décider... je veux dire celui de votre cousine.

— Dans trois jours.

— La fazenda sera vendue ; ceux qui ont prêté à votre oncle seront-ils payés ?

— Je ne crois pas que cette vente couvre les sommes qu'ils récla-

ment, mais il y a une telle exagération, une si odieuse friponnerie
dans leurs demandes, qu'il serait facile de les restreindre à la
réalité.

— Oui, je savais tout cela, pauvre Georges ; quel triste apprentissage faites-vous de la vie et à quoi tient votre bonheur !

A dater de ce moment l'Indienne, la tête entre les mains, ne prêta
plus qu'une attention distraite aux paroles de Georges, s'abstenant de
répondre lorsqu'il lui parlait d'elle et de son existence du lendemain.
Après quelques moments, elle se leva, tendit à Georges un petit peloton de papier.

— Voici le dernier adieu de don Pedro, il m'a chargée de vous le
remettre ; soulevant alors son voile de nouveau, et laissant voir sa
jolie tête inondée de larmes :

— Adieu, Georges, dit-elle d'une voix sourde mais accentuée et
secouée par quelques sanglots, elle se retira sans se retourner.

Le jeune homme revint chez lui le cœur bouleversé par des sentiments divers qu'il se refusait d'analyser.

Il n'y était pas depuis une heure, assis à côté de Waterson qui,
découragé lui-même, essayait cependant de rendre un peu d'énergie
à son ami, quand la porte s'ouvrit, qu'un Indien entra, déposa sur la
table une petite boîte et s'en alla sans dire un mot.

— Tiens, il n'est pas bavard celui-là, dit Waterson ; il se leva, vint
chercher la boîte, alla reprendre sa place auprès de son ami et se mit
à en déchirer l'enveloppe.

Sous le papier qui la couvrait, apparut un petit coffret en or, bijou
d'un admirable travail datant certainement de l'époque où Pizarre fit
la conquête du Pérou. La cassette portait l'adresse de Georges, il
l'ouvrit, elle contenait un billet et trois pelotons de papier plus gros
que celui que Guaracinda lui avait donné peu auparavant.

Voici ce que contenait le billet :

« Mon bien cher Georges, pardonnez aux illusions d'une pauvre
» Indienne, aux espérances trompées d'un cœur qui ne songeait qu'à
» vous... je vous aimais, je puis vous l'avouer, car nous ne nous
» reverrons plus; pardonnez, oh! oui, pardonnez-moi, j'ai bien
» souffert!... Soyez heureux avec celle que vous préférez, vous trou-
» verez ici le moyen de vous satisfaire; mais, mon ami, vous
» n'oublierez pas, je l'espère, la pauvre Guaracinda. Oh! je crois en
» vous, son souvenir visitera plus d'une fois votre pensée... elle était
» digne de vous! »

En lisant ces lignes encore trempées de larmes, Georges pleurait
aussi, mais Waterson sautant tout d'un coup dans la chambre, se mit
à chanter et à exécuter une gigue irlandaise comme s'il avait été
fou.

— Sauvé! sauvé! sauvé!... Tra deri dera, criait-il, oui, oui, je m'y
connais, c'est un véritable trésor. Ah! je vais savoir à quoi m'en tenir...
Chère Guaracinda, oui, elle vous aimait; elle rêvait en vous la résurrection de don Pedro et de son peuple!

Lorsqu'il rentra, Waterson paraissait plus réfléchi, il s'approcha de
son ami :

— Vous m'avez pris pour un insensé tout à l'heure, lui dit-il, c'est
que cette fortune inattendue, qui vous tombe du ciel, m'avait fait perdre la tête, j'y voyais des millions; je suis allé chez votre bijoutier,
honnête homme, pour faire estimer les trois diamants que contenait
votre boîte, ils valent de deux cents à deux cent cinquante mille francs,
ceci dépendra de leur pureté. Enfin, mon bon Georges, vous voici tiré
d'affaire, laissez-moi terminer celle-ci, ne faites pas la moindre démarche pouvant donner à penser que vous avez des fonds. Avec moi pas de
méfiance, je traiterai, j'achèterai sans compétiteurs, et vous verrez que
je suis capable de choses sérieuses... quand il le faut.

En effet, huit jours plus tard tout était terminé, la fazenda restait la propriété de Cécilia, et les créanciers acquittés avec les concessions qu'ils avaient dû faire dans la crainte de tout perdre. La banque nationale du Brésil avait fourni les fonds sur la garantie de riches bijoutiers associés de la rue Ouvidor.

L'exploitation de la plantation reprit plus active que jamais; en réunissant ce que l'Irlandais possédait avec ce qui provenait à Georges du souvenir de don Pedro, on pouvait disposer en améliorations d'une centaine de mille francs.

Waterson demanda à être nommé administrateur de cette propriété ; non-seulement Georges y consentit, mais il fut convenu qu'il aurait une part dans les bénéfices de chaque année. L'année écoulée, l'avenir de la fazenda assurait les résultats les plus satisfaisants.

Quelques démarches que Domaine entreprit pour savoir ce que Guaracinda était devenue, demeurèrent sans résultat.

Sa famille, son cœur l'appelaient en France, il partit ; Waterson reçut un jour une lettre de faire part de mariage.

Si la recherche des diamants est difficile, pensa-t-il, personne ne niera que leur possession est bien satisfaisante quand elle permet de conclure ainsi.

FIN.

LE

CAPITAINE LAMBERT

Souvenirs d'un Prisonnier de Juarez, au Mexique

Par A. BERTHET

I

S'il est au monde un pays enchanteur, une de ces contrées favorisées du ciel où tout charme, tout étonne, tout surprend, c'est, sans contredit, le Mexique, que bien peu de personnes connaissent en Europe, autrement que par les romans de Gabriel Ferry, d'Emile Chevallier et d'Alfred de Bréhat.

Lorsque, pour la première fois, je mis les pieds sur le sol mexicain, j'étais dans toute l'ardeur de la jeunesse, j'avais vingt-deux ans. Je rêvais à l'avenir, j'entrevoyais au loin la perspective de l'épaulette, de la croix d'honneur, que sais-je encore ? j'étais, en un mot, plein d'espérances et d'illusions.

Aussi, c'était avec un véritable bonheur que j'avais dit adieu à la France. C'était rempli d'enthousiasme et bouillant d'ardeur que je m'étais embarqué à Lorient, à bord du transport à vapeur l'*Eldorado*, pour me rendre avec un détachement de volontaires de toutes armes à la Vera-Cruz : j'étais, à cette époque, sergent-major et j'avais sollicité et obtenu la faveur de faire cette campagne du Mexique, où, hélas !

tant de mes compagnons d'armes devaient mourir décimés par les guérilleros, les combats et le *vomito-negro*.

Je m'étais senti entraîné, dès le premier jour, vers deux sous-officiers d'une physionomie ouverte et intelligente, et mes avances n'avaient pas été repoussées. L'un d'eux, Gaston Bérard, était sergent-fourrier au 20° de ligne et, par bonheur, venait rejoindre avec moi le 2° régiment de Zouaves ; l'autre, Alexandre Desbruyères, était maréchal-des-logis-chef au 7° Chasseurs et avait rendu un galon pour entrer au 1°° Chasseurs d'Afrique, où il allait comme maréchal-des-logis. Nous fîmes la traversée ensemble, et une amitié solide fut le résultat de ces heures de monotonie et d'ennui, qu'on appelle la vie du bord.

La Vera-Cruz est, sans contredit, une des plus belles villes du monde par la position qu'elle occupe. Dotée d'un port vaste et commode qui, avec ceux de Rio-de-Janeiro et de New-York, est l'un des plus vastes et des meilleurs de l'Amérique, elle commande, par ses forts et sa citadelle, l'entrée de la mer du Mexique. Sa population est un mélange de races où presque tous les types se trouvent représentés, comme dans le reste du nouveau monde. Le Français, l'Espagnol, le Portugais, l'Anglais, le Mexicain, le Métis, le Mulâtre, l'Indien, le Nègre, s'y coudoient et, par la diversité des costumes, offrent un coup d'œil des plus étranges et des plus variés. Mais les types dominant sont l'Espagnol et le Mexicain qui descend en ligne directe de ces fiers conquérants du Mexique et du Pérou, et qui a conservé l'orgueil et la fierté de ses ancêtres, se rappelant des Cortez, des Pizarre et des Almagro.

La ville est grande, bien peuplée, et le commerce y est des plus actifs et des plus conséquents, mais, lorsque nous arrivâmes, elle présentait un aspect inaccoutumé, et il n'y avait rien d'étonnant à cela. Nous étions en pleine guerre, et des soldats en armes occupaient tous les points principaux de la ville. Les couvents, très nombreux du reste,

servaient de casernes, et nous fûmes envoyés chez les capucins de
San-Antonio, au sommet de la citadelle ; nous y fûmes bien accueil-
lis, et on procéda immédiatement à notre versement dans nos corps
respectifs. Ainsi que je l'ai dit plus haut, Bérard et moi avions la
bonne fortune de rejoindre le même régiment, le 2ᵉ Zouaves, et nous
endossâmes, avec un certain plaisir, la veste au tombeau blanc, la
grande culotte et les molletières, ainsi que le chachia, ou bonnet qui
sert de coiffure en campagne.

J'avais cinq ans de service, et pourtant j'étais un des jeunes de ce
régiment, qui ne comptait que de vieux soldats de Crimée et d'Italie,
dont les figures bronzées par le soleil d'Afrique et les poitrines déco-
rées d'emblèmes rappelant leurs exploits, semblaient faire autant de
héros. Cependant nous fûmes très bien reçus, Bérard et moi. N'étions-
nous pas des volontaires ? n'avions-nous pas sollicité l'honneur de faire
partie de ce corps d'élite et de partager ses fatigues et ses dangers ?...

Il manquait précisément un sergent-major dans une compagnie, il
était à l'hôpital, je fus désigné pour le remplacer, et, je dois le dire,
la médaille d'Italie que je portais déjà, parla pour moi plus haut que
tous les commentaires qu'on aurait pu faire. Quoique jeune, j'étais
déjà un ancien, et mon capitaine me témoigna même une certaine déférence. On était en campagne et, dans ces moments là, soldats
et officiers fraternisent. Les uns ont besoin des autres, et souvent les
premiers peuvent être bien utiles aux seconds.

En attendant notre départ, nous visitâmes la ville, avec ses maisons
surmontées d'azoteas (terrasses) et garnies de verandahs. C'est une
cité qui rappelle l'Orient, par son climat et sa construction. Du haut
du couvent de San-Antonio, nous aimions à contempler le dôme de
ses nombreux monuments, les flèches et les clochers de ses églises,
la structure de ses habitations aristocratiques, véritables palais. Il
fallut partir pourtant, et c'est le cœur plein d'enthousiasme, le pied

léger, et le sac sur le dos que nous quittâmes la Vera-Cruz, le 4 juil-
let 186... Quelques mois après, nous avions gagné la *bataille* de
Puebla et pris Mexico.

Un orage près d'éclater pesait sur toute la nat re comme un manteau de plomb. D'épais et noirs nuages, cachant la lueur des étoiles
et de la lune, assombrissaient le ciel ordinairement si bleu du Mexique.
Pas un souffle d'air n'agitait les arbres, et le rugissement lointain du
puma (1) troublait seul la so'itude à cette heure de la nuit.

Plusieurs hommes étaient réunis dans une clairière et se groupaient
autour d'un immense brasier allumé pour les préserver de la fraîcheur
de la nuit, et éloigner les bêtes féroces. Ces hommes, qu'éclairaient
seulement les reflets du feu de bivouac, ressemblaient à des fantômes.
Quelques-uns fumaient leurs cigarettes en silence, d'autres dormaient,
un certain nombre causaient à voix basse.

Leur costume était celui des guéril'eres mexicains : le chapeau re-
troussé et garni d'une foule de colifichets ; la chemise plus ou moins
brodée, la chamarra de soie de crêpe de Chine ou d'étoffe du pays à
larges carreaux éclatants ; les calzoneras, ornés d'une foule de boutons
et ouverts jusqu'au genou sur le coté ; le zarapé, jeté négligemment
sur l'épaule et la machète dans la ceinture de soie écarlate, qui laissait apercevoir la crosse de leur pistolet ou d'un revolver ; tout cela
laissait deviner des soldats de Juarez, des partisans de l'indépendance
mexicaine.

Presqu'au milieu du cercle se tenait un homme d'un âge mûr, que
ses compagnons semblaient écouter avec autant d'intérêt que de respect et de crainte. Ses vêtements simples mais riches, son air fier et
son attitude martiale dénotaient l'homme habitué aux commandements.
C'était, en effet, un colonel mexicain, un chef redoutable de partisans,
don Ramon Quiranos.

(1) Lion sans crinière, originaire du Mexique.

A côté de lui, un autre caballero, dont le large sombrero cachait les traits, mais dont l'uniforme brodé et les gestes dénonçaient assez un second chef, le capitaine don Miguel Sarano, écoutait d'un air inquiet et distrait ses discours.

Tout à coup le chant du coq se fit entendre à quelque distance, par trois fois différentes. Don Miguel se leva précipitamment et fit un geste. Tous les partisans bondirent sur leurs jarrets, roulèrent leurs couvertures et saisirent leurs armes, en se groupant auprès de leurs chefs, attendant des ordres. Un instant après, six guérilleros sortirent du bois, entraînant au milieu d'eux un homme de haute taille et vêtu en riche jarocho ; (2) il n'avait pas de ceinture, on lui avait bandé les yeux avec, et ses deux mains étaient liées derrière le dos; mais, en dépit de cela, il avait conservé un certain air de fierté et marchait avec assurance.

Don Ramon se disposait à l'interroger, quand le prisonnier lui dit :

— Est-ce toi le chef de ces hommes ?

— Oui.

— Eh bien ! approche et écoute. Toi seul dois savoir.

Le colonel, enlevant lui-même la ceinture de son interlocuteur, fit signe à ses hommes de s'éloigner, et dès qu'il fut seul avec le nouvel arrivant :

— Que veux-tu ? lui dit-il.

— Voici une lettre du général don Alonzo Pedrianos, lis et réponds. Je suis prêt à te donner des renseignements, car je connais la dépêche.

— Serais-tu un traître, un espion ? Fais attention, car ta vie est entre nos mains.

— Je le sais, colonel, mais loin d'être un traître, je risque ma vie pour la patrie. Lisez plutôt et vous verrez.

(2) Planteur mexicain.

A mesure que don Ramon parcourait la dépêche, sa figure s'éclaircissait.

— De combien d'hommes se compose l'escorte du convoi? dit-il tout à coup au porteur de la missive.

— De deux compagnies de zouaves et d'un peloton de chasseurs d'Afrique. Pouvez-vous les attaquer et vous sentez-vous assez forts pour les battre et les faire prisonniers?..

— Je l'espère, mais il ne faut pas en jurer : ces Français maudits sont des lions au feu, et je n'ai que cinq cents hommes.

— Bien... j'essaierai de faire partager l'escorte ; mais ce n'est pas tout encore. Le colonel Duval, qui est à Guadalété avec son régiment, doit faire conduire à Otomba sa fille et celle du riche banquier Cavallos, qui nous a trahis pour se livrer aux Français. Elle est avec le convoi. A vous l'argent et le butin, à moi la belle Theresita !... De plus, je réclame cinq mille piastres pour ma part. Ce n'est pas trop, je suppose, quand je risque ma vie, et quand je vous livre un convoi de deux cent mille piastres.

— Tu les auras. Maintenant où dois-je placer mon embuscade, puisque tu connais l'endroit où passeront les Français ?...

— Vers la Croce-di-Retiro, auprès du passage qui est entouré de fondrières et de marais. La route y sera défoncée et l'escorte se débandera. A la tombée de la nuit, dès que le convoi se mettra en route, je te ferai prévenir.

— C'est parfait, dit don Ramon. J'aime à le croire, mais qui me prouve que ce ne soit pas un piége? J'ai besoin de savoir ton nom.

— Impossible, je ne puis le dire.

— Je l'exige.

Don Miguel s'approcha alors.

— Inutile, colonel, de le lui demander; ce qu'il a promis il le fera,

j'en suis certain, je me porte sa caution. Je le connais assez pour le
savoir capable de tenir sa promesse.

— Tu me connais, toi? dit l'inconnu avec hauteur.

— Oui... tu es. .

— Plus bas, plus bas, je t'en prie.

— Eh bien ! tu es... don Pedro y Salvador, le fiancé malheureux
de la belle Theresita. Est ce vrai ?...

— Silence !...

— Sois tranquille, je sais que tu détestes ces Français venus d'Europe pour nous asservir, et qui t'ont enlevé ta fiancée, et tes espérances de fortune. Je les hais plus que toi, si c'est possible ; je veux que
pas un d'eux n'échappe au massacre.

— Tous seront massacrés, je le jure... Bérard n'est-il pas dans
le détachement ?...

— Compte donc sur nous pour te seconder, et merci de tes avis.

Don Pedro disparut bientôt, après s'être enveloppé dans les plis de
son zarape ; don Ramon et don Miguel regagnèrent leur campement.
Quelques minutes après, tous deux dormaient du plus profond sommeil,
et l'on n'entendait plus rien dans le camp, si ce n'est le pas cadencé et
monotone de la sentinelle qui veillait pour tous.

Pendant que ce complot se tramait dans l'ombre, une autre scène
bien plus gracieuse avait lieu à Guadalété, alors occupée par trois
compagnies de zouaves, un bataillon de la ligne et deux escadrons de
chasseurs d'Afrique, sous le commandement du colonel Duval, un de
nos braves de l'armée d'Afrique, celui qu'on avait surnommé le lion
des Trazzas. C'était un vaillant soldat, têtu comme un breton, auda-
cieux comme un gascon, emporté et violent, mais loyal et bon, généralement aimé par tous ses inférieurs et estimé de ses supérieurs.

Veuf depuis plusieurs années, il n'avait avec lui que sa fille, Esther,
qu'il avait confié aux soins d'une institutrice, qui lui servait en même

temps de gouvernante, Mme Durocher, et celle-ci s'était prise d'une vive affection pour son élève, qu'elle ne quittait jamais d'un pas.

Quelques officiers de l'armée prétendaient à tort ou à raison qu'Esther devait épouser le lieutenant Lecomte, des chasseurs d'Afrique, fils d'un officier supérieur et qui, ayant devant lui un brillant avenir militaire, possédait de plus une fortune considérable. Le jeune lieutenant avait refusé une place dans l'état-major du général Bazaine, pour rester à Guadalété, et on s'attendait de jour en jour à voir ce mariage.

Or, le lendemain de l'entrevue de don Pedro et de don Ramon, deux compagnies de zouaves se trouvaient réunies sur la plaza mayor de Guadalété, et j'en faisais partie. Cinq à six chevaux piaffaient devant la porte du colonel Duval et hennissaient d'impatience.

Bientôt un grand mouvement se fit dans la maison ; plusieurs domestiques et officiers parurent sur la verandah garnie de fleurs ; Esther, appuyée sur le bras du lieutenant ; près d'elle était le colonel Duval, à côté duquel on distinguait don Cévallos, le riche banquier de la Vera-Cruz, et sa fille Theresita ; derrière eux venait Mme Durocher.

Tous paraissaient soucieux, car les dépêches reçues le matin même de ce jour annonçaient que les généraux mexicains, alliés de Juarez, tenaient la campagne et que de nombreux corps d'insurgés sillonnaient le pays. En ce moment, un officier s'approcha du colonel et lui dit quelques mots à voix basse.

— Il est fâcheux, dit alors M. Duval, que je reçoive cette nouvelle. Le capitaine Lambert, qui devait commander l'escorte, est dans l'impossibilité de la diriger, et je n'ai pas d'autre officier capable de le remplacer pour l'instant.

— Colonel, s'écria le lieutenant Lecomte, je vous serai obligé et reconnaissant même, si vous pouviez me confier une mission aussi importante que celle de conduire le convoi à nos troupes, et aussi honorable que celle de veiller au salut de ces dames.

— La route est bien mauvaise, l'ennemi bien nombreux, et vous connaissez bien peu le pays, lieutenant, dit le colonel, en marchant à pas précipités : Je ne doute ni de votre courage indomptable, ni de votre fermeté, ni de votre prudence, mais il vous manque l'expérience et la connaissance exacte des routes. Ah! pourquoi le capitaine Lambert n'est-il pas ici?...

— C'est vrai, colonel, j'approuve tout ce que vous me dites, mais il n'en est pas moins vrai que ce brave capitaine est retenu au rancho de Pijipapata et qu'il ne sera guère de retour avant la fin de la semaine. Je vous en prie donc, laissez-moi partir.

Esther adressa à son père un regard suppliant et, par deux ou trois paroles, appuya la requête du jeune lieutenant.

— Il nous faut partir, mon père, dit-elle, et puisque M. Lecomte nous sert de guide et de défenseur, nous n'aurons rien à craindre.

Enfin, soit, dit le colonel, vous partirez, monsieur Lecomte, mais je n'en suis pas moins bien contrarié.

Au même instant, un cavalier arrivait bride abattue et de toute la vitesse de sa monture sur la place de Guadalété ; il sauta précipitamment à bas du cheval dont les naseaux étaient en feu et le poil encore tout humide de sueur.

C'était le capitaine Lambert.

Il était âgé de trente-sept ans environ, et de haute taille, mais maigre, et son teint était bronzé par les chauds rayons du soleil d'Afrique et du Mexique. Sa poitrine était ornée de la croix de chevalier de la Légion d'Honneur, des médailles de Crimée et d'Italie, de la croix de Medjidié et de la médaille sarde.

Quoique d'une apparence maladive, une indomptable énergie animait ses traits nobles et réguliers, où se lisaient une remarquable expression d'intelligence et de résolution, et un mâle courage. Il portait l'uniforme des chasseurs d'Afrique, tout couvert de poussière et maculé çà et là de taches de boue, qui prouvaient la rapidité de sa course.

Le lieutenant Lecomte, en l'apercevant, éprouva un vif mécontentement et s'avança au devant de lui.

— Mon capitaine, lui dit-il, nous partons dans une heure, et je suis désigné, en votre absence, pour commander l'escorte du convoi : Je désire m'acquitter de cette mission, qui vous revient de droit. Pouvez-vous décliner l'offre qui vous sera faite de partir ?

— Je regrette de vous refuser, lieutenant, mais si je me suis tant pressé de revenir, c'est que de graves et sérieux motifs m'appellent à Otomba, et je ne puis moins faire que d'y aller, en profitant de l'occasion qui m'est offerte.

— Ainsi vous me refusez ?

— Tout autre chose, tout autre service, lieutenant, si vous le voulez, mais pour celui-ci... impossible.

En disant ces paroles, le capitaine gravit les degrés de la verandah et rejoignit le colonel Duval.

— Colonel, lui dit-il, j'ai rempli la mission que vous m'aviez confiée pour Puebla, et j'arrive de Palencio. Les détachements du général Pedrianas sont en ce moment à Santa-Cruz ; celui du colonel Obijo est détruit ou dispersé, mes chasseurs vont vous amener soixante-deux prisonniers. Obijo a été tué dans le combat, et la route est sûre de ce côté du moins.

— Très-bien, capitaine, je vous reconnais là. Quand a eu lieu ce combat ?

— Hier, dans la matinée.

— Et vous êtes déjà de retour ? Vous avez donc couru toute la nuit à franc étrier ?

— Oui, mon colonel.

— Alors, je dois renoncer au projet que j'avais conçu en vous

18

voyant de vous envoyer à Otomba comme chef de l'escorte du convoi qui va ravitailler nos troupes, car vous devez être trop fatigué.

— Je suis prêt à partir, colonel. J'ai appris le départ du détachement hier : j'ai pensé que vous auriez besoin de moi et me voilà. Je ne demande que quelques minutes pour faire mes préparatifs.

— Prenez deux heures, capitaine. Vous déjeunerez avec nous, car je suis heureux de vous avoir sous la main, aujourd'hui ; surtout cela m'épargnera des inquiétudes et des ennuis. Venez, que je vous présente à ces dames et que je leur annonce cette excellente nouvelle.

Le colonel et le capitaine se dirigèrent vers le petit groupe qui occupait la verandah. Esther et Theresita saluèrent le capitaine d'un air glacial et hautain, qui enveloppa toute sa personne et le fit tressaillir. C'est que le brave capitaine Lambert était loin d'avoir une tenue de revue ou de bal. La poussière et la boue, comme nous l'avons dit plus haut, couvraient son uniforme déchiré, et la fatigue assombrissait encore son visage long et amaigri.

— J'ai fait dix-sept lieues depuis hier soir, dit-il d'un ton plein de douceur, et d'empressement...

Esther s'éloigna sans le laisser achever, et en lui faisant une révérence dédaigneuse et si altière que le colonel Duval s'en aperçut.

— Au diable, murmura-t-il, ces petites filles ! Je vais les gronder à l'instant.

Mais Esther était son enfant adorée, sa fille unique, il l'aimait à la folie, et elle le savait, aussi parfois en abusait-elle. Il en fut pour ses remontrances.

— Permettez-moi, dit Lambert, d'aller inspecter le convoi et les hommes qui l'accompagnent.

Et, quittant son supérieur, il descendit dans la cour où étaient réunis tous les hommes faisant partie de l'expédition, deux compagnies de zouaves et une cinquantaine de vieux chasseurs d'Afrique.

Bien des choses laissaient à désirer, et le capitaine s'en aperçut au premier coup d'œil. Il augmenta les provisions, les munitions surtout, visita les armes, et s'occupa de réparer toutes les négligences possibles.

— Veillez à tout cela, monsieur Lecomte, et vous aussi, monsieur Leroy, dit-il en s'adressant aux deux officiers.

M. Leroy était un jeune lieutenant de zouaves nouvellement arrivé au Mexique, mais dont le regard dénotait l'ardent courage.

En quelques minutes tout le monde exécutait les ordres donnés par M. Lambert. Quant à lui, une demi-heure lui suffit pour déjeuner et réparer le désordre de ses vêtements, et, à l'exception de ses yeux rougis par l'insomnie, toute trace de fatigue avait disparu. Il passa une nouvelle inspection et vint annoncer au colonel que l'on n'attendait plus que ses ordres pour se mettre en route.

— Partez, alors, dit M. Duval, en poussant un soupir, et veillez bien, cher capitaine.

Au moment où le détachement partait, un homme caché dans l'embrasure d'une fenêtre se pencha au dehors et fit entendre le cri du Jaguar. A ce singulier appel, un autre lui répondit, et un second personnage, vêtu du costume national, s'avança rapidement près du premier, dans lequel on eût facilement reconnu don Pedro y Salvador. Une conversation animée s'engagea aussitôt entre les deux hommes. Don Pedro semblait donner des instructions. Le Mexicain fit un signe d'obéissance et disparut presque aussitôt en courant à travers champ, en suivant une direction parallèle au convoi.

Don Pedro suivit de loin, mais avec lenteur, et disparut bientôt à la vue des habitants de Guadalété.

M. Duval, après avoir embrassé sa fille, la recommanda encore une fois au capitaine Lambert, auquel il fit quelques observations sur sa mission, et ce dernier jura de défendre le convoi et les voyageurs jusqu'à la dernière goutte de son sang.

Le détachement partit.

Il faut avoir voyagé au Mexique pour se faire une idée de ce que c'est qu'un voyage, même de quelques lieues, dans ce pays, tant la locomotion y est difficile. On se sert ordinairement de chevaux et de palanquins, et il y a bien peu de temps que le premier chemin de fer y a fait son apparition. A cette époque surtout, les moyens de transports étaient bien rares, les routes étaient infestées par les Juaristes, sillonnées par des bandits n'appartenant à aucun parti et profitant de la guerre pour détrousser impunément les voyageurs. De plus, de Guadalété à Otomba, il y a près de trois cents kilomètres à franchir au milieu des prairies, des marécages, des déserts. Tantôt des forêts vierges dont les arbres entrelacent leurs rameaux touffus et ne laissent, pour ainsi dire, aucun passage; tantôt des rivières à traverser, des marais qui vous arrêtent. Çà et là, et de loin en loin quelques jacals, espèces de cabanes longues construites en bambous avec des nattes pour cloison; quelquefois un rancho, habitation un peu plus riche et occupée par des propriétaires du pays.

Nous nous occupions peu de ces détails; en campagne, le soldat n'est-il pas habitué à camper et à se coucher où il se trouve, à manger ce qu'il a, ou ce qui lui tombe sous la main? mais le capitaine Lambert n'entendait pas de cette oreille; il fallait bien que ces dames pussent se reposer et l'on poussait l'étape jusqu'à ce qu'on eût trouvé un rancho ou un jacal, susceptible de les abriter convenablement; cette mesure était cause que l'on se fatiguait énormément, et même que quelques murmures éclataient parfois dans nos rangs. Pourtant nous étions là environ cent-cinquante zouaves; tous, pour la plupart, nous avions pris part aux campagnes de Crimée et d'Italie, et l'on était disposé à bien faire face à l'ennemi. Nous l'avions prouvé à

San-Lorenzo et à Puebla. Cependant, on aimait tellement le capitaine, on lui reconnaissait tant de brillantes qualités militaires, que chacun se taisait et se contentait de parler à voix basse. Nul d'entre nous ne connaissait le but de l'expédition. Nul ne savait même où nous allions positivement, mais on marchait, on allait en avant, parce que notre métier était celui de soldat, parce que la discipline nous disait d'obéir, et enfin parce que nous savions que nous allions rejoindre des compagnons d'armes dont nous étions séparés depuis bien longtemps déjà.

Nous marchions au milieu d'une vaste prairie, au pas de route. Au milieu du détachement se trouvaient les chevaux, sur lesquels étaient montées Esther Duval, Theresita Cévallos et Mᵐᵉ Durocher. Elles descendirent bientôt de leurs montures pour se placer dans une sorte de palanquin, réservé pour elles, afin de se garantir de l'ardente chaleur du soleil. Le capitaine Lambert s'approcha de ces dames pour causer avec elles, mais Esther et Theresita lui répondirent avec tant de froideur qu'il fut obligé de s'éloigner, froissé dans son amour propre.

— Vous traitez bien mal ce pauvre capitaine, dit Mᵐᵉ Durocher à sa pupille et à sa compagne.

— Il nous déplaît, répondirent-elles en chœur.

Cette parole était un peu exagérée, il faut l'avouer, car elles parlaient sous l'influence d'un sentiment de mauvaise humeur et de colère mal contenue.

Il eût été difficile, en effet, de trouver deux jeunes personnes plus courageuses, plus aimantes, plus dévouées et surtout aussi chrétiennes que ces jeunes filles.

L'une, Esther, avait été élevée dans une maison d'éducation religieuse du midi de la France, et y avait puisé là une éducation sérieuse et catholique. On s'était plu à développer le germe de ses brillantes qualités que troublait seul parfois un orgueil excessif. La nature avait tout fait pour elle, mais c'était une enfant gâtée ; son père, qui l'adorait, ne voyait que par ses yeux, et c'est ce qui la rendait un peu volontaire et même capricieuse.

L'autre, Theresita, était douée d'un meilleur naturel et avait de plus reçu une instruction d'élite au couvent de la Conception, à Mexico, mais elle était aussi fille unique ; son père, le riche banquier Cévallos, était dix fois millionnaire et elle était peu habituée à voir contrarier ses projets. Elle aimait Esther avec tendresse, depuis qu'elle en avait fait la connaissance et ne savait plus que dire et faire comme elle. On s'habituait, du reste, à regarder cette dernière comme la fiancée du lieutenant Lecomte, et Theresita devait épouser un des amis intimes de celui-ci. Les deux amies s'étaient promis de se marier le même jour.

Pourtant, Esther n'avait pas pour le jeune lieutenant les intentions qu'on lui supposait. Il était mieux élevé, plus galant que la plupart des autres officiers de la garnison de Guadalété ou du régiment de son père : voilà pourquoi elle semblait lui accorder une certaine préférence sur les autres, mais c'était tout. Effrayée de l'ennui qu'elle allait éprouver pendant ce long voyage de quatre-vingts lieues, elle aurait préféré avoir pour chef de détachement le jeune lieutenant, qui était gai, aimable et spirituel, tandis que le capitaine Lambert était bourru et morose, et elle gardait rancune à celui-ci de l'avoir privée de la compagnie du lieutenant, ce qui était cause des rebuffades de tout genre qu'il endurait. Et cependant, il veillait sur elle avec le plus grand soin, les attentions les plus grandes ; mais il se tint écarté, et sa réserve froissa plus encore les deux jeunes filles, qui s'abstinrent complètement de lui parler.

Depuis quelque temps on traversait des forêts, des passages dangereux où l'insurrection régnait presqu'en souveraine, et des avis secrets étaient parvenus au capitaine. Il ne parla pas du danger, mais il se contenta de redoubler de surveillance.

II

Une nuit, cinq jours après le départ de Guadalété, le capitaine Lambert se leva avant que personne fût éveillé dans le camp. Il allait fumer sa pipe en faisant une ronde pour visiter les sentinelles, et voir si tout était bien en ordre, si rien ne laissait à désirer. Au moment où il rentrait dans sa tente, il aperçut ou plutôt il lui sembla apercevoir une forme humaine qui traversait une clairière près du camp : il s'élança de ce côté, mais il ne vit plus rien, n'entendit rien, quoiqu'il fût resté près d'une heure caché derrière un arbre. Cependant, il avait bien cru distinguer quelqu'un.

Ce jour-là, il attendit le jour pour faire lever le camp, et donner le signal du départ; et tandis que le convoi reprenait sa marche, il alla examiner lui-même et de nouveau l'endroit où il avait cru voir une ombre durant la nuit. Au bout de cinq minutes, il distingua parfaitement des traces de pieds qu'il suivit assez longtemps et qu'il fut obligé d'abandonner lorsqu'il arriva à la lisière de la forêt.

Il revint sur ses pas, soucieux et inquiet. Qu'est-ce que cela signifiait? Etaient-ce des Mexicains ou des Indiens, et en présence desquels on allait se trouver? Car les Indiens, quoique ennemis naturels des Mexicains, ne chérissaient guère les Français, et faisaient un mauvais parti à tous ceux qui tombaient entre leurs mains.

Le capitaine rejoignit sa petite colonne, et prenant avec lui un brigadier et six chasseurs, il dépassa l'avant-garde et galopa plus d'une lieue sur la route. Mais ses yeux ne purent rien découvrir de suspect. Pourtant, oppressé par une vague inquiétude, il tourna bride et revint vers l'escorte, se plaçant à côté des jeunes filles, et en recommandant à ses zouaves de bien prendre garde et d'être disposés à résister vigoureusement en cas d'attaque.

Esther Duval en voulait au capitaine de sa froideur et de sa taciturnité. Elle ne voulait pas s'avouer ses torts envers lui et éprouvait, comme bien des gens, le besoin de faire partager son dépit à ceux qui l'entouraient. Elle se laissa entraîner plusieurs fois à dire des choses, toujours fort jolies en apparence, mais qui offraient un sens détourné facile à saisir et fort désagréable pour le capitaine.

Il ne répondit rien, mais ses yeux se fixèrent sur ceux de la jeune fille avec une telle expression de tristesse et de reproche qu'Esther fut tout émue. Elle eût donné tout au monde pour retirer ce qu'elle avait dit, mais il était trop tard. Si elle n'eût été retenue par une sorte de pudeur, elle eût mis de côté tout amour-propre et demandé pardon au capitaine. Celui-ci, de son côté, portait trop haut le sentiment de sa dignité pour s'exposer à de nouvelles blessures. Il salua tristement Esther et s'éloigna.

Quant à elle, mécontente d'elle-même, et affligée du chagrin qu'elle venait de causer à ce brave et digne officier, elle se livra à la solitude, refusant même de répondre à sa compagne Theresita et cherchant les moyens de pallier sa conduite. Pendant ce temps, le capitaine Lambert écoutait le rapport d'un chasseur d'Afrique, envoyé en éclaireur, qui venait de l'avant-garde et déclarait qu'on avait aperçu au loin sur la route une forte troupe d'hommes armés, portant l'uniforme mexicain. Étaient-ce des amis, ou des ennemis ? Telle était la question à résoudre.

— Nous les avons vus du haut de la côte, dit le chasseur Bertrand, ils sont à peu près à sept ou huit kilomètres d'ici, mais ils gagnent rapidement.

— Et combien sont-ils ? demanda Lambert.

— Environ sept à huit cents hommes, cavaliers et fantassins.

— Halte ! cria le capitaine ; malheureusement, cet endroit est bien défavorable pour nous.

— Capitaine, dit alors un cavalier qui arrivait au galop de son cheval, et qui n'était autre que don Pedro y Salvador, à deux kilomètres d'ici à peine se trouve un plateau de 3 à 4,000 mètres de largeur entouré de rochers et où l'on ne peut arriver que d'un seul côté ; les autres abords en sont défendus par des fourrés impénétrables. Installez votre convoi sur le plateau et, dans cette position, il lui sera facile de se défendre contre les bandits.

— Mais, s'ils sont à cheval, ils nous auront rejoints bien avant que nous y soyons.

— Votre chasseur, le vieux Bertrand, dit qu'il n'y en a qu'une partie. Au reste, arrangez-vous, continua don Pedro ; pour moi, je cours rejoindre les troupes de l'empereur Maximilien, à Ferreja, où je suis attendu.

Et le traître partit au galop, dans la direction du sud, laissant le capitaine fort perplexe sur ce qu'il devait faire.

Enfin, il s'arrêta à un parti décisif.

— Holà ! Lecomte, cria-t-il, vous allez prendre vingt-cinq chasseurs et cinquante zouaves ; je vous confie la garde du convoi et de ces dames, partez donc en avant et installez-vous sur le plateau où vous pouvez vous défendre... Vous, monsieur Leroy, vous resterez avec la réserve, et veillerez à donner du renfort en cas de besoin. Quant à moi, je vais à l'arrière garde.

— Dix minutes après, le détachement du convoi se fractionnait en trois parties égales, et le capitaine Lambert courait à l'arrière-garde, où était le danger le plus pressant. La fusillade avait déjà commencé. Les zouaves partirent au pas de course, les chasseurs au grand trot, et tous disparurent bientôt dans la plaine.

Le lieutenant Lecomte fit doubler le pas à ses hommes, de manière à gagner l'avance et à vite arriver au poste qui lui était assigné. Il se plaça à côté des dames, et se disposa à une vigoureuse défense.

Tout à coup, au moment où l'on traversait un passage boisé, bordé par un marécage dans lequel les fourgons enfonçaient jusqu'à l'essieu, des cris sauvages retentirent de tous côtés. Trois ou quatre cents Mexicains s'élançaient sur les Français le sabre et le pistolet au poing, le fusil tout armé.

— Alerte ! cria le lieutenant. A moi, zouaves et chasseurs, car nous sommes trahis et entourés !...

Tous ces vieux soldats se serrèrent autour de leur jeune chef, prêts à vendre chèrement leur vie. Ils se battirent bravement, mais ils étaient un contre six, et la lutte n'était guère possible. Nombre des assaillants furent jetés à terre et tués sans pitié, mais de nouveaux ennemis se présentaient sans cesse ; malgré le courage du lieutenant, et l'intrépidité d'un vieux sergent de zouaves, les Français furent obligés de lâcher pied. Le lieutenant Bérard, moi et bien d'autres, nous étions blessés et hors de combat. Le sergent se défendait toujours.

— Chargez-moi cette canaille à la bayonnette, disait-il.

Et, donnant l'exemple, il s'élançait sur ses agresseurs. Mais il fut enfin obligé de céder au nombre. Don Pedro, qui se croyait sûr du succès, venait de jeter le masque et arrivait sur le lieu du combat avec le colonel Quiranos et deux cents de ses volontaires. Alors le combat fut terrible et sans merci.

Don Pedro s'élança vers le fourgon où le lieutenant avait fait placer les femmes, et saisit violemment Theresita dans ses bras, pendant que ses soldats cherchaient à s'emparer d'Esther, que le bruit du combat avait tirée de ses réflexions. Esther tenait à la main une cravache, elle en frappa avec force don Pedro, qui lâcha Theresita, mais la reprit aussitôt, pendant que don Miguel Sarano essayait d'entraîner la fille du colonel Duval.

— Vous me payerez cela plus tard, dit don Pedro en jetant un coup d'œil satanique sur les jeunes filles. Rien ne peut vous faire éviter votre sort désormais, car vous êtes nos prisonnières.

— Nous nous tuerons plutôt, s'écrièrent à la fois Esther et Theresita. Au secours !... au secours !...

Dans ce moment, l'on vit s'agiter les branches des arbres de la forêt et l'on entendit un léger bruissement de pas. Don Pedro et ses amis crurent à l'arrivée de nouveaux renforts. Tout à coup le capitaine Lambert, suivi d'une quarantaine de zouaves, apparut à deux pas des jeunes filles.

Lorsque don Pedro vit le capitaine l'ajuster avec son revolver, il prit la fuite en ayant soin toutefois de maintenir Esther et Theresita entre lui et les zouaves.

— Ne tirez pas, cria le capitaine Lambert à ses hommes, craignant qu'une balle mal dirigée ne vînt les atteindre.

Et il courut à elles :

— N'avez-vous aucun mal ? leur demanda-t-il d'une voix émue et tremblante.

— Non, grâces au ciel, capitaine, vous êtes arrivé assez à temps. Merci, mille fois, merci !...

— Dieu soit loué ! dit-il.

Et il mit aussitôt Esther et Theresita sous la garde de quelques soldats et d'un vieux sergent qui avait toute sa confiance.

— Vous m'en répondez sur votre tête, ajouta-t-il.

Puis il rallia ses hommes et leva son sabre en poussant les cris :

— Vive la France ! en avant !...

Pendant ce temps-là, les Mexicains se ralliaient autour de leurs chefs don Ramon Quiranos, don Miguel Sarano et don Pedro y Salvador, et fondirent sur les Français.

Mais au même moment, du côté opposé accouraient les chasseurs

d'Afrique et le reste des zouaves, qui chargèrent brusquement les guer-
rilleros, et ceux-ci se trouvèrent pris entre deux feux. Néanmoins,
soutenus par la voix et l'exemple de leurs chefs, à la vue du trésor
qu'ils avaient commencé à piller, les Mexicains se défendirent vaillamment, et un instant la lutte sembla douteuse, car ils avaient l'avantage du nombre. Don Pedro tua de sa main le vieux sergent chargé de
la défense des jeunes filles, et cette perte fit reculer les zouaves, dont
plusieurs étaient déjà hors de combat.

Le capitaine Lambert, poussant un cri de fureur, se dressa sur ses
étriers, et, enfonçant ses éperons dans le ventre de son cheval, s'élança
sur les assaillants, en renversant tout ce qui lui barrait le passage; il
blessa d'un coup de sabre don Miguel, qui venait de lui tirer un coup
de pistolet à bout portant, chargea don Pedro et ses cavaliers, mais
son cheval s'abattit, mortellement frappé, et il allait être fait prisonnier quand les chasseurs, électrisés par son courage, vinrent le dégager du milieu des ennemis. Sa vue suffit pour rallier le détachement,
et les Français, à leur tour, coururent sur les guérilleros, sabre au
poing, baïonnette au canon.

— Au capitaine! au capitaine! crièrent alors don Pédro et don
Ramon, comprenant que l'issue du combat dépendait de sa vie.

Sept à huit Mexicains se pendirent à la bride de son cheval, car on
venait de lui en donner un nouveau. Celui-ci se cabra, et Lambert
frappa indistinctement, gratifiant les ennemis de coups de sabre, de
crosses de pistolet, de canon de fusil. Il était superbe à voir. Un guérillero s'élança sur la croupe du cheval du capitaine. D'une main. il
le saisit par le cou, de l'autre il chercha à le poignarder. En même
temps don Ramon arrivait, le sabre levé pour frapper le capitaine.
M. Lambert se retourna en faisant bondir sa monture, saisit par le
bras le Mexicain, l'enleva de sa selle et le jeta à terre avec une force
incroyable, pendant que don Ramon lui asségnait sur la tête un coup

de sabre. Mais la lame glissa sur le kè; i du capitaine, qui riposta par un coup de pointe et blessa grièvement le colonel ennemi. Les Mexicains accoururent à la défense de leur chef ; malgré eux, Lambert l'atteignit dans sa fuite, et lui plongea son sabre dans le ventre.

Don Ramon tomba inanimé.

En le voyant à terre, les Mexicains perdirent courage. Ils se débandèrent bientôt en jetant leurs armes, se sauvant dans toutes les directions.

Pendant que ceci se passait au centre, le lieutenant Lecomte avait fort à faire sur le plateau où il s'était réfugié et où il avait à combattre contre des ennemis cinq fois plus nombreux que sa petite troupe. Il sut cependant garder sa position, et se défendait bravement quand l'arrivée des soldats du capitaine lui permit de reprendre l'offensive. Vigoureusement repoussés, les Mexicains ne tardèrent pas à prendre la fuite, et les Français restèrent complètement maîtres du champ de bataille.

Esther s'était vaillamment conduite pendant la durée de l'action et avait même tué un soldat mexicain d'un coup de revolver, mais aussitôt la lutte terminée, elle redevint la modeste jeune fille et, toute tremblante, courut se réfugier dans un fourgon où étaient déjà Theresita et M⁽ᵐᵉ⁾ Durocher.

Comment le capitaine Lambert avait-il fait pour arriver si à propos au secours du détachement ? Telle était la question que se posaient les jeunes filles. C'était bien simple pourtant. Il était parti au galop pour l'arrière garde afin de se rendre compte de ce qui se passait et avait bien vite compris que ce n'était qu'une attaque simulée. Alors il était revenu en toute hâte sur ses pas et avait pris à travers les bois avec les zouaves ; il avait, par conséquent, bien vite dépassé la colonne et au premier coup de feu, il était accouru assez à temps pour sauver le convoi dont il avait la garde et en même temps les deux jeunes filles.

Esther et Theresita remercièrent le capitaine en termes émus, et Esther s'excusa même de l'inconvenance des paroles qu'elle avait prononcées au départ de Gualalété. Le capitaine reçut avec froideur ces excuses et ne se départit pas de son calme habituel.

Quelques heures après, le détachement arrivait au rancho de Jalapa, et les jeunes filles y prenaient un repos nécessaire après tant d'émotions, pendant que les soldats s'occupaient de camper et dressaient leurs tentes.

Le rancho appartenait à un noble Mexicain connu pour son amitié envers les Français, don Alonzo de Guenedas. Il célébrait justement ce jour-là la fête de sa fille, et toute la population du village de Corréal s'y trouvait revêtue de ses plus beaux habits. Des tables étaient dressées à l'intérieur et chargées de poulque, d'agua guardiente et autres boissons, de gateaux épicés, de viandes de toutes sortes. Le détachement reçut l'invitation de prendre sa part aux divertissements et au festin; les hommes qui le composaient ne se firent pas prier et chacun s'installa de son mieux, après, toutefois, avoir placé des sentinelles pour veiller au salut commun.

Pendant que Mexicains et Mexicaines se livraient au plaisir de la danse, d'autres jouaient au monte, jeu de cartes assez semblable au lansquenet; d'autres enfin assistaient à un *pelea de gallos* ou combat de coqs.

Il est difficile de se figurer l'animation qui règne parmi les spectateurs de ces combats.

Les courses d'Epsom ou d'Hyde-Market en Angleterre peuvent seules donner une idée de l'agitation des parieurs, de leurs cris d'enthousiasme et de colère et du tumulte qui en résulte.

Ce spectacle est un des plus en goût parmi les populations du Mexique, et donne lieu souvent à des paris considérables, à des pertes d'argent énormes, à de sanglants duels à coups de navaja ou de stylet.

La soirée s'écoula comme un songe au milieu de danses, de chants et de combats de coqs; enfin, vers six heures du soir, chacun des Français alla se livrer à un repos bien nécessaire après toutes les fatigues et les émotions de la journée.

Le surlendemain, le convoi et le détachement arrivaient à Otomba, et, à part quelques hommes tués et sept à huit blessés, tout était dans son état normal. Le capitaine Lambert reçut les félicitations de ses supérieurs pour sa belle conduite, et Esther voulut elle-même lui témoigner sa reconnaissance ainsi que Theresita Cévallos.

Le capitaine parut touché de l'intérêt qui lui était témoigné et remercia vivement les deux jeunes filles, mais il ajouta tristement.

— Maintenant, ma tâche est finie. Je m'étais juré de vous conduire à Otomba, j'en avais fait la promesse formelle au colonel Duval. Que m'importe désormais d'être tué! un peu plus tôt, un peu plus tard!...

— Et votre famille? dit Esther. Et vos amis?...

— Je n'en ai point. Je n'avais qu'un ami, le capitaine Durbec, du 2e Zouaves; il a été tué à Puebla... lui, était riche, beau, jeune et aimé. Il avait tout ce qu'il faut pour être heureux. Pourquoi ne suis-je pas mort à sa place?

— Vous êtes donc malheureux, monsieur Lambert?

— Personne n'est content de son sort ici-bas.

— Pourquoi donc ne pas me répondre? reprit Esther : ce n'est pas gentil. Doutez-vous de mon amitié ou de ma discrétion?

— Non! mais ce soir je vais vous quitter et sans doute pour toujours.

— Espérons que non, capitaine; pour moi, je ne vous oublierai jamais et vous serez toujours mon meilleur ami.

Un instant après, les deux jeunes filles quittaient le capitaine, et celui-ci, d'un air pensif, se rendit au quartier général.

III

Otomba est une des villes les plus importantes de l'intérieur du Mexique, et c'était là le centre des opérations de l'armée française contre Juarez et ses partisans. Maximilien venait d'être proclamé empereur, et nos soldats étaient là pour défendre sa cause. Aussi, était-ce une véritable ville de garnison que cette cité d'Otomba, où l'on ne voyait que des uniformes français dont les couleurs, bleues et rouges, tranchaient sur les brillants costumes des officiers mexicains resplendissant de soie, de velours, de dorures et d'aiguillettes.

Esther et Theresita se dirigèrent vers le palais de Cévallos, véritable monument d'une architecture moresque ancienne, aux colonnades de marbre et de granit, où les peintures les plus vives et l'éclat le plus grand régnaient à profusion.

C'était la demeure habituelle de l'opulent banquier Cévallos, l'un des plus riches financiers du Mexique et même du Nouveau-Monde, qui avait dépensé des sommes fabuleuses pour sa construction.

Les deux jeunes filles et Mᵐᵉ Durocher se rendirent aux appartements qui leur étaient préparés depuis plusieurs jours en devisant des évènements du voyage, et les accompagnant de réflexions judicieuses.

Toutes deux venaient à Otomba, pour y attendre le retour des jours meilleurs, c'est à dire la paix, et devaient s'installer près de dona Carmen, tante de Theresita.

C'est que toutes deux aussi avaient été bien éprouvées depuis quelques mois. Esther avait vu mourir sa mère, au moment de quitter l'Algérie, et, depuis, son père avait été grièvement blessé à l'affaire de San-Lorenzo ; elle-même, quoique forte et courageuse, avait dû subir les atteintes de cette fièvre terrible de la Sonora et de l'intérieur des terres, qu'on appelle le *comito-negro*, et elle était bien aise de se retremper un peu de ses fatigues dans un lieu sûr et près de personnes dévouées. La vie des camps était au-dessus des forces de l'humble élève des religieuses de la Visitation.

Theresita, elle, avait vu périr, à la prise de Mexico, ses deux frères, Manoel et Juan. Elle-même allait être passée au fil de l'épée après avoir subi les derniers outrages, lorsqu'elle avait été protégée et secourue par un jeune sous-officier des zouaves, Bérard, dont nous avons déjà parlé...-et, en échange de ce bienfait, elle lui avait juré de n'épouser que lui. Bientôt, usant de toute son influence sur son père, elle était parvenue à le détacher du parti des indépendants mexicains, et Cévallos était devenu un de nos plus zélés partisans. Il voyait même de fort bon œil la liaison de sa fille avec Bérard, qu'il regardait comme plein d'avenir et dont il n'était pas fâché de se faire un gendre, car il lui était reconnaissant. Il avait donc brusquement congédié don Pedro y Salvador, le prétendant à la main de Theresita et s'en était fait un ennemi implacable et acharné à sa perte.

A l'entrée de l'hôtel Cévallos, dona Carmen vint au devant des jeunes filles.

— Ma tante, exclama Theresita en se jetant à son cou, permettez-moi de vous présenter ma meilleure amie, Esther Duval, fille d'un colonel français.

Et elle se mit à raconter le long et périlleux voyage qu'ils venaient de faire depuis Guadalété, en faisant l'éloge du capitaine Lambert et sans oublier le sergent Bérard.

Dona Carmen témoigna le désir qu'ils lui fussent présentés, et, le même soir, les deux Français étaient introduits dans les salons de l'hôtel Cévallos.

— J'espère, leur dit dona Carmen, que nous aurons souvent le plaisir de vous voir, messieurs, car je sais tout ce que vous avez fait pour ces

19

dames et pour ma nièce surtout, une pauvre étrangère orpheline. À dater de ce jour, considérez cet hôtel comme le vôtre.

Le capitaine Lambert s'inclina, et Bérard rougit de plaisir.

Il y avait fête à l'hôtel, ce soir-là. Pour fêter l'arrivée du convoi qui apportait des vivres, des munitions et la solde de plusieurs mois, tous les officiers de la garnison avaient répondu à l'appel de dona Carmen.

Parmi eux, comme on peut le penser, se trouvaient les lieutenants Leroy et Lecomte, nos anciennes connaissances. Il y avait de plus le major Buard, les commandants Rougemont et Krebbs, plusieurs capitaines et lieutenants.

On fit une réception splendide, un accueil magnifique à nos deux héros. Mais le lieutenant Lecomte jeta un coup d'œil de travers au capitaine Lambert, car il avait surpris quelques propos relatifs à sa belle conduite pendant le voyage de Guadalété et des allusions à un prochain mariage avec Esther. Néanmoins, il n'osa témoigner ouvertement son mécontentement et se borna à une politesse stricte et glaciale.

La conversation fut très animée. On parla de tout ce qui pouvait intéresser, de l'empereur Maximilien, de Juarez, des expéditions projetées. Quelques officiers déclarèrent qu'ils avaient l'intention de se marier et de rester dans le pays. D'autres exprimèrent, au contraire, leurs regrets pour la France. Bref, chacun dit la sienne. Bientôt les tables de jeux s'organisèrent. Le punch chaud fut servi, les danses commencèrent, et minuit sonna, sans que personne se fût aperçu de la rapidité avec laquelle le temps s'était écoulé.

On se sépara. Le capitaine Lambert se dirigea vers la calle de los Huespedes où il avait élu domicile, et Bérard vint me retrouver au quartier des zouaves, en me confiant ses impressions, ses projets d'avenir, ses espérances.

Otomba est une ville pittoresque. Ses maisons en bois, à verandah ouverte, ses places couvertes d'arbres et de riches hôtels, ses églises an style gothique et sévère, ses rues alignées, mais entrecoupées de jardins, donnent à sa physionomie un aspect riant et étrange. De plus c'est un poste militaire très important, car il commande l'entrée des terres intérieures, et sert de respect aux Indiens Apaches et Comanches qui sillonnent le Mexique et n'osent pas s'aventurer jusque sous les canons de la ville.

La garnison d'Otomba se composait alors de cinq compagnies de zouaves, d'un bataillon du 99e régiment d'infanterie, de deux compagnies d'infanterie de marine et de deux escadrons de chasseurs d'Afrique. En outre, il y avait un détachement du génie et deux batteries d'artillerie.

Le lieutenant-colonel Rousseau était chargé du commandement supérieur. C'était l'oncle du lieutenant Lecomte, et il avait remarqué la sourde rivalité et la mésintelligence secrète qui existait entre le capitaine Lambert et son neveu, au sujet d'Esther Duval. De plus, il était jaloux de la réputation militaire du capitaine, et le dernier succès que celui-ci venait d'obtenir en conduisant le détachement de Guadalété, n'était pas peu fait pour exciter sa colère. Quelque maître que fût de lui le capitaine Lambert, il avait été au-dessus de ses forces de cacher les sentiments qu'il éprouvait pour la fille du colonel, et on s'était aperçu depuis peu de la froideur avec laquelle Esther recevait le lieutenant Lecomte.

Cependant, peu au fait des sentiments du cœur, Lambert interprétait d'une manière assez défavorable la manière dont Esther accueillait son rival, et en les voyant rire et causer ensemble, il lui trouvait plus d'entrain et plus de gaieté qu'elle n'en avait auprès de lui.

— Après tout, se dit-il, ce n'est que de la reconnaissance qu'elle éprouve pour moi, car je vois bien qu'elle a l'air de s'ennuyer lorsque je lui parle. Elle ne dit rien et a l'air de réfléchir. Avec Lecomte, au contraire, elle cause et rit toujours !...

C'était vrai, mais son raisonnement était très faux. Esther n'était que coquette, très coquette même, et Lecomte était un jeune et brillant officier. Beau cavalier, excellent musicien, intrépide danseur, ayant une éducation hors ligne, il était impossible qu'Esther ne le remarquât pas : c'est ce qui était arrivé. Comment ne pas être flattée de la cour qui lui était faite et résister au désir de prouver son empire, en enlevant le beau jeune homme aux autres femmes qui le recherchaient tant !... Et puis, Lecomte était si gai !...

Bérard, de son côté, avait fait de sérieux progrès dans l'esprit de sa fiancée et de dona Carmen. On n'attendait plus, pour célébrer le mariage de Theresita, que l'arrivée à Otomba de don Cévallos, et il devait être rendu dans la ville vers la fin du mois. Des invitations avaient même été adressées à toutes les personnes notables du pays et aux officiers français. Mais il y avait encore une rude épreuve à traverser, et tout n'était pas dit.

Un soir, il y avait bal chez le colonel Rousseau et Esther dansait avec le lieutenant Lecomte. Le capitaine Lambert, qui les observait, fut douloureusement peiné de l'attention qu'Esther accordait à son danseur, et, se sentant incapable de cacher ce qu'il éprouvait, il quitta le bal et sortit de l'hôtel. Pendant plus de deux heures, il erra dans les rues d'Otomba, miné par la jalousie, en proie à la plus vive tristesse.

Au moment où il se disposait à rentrer chez lui, il aperçut un groupe de Mexicains parmi lesquels il reconnut don Ramon Quiranos, don Pedro y Salvador et le général Pedrianas. Il s'avança vers eux, mais la lune se voila au même moment ; les Mexicains se séparèrent et disparurent dans l'obscurité.

Un peu plus loin, il rencontra un autre groupe, qui s'enfuit à son approche ; plus loin encore, un autre, qui se dispersa de même. Alors, au lieu de rentrer chez lui, le capitaine Lambert revint à l'hôtel du colonel Rousseau et resta dans la salle du bal.

Esther, qui le cherchait des yeux depuis longtemps, le vit rentrer, mais détourna la tête et répondit à peine à son salut, elle qui, la veille, lui avait promis un quadrille. On venait de le danser, et le capitaine ne s'était pas présenté, ce qui avait froissé la jeune fille ; aussi, au moment où il allait s'excuser, Esther prit le bras du lieutenant Lecomte et s'éloigna en lui faisant un salut cérémonieux.

Tout désolé, le capitaine se mit dans un coin, en se jurant de quitter le bal dans cinq minutes ; une heure après, il était à la même place, et il avait un air si triste qu'Esther en fut touchée.

Elle vint le chercher pour la valse.

— Je ne valse pas, lui dit-il avec tristesse.

— Venez toujours, dit-elle, et pendant que les autres danseront, nous causerons... Je suis en colère contre vous.

— Contre moi ? et pourquoi donc ?...

— Oui, capitaine, contre vous !... Avoir oublié la contredanse que je vous avais promise !... Où étiez-vous donc, s'il vous p'aît ?...

- Je veillais à votre sûreté, mademoiselle, répondit Lambert, pendant que vous preniez votre plaisir.

Ces mots rappelèrent la jeune fille à la réalité et la firent souvenir du voyage. En un instant, elle oublia sa mauvaise humeur pour ne songer qu'à l'intrépidité et au dévouement du brave capitaine.

— J'aurais dû m'en douter, dit-elle avec vivacité ; mais je ne suis pas aussi ingrate que vous pouvez le croire, car votre absence m'avait contrariée, et c'est pour cela que je vous ai si mal accueilli, tout à l'heure. Vous ne m'en voulez plus, n'est-ce pas ?

— Je ne vous en ai jamais voulu, mademoiselle.

— C'est le tort que vous avez eu, capitaine, reprit Esther avec impatience ; car ma mauvaise humeur n'avait pas le sens commun et vous deviez m'en vouloir... Je suis sûre que vous me jugez fort mal.

— Moi !... par exemple !...

— Oui, monsieur, moi ; vous me croyez ingrate et coquette, mé-
chante peut-être, que sais-je, moi ? Eh bien ! je ne suis ni l'une ni
l'autre, et cela me fait d'autant plus de peine que vous pensiez cela,
que vous êtes la personne à l'estime de laquelle je tiens le plus.

Par un mouvement irréfléchi, le capitaine jeta les yeux de côté et
aperçut Lecomte qui valsait avec Theresita. Esther suivit son regard.

— Eh bien ! oui, dit-elle avec vivacité, en répondant au regard
et à l'interrogation muette de son interlocuteur, oui, vous êtes la personne à l'estime de laquelle je tiens le plus ici, entendez-vous bien,
monsieur ? je vous le jure. Vous en doutez, je le vois à votre visage.
Eh bien ! si vous le désirez, je vais dire à M. Lecomte que je suis fa-
tiguée, et je ne danserai plus de la soirée. Est-ce assez, monsieur l'in-
crédule ?

En disant ces mots, elle souriait, mais une larme perlait dans ses
grands yeux bleus, et cette petite larme fit plus que toutes les paroles
du monde pour rassurer le capitaine.

— Vous êtes un ange, lui dit-il, mais ce serait remarqué, et je ne
voudrais, du reste, pas vous causer la moindre contrariété. D'ailleurs,
mademoiselle, je vais quitter le bal.

— Vous partez ? dit Esther, (et son œil inquiet cherchait à son-
der le capitaine), vous partez ?... Oh ! alors, il y a quelque danger
que vous redoutez, j'en suis sûre.

Lambert allait répondre. Mais le lieutenant Lecomte vint chercher
sa danseuse ; celle-ci jeta sur le capitaine un dernier regard, qui fut
reçu par un sourire reconnaissant, et le capitaine sortit aussitôt pour
se rendre chez lui.

Une demi-heure au plus après son départ, l'hôtel du colonel Rousseau était le théâtre d'un effroyable tumulte. Les domestiques accoururent dans la salle du bal en poussant des cris de terreur et de déses-

poir. Des coups de fusil et de revolver retentirent dans la cour et même dans les escaliers. Puis tout à coup, écartant de la main les domestiques qui s'enfuirent en désordre, don Pedro y Salvador et le colonel don Ramon apparurent à la porte du salon, suivis d'une centaine de guérilleros armés jusqu'aux dents et hurlant comme des fauves.

A leur tête était don Miguel Sarano.

D'autres Mexicains pénétraient en même temps dans le salon, les uns par la verandah, les autres par la salle à manger.

Au moment où ils envahissaient ainsi la demeure du colonel, on entendit plusieurs coups de canon, un autre détachement de guérilleros venait de tourner l'artillerie de la place contre les bâtiments où nos soldats se trouvaient casernés.

En un clin d'œil, la salle de bal fut le théâtre d'un affreux carnage. Malgré l'infériorité du nombre, les officiers se défendirent bravement. Quelques-unes des femmes étaient parvenues à se réfugier dans un coin. Les hommes leur firent un rempart de leurs corps, mais à chaque instant, un Français tombait sous les balles ou les baïonnettes ennemies. Quant à ceux qui avaient essayé de fuir, ils avaient été massacrés dans l'escalier ou dans la rue.

Les rangs des Français diminuaient de plus en plus. Sur deux cents personnes environ qu'il y avait au bal, à peine en restait-il une trentaine, et parmi elles Esther, dona Carmen, Theresita, le lieutenant Lecomte, le colonel Rousseau, le lieutenant Leroy, Bérard et quelques dames d'officiers. Le lieutenant Lecomte s'était placé devant Esther, Bérard, devant dona Theresita, moi, devant dona Carmen. Lecomte et Bérard faisaient des prodiges de valeur, et se défendaient avec héroïsme, plus de vingt assaillants étaient tombés sous leurs coups ; mais Lecomte reçut un coup de baïonnette dans le ventre et tomba à terre, Bérard était couvert de blessures, et je restai seul avec le colonel Rousseau et le lieutenant Leroy. Nous allions succomber, frémissant

de rage et impuissants à lutter. Déjà don Pedro y Salvador s'avançait vers Theresita et don Ramon s'apprêtait à saisir Esther, tandis que
don Miguel s'élançait sur dona Carmen.

Tout à coup, on entendit dans la rue une décharge de fusillade, faite
avec l'ensemble qui caractérise les soldats français.

— Mes soldats! s'écria le colonel Rousseau. Nous sommes tous
sauvés !...

Au même instant, une voix retentissante domina le tapage et donna
le signal de la charge. Nous entendîmes le cri : « En avant !... » et,
en quelques secondes, les guérilleros se trouvèrent repoussés par les
baïonnettes d'une compagnie de zouaves, qui s'avançait en bon ordre
et avec une symétrie parfaite. A leur tête était le capitaine Lambert.

Du premier regard, il aperçut Esther, qui agitait son éventail, et au
moment où don Ramon se disposait à l'entraîner, il s'élança comme
un lion sur les Mexicains qui lui barraient le passage ; et les zouaves
le suivirent avec impétuosité, électrisés par son exemple. Culbutés,
écrasés par cet élan irrésistible, les guérilleros prirent la fuite, sautant
par les fenêtres, fuyant par les autres pièces de l'hôtel.

Don Pedro tira un coup de révolver sur le capitaine, mais il le
manqua. Alors il s'élança sur la vérandah et se sauva avec les
autres.

— Vous n'êtes pas blessée ? demanda le capitaine Lambert à Esther,
qui lui tendit la main et le rassura par un signe.

Le colonel Rousseau voulut adresser quelques questions au capitaine, mais celui-ci l'interrompit aussitôt...

— J'ai avec moi une centaine d'hommes du 99ᵐᵉ de ligne et des
zouaves, dit-il. C'est tout ce que j'ai pu réunir. La ville est entièrement révoltée, il faut la quitter au plus vite. Mettons les femmes et
les vieillards au milieu de nous, et gagnons la campagne.

En arrivant au bas de l'escalier, nous nous comptâmes, nous n'étions plus que dix-neuf, outre les cent hommes du capitaine Lambert. On se mit en route, et, tout en marchant, celui-ci raconta au colonel, qu'aux premiers coups de fusil, il avait couru aux couvents qui servent de caserne, mais que les ayant trouvés cernés, il avait ramassé dans les postes de la place le peu d'hommes qu'il avait pu réunir.

A moitié chemin des remparts, le colonel Rousseau dit au capitaine qu'il allait se diriger vers le couvent de la Concepcion où étaient ses soldats, et, malgré nos représentations, car on savait les dangers qu'il allait courir, rien ne put l'arrêter.

— C'est mon devoir, répondit-il simplement à toutes les objections qu'on put lui faire.

— Le colonel partit avec le lieutenant Leroy, et pendant ce temps là, nous nous hâtâmes de gagner les remparts. Malheureusement, nous étions poursuivis ; mais, malgré tout, notre retraite se fit en bon ordre.

Un peu avant d'arriver au bas de la ville, deux officiers qui servaient d'éclaireurs se replièrent précipitamment, en nous annonçant qu'une bande de trois ou quatre cents Mexicains barraient le passage. Le capitaine Lambert, de son côté, à l'arrière garde, avait entendu le bruit d'une autre troupe de guérilleros qui nous poursuivait. Déjà, les coups de fusil se faisaient entendre : nous étions pris entre deux feux.

— Il n'y a plus qu'un moyen de nous sauver, dit le capitaine. Voici, sur le bord de la rivière, une maison solide : c'est celle du senor Giacomo Dalvaredo. Il y a une plate-forme voûtée. Montons dessus, et nous pourrons nous y défendre et attendre le jour.

Dans la situation critique où nous nous trouvions, c'était le seul parti à prendre. Un quart d'heure après, les portes que nous avions enfoncées étaient très solidement barricadées et nous nous trouvions tous réunis sur la terrasse.

Là encore on dut se compter. On avait perdu cinq hommes dans le trajet. Le commandant Rougemont avait été tué en sortant de l'hôtel, le major Buart dans la salle du bal. Il ne restait aucun officier supérieur, car le commandant Krebbs était blessé. On déféra, d'un commun accord, le commandement au capitaine Lambert, mais on le chercha vainement; il n'était pas entré avec nous. Était-il mort ou prisonnier?... S'était-il réfugié dans quelqu'autre maison? Personne ne le savait. Un sous-officier des chasseurs nous dit qu'il était venu jusqu'à la porte et que là il avait disparu tout à coup.

Il est mort, se dit Esther.

— Il est mort, pensâmes-nous tous ensemble.

A cette pensée, tous nous eûmes le cœur serré, car Lambert s'était attiré l'estime, la sympathie générale, et Esther surtout comprit la part que le capitaine avait prise dans sa vie. Elle sentit alors qu'elle l'aimait, et se prit à pleurer.

Trois heures s'écoulèrent, heures de désespoir et d'angoisses. Les Mexicains avaient entouré la maison, excepté du côté de la rivière, et, n'osant se risquer à nous attaquer, ils nous tiraient de temps à autre des coups de fusil sur la terrasse et nous blessèrent deux ou trois hommes.

Nous ne ripostions pas, et nous gardions précieusement nos munitions : il ne nous restait que cinq cartouches par homme, et nous n'avions pas de provisions !... L'avenir se montrait sous de tristes couleurs.

Exaspéré par l'horreur de la situation, un officier se mit à maudire le capitaine Lambert de nous avoir conduits sur cette plate-forme.

— Il aurait mieux valu, disait-il, nous frayer un passage, l'épée à la main, la baïonnette au canon : nous aurions eu plus de chances d'échapper, au moins.

Plusieurs firent chorus avec lui; un autre ajouta même :

— Après nous avoir conduits là, et mis dans cette position désespérée, il s'est sauvé, lui !...

A ces mots, Esther, Theresita, dona Carmen, Bérard, se levèrent. L'œil en feu, Esther s'écria :

— Tous tant que nous sommes ici, nous lui devons la vie. C'est lui qui nous a sauvés !... et vous osez...

Elle ne put en dire davantage. Sa voix s'éteignit dans les larmes, et étouffa ses sanglots.

Le lieutenant Lecomte prit chaudement la défense du capitaine, et c'était d'autant plus généreux de sa part qu'il commençait à perdre ses illusions et à comprendre que Lambert lui avait enlevé le cœur de sa fiancée. Esther le remercia avec effusion de ses nobles et chaleureuses paroles.

Presque au même instant, un caillou lancé par une main vigoureuse vint rouler au milieu de nous, sur la terrasse. Bérard le ramassa.

— Il y a un papier et une corde! s'écria-t-il...

— Une lettre !.. dîmes-nous tous ensemble.

Un des officiers avait des allumettes. On alluma un morceau de papier qu'on mit dans le képi d'un soldat pour empêcher la clarté de servir de point de mire à nos assaillants, et, à sa clarté tremblotante, on lut les mots suivants tracés au crayon sur la lettre qui enveloppait le caillou :

« Nous sommes onze sur un radeau, au bas de la terrasse. Tirez à
» vous la ficelle attachée à la pierre ; elle vous amènera des cordes.
» Fixez-en solidement l'extrémité aux créneaux. Nous nous en servi-
» rons pour monter jusqu'à vous. Je vous ramène un ami, que vous
» croyez tous perdu. Courage !... et espoir !...»

Au bas du billet étaient tracés ces mots, écrits dans l'obscurité comme tout le reste et plus précipitamment encore :

« Hâtez-vous, on nous poursuit. »

IV

Chacun se mit à l'œuvre. Quelques coups de fusils partis des remparts et dirigés sur les fossés, activèrent encore les efforts des assiégés. En moins de cinq minutes, nos onze compagnons étaient auprès de nous.

Parmi eux se trouvaient : le lieutenant colonel Rousseau, un chirurgien-major, le lieutenant Leroy, le commandant Achard, un souslieutenant, le sergent Boulanger et cinq zouaves.

Les nouveaux venus étaient tous chargés de vivres et, de plus, Lambert et deux autres avaient porté des munitions.

Tout le monde pressait le capitaine de questions et lui demandait ce qu'il avait fait.

Lambert raconta qu'au moment où ses amis s'installaient sur la plateforme, il avait songé aux vivres et aux munitions et qu'il s'était dirigé en toute hâte vers l'arsenal. Il avait déjà été pillé par les Mexicains, mais il était parvenu à trouver des cartouches, de la poudre, deux fusils et six pistolets, qu'il avait cachés sous des pierres ; puis il avait endossé l'uniforme d'un soldat mexicain et, sous ce déguisement, il avait pu circuler dans les rues d'Otomba. Il avait alors couru à l'hôpital, où l'on avait fait feu sur lui, trompé par le costume qu'il portait. Là il avait réuni l'aide-major et trois des soldats pour les conduire près de nous, mais il voulait auparavant retrouver le colonel Rousseau, et se mit à sa recherche, pendant que ses nouveaux compagnons réunissaient des provisions. L'un d'eux avait un moule à balles dans sa chambre. Il courut le prendre, car c'était une ressource précieuse. Les autres enlevèrent des tuyaux et des plaques de plomb.

Arrivé au couvent de la Conception, le capitaine se mit à la recherche du colonel. Aidé des autres soldats qu'il avait trouvés là, il fureta

partout, appelant même à haute voix. A la fin trois cris répondirent, et
Lambert eut le bonheur de rendre à la liberté le colonel Rousseau,
et les deux autres officiers qui se joignirent encore à lui.

Tous gagnèrent les fossés et la rivière, et là ils eurent bientôt établi
un radeau, par le moyen des planches, des cordes et des buffleteries
coupées en lanières.

Les guérilleros tirèrent sur eux, sans que leurs balles fissent beaucoup de mal, et les fugitifs poussèrent leur radeau le long du fossé, en
se servant des planches et des crosses de fusil pour remplacer les rames.
L'obscurité les sauva, du reste, car ils n'eurent que deux blessés et arrivèrent sains et saufs sur la plate-forme, comme nous l'avons dit plus
haut.

Le premier mouvement d'émotion passé, il fallut réfléchir à la
situation. Quoique améliorée par l'arrivée des provisions et des munitions, elle était bien triste encore. Le jour allait paraître, et une foule
d'ennemis entouraient la citadelle improvisée.

Il y avait des provisions pour deux jours à peine, et peu de munitions. On en serait bientôt à court si, comme c'était probable, les attaques se multipliaient. Nous nous préparâmes cependant à une vigoureuse
résistance, car il n'y avait pas moyen de songer à une capitulation.
Nous savions que les ennemis promettraient tout ce que l'on voudrait,
mais nous connaissions leur mauvaise foi et nous ne pouvions pas leur
accorder de confiance. Du reste, et c'était là l'opinion générale, nous
ne pouvions consentir à abaisser le pavillon français devant des guérilleros, et nous voulions soutenir haut et ferme le drapeau de la France.

Le capitaine Lambert, qui pensait à tout, avait, en montant le dernier, laissé deux cordes amarrées au radeau. Au moyen de ces cordages, on avait hissé les planches qui le composaient. Les unes avaient
servi à faire du feu pour fondre les balles, les autres à établir une
sorte d'abri pour les femmes.

Celles-ci se mirent à faire des cartouches.

On distribua les postes. Le colonel Rousseau prit le commandement; quant au capitaine Lambert, il n'accepta aucun poste spécial.

Aux premiers rayons du soleil, la fusillade commença. Quinze cents guérilleros au moins assiégeaient notre retraite, et cinq ou six cents se tenaient de l'autre côté de la rivière, commandés par nos deux implacables adversaires don Ramon et don Pedro.

Protégés par notre position, nous nous défendîmes avec succès : chacun de nos coups abattait un ennemi, car ils portaient juste. Nos zouaves étaient furieux et demandaient à grands cris à s'ouvrir un passage au milieu des assaillants.

Ceux-ci livrèrent trois assauts, et furent chaque fois obligés de battre en retraite. Ils se contentèrent de tirailler de loin sur nous, en ayant soin de se tenir eux-mêmes à couvert, et la journée se passa ainsi en escarmouches. Pourtant ils avaient notre artillerie et étaient bien armés, et près de deux mille hommes; mais, malgré leur lâcheté, notre position devenait de plus en plus critique. Les munitions commençaient à s'épuiser et nous avions déjà plusieurs blessés et trois morts.

Au moment où le soleil disparaissait à l'horizon pour faire place au crépuscule, il y eut encore un moment de répit. On en profita pour tenir conseil. Le capitaine Lambert manquait à l'appel ; on le trouva écrivant dans un coin. Il nous rejoignit quelques minutes après, et tous les regards se tournèrent vers lui, comme pour lui demander avis et conseil.

— J'ai fait tout à l'heure le compte de ce qui nous restait de munitions, dit-il ; à peine en aurons-nous pour la journée de demain. Il est impossible de résister au nombre des misérables qui nous entourent, et notre seul espoir est dans la garnison de Palenquo.

— Tous, nous y avons pensé, dit un jeune sous-lieutenant, mais comment faire pour la prévenir ?

Rousseau lui fit signe de se taire et de laisser parler le capitaine.

— Il n'y a qu'un moyen, dit ce dernier. Il est presque impraticable, je le sais : mais, avec la grâce de Dieu, je vais l'essayer.

Il se fit un silence solennel. Pressentant un nouveau trait de dévouement du capitaine Lambert, Esther devint pâle et se rapprocha de lui.

— Je vais, dit-il, profiter de l'obscurité et descendre dans la rivière. La barque avec laquelle les Mexicains nous ont poursuivis hier ne doit pas être bien loin, je tâcherai de la retrouver.

— Et les Mexicains ?.. et les bêtes sauvages, les caïmans ?.. dîmes-nous tous ensemble.

— J'ai dit : « avec la grâce de Dieu, » répondit Lambert, avec une noble simplicité. C'est sur la protection de la Providence seule que je compte pour échapper au danger.

— Et les guérilleros qui gardent toutes les issues de l'autre côté de la ville et de la rivière ? dit le colonel, sans compter ceux qui seront sur la route de Palenquo.

— A la grâce de Dieu ! encore une fois, répéta le capitaine. Vous pouvez comprendre vous-même qu'il n'y a pas d'autre moyen de nous sauver.

— Vous avez raison, s'écrièrent à la fois les lieutenants Lecomte et Leroy, mais vous êtes trop nécessaire ici pour qu'on vous laisse partir : c'est à nous à nous dévouer. Nous allons tenter l'aventure : nous partons.

Une vive discussion s'éleva alors, chacun revendiquant l'honneur de cette périlleuse mission.

— Connaissez-vous l'un ou l'autre l'espagnol ? dit le capitaine.

Ils gardèrent le silence tous les deux.

— Moi, je le sais, s'écria un vieux lieutenant, et c'est moi qui partirai.

— Non, nous partirons tous deux, dit Lambert ; la vie de cent
personnes dépend du succès de notre tentative, et deux chances valent
mieux qu'une. Vous allez faire une sortie, continua-t-il en s'adressant
à ses compagnons d'infortune. Cela vous permettra peut-être de recueillir quelques cartouches dans les gibernes des Mexicains qui ont
été tués, et dont on a pas encore osé enlever les cadavres. Le lieutenant Meyer et moi nous profiterons de cette sortie pour nous glisser
dans les fossés. Nous aurons soin de nous séparer pour multiplier les
chances de succès, puis chacun fera de son mieux, sans s'occuper de
son compagnon.

Il y eut un moment de silence solennel. Chacun sentait que le
moyen proposé par le capitaine était le seul qui offrit quelques chances
de salut, mais elles étaient si faibles qu'elles nous mettaient, pour ainsi
dire, sous les yeux toute l'horreur de la situation. Puis, on ne pouvait
regarder sans un profond serrement de cœur ces deux braves officiers
qui allaient s'exposer à une mort presque certaine pour sauver leurs
amis.

— Hâtons-nous, dit le capitaine ; les moments sont précieux. Je
vais revêtir mon costume de guˈrillero, et je conseille à M. Meyer d'en
faire autant. Adieu, mes amis ! Que chacun retourne à son poste. Ne
vous laissez pas surprendre, et priez Dieu pour le succès de notre
tentative.

Nous serrâmes tous la main des deux officiers et leur dîmes adieu.
Dans des instants pareils, la hiérarchie militaire est oubliée ; il n'y a
que des Français, des frères d'armes combattant sous un même drapeau
et pour l'honneur du pays. Plusieurs de nos vieux soldats d'Afrique
pleuraient comme des enfants.

— J'ai une femme et un fils, dit le lieutenant Meyer d'une
voix émue ; si je succombe, je les recommande à ceux d'entre vous qui
auront le bonheur de se sauver. Vous direz à mon fils que je suis

mort en brave, et que je compte sur lui pour porter dignement mon nom. Quant à ma pauvre femme, dites-lui qu'avec mon fils elle aura ma dernière pensée.

Il détourna la tête pour cacher une larme qui roula sur ses longues moustaches grises et s'éloigna d'un pas ferme pour faire ses derniers préparatifs.

Quant au capitaine, plus maître de lui, il disait adieu à chacun de nous avec un calme extraordinaire. En ce moment, sa figure, éclairée par le feu de l'intrépidité qui sortait de son cœur, était vraiment noble et belle. Il cherchait des yeux Esther, mais il n'aperçut ni elle ni dona Carmen. Toutes deux l'attendaient dans un coin de la terrasse. Incapable de dissimuler les sentiments qu'elle éprouvait, Esther avait tout avoué à dona Carmen et à M⁰⁰ Durocher.

En voyant approcher le capitaine Lambert, Esther s'élança vers lui et lui tendit la main. Elle voulait parler, mais les larmes lui coupèrent la parole. Mᵐᵉ Durocher fit un mouvement pour emmener sa jeune pupille ; mais, en regardant ces deux jeunes gens qui se voyaient peut-être pour la dernière fois, elle n'eut pas le courage d'interrompre leur entretien.

— Vivez ! vivez pour moi !.. dit enfin Esther à travers les sanglots.

Cette fois, le capitaine Lambert ne put conserver son empire sur lui-même, et les larmes jaillirent de ses yeux. Il ne put que murmurer tout bas.

— Je serai toujours digne de vous, chère Esther, digne de vous et de votre père !..

Puis il la ramena près de Mᵐᵉ Durocher et de dona Carmen.

— Bérard, dit-il au jeune sous-officier qui se tenait debout près de Theresita, je vous confie ce que j'ai de plus cher !.. je compte sur vous, dont j'ai pu apprécier la mâle intrépidité et les qualités sérieuses !

20

— Et ce ne sera pas en vain, capitaine ! je vous le jure !..

Les deux hommes échangèrent un serrement de main qui équivalait à une promesse, à un serment sacré.

— Et maintenant, adieu, dit Lambert, adieu, Esther !.. Que je meure ou que je vive, soyez bénie pour le bonheur que vous venez de me donner.

Il glissa alors à M⁰ Durocher un billet qu'il déposa dans sa main.

— Si demain à deux heures, je ne suis pas de retour, continua-t-il à voix basse, remettez-lui cette lettre, ce sera le dernier adieu d'un homme mort en cherchant à la sauver.

Puis il la regarda d'un air si suppliant que la bonne gouvernante comprit son désir et n'eut pas le courage de lui refuser la dernière satisfaction que ce regard demandait.

— Embrassez-nous, capitaine, lui dit-elle en s'avançant vers lui. C'est peut-être la dernière fois en ce monde, ajouta-t-elle tout bas, comme pour s'excuser elle-même.

Le capitaine Lambert embrassa M⁰ Durocher, Esther, dona Carmen, Theresita et Bérard.

— Adieu ! adieu ! leur dit-il enfin.

Et il courut rejoindre son compagnon, le lieutenant Meyer.

Quelques minutes plus tard, nous faisions une sortie à la faveur de laquelle Lambert et Meyer se glissaient au milieu des rangs ennemis. Nous nous emparâmes de quelques gibernes pleines de munitions et nous rentrâmes sur la terrasse, n'ayant perdu qu'un seul homme. Nous remontâmes aussitôt à notre poste.

Nos yeux, fixés sur les fossés, cherchaient à percer l'obscurité, et nos oreilles attentives épiaient chaque bruit venant du côté de Palenquo.

Au bout d'une heure environ, deux coups de feu, suivis d'un cri déchirant, partirent à cinq ou six cents pas de la maison qui nous servait de citadelle. Nous entendîmes le bruit confus d'une lutte, puis la chute d'un corps fit retentir l'eau de la rivière.

Un silence de mort régnait parmi nous. Le sang se glaçait dans nos veines. C'était évidemment un Français qui avait crié ; mais qui ? Etait-ce Lambert ? Etait-ce Meyer ? Nul n'aurait pu le préciser. Nous écoutions toujours. Bientôt le cri de quelques guérilleros retentit des deux côtés de la rivière, plusieurs coups de fusils retentirent. Des lumières s'agitèrent comme la première fois, nous crûmes entendre un cri d'angoisse et le bruit d'un corps tombant à l'eau, et les Mexicains poussèrent un cri sauvage de triomphe. Les heures s'écoulèrent, sans que nous entendissions autre chose que la voix des ennemis et quelques décharges isolées faites sur nous.

On l'a dit souvent, le malheureux qui se noit s'accroche à un brin d'herbe, et il était de même pour nous tous. Tout se réunissait pour prouver la mort des deux officiers qui s'étaient dévoués à notre salut. Nous doutions encore cependant, ou du moins nous essayions de douter de notre malheur.

Une journée de marche sépare Otomba de Palenquo. Le capitaine Lambert et le lieutenant Meyer étaient l'un alourdi par l'âge et les blessures, l'autre brisé par la fatigue : nous nous dîmes que sans doute ils avaient marché fort lentement ; puis, ils avaient probablement été forcés de faire des détours pour échapper à l'ennemi. Par ces raisonnements et d'autres du même genre, nous conservâmes quelques illusions durant la première partie de la journée. Soutenus par l'espoir d'un prochain secours, nous repoussâmes trois assauts.

Malheureusement, les munitions tiraient à leur fin, les provisions aussi, et l'inquiétude augmentait de moment en moment.

Nous avions calculé que les secours que nous attendions pourraient arriver à midi. Deux heures, trois heures, quatre heures, puis cinq heures sonnèrent successivement, et nos yeux interrogeaient vainement l'horizon. Rien ne paraissait sur la route. Nous étions bien perdus, et nous nous disposâmes à vendre chèrement notre vie, en soldats français.....

VI

Depuis longtemps l'heure que le capitaine Lambert avait fixée était passée. Mme Dorocher, espérant toujours, inventait à chaque instant un nouveau prétexte pour tarder de remettre à Esther la lettre du capitaine. Cependant, il vint une heure où elle se sentit obligée de tenir sa promesse. Esther, d'ailleurs, avait vu le mouvement de Lambert. Devinant que sa gouvernante avait une lettre pour elle, la jeune fille la supplia de la lui remettre.

Voici ce que contenait cette missive qu'Esther ouvrit d'une main tremblante et dont ses larmes la forcèrent plus d'une fois d'interrompre la lecture.

« Je n'ai jamais connu ma famille, Esther, et au moment de partir
» pour une expédition dont je ne reviendrai jamais peut-être, je vous
» dois le récit de ma vie. Orphelin à l'âge de deux ans, j'ai perdu
» mon père et ma mère, morts du chagrin que leur avait causé la perte
» d'une immense fortune.

» Confié aux soins d'un parent éloigné, M. Richard, mon cousin et
» mon tuteur légal, je fus élevé dans un village des environs de Lyon;
» Ecully, où j'étais traité en étranger et non en fils. A sept ans, je fus
» mis en pension au lycée et je passe sous silence mes années d'étude
» et de travail. Elles ont été bien tristes pour moi. J'étais ce que l'on
» peut appeler un travailleur, et le succès récompensant mes efforts,
» chaque année me voyait avec de nouveaux prix, de nouvelles ré-
» compenses; mais jamais une voix amie pour m'encourager, jamais
» les caresses d'une mère, jamais un baiser paternel... Pourtant, je me

sentais le besoin d'aimer, et personne à qui me confier, personne
à qui je pusse exprimer mes sentiments de tendresse et d'affection... J'étais seul, bien seul, livré à moi-même, et n'avais pour
me consoler que l'amitié de mon vieux professeur de cinquième
qui, lui du moins, avait compris mon caractère et regardait comme
son fils le pauvre enfant abandonné, l'orphelin livré à lui-même.

» Mes sorties étaient encore plus tristes que les jours de classe.
Au collège, le travail était pour moi une distraction, et, en me livrant à l'étude des classiques, en cherchant à découvrir les beautés
de Virgile, d'Horace et d'Homère, j'oubliais ma situation, pour
ne songer qu'à mon éducation ; je pensais que je n'avais rien à attendre que de moi-même et je redoublais d'ardeur. Les jours de
sortie, au contraire, je me rendais chez le correspondant de mon
cousin, riche négociant en soieries, et, après quelques fades com-
pliments, quelques paroles de bienvenue, j'étais relégué dans un
coin. Nul ne s'occupait plus de moi. Et je rentrais, le soir, triste
et soucieux, enviant le sort de ceux qui, plus heureux que moi,
avaient un père et une mère.

» Je grandis ainsi, et les deux seuls amis que j'ai eu dans ma vie,
comme je vous l'ai dit un jour en venant de Guadalété, j'ai eu le
malheur de les voir tomber en combattant à mes côtés. Pourquoi
la mort ne m'a-t-elle pas frappé à leur place ?..

» J'atteignis ainsi dix huit ans, je passai de brillants examens, à la
suite desquels j'entrai à l'école militaire de Saint-Cyr. J'y passai deux
ans et, à vingt ans, j'en sortais sous-lieutenant au 6e régiment de
dragons. Je fis la campagne de Crimée, j'en revins lieutenant, blessé et décoré. 1859 me trouva avec ce grade et je fus nommé capitaine
sur le champ de bataille de Magenta. J'avais alors vingt-sept ans.

» Je n'avais pas de fortune, je ne pouvais rien espérer que de moi-
même; je demandai à passer aux Chasseurs d'Afrique. Il me fallait l'air,

» la campagne, le soleil de l'Afrique. Je voulais me créer une famille,
» des affections, je me dis : « Attends que tu sois commandant, » car
» je n'avais pas de dot à offrir à celle qui eût voulu partager mon
» existence. J'obtins mon changement de corps : je partis pour l'Al-
» gérie et j'arrivai à Oran, où bientôt mon sombre caractère, mon
» humeur triste, me firent désigner sous le sobriquet du Capitaine
» la Tristesse.

» Eh bien ! dois-je vous le dire, Esther, depuis quatre ans bientôt,
» je vous aime et vous ne vous en êtes jamais doutée. Au milieu des
» brillants officiers et des riches fonctionnaires, des millionnaires qui
» vous entouraient, comment auriez-vous fait attention au pauvre
» capitaine sans fortune, sans nom, sans avenir ?.. Moi, je vous ai-
» mais, mais je sentais ma position et j'étais trop fier pour trahir mon
» secret. Mon seul bonheur était de vous regarder et de veiller sur
» votre père et sur vous, de loin comme de près.

» Le hasard m'avait appris que le colonel Duval venait au Mexique;
» je demandai à faire partie de l'expédition et je l'obtins, mais non
» sans peine. Pendant la traversée, je ne pensais qu'à vous ; à San-
» Lorenzo, à Puebla, je veillais sur votre père, je combattis à ses
» côtés et j'eus le bonheur de lui sauver la vie, sans qu'il l'ait jamais
» su. Plus tard, je sus que vous alliez quitter Guadalété et venir à
» Otomba. Je connaissais la route, je savais qu'elle était dangereuse,
» et que vous alliez courir de grands périls. Je me suis empressé
» d'accourir. Vous rappelez-vous de votre accueil ? Il fut bien dur,
» et pourtant je vous aimais toujours. Vous m'eussiez brisé le cœur,
» vous m'eussiez foulé sous vos pieds, que je vous aurais aimée quand
» même.

» J'ai été bien heureux pendant ce voyage. Que de fois j'ai failli
» tomber à vos genoux et vous dire à quel point je vous aimais !.. A
» la fin surtout, lorsque j'ai vu que vos sentiments pour moi étaient

» changés, que j'aurais voulu vous remercier !... Mais c'eût été bien
» mal à moi, c'eût été abuser de la confiance de votre père. Qu'avais-
» je à vous offrir, à vous si belle et si recherchée ?.. Rien... J'ai
» refoulé mon secret au fond du cœur et j'ai continué à vous aimer en
» silence.

« Maintenant, je pars pour une expédition bien périlleuse. En re-
» viendrai-je? J'ose à peine l'espérer; si je meurs, je veux au moins
» que vous sachiez combien je vous ai aimée.

» Durant ces derniers temps, je me suis figuré que vous aussi vous
» commenciez à m'aimer. Peut-être n'était-ce de votre part que de la
» reconnaissance et de l'amitié. N'importe ! cette idée m'a rendu bien
» heureux. Soyez bénie, chère Esther, pour tout le bonheur que vos
» regards et vos sourires m'ont donné par fois. Et maintenant, adieu !.
» chère Esther ! adieu !...

» Quelque soit le sort qui m'attend, votre nom bien-aimé sera le
» dernier que je prononcerai. N'oubliez pas le mien et pensez quel-
» quefois au pauvre capitaine Lambert qui sera mort en cherchant à
» vous sauver. »

Lorsqu'elle eut achevé cette lecture, Esther remit la lettre à dame
Durocher et à dona Carmen.

— Lisez, dit-elle, lisez, et voyez si j'avais raison de l'aimer. Quant
à moi, je le jure ici, devant Dieu qui m'entend et aux pieds duquel je
vais sans doute bientôt paraître, je n'aurai jamais d'autre époux que le
capitaine Lambert.

— Et vous avez raison, dit le lieutenant Lecomte, en se rappro-
chant : je sais tout, il m'a tout raconté : c'est un noble cœur, et un
vaillant soldat. Pour moi, je ne puis que vous souhaiter son prompt
retour et votre prochain hyménée.

Esther leva les yeux au ciel, comme pour implorer le souverain
Créateur et le prendre à témoin de son serment, puis elle se mit à

pleurer en étouffant ses sanglots et en appuyant sa tête sur sa gouvernante.

Depuis quelques instants on s'était aperçu que les guérilleros tiraient beaucoup moins. Nous eûmes bientôt l'explication de leur apparente tranquillité. Nous vîmes revenir une bande des assaillants, munis d'échelles, de haches et de pioches. Ils avaient fabriqué, avec des planches et des pierres plates, une espèce de toiture mobile ou de vaste bouclier, à l'aide duquel ils s'approchaient à couvert jusqu'aux pieds de la porte.

D'autres Mexicains amenèrent deux canons, et le feu de l'artillerie commença, mal dirigé sans doute, mais continu, contre la porte que nous avions barricadée en dedans avec des pierres et des madriers.

Cette fois, tout espoir était perdu. Nous n'avions plus que deux cartouches par homme. Quatorze de nos camarades étaient tombés sous les balles ennemies, sept à huit étaient gravement blessés depuis les sorties faites pour se procurer des cartouches. La porte venait de voler en éclats, ainsi que les objets placés derrière elle pour défendre l'entrée et la barricader. On vit alors don Pedro y Salvador et don Ramon rassembler leurs hommes pour un dernier assaut. Le lieutenant-colonel Rousseau nous fit charger une dernière fois les armes, fusils et revolvers.

— Courage, mes enfants, nous dit-il. Défendons-nous jusqu'à la dernière extrémité. Vive la France et vivent les zouaves !... Ne tirez qu'à bout portant.

A ce moment, une terrible explosion fit voler les derniers débris de la porte. Les Mexicains se précipitèrent en foule par cette ouverture. Nous étions entassés dans l'escalier et nous nous défendions avec l'énergie du désespoir. Les femmes s'étaient réfugiées au sommet de la plate-forme, protégées par Lecomte, Bérard et le colonel Rousseau.

Ah ! le colonel était beau à voir alors. Et Lecomte ! et Bérard !

Chaque guérillero qui avançait, était à l'instant frappé mortellement. On eût dit, en voyant ces trois hommes souillés de sang, dont l'arme ne faisait que s'abaisser pour frapper, se relever et frapper encore, on eût dit que c'était l'incarnation de la destruction et du carnage. Bientôt le colonel, le premier, tomba percé de deux coups de sabre et atteint d'une balle qui lui fracassa le genou. Lecomte, à son tour, reçut un si violent coup de crosse de fusil qu'il perdit l'équilibre et, dans sa chute, reçut trois coups de baïonnette. Bérard restait seul et se multipliait, pour défendre les femmes; mais tout à coup elles entendirent un grand bruit en dehors de la terrasse. Esther et Theresita coururent voir ce que c'était et se penchèrent sur le parapet. Elles reculèrent en poussant un cri d'effroi. Une vingtaine de Mexicains avaient dressé contre le mur des échelles, heureusement trop courtes et cherchaient à monter ainsi, et parmi eux on reconnaissait la figure bronzée et hautaine de don Pedro y Salvador, et la tête fière de don Ramon.

— Mesdames, dit Esther, faisons notre dernière prière à Dieu et sauvons-nous du déshonneur.

Bérard se retourna pour faire face à ce nouveau danger. O terreur indescriptible! don Pedro y Salvador, don Ramon et une douzaine de guérilleros étaient sur la plate-forme, l'épée d'une main, le pistolet dans l'autre et, derrière eux, le flot des assaillants montait toujours, et sans cesse de nouveaux ennemis prenaient place à côté des premiers arrivants.

Don Pedro, en apercevant Bérard, poussa un cri de joie féroce, un ricannement semblable au hurlement d'un tigre, tandis que le jeune sous-lieutenant demeura un instant paralysé, fasciné par son regard.

— A nous deux, s'écria don Pedro, à nous deux, Français de malheur! toi qui m'as ravi ma fiancée.

Et en prononçant ces mots, il s'élança l'épée haute sur Bérard ; mais celui-ci, plus prompt que l'éclair, arrêta le bras prêt à le frapper et repoussa violemment son agresseur sur les baïonnettes des guérilleros. Celui-ci, gravement blessé, tomba en jetant un cri perçant et entraîna plusieurs des siens dans sa chute.

Pendant ce temps-là, Bérard protégeait de son corps les malheureuses jeunes filles, mais les hommes de don Pedro et ceux de don Ramon s'étaient réunis, et étaient sur l'offensive. Le sous-officier se vit entouré de toutes parts, mais son courage inspirait tant de frayeur aux ennemis qu'au lieu de le saisir sur le champ, ils hésitèrent et lui laissèrent le temps de s'appuyer au mur ; prompt comme la pensée, il saisit le révolver de Lecomte et brûla la cervelle à don Pedro, qui tomba pour ne plus se relever. Cent cris de mort furent alors proférés.

— Epargnez-le, au nom du ciel ! épargnez-le, crièrent à la fois dona Theresita, dona Carmen et Esther.

Et Theresita se jeta devant lui pour lui faire un rempart de son corps.

— Frappez, soldats, frappez ! cria d'une voix éteinte don Pedro y Salvador, se tordant sous les étreintes de l'agonie : frappez ! passez-lui vos baïonnettes au travers du corps, n'épargnez personne ! Hourrah !... Hourrah !...

Et, stimulés par la voix de leur chef, les soldats firent quelques pas en avant. Bérard se défendit en désespéré, Theresita, en cherchant à le protéger, reçut un coup de crosse dans les reins et, déjà épuisée par tant d'émotion, elle tomba évanouie.

La lutte qui suivit fut courte, mais terrible, le nombre des assaillants les empêchait de se servir de leurs armes avec avantage. Quelques-uns d'entre nous avaient pu parvenir sur la terrasse ; entre autres le vieux sergent Didier et moi. On se battait comme des lions. Nos carabines faisaient merveilles et chaque coup de baïonnette mettait hors de combat un adversaire, mais le dénouement ne pouvait être long, et l'issue du combat n'était pas douteuse. Nous finîmes par tomber tous au pouvoir de nos ennemis. Quelques-uns voulaient nous tuer sur place, mais ce mouvement de fureur fut vite réprimé. Don Ramon s'opposa à notre mort, et nous fit mettre à l'abri des coups. Nous fûmes enchaînés et entraînés prisonniers. Les malheureuses jeunes filles, encore évanouies, furent garrottées comme nous et on nous conduisit au quartier général de don Alonzo Pedrianas, pour de là être dirigés sur le camp du président Juarez.

Le général Pedrianas nous fit placer tous ensemble dans une maison en briques d'Espagne qui servait de corps de garde, et où se trouvaient déjà environ cinquante hommes du 99e, des zouaves et de l'infanterie de marine. Nous étions trente-sept survivants du massacre et cinq femmes, dona Carmen, Theresita, Esther, dame Durocher et la cantinière des zouaves. Parmi nous plusieurs étaient dans un état pitoyable, entre autres le colonel Rousseau, les lieutenants Lecomte et Leroy, le commandant Krebbs, le fourrier Bérard, le sergent Didier. On nous jeta pêle mêle dans cette misérable bicoque, à la porte de laquelle se placèrent une centaine de guérilleros bien armés. Quant à nous, on nous avait enlevé toutes nos armes, et nos uniformes étaient en lambeaux.

Une heure après notre arrivée au poste, le général mexicain, escorté par don Ramon et don Miguel, vint nous voir. C'était un homme de taille moyenne et bien prise, aux traits distingués, mais dont l'expression était dure et hautaine. Il portait une barbe noire qui encadrait l'ovale parfait de son visage, et ses cheveux étaient coupés presque ras. Son costume était riche, et tout orné de broderies d'or et d'argent. Une magnifique épée pendait à sa ceinture, et pour compléter son portrait, disons en passant qu'il portait sur la poitrine les ordres de Charles III d'Espagne et du Lion de Bavière.

— Bonne prise, dit-il, en se frottant les mains d'un air de satisfaction, bonne prise. J'aime les Français, ajouta-t-il avec tristesse,
parce qu'ils sont courageux et généreux. Pourquoi faut-il que la fa-
talité nous ait fait ennemis.

Il s'adressa au colonel Rousseau et au commandant Krebbs, les plus
haut gradés d'entre nous, et promit de leur envoyer, pour eux et les
autres blessés, un médecin et des médicaments, des vivres en abondance et les assura que rien ne nous manquerait dans le camp tant
que nous serions sous ses ordres ; et, en effet, quelques minutes après,
il nous fit apporter de l'agua guardiente, du poulque, des gâteaux ou
tortillas de maïs, et deux ou trois quartiers de mouton rôti; nous ou-
bliâmes un instant nos fatigues, nos blessures et notre captivité, pour
restaurer nos forces épuisées. Nous en avions besoin après deux jours
pareils et tant d'émotions diverses.

Quelques heures après, vers le coucher du soleil, l'ordre arriva de
nous faire partir sur San-José d'Obispo, où se trouvait le gros des
troupes juaristes. Chacun de nous fut placé entre deux soldats bien
armés, et, de plus, sous l'escorte d'un détachement de cavaliers: les
femmes furent entassées dans une *vedrilla*, espèce de voiture couverte
ou fourgon attelé de quatre chevaux vigoureux, et nous nous mîmes
en route.

Le colonel Rousseau et le lieutenant Lecomte étaient grièvement
blessés ; le sang coulait encore de leurs plaies béantes. La pointe d'une
baïonnette avait pénétré dans l'épaule gauche du lieutenant et y avait
tracé un long sillon ; une balle lui avait fracassé la jambe gauche ; ses
vêtements, déchirés en cet endroit, laissaient le mal exposé à l'air pi-
quant du matin et du soir, ce qui, tout en arrêtant le sang, augmentait
encore la douleur.

Le soldat mexicain qui était près de lui, touché de compassion, prit
son manteau et le posa doucement sur sa blessure, en écartant avec

soin la chemise et l'habit déchiré. Cet acte de charité nous émut tous.
Lecomte tourna la tête vers le soldat et lui dit à voix basse, mais d'un
accent pénétré et reconnaissant.

— Merci, mon ami, merci !

— Courage, lieutenant, répondit à voix basse et en français le
soldat qui ôta vivement son sombrero et se fit reconnaître, courage,
amigo mio, courage et patience, vous serez bientôt délivrés tous;
mais pas un mot, pas une parole qui puisse vous trahir, sans cela,
je ne répondrais pas du succès.

Cet homme, déguisé en guérillero et nous escortant au péril de ses
jours, cet homme était le capitaine Lambert.

— Vous vivant, vous ici ! allions-nous dire.

Il nous imposa silence, et ses lèvres ne s'ouvrirent pas davantage
pendant tout le trajet; il reprit son air impassible et froid et ne dit plus
un mot pendant le voyage.

Nous étions arrivés à Talejara. C'était notre étape, notre coucher
pour le soir. On nous enferma à l'ayuntamiento (hôtel de ville) de l'endroit sous bonne garde, deux guérilleros faisaient faction devant notre
porte.

Quelques minutes après, un cavalier mexicain, tout taché de sang,
passa sa tête bronzée à travers la porte entrebâillée. Ses yeux brillaient d'un éclat sauvage. Il avait la main sur la poignée de son
sabre.

— Que veux-tu ? lui demanda notre gardien.

— Il y a des femmes prisonnières, je veux les voir, répondit le
cavalier.

— On t'a trompé.

— Non ! je le sais, j'étais à Ctomba et je les ai vues. Je suis monté
sans rien dire, car les autres m'auraient suivi. D'ailleurs, je vois leurs
pieds qui passent derrière ce rideau. Ote-toi de là. J'ai bu de l'agua

guardiente, et malheur à toi ! Si tu me résistes, je te fends le ventre avec mon sabre.

Dans sa frayeur, Theresita lâcha le coin du rideau qui la couvrait avec ses compagnes et se trouva ainsi à découvert.

— Oh ! la jolie créature ! s'écria Juanito, le cavalier qui était entré.

Et il s'élança vers elle.

Bérard, n'écoutant que son courage, referma la porte d'un coup de pied. Il fondit sur le Mexicain comme un tigre, et le saisit à la gorge d'une main de manière à l'empêcher de crier. De l'autre main il lui arracha son sabre et le lui plongea dans la poitrine. Dès qu'il fut certain que le misérable était mort, il le prit dans ses bras et le jeta dans le fond d'une grande armoire qui se trouvait dans le coin de la salle.

— Qu'avez-vous fait, malheureux? lui dirent à la fois Theresita, Esther et dona Carmen.

— Je vous ai toutes sauvées, répondit-il.

Il s'interrompit brusquement et repoussa les trois femmes dans un petit cabinet contre la porte duquel il se trouvait en ce moment. Un pas ferme et rapide faisait résonner les marches de l'escalier, la porte s'ouvrit à l'instant où Bérard y portait la main.

C'était don Ramon, qui amenait de nouveaux gardiens.

— Enfants, leur dit-il, point de grâce pour ces chiens maudits de Français. J'espère bien que le général en chef Juarez va tous les faire fusiller. Leur race maudite veut nous imposer un souverain en opprimant notre pays, déshonorer nos filles, épuiser notre sol et veut nous dominer. Ils nous ont poussés à bout. Malheur à eux !...

Un Mexicain s'approcha alors du colonel, et nous reconnûmes en lui le capitaine Lambert.

— Colonel, dit-il, je les hais, moi, ces Français qui ont massacré ma famille, brûlé mon rancho, et m'ont enlevé toute ma fortune ! dites, que faut-il faire ? Confiez-moi la garde des prisonniers et je vous réponds que Tommaso Sefiraga saura s'acquitter de sa mission.

— Soit ! dit le colonel. Eh bien! je vais t'indiquer un moyen sûr de te venger. Parmi nos prisonniers se trouvent la fille de don Cévallos et celle du colonel Duval, qui toutes deux sont d'une beauté merveilleuse. Je te les confie particulièrement. Tu vas les mener à Juarez, et tu seras récompensé royalement, je te l'assure.

— En ce moment, nous entendîmes dans la cour le bruit de nouvelles troupes qui arrivaient.

— Allons, dit Tommaso, le sort en est jeté, je vais donc pouvoir assouvir ma vengeance. Mais, au moins, aurez-vous assez d'empire sur vos soldats pour les empêcher d'égorger ces prisonnières et leurs compagnons?

— Oui... je t'en réponds : Pour plus de sûreté, tu vas partir de suite avec elles et le reste des Français pour San José d'Obispo ; je te donnerai une escorte de cent-cinquante hommes à cheval, sur lesquels je peux compter. Où sont ces femmes ?...

— Ici, dit Tommaso.

Et il entrouvrit la portière derrière laquelle nous étions entassés pêle-mêle.

— Mes yeux n'ont rien vu d'aussi beau que ces deux jeunes filles, s'écria don Ramon ; Juarez sera heureux de les voir, mais laisse-les ici ; je vais les enfermer... il vaut mieux que les guérilleros ne les voient pas. Elles sont trop belles, je vais mettre des sentinelles dévouées à leur porte.

Au même moment, un bruit de voix confuses et de pas précipités retentit dans le vestibule.

— D'un bond, don Ramon repoussa les deux femmes en arrière et ferma la porte. Il était temps, car une douzaine de guérilleros armés jusqu'aux dents entrèrent dans la chambre. À la vue de leur chef, ils s'arrêtèrent déconcertés ; telle est la puissance de la discipline sur ceux qui y sont soumis, que les Mexicains y cédaient à leur insu.

— Que voulez-vous ? demanda don Ramon.

— Nous cherchons les Français, répondit un des soldats qui tenait d'une main un révolver et de l'autre un sabre de cavalerie pris à un de nos chasseurs d'Afrique.

— Ce so'n me regarde, dit don Ramon. Avant de quitter le presidio de Palenquo, vous avez juré d'obéir au chef que vous aviez choisi et ce chef c'est moi !...

— Il n'y a plus de chef, dit un des guérilleros, ivre de poulque et d'agua guardiente ; range-toi et laisse-nous passer.

Mais avec une rapidité prodigieuse, don Ramon dégaîna son sabre et en frappa son interlocuteur ; le Mexicain tomba aux pieds du colonel.

— Que Dieu punisse tous ceux qui violeront leur serment, car les Français sont nombreux et puissants, et si nous voulons les vaincre, il faut observer les ordres des chefs. Qu'on appelle le lieutenant Diego Ruiz.

Un des soldats courut le chercher, et pendant ce temps-là, don Ramon fit comprendre à ses hommes que le but de la révolte étant l'indépendance du Mexique, il ne fallait pas s'attirer d'ennemis en saccageant les maisons et brûlant les récoltes, pillant à tort et à travers.

Diego Ruiz arriva. C'était un vieux colon, dont la figure était sillonnée de blessures.

— Diego, lui dit don Ramon, je vais te mettre en sentinelle à cette porte avec le brigadier José et l'enseigne alferez don Juanito. Vous ne laisserez entrer ni sortir personne.

En achevant ces paroles, il sortit, et, après avoir choisi une centaine de guérilleros qu'il mit sous les ordres de Tommaso, il se rendit au quartier général, près de don Alonzo Pedrianas.

VI

Il était dix heures du soir quand nous arrivâmes à San-José-d'Obispo, petite ville peu fortifiée, mais importante par sa position, et où Juarez avait établi son quartier général. On nous conduisit immédiatement au campo-vaccino, à côté du cimetière : c'est là que se trouvait l'état-major, et en attendant qu'on eût prononcé sur notre sort, nous fûmes enfermés, hommes et femmes, dans la salle basse d'un couvent de Dominicains, les mains liées et gardés à vue par des sentinelles, qu'on relevait d'heure en heure. Toutes les précautions étaient prises pour que nous ne pussions pas tenter d'évasion, car on tenait à nous, il faut le croire ; cependant nous fûmes traités avec assez d'humanité ; un docteur mexicain vint examiner et panser les blessures de ceux qui en avaient et on nous donna à manger.

Esther et Theresita pleuraient : leur courage était à bout ; cependant, toutes deux, pleines de confiance en la Providence et d'espoir en Dieu, firent du fond du cœur une prière sincère, en demandant au Très-Haut leur délivrance. Mme Durocher et dona Carmen, la cantinière même, cherchaient à consoler les jeunes filles, quoique peu rassurées elles-mêmes sur la situation.

— Le capitaine Lambert veille sur nous, disait chacune d'elle à tour de rôle, il nous sauvera.

Mais, en réalité, aucune n'espérait plus la liberté, tous, tant que nous étions, nous nous savions perdus, car Juarez ne faisait pas de grâce ; tous les prisonniers étaient passés par les armes.

— Courage, disait la cantinière, courage, les enfants! nous en avons vu de plus dures encore en Algérie et en Crimée. Nous avons échappé à Solférino, à Malakoff et à Puebla : ce n'est pas pour venir mourir ici, au milieu de ces démons.

21

Comme elle achevait ces paroles, quatre guérilleros et l'alferez Juanito entrèrent dans la salle et vinrent chercher le colonel Rousseau et le commandant Krebbs. Dona Carmen leur dit quelques mots en espagnol, espérant les séduire par la promesse d'une grosse récompense, mais Juanito répondit par un refus outrageant.

— Non, dit-il brutalement, pour tout l'or du monde, je ne vous rendrais pas à la liberté ; ta nièce et toi vous serez jetées en prison comme traîtres au pays et alliées des ennemis. Quant à ces Français maudits, j'espère bien qu'on les fusillera tous sans pitié, comme on l'a fait à d'autres, à Palenquo et à Otomba, à Guadalajarra et à Pevillos.

— Où est Tommaso? demanda Theresita.

Que t'importe ? Tu crois sans doute que cet étranger de Guadalété t'aidera à fuir... mais nous avons l'œil sur lui, et si nous voyons qu'il ait quelque velléité de trahison, sa vie en répondra.

Il ferma la porte en ajoutant quelques injures et emmena le colonel et le commandant garrottés. Un instant après, nous entendîmes la détonation de plusieurs coups de feu. Que s'était-il passé? Dieu seul l'a su, mais le colonel Rousseau et le commandant Krebbs, deux braves soldats, venaient d'être fusillés sans pitié...

La journée du lendemain et la nuit suivante se passèrent, pour nous tous, dans des transes horribles. A chaque instant nous nous attendions à ce qu'on vînt nous chercher pour nous passer par les armes. Vers le soir surtout, nous entendions dans une salle voisine les vociférations grossières des guérilleros, leurs imprécations :

— *A muerte los Franceses* !

Ils étaient tous ivres de poulque et d'agua guardiente. On ne nous donna même pas de vivres ce jour-là, et nous eûmes à endurer les souffrances de la faim, et les transes de notre situation. Enfin, le jour parut et on vint nous annoncer notre départ. Dans la nuit, Juarez était arrivé et voulait nous voir.

On a tant fait de portraits de ce général, de ce président de la république mexicaine, que celui que je ferai n'offrira peut-être pas
tout l'intérêt désirable ; aussi je serai bref.

On nous fit ranger liés deux par deux dans la cour du couvent ;
nous étions, en tout, quatre-vingt-deux hommes et cinq femmes. Deux
avaient été fusillés, trois avaient succombé par la fatigue et les suites
de leurs blessures.

Un certain nombre d'officiers mexicains, tous chamarrés d'or et de
broderies, étaient groupés près du terrible général, impatients de nous
voir et de savoir ce qui serait décidé sur notre sort. A notre arrivée,
un bruit sourd et involontaire s'éleva de cette foule et tous les yeux
se fixèrent sur nous. Il était à peine jour, et la lueur rougeâtre des tor-
ches, reflétée par les murs du couvent, rendait cette scène encore
plus saisissante.

Juarez était à cheval, prêt à partir pour l'expédition de la Sonora, où
il fit tant de mal à nos troupes.

— Les voilà donc, ces Français de malheur ! dit-il, en tourmentant
sa barbe avec ses doigts et en nous regardant avec curiosité et étonnement... Pourquoi êtes-vous venus au Mexique ? dit-il d'une voix ton-
nante en s'adressant à nous, et surtout pourquoi avez-vous voulu nous
asservir ?...

Comme personne ne répondait, il ajouta :

— Est-ce que vous ne répondez pas ? Vous êtes mes prisonniers,
prisonniers de guerre, entendez-vous ? et j'ai sur vous le droit de vie
et de mort. Qu'avez-vous à dire pour vous disculper, parlez vite, car
je n'ai pas de temps à perdre. Répondez sur le champ.

— Général, dit le commandant Achard, un soldat appartient à son
pays. Ce n'est pas à lui de discuter les questions politiques. On nous
a dit : « Partez, l'honneur de la France l'exige », et nous sommes
venus. On nous a mis les armes à la main, nous nous en sommes

servis à San-Lorenzo, à Puebla, à Mexico ; voilà tout ce que je puis
vous dire, au nom de tous mes compagnons d'armes, pour qui je
réponds, je vous dis à mon tour, nous sommes vos prisonniers, faites de nous ce qu'il vous plaira ; notre vie est entre vos mains, mais
la France nous vengera.

A ces nobles paroles, Juarez fit un signe de dépit et de colère comprimée, mais la fierté et la réponse calme et digne du commandant
l'avait ému.

— Et si je vous faisais mettre en liberté, dit-il en s'adressant a son
interlocuteur, vous engageriez-vous à ne plus porter les armes contre
moi ?...

— Impossible, reprit Achard ; nous sommes Français et nous devons obéir aux ordres de nos chefs.

— C'est donc vous qui l'aurez voulu, dit Juarez. Je vous propose
de vous rallier à notre cause : A vous et à vos officiers des grades,
de l'or, de la fortune; aux soldats de l'or... soyez des nôtres, et dès
aujourd'hui, vous qui me parlez. je vous nomme général.

— Une trahison !... dit le commandant. Mieux vaut cent fois la
mort.

Et se tournant vers nous :

— Mes amis, s'écria-t-il, montrons que nous savons faire notre
devoir et mourons pour la patrie. Vive la France !... Vive l'Empereur !...

Et ce cri fut répété par nos quatre-vingts poitrines.

Juarez ne put y tenir plus longtemps. D'un caractère violent et
irascible, cruel même, il ne put entendre ces cris sans entrer en fureur
et désignant sur le champ vingt d'entre nous à ses officiers.

— Qu'on les fusille, dit-il, et qu'ils servent d'exemple aux
autres.

Et le brave commandant Achard, le capitaine Lacoste, le lieutenant

Leroy, le sergent Didier, le sous-lieutenant Mathieu et quinze hommes pris au hasard furent placés au pieds du mur de ronde et tombèrent percés de balles, en criant encore une fois : Vive la France.....

Juarez allait partir. Il avait donné l'ordre de nous diriger sur Acapulco, qui était occupé par ses bandes et sur la frontière, lorsque don Ramon lui fit remarquer Theresita, dona Carmen, Esther et les deux autres femmes. Son regard inquisiteur erra de l'une à l'autre ; il dit quelques mots à voix basse au colonel don Ramon, et nous comprimes qu'il voulait en tirer une bonne rançon.

— Qu'on les conduise sous bonne escorte avec les prisonniers, dit-il. A vous ce soin, colonel.

Un instant après, Juarez et ses officiers étaient sur la route de la Sonora et nous attendions que l'on nous expédiât sur Acapulco, tout en versant quelques larmes sur le sort de nos malheureux compagnons d'armes.

Vers midi, nous partîmes, enchaînés deux à deux comme des criminels et sans autre nourriture que quelques tortillas de maïs. Les femmes avaient obtenu une sorte de fourgon pour faire la route, et dona Carmen, pour l'avoir, avait dû débourser cent piastres, ce qui lui restait d'argent sur elle. Vingt-cinq cavaliers escortaient cette voiture lourde et massive que traînaient des mules poussives. Pour nous, on nous avait placés entre deux files de guerilleros à cheval qui allaient d'une allure très vive et nous étions harassés de fatigue, le soir, quand nous entrâmes à la punta del Venado.

Nous n'avions pas revu le capitaine Lambert depuis la scène de Talejaro. Qu'était-il devenu ? Tel était le sujet de notre conversation, le soir, en nous étendant sur le sol froid et humide où deux ou trois nattes nous servaient de lit.

— S'il n'est pas mort, dit Esther, il nous sauvera. J'en réponds.

— Et moi aussi, ajouta le lieutenant Lecomte; je suis certain qu'il pense à nous et s'occupe de notre délivrance. Courage donc et espérons.

On dit que le soldat est impie ; eh bien ! dans cette occasion, je puis l'affirmer, tous nos cœurs, sans exception, s'élevèrent vers Dieu, et nous lui demandâmes ardemment la conservation des jours du brave capitaine et notre délivrance.

Le lendemain, vers cinq heures du matin, nous fûmes réveillés en sursaut par la détonation de plusieurs armes à feu. D'un bond, nous nous trouvâmes tous sur nos pieds, et nous collâmes l'oreille à la porte pour mieux entendre ; il nous sembla distinguer le piétinement de plusieurs chevaux et un cliquetis de sabres et de baïonnettes s'entre-choquant ; bientôt, une nouvelle décharge retentit. Il n'y avait plus de doute, l'on se battait près de nous et quelques cris confus vinrent à nos oreilles.

— Chasseurs d'Afrique, en avant ! cria du dehors une voix qui, malgré la distance, fit tressaillir Esther et doña Carmen.

— Le capitaine Lambert ! dîmes-nous tous ensemble, car nous l'avions reconnu.

A ce moment, un homme couvert de sang, les mains noircies par le feu et la poudre, entra dans la salle où nous étions, les vêtements en désordre, le sabre à la main. Cinq ou six guérilleros se précipitèrent sur ses pas. C'était le capitaine Lambert.

Il se jeta comme un tigre sur les Mexicains, qui voulaient l'atteindre, et en blessa deux en un clin d'œil. Son sabre voltigeait avec la rapidité de l'éclair ; dans un intervalle il nous dit :

— Le feu est à la maison, vous y serez étouffés si vous y restez, vite, vite, défaites vos liens.

Et, d'un coup de sabre il trancha les cordes qui attachaient Lecomte et Bérard. Un tourbillon de fumée envahit la salle, et les Mexicains reculèrent précipitamment. Le capitaine s'élança alors vers Esther qu'il saisit dans ses bras, entraînant à sa suite Theresita.

Pendant ce temps-là, nous ne restions pas inactifs, et, débarrassés de nos liens, nous cherchâmes à nous frayer une issue au milieu des flammes, en plaçant au milieu de nous dona Carmen, dame Durocher et la cantinière.

Cinq minutes après, nous étions dans la cour, mais un obstacle soudain nous arrêta. Don Ramon et une centaine de guérilleros avaient barricadé la porte de la cour et se disposaient à vendre chèrement leur vie. Les Mexicains descendent des Espagnols. Mauvais soldats en bataille rangée, ils sont très courageux, patriotes fanatiques surtout, et forment d'excellents combattants pour la guerre de partisans, aussi nous allions être fusillés sans pitié. Quelle alternative et que faire?..

Don Ramon, revenu de la surprise que cette attaque soudaine lui avait causée, et nous voyant sortir de la salle où nous étions renfermés, donna l'ordre de nous y refouler et s'élança au devant de nous le sabre au poing, pour nous forcer à la retraite.

Brûlez donc, chiens de Français ! s'écriait-il.

Et pourtant, dans le lointain, bien loin encore il est vrai, nous sentions le salut, car nous entendions le bruit des trompettes des chasseurs d'Afrique, et ce bruit devenait de plus en plus distinct. Malheureusement il était à craindre que ce secours n'arrivât trop tard pour nous.

A ce moment, le capitaine Lambert fit un saut du premier étage et s'élança dans la cour. On eût dit le génie de la guerre, il semblait invulnérable. Cinquante coups de fusils lui sont tirés, aucune balle ne l'atteint : un flot de Mexicains le renverse, don Ramon court sur Esther qui était dans un coin de la cour, l'enlace dans ses bras malgré sa résistance désespérée et l'emporte. Le capitaine se relève comme un lion blessé et furieux ; sous son regard fier et étincelant, les guérilleros reculent.

— Arrière ! arrière ! leur crie-t-il, en frappant à droite et à gauche. A moi ! chasseurs d'Afrique.

Puis il s'élance au milieu des Mexicains, traverse leurs rangs, renversant tout sur leur passage et rejoint don Ramon.

Ce dernier se retourne et décharge à bout portant son révolver sur le capitaine. Du bras gauche, Lambert détourne le coup, la secousse jette don Ramon en avant et Lambert lui fend le crâne d'un coup de sabre et l'étend à ses pieds. Craignant pour Esther et les autres prisonniers les balles des guérilleros qui sont encore dans la cour, le capitaine Lambert s'accule dans un coin et se met devant la jeune fille appelant du secours. Seul il fait face à cinquante ennemis qui n'osent l'attaquer de front.

— A moi ! à moi ! mes amis, s'écrie-t-il. Voici les chasseurs d'Afrique.

Sa voix retentissante nous rend le courage. Trois ou quatre d'entre nous tombent sous une décharge des Mexicains, mais les autres ramassent les fusils et les gibernes des morts, et nous chargeons bravement l'ennemi à la baïonnette. Il recule à son tour.

Tout à coup la barricade qui défendait l'entrée de la porte cède sous les coups redoublés qui venaient du dehors. Deux escadrons de chasseurs d'Afrique et une compagnie de zouaves sous les ordres du colonel Duval entrent en chargeant ces misérables. Une pièce d'artillerie est avec les chasseurs, on la met en batterie et au premier coup de canon les guérilleros prennent la fuite. Les chasseurs s'élancent à leur poursuite et sabrent tout sur leur passage. On poursuit les guérilleros jusque dans les maisons, et alors commence un affreux carnage. Exaspérés par la vue des nombreux cadavres des Français qu'ils avaient rencontrés en route, triste débris de notre détachement, les chasseurs d'Afrique et les zouaves n'accordaient aucun quartier.

Six à sept cents Mexicains s'étaient réfugiés dans une pulchéria et dans un rancho, où ils s'étaient entassés. Ils furent tous fusillés sans pitié, et le général Pedrianas, don Miguel Sarano furent trouvés parmi les morts.

Tristes représailles de la guerre, surtout de cette campagne du Mexique, où sont restés tant de vaillants soldats français ! mais les guérilleros étaient sans humanité, on devait en agir de même avec eux, car la clémence n'eût servi à rien dans ce pays et avec des natures aussi exaltées que les Mexicains.

VIII

Tandis que nos libérateurs poursuivaient l'ennemi, ceux d'entre nous qui survivaient embrassaient en pleurant les amis qu'ils avaient perdu l'espérance de sauver. Bérard et moi, nous nous jetions dans les bras du sous lieutenant Desbruyères, car lui aussi venait de passer officier et pendant un instant le jeune sous-lieutenant des chasseurs nous pressa sur son cœur, tant il avait cru à notre mort. On disait dans l'armée que nous avions tous été fusillés à Otomba; jugez du bonheur de se revoir. Tous ensemble, nous remerciâmes avec effusion nos sauveurs et surtout le capitaine Lambert. Chacun voulut savoir comment il avait pu réussir à nous sauver et voilà le récit qu'il nous fit.

— Lorsque j'ai quitté la terrasse sur laquelle se trouvaient les débris de la garnison d'Otomba, nous étions aux abois, vous le savez tous, et je partis avec le lieutenant Meyer pour tâcher d'atteindre Palenquo, où je savais trouver du secours. A peine à cent mètres de la maison qui

vous servait de retraite, nous nous séparâmes M. Meyer et moi, il était convenu que nous prendrions deux routes différentes pour avoir plus de chances de réussite. Le pauvre lieutenant ne devait pas arriver. Arrêté par les guérilleros, il voulut leur échapper en se jetant dans la rivière, il reçut un coup de feu au moment où il essayait de fuir, et tomba dans l'eau en poussant un grand cri que vous avez entendu.

» Pauvre Meyer ! Dieu ait son âme ! tous nous le regrettons et tous nous tiendrons notre serment de veiller sur sa femme et son fils; il est mort en brave et en cherchant à sauver ses compagnons d'armes !..

» Pour moi, j'eus plus de chance que lui. Je me glissai à travers les rangs des Mexicains à peu près inaperçu, grâce à mon costume et à l'excellente manière dont je parlai l'espagnol. Je fus bien arrêté deux ou trois fois en route, mais je sus déjouer toutes les questions par une réponse bien simple : Je me donnai pour un officier d'ordonnance du général Pedrianas et déclarai que venant d'Obispo, j'allais communiquer une dépêche verbale à Palenquo, dépêche pour l'alcade major, et plusieurs notables de la ville. On me crut sur parole, tant j'avais l'air d'être de bonne foi et, par ce stratagème habile, je réussis à gagner Palenquo.

» Là un déboire m'attendait. La garnison en était partie la veille pour faire colonne dans l'intérieur et il n'y avait que les postes et quelques détachements indispensables pour le service de la ville.

» J'exposai pourtant la situation d'Otomba au commandant de place. Il m'écouta attentivement et me déclara qu'il ne pouvait pas disposer d'un seul homme de sa troupe, trop peu nombreuse déjà.

» Après ce que vous me racontez, me dit-il, je dois me tenir sur la défensive et prendre des mesures sérieuses. Vous connaissez le pays. La colonne s'est dirigée sur Guadalajara, prenez cette route et vous trouverez sûrement le colonel Duval et son corps d'expédition.

» — Je dus prendre le parti que m'indiquait le commandant, c'était le plus sage. Il fallait tout tenter pour votre délivrance, et je me remis en route sur le champ. A dix lieues de Palenquo, je trouvai l'arrière-garde de la colonne, je courus au colonel Duval et lui racontai brièvement ce qui s'était passé. Il poussa un rugissement de colère.

» — Malheureux que je suis ! s'écria-t-il... et moi qui ai des ordres précis de me diriger sur Guadalajara, des instructions détaillées d'où dépend peut-être le succès de l'expédition de la Sonora !.. Et ma pauvre fille qui est à Otomba !.. Que faire ?

» — Une lutte terrible se passa dans son âme, mais le devoir, l'honneur, la discipline militaire finirent par l'emporter sur l'amour paternel.

» — Non, je ne puis me détourner de ma route, dit-il, les larmes aux yeux. Tout ce que je puis faire, capitaine, c'est de vous confier le commandement de deux sections de chasseurs d'Afrique. Prenez-les avec vous, courez à Otomba et tâchez de sauver vos infortunés compagnons et ma fille. Pauvre Esther !..

» Je jurai au colonel que j'irais à Otomba et que je ferais tout pour réussir dans mon projet. Je pris donc cinquante chasseurs et me dirigeai sur la ville. Quand j'arrivai, le désordre était à son comble, vous étiez prisonniers et la ville était évacuée.

» Un vieux marchand hollandais me dit que les guérilleros étaient partis dans la direction de San-José-d'Obispo en emmenant leurs captifs, et je me mis sur vos traces. Avant d'aller plus avant avec mes chasseurs, je résolus d'étudier la situation et, sous le nom de Tommaso Sefinaga, à l'aide de papiers pris sur un officier mexicain que nous avions fait prisonnier, je me glissai dans les rangs ennemis. C'est là où vous m'avez vu : j'y restai deux jours pendant lesquels j'avais médité plans sur plans, projets sur projets pour votre délivrance.

» Une conversation que je saisis entre don Kamon et Pedrianas m'apprit que vous vous rendiez à San-José et de là à Accapulco sans doute, de plus j'appris que le général Douay était à cinq lieues de là et que la colonne Duval l'avait rejoint ce jour-là même. Mon plan fut arrêté. Il sagissait de rejoindre mes chasseurs, de courir à Estreciendas où était le général et de demander un renfort pour attaquer le camp des Juaristes. C'est ce que je fis, et, Dieu merci ! je suis arrivé à temps pour vous sauver. J'avais pris le commandement de l'avant garde et tout a bien marché. »

Le colonel Duval qui, pendant ce temps, avait tenu sa fille pressée sur sa poitrine, s'avança alors près du capitaine et lui serra la main avec une profonde reconnaissance. De notre côté, tous autant que nous étions, nous vînmes lui témoigner notre sympathie. Quant à lui, il nous écoutait à peine, il répondait machinalement à chacun, mais il n'écoutait et ne regardait qu'Esther.

Agenouillée devant lui, la jeune fille aidait le chirurgien à panser trois ou quatre blessures qu'il avait reçues, une au bras, les autres à la poitrine. Aucune ne paraissait dangereuse.

— Mon brave capitaine, dit le colonel, les larmes aux yeux, comment ferai-je pour vous remercier ?..

Le capitaine Lambert ne répondit pas ; mais son regard s'arrêta sur Esther, qui lui serra furtivement la main.

— Je crois, colonel, que cela ne vous sera pas difficile, dit à voix basse Mᵐᵉ Durocher.

— Comment cela ? demanda le colonel Duval.

— M. Lambert aime Esther, et je pense que votre fille ne se fera pas longtemps prier pour devenir la femme du plus brave officier de l'armée.

— Est ce vrai ? dit M. Duval, dont le regard étonné se fixa tour à tour sur sa fille et sur le capitaine.

Esther se jeta dans les bras de son père et lui dit tout bas en l'embrassant.

— C'est vrai, mon père.

— Il t'aime?...

— Oh ! oui, mon père !..

— Et toi ?..

— S'il était mort, je ne lui aurais pas survécu ! répondit-elle d'une voix émue.

Le colonel prit la main d'Esther et la mit dans celle du blessé.

— Sommes-nous quittes, capitaine, lui demanda-t-il ?

Le capitaine lui serra la main avec effusion, mais il était trop ému pour parler.

— Est-ce bien vrai que vous m'aimez et que vous consentez à m'épouser ? demanda-t-il à la jeune fille.

— Oui, répondit-elle, oui, mon ami, et je serai fière de porter votre nom.....

Quelques officiers survinrent alors, et le colonel Duval leur annonça le prochain mariage de sa fille avec le capitaine.

Les blessures de M. Lambert furent promptement cicatrisées. Son mariage ne tarda pas à être célébré. Il se fit en grande pompe à la cathédrale de Mexico. Ce jour là, il reçut, à titre de cadeau de noces, le brevet de commandant et celui d'officier de la Légion-d'Honneur, qui lui furent conférés par le maréchal Bazaine, en récompense de ses bons états de service et des actions d'éclat qui avaient signalé sa dernière expédition à Guadalété, Otomba et el Venado. Le nouveau chef d'escadrons était radieux quand il entra dans l'église au bras de sa fiancée; ce ne fut qu'un long murmure d'applaudissements et de souhaits de bonheur, car il était estimé de tous et adoré de ses inférieurs.

Le lieutenant Lecomte, promu au grade de capitaine, assistait au mariage en qualité de témoin, et ce ne fut pas un des moins empressés à faire l'éloge de son ancien rival, dont il avait su apprécier la valeur et les qualités brillantes.

Bérard, nommé aussi lieutenant au 99º, assistait également au mariage, mais ce n'était pas en qualité de comparse, car il conduisait à l'autel Theresita Cevallos, et son bonheur ne pouvait être égalé que par celui du nouveau chef d'escadrons. Les deux amies s'étaient promis de se marier le même jour, et Esther et Theresita s'étaient tenu parole. Dans un coin de l'Eglise trois femmes agenouillées pleuraient. C'étaient dona Carmen, dame Durocher et la cantinière, qui allaient se séparer pour toujours, l'une de sa pupille, l'autre de sa nièce, la dernière de ses amies d'infortune.

— Non ! cela ne peut pas être, dit dona Carmen, unis par des liens semblables, nous ne devons faire qu'une même famille. Il le faut...

Et elle fit si bien, avec l'aide de don Cevallos que, quelques jours après, on lisait dans *Elmonitore del Mexico*, la promotion du commandant Lambert au grade de colonel de la garde impériale de Maximilien et celle de Gaston Bérard, lieutenant, à celui de capitaine commandant aux chasseurs de la garde, tous deux avec le brevet de l'ordre de Maximilien...

Hélas ! quelques mois plus tard, l'un deux, le capitaine Bérard, partageait le sort de son impérial maître à Queretaro, car il n'avait pas voulu l'abandonner dans son malheur, et sa veuve Theresita, inconsolable, mourut de chagrin et de douleur au couvent de Santa Clara de Vera Cruz.

Quant au capitaine Lambert, il fut fait prisonnier à Queretaro, couvert de blessures et emmené en captivité avec sa femme Esther. Après la mort de Maximilien, dégagé de tout serment, il revint en France, et reprit du service. Il était colonel d'un régiment de cavalerie quand éclata la guerre de 1870 et commandeur de la Légion d'Honneur.

TABLE DES MATIÈRES

FIN DE LA TABLE

Limoges. — Imprimerie Marc BARBOU et Cⁱᵉ.

RÉD. :

30

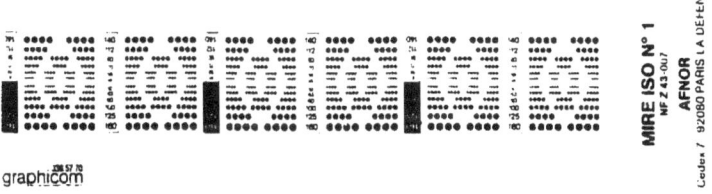

MIRE ISO N° 1
NF Z 43-007
AFNOR
Cedex 7 92080 PARIS LA DÉFENSE

graphicom

0 1 2 3 4 5 6 7 8 9 10 11 12 13 14 15 16 17 18 19 20

15, rue Jean-Baptiste Colbert
ZI Caen Nord - BP 6042
14062 CAEN CEDEX
Tél. 31.46.15.00
RCS Caen B 352491922

Film exécuté en 1992

www.ingramcontent.com/pod-product-compliance
Lightning Source LLC
Chambersburg PA
CBHW050158030726
47505CB00005B/1423